NOS SECRETS TROP BIEN GARDÉS

LARA PRESCOTT

NOS SECRETS TROP BIEN GARDÉS

Roman

Traduit de l'anglais (États-Unis)
par Christel Gaillard-Paris

Robert
Laffont

Titre original : THE SECRETS WE KEPT

(Publié en accord avec Folio Literary Management, LLC.)
Traduction française : Éditions Robert Laffont, S.A.S., Paris, 2021

ISBN 978-2-221-23897-4
(édition originale : ISBN 978-0525656159, Alfred A. Knopf, a division of Penguin Random House LLC, New York)
Dépôt légal : janvier 2021
Éditions Robert Laffont – 92, avenue de France 75013 Paris

Pour Matt

«Je veux être avec ceux qui
connaissent des choses secrètes
Ou seul.»

Rainer Maria Rilke, *Le Livre d'heures*

Prologue

LES DACTYLOS

Nous tapions cent mots à la minute et ne rations jamais une syllabe. Nos bureaux, tous identiques, étaient équipés d'une machine à écrire Royal Quiet Deluxe à la coque vert menthe, d'un téléphone noir à cadran de la marque Western Electric, et nous disposions toutes de blocs sténo jaunes. Nos doigts voletaient au-dessus du clavier. Le cliquetis des touches ne cessait jamais. Nous ne nous arrêtions que pour répondre au téléphone ou pour tirer une taffe sur notre cigarette ; certaines parvenaient même à faire les deux sans perdre le rythme.

Les hommes arrivaient vers dix heures. Ils nous appelaient, une par une, dans leurs bureaux, où nous nous asseyions sur de petites chaises reléguées dans un coin de la pièce pendant qu'ils s'installaient derrière leurs tables de travail en acajou ou qu'ils faisaient les cent pas sur la moquette tout en s'adressant au plafond. Nous écoutions. Nous prenions des notes. Nous étions leur unique audience pour leurs mémos, leurs rapports, leurs comptes rendus, ou quand ils commandaient leurs déjeuners. Il leur arrivait d'oublier notre présence et c'est alors que nous en apprenions beaucoup plus : par exemple, qui essayait de tenir qui à l'écart, quels étaient les jeux de pouvoir, qui avait une aventure avec qui, qui était dans le coup et qui ne l'était pas.

Parfois, ils nous désignaient par la couleur de nos cheveux ou une partie de notre anatomie : *la Blondinette, la Rouquine, Gros nichons.* Mais nous avions, nous aussi, des surnoms pour chacun d'entre eux : *Le Cavaleur, Pue de la gueule, Grandes dents.*

Pour eux, nous étions juste « des filles » ; or, c'était faux.

L'Agence recrutait à Radcliffe, Vassar et Smith[1]. Dans notre famille, nous étions les premières filles à avoir obtenu un diplôme. Certaines parmi nous parlaient le mandarin. D'autres étaient capables de piloter un avion ou encore de manier un Colt 1873 mieux que John Wayne. Pour autant, la seule question qu'on nous posait était « Savez-vous taper à la machine ? ».

Il était entendu que la machine à écrire avait été inventée pour les femmes – que faire chanter les touches requérait un doigté féminin, que nos doigts effilés étaient parfaitement adaptés au clavier, qu'elles étaient destinées à notre seul usage, tandis que les hommes seuls pouvaient prétendre à l'usage des voitures, des bombes et des fusées.

---

1. Universités d'arts libéraux, féminines pour Radcliffe et Smith ou mixte pour Vassar, et hautement sélectives. *(Toutes les notes sont de la traductrice.)*

Bon, en fait, nous n'en savons rien. Seule une chose est sûre : quand nous tapions, nos doigts devenaient des extensions de nos cerveaux et traduisaient en simultanée les mots sortant de leurs bouches – des mots qu'ils nous demandaient d'oublier –, pour passer directement aux touches de la machine imprimant l'encre sur le papier. Et quand on pense à cette mécanique, elle en devient presque poétique. Presque.

Était-ce vraiment ce à quoi nous aspirions ? À avoir des maux de tête dus à la tension nerveuse, à avoir mal aux poignets et à adopter de mauvaises postures ? Était-ce ce à quoi nous rêvions à l'université quand nous étudiions deux fois plus que les garçons ? Employées de bureau : était-ce ce qui avait traversé nos esprits quand nous avions ouvert l'épaisse enveloppe en papier kraft contenant notre lettre d'admission à la fac ? Et, quand nous nous étions assises sur ces chaises en bois blanc alignées sur cinquante mètres en milieu de terrain, coiffées d'une toque et vêtues d'une toge, lors de la remise des parchemins roulés qui confirmaient que nous étions autrement qualifiées, avions-nous vraiment imaginé finir dans un bureau ?

La plupart d'entre nous envisageaient ce travail de dactylo comme temporaire. Nous ne l'aurions jamais avoué à voix haute – ni même entre nous –, mais beaucoup pensaient que c'était avant tout un moyen de mettre un pied à l'étrier avant d'arriver à des postes auxquels avaient droit les garçons dès qu'ils obtenaient leur diplôme : des postes de direction, permettant d'exiger un bureau fermé, équipé de lampes à l'éclairage flatteur pour notre teint, meublé de tapis épais et d'une table de travail en bois précieux; sans oublier des dactylos qui prendraient des notes sous *notre* dictée. Nous pensions à ce travail de dactylo comme à un début et non une fin en soi, malgré ce qu'on nous racontait depuis toujours.

En revanche, d'autres femmes venaient travailler à l'Agence non pour démarrer leur carrière mais pour la prolonger. Reliquats de l'OSS[1], l'Office of Strategic Services, à savoir le service de renseignement de guerre où, à l'époque, elles avaient fait figure de légendes, elles étaient désormais reléguées au service dactylo, au département des archives ou encore dans un coin, assises derrière un bureau sans mission à accomplir.

Parmi elles, se trouvait Betty. Durant la guerre, elle s'était occupée des opérations clandestines portant atteinte au moral de l'ennemi en diffusant des articles de presse ou en balançant des tracts de propagande depuis des avions. On racontait même qu'elle avait un jour fourni de la dynamite à un homme afin de faire sauter un train transportant des troupes ennemies au moment où il traversait un pont, quelque part en Birmanie. Nous n'étions jamais sûres de ce qui était vrai et de ce qui ne l'était pas, car les archives de l'OSS semblaient avoir un don pour disparaître. Ce dont nous étions certaines, c'est que Betty, à

1. Office of Strategic Services (OSS, « Bureau des services stratégiques ») était une agence de renseignement du gouvernement des États-Unis. Elle a été créée en juin 1942 après l'entrée en guerre des États-Unis dans la Seconde Guerre mondiale pour collecter des informations et conduire des actions « clandestines » et « non ordonnées » par d'autres organes. Elle a été démantelée à la fin de l'année 1945 pour être remplacée par la CIA.

l'Agence, était désormais assise à un bureau au même titre que nous, et que les hommes de l'Ivy League qui avaient été ses pairs pendant la guerre étaient maintenant ses supérieurs hiérarchiques.

Nous pensons aussi à Virginia, assise à un bureau identique – un épais cardigan jaune posé sur ses épaules quelle que soit la saison, un crayon coincé dans le chignon planté au sommet de sa tête. Nous pensons à sa pantoufle bleue bordée de fourrure – une seule, car elle avait été amputée de la jambe gauche après avoir été victime d'un accident de chasse étant enfant. Elle avait baptisé sa prothèse du nom de Cuthbert et, si elle avait trop bu, elle l'enlevait et vous la refourguait. Virginia parlait rarement de l'époque où elle avait travaillé à l'OSS ; et si vous n'étiez pas au courant, par ouï-dire, de ses exploits d'agent secret, vous pouviez penser qu'elle n'était rien qu'une vieille fille employée par le gouvernement. Mais nous, nous savions. Nous étions notamment au courant de la fois où elle s'était déguisée en fermière, ou plus exactement en laitière, et avait conduit un troupeau de vaches et deux résistants français à la frontière. La Gestapo la considérait alors comme l'un des espions alliés les plus dangereux. Nous la voyions, parfois, passer dans le hall, ou quand nous prenions l'ascenseur en même temps qu'elle ou encore nous l'apercevions qui attendait le bus 16 au coin des rues E et 21. Nous aurions alors aimé nous arrêter et lui poser des questions sur l'époque où elle se battait contre les nazis, pour savoir si elle y pensait encore, assise à son bureau, attendant la prochaine guerre ou que quelqu'un lui dise de rentrer chez elle.

Ils avaient essayé de se débarrasser des filles de l'OSS pendant des années – ils n'avaient plus besoin d'elles pour leur nouvelle guerre froide. Ces mêmes doigts qui, un jour, avaient appuyé sur la queue de détente d'une arme étaient désormais mieux adaptés pour la machine à écrire, aurait-on dit.

Mais qui étions-nous pour nous plaindre ? C'était un bon boulot, et nous avions déjà la chance d'avoir un travail. Et c'était sans aucun doute plus excitant que d'autres boulots dépendant du gouvernement. En effet, imaginez un peu un travail au ministère de l'Agriculture. Ou même de l'Intérieur.

La Division Russie-Union soviétique, ou SR, était devenue notre second chez-nous. Alors même que l'Agence était considérée comme un club uniquement réservé aux hommes, nous les dactylos formions un groupe soudé. Nous avions commencé à nous identifier en tant que Pool, ce qui nous rendait plus fortes.

Par ailleurs, se rendre à l'Agence était facile. Nous prenions le bus ou le tramway quand le temps était mauvais et, sinon, nous marchions. La plupart d'entre nous vivaient dans des quartiers en bordure du centre-ville : Georgetown, Dupont, Cleveland Park, Cathedral Heights. Célibataires, nous habitions dans des immeubles sans ascenseur, et vivions dans des studios si petits que si vous vous allongiez en ayant la tête à un bout de la pièce, vous touchiez le mur opposé avec vos pieds. Nous avions souvent des colocataires, d'autres filles travaillant pour le gouvernement, avec des noms comme Agnes ou Peg, qui laissaient toujours leurs bigoudis roses dans le lavabo ou du beurre de cacahuète collé sur le couteau à beurre, ou encore des serviettes hygiéniques mal enveloppées dans la petite corbeille du cabinet de toilette. Certaines vivaient dans les dernières pensions de Mass. Avenue avec des lits superposés et une extinction des feux à vingt-deux heures trente.

À l'époque, et depuis peu, seule Linda Murphy était mariée. Les filles mariées ne restaient jamais très longtemps à l'Agence. Certaines attendaient de tomber enceintes mais, le plus souvent, elles prévoyaient de partir dès qu'on leur glissait au doigt une bague de fiançailles. Nous partagions alors un gros gâteau de chez *Safeway* dans la salle de pause avant de leur dire adieu. Les hommes se joignaient à nous en disant qu'ils étaient affreusement tristes de les voir partir ; mais nous étions capables de discerner dans leurs regards cette petite lueur laissant deviner qu'ils pensaient déjà aux nouvelles, plus jeunes, qui les remplaceraient. Nous nous promettions de rester en contact, mais, dès après le mariage et la naissance du premier enfant, elles partaient s'installer dans les coins les plus reculés du District – des endroits comme Bethesda, Fairfax ou encore Alexandria, où il n'était possible de se rendre qu'en prenant un taxi ou deux bus. Peut-être, en effet, irions-nous les voir pour le premier anniversaire du bébé, mais il était fort peu probable d'y retourner par la suite.

Parce que célibataires, nous privilégions notre carrière : un choix, devions-nous souvent répéter à nos parents, qui n'avait rien à voir avec une position politique. Ils étaient certes fiers que nous ayons obtenu un diplôme, mais, à mesure que les années passaient

– occupées à gravir les échelons plutôt qu'à faire des bébés –, notre statut de célibataires et notre décision, bizarre, de vivre dans une ville bâtie sur des marécages, les déconcertaient de plus en plus.

Il est vrai que l'été, l'humidité de Washington pesait comme une couverture mouillée, et apportait son lot de moustiques-tigres féroces. Le matin, nos cheveux, soigneusement bouclés de la veille au soir, redevenaient tout plats dès que nous mettions un pied dehors. Les tramways et les bus ressemblaient à des saunas et sentaient l'éponge pourrie. Le seul moment où nous n'avions pas l'impression d'être en sueur et débraillées était celui où nous prenions une douche froide.

L'hiver n'offrait guère de répit. Nous nous emmitouflions alors pour foncer tête baissée jusqu'à l'arrêt de bus, luttant contre le vent glacé venu du fleuve Potomac.

En revanche, en automne, la ville revivait. Les arbres, le long de Connecticut Avenue, évoquaient un feu d'artifice rouge orangé. La température était délicieuse, et nous n'avions pas à nous inquiéter d'éventuelles auréoles de sueur sur les dessous-de-bras de nos chemisiers. Les vendeurs de hot-dogs proposaient des châtaignes grillées servies dans de petits sachets en papier – juste la quantité nécessaire pour le trajet du retour.

Et chaque printemps apportait son lot de fleurs de cerisier et de cars bondés de touristes qui venaient visiter les monuments de la ville et qui, sans tenir compte des nombreux panneaux d'interdiction, cueillaient les fleurs roses et blanches pour les glisser derrière leurs oreilles ou dans la pochette de leur veste.

L'automne et le printemps dans le District étaient les deux saisons où il faisait bon flâner tard le soir. C'était l'occasion de nous arrêter en chemin et de nous asseoir sur un banc ou de faire un détour par le Reflecting Pool, le plus grand miroir d'eau de la ville. Dans les bureaux de l'Agence sur la rue E, les néons jetaient partout une lumière crue, accentuant la brillance de notre front et grossissant les pores de notre nez. Mais quand nous quittions l'Agence, et quand l'air frais soufflait sur nos bras nus, quand nous choisissions de rentrer par le chemin le plus long en passant par le National Park verdoyant, la ville bâtie sur des marécages se transformait en carte postale.

Pour autant, les doigts gourds, les poignets douloureux, les interminables mémos, rapports et notes prises sous la dictée ne manquent jamais de se rappeler à nous. Nous passions tellement d'heures à taper à la machine à écrire que certaines d'entre nous en rêvaient la nuit. Et encore des années plus tard, les hommes qui partageaient notre lit remarquaient que nos doigts, parfois, se contractaient dans notre sommeil. Nous nous souvenons que les vendredis après-midi, nous regardions l'heure toutes les cinq minutes. Nous nous souvenons aussi des feuilles de papier qui coupaient, du papier toilette trop rêche, du parquet dans le hall qui, les lundis matin, sentait le produit Murphy Oil pour les sols et nous nous souvenons aussi qu'en le traversant, même plusieurs jours après qu'il avait été ciré, nos talons glissaient encore.

Nous nous souvenons de l'unique rangée d'étroites fenêtres à l'autre bout de la SR – elles étaient placées si haut que nous ne pouvions rien voir de ce qui se passait à l'extérieur ; et, de toute façon, la seule chose que nous aurions aperçue aurait été le bâtiment gris du département d'État, de l'autre côté de la rue, qui était en tout point semblable à notre bâtiment. Nous spéculions sur leur équipe de dactylos. À quoi ressemblaient-elles ? Quelles vies menaient-elles ? Regardaient-elles parfois par leurs fenêtres pour voir notre bâtiment en se posant des questions à notre sujet ?

À cette époque-là, les journées paraissaient longues et chacune bien distincte des autres ; désormais, en y repensant, elles se confondent toutes. Nous ne pouvons pas vous dire si la fête de Noël au cours de laquelle Walter Anderson avait renversé du vin rouge sur sa chemise et s'était évanoui à la réception, avec un petit mot accroché au revers de sa veste sur lequel était écrit NE PAS RANIMER, avait eu lieu en 1951 ou 1955. Pas plus que nous nous rappelons si Holly Falcon avait été virée parce qu'elle avait permis à un officier visiteur de la photographier nue dans la salle de conférences du deuxième étage ou si, au contraire, elle avait eu une promotion grâce à ces mêmes photos et avait été virée peu de temps après pour une autre raison.

En revanche, il y a des choses dont nous nous souvenons.

Si vous étiez arrivé au QG et aviez vu une femme dans un élégant tailleur en tweed en train de suivre un homme dans son bureau, ou bien encore une femme à la réception portant des chaussures à talons rouges assortis à son cardigan angora, vous auriez pu penser que cette femme était une dactylo ou une secrétaire ; et vous auriez eu raison. Mais vous auriez aussi eu tort. *Secrétaire* : personne de confiance qui détient des secrets. Du latin *secretus, secretum.* Nous tapions toutes à la machine, mais certaines ne s'arrêtaient pas à cette fonction. Nous ne disions pas un mot de cet autre travail qui était le nôtre, tous les soirs, après avoir recouvert nos machines à écrire. Au contraire de certains des hommes de l'Agence, nous étions capables de garder nos secrets.

EST

1949-1950

1

LA MUSE

Quand les hommes aux costumes noirs sont arrivés, ma fille leur a offert le thé. Les hommes ont accepté, avec une politesse propre aux invités. Mais quand ils ont commencé à vider les tiroirs de mon bureau, à faire tomber les livres des étagères, à retourner les matelas, à fouiller les placards, Ira a retiré la bouilloire sifflante du poêle et a rangé les tasses et les soucoupes dans le buffet.

Quand l'un de ces hommes, qui portait une grande caisse, a donné aux autres l'ordre de rafler tout ce qui pouvait leur être utile, mon jeune fils, Mitya, est allé sur le balcon où il gardait une femelle porc-épic. Il l'a alors emmaillotée dans son pull, comme si ces hommes allaient l'embarquer aussi. L'un d'eux – celui qui, plus tard, laisserait ses doigts glisser au bas de mon dos en me poussant à l'intérieur de leur voiture noire – a posé sa main sur la tête de Mitya en le qualifiant de « gentil garçon ». Mais Mitya, le gentil

Mitya, a repoussé cette main d'un geste violent et s'est retiré dans la chambre qu'il partageait avec sa sœur.

Ma mère, qui prenait un bain quand les hommes sont arrivés, est apparue, vêtue uniquement d'un peignoir, les cheveux encore mouillés, le visage rougi. «Je t'avais prévenue. Je t'avais dit qu'ils viendraient.» Les hommes ont pillé les lettres de Boris, mes notes, mes listes de courses, les coupures de presse, les magazines, les livres. «Je t'avais bien dit qu'il ne nous attirerait rien d'autre que des ennuis, Olga.»

Avant que j'aie pu répondre, l'un des hommes m'avait pris le bras – plus comme un amoureux que comme quelqu'un à qui l'on avait ordonné de m'arrêter – et, en me soufflant son haleine chaude dans le cou, m'a dit qu'il était temps d'y aller. Je me suis figée. Il m'a fallu les hurlements de mes enfants pour me ramener à la réalité du moment présent. La porte a claqué derrière nous, et les hurlements n'ont fait que s'amplifier.

La voiture a tourné deux fois à gauche, puis à droite. Et encore une fois à droite. Je n'ai pas eu besoin de regarder par la vitre pour savoir où les hommes en noir m'emmenaient. J'avais la nausée et l'ai dit à l'homme assis près de moi, celui qui sentait l'oignon frit et le chou. Il a ouvert la vitre – une petite faveur –, mais la nausée a persisté et, quand l'immense bâtiment en brique jaune est apparu, j'ai eu un haut-le-cœur.

Quand j'étais enfant, on m'avait appris à retenir ma respiration et à faire le vide dans ma tête chaque fois que nous passions devant la Loubianka – on disait alors que le ministère de la Sécurité intérieure pouvait deviner si vous entreteniez des pensées antisoviétiques. À l'époque, je n'avais aucune idée de ce qu'étaient des pensées antisoviétiques.

La voiture a contourné un rond-point et a franchi la grille de la cour intérieure de la Loubianka. Ma bouche s'est remplie de bile, que j'ai rapidement ravalée. Les hommes assis à côté de moi ont alors reculé sur leur siège aussi vite qu'ils le pouvaient.

La voiture s'est arrêtée. « Quel est le bâtiment le plus haut de Moscou ? » a demandé l'homme qui sentait l'oignon et le chou, en ouvrant la portière. Je me suis de nouveau sentie nauséeuse et me suis penchée en avant pour vider mon estomac et vomir des œufs frits sur les pavés, ratant de peu ses chaussures noires. « La Loubianka, évidemment. On dit qu'on peut voir jusqu'en Sibérie depuis les sous-sols. »

L'autre homme a éclaté de rire et écrasé sa cigarette du bout de sa chaussure.

J'ai craché deux fois et essuyé ma bouche avec le dos de ma main.

Une fois à l'intérieur de leur immense bâtiment de brique jaune, les hommes en noir m'ont confiée à deux gardiennes, non sans m'avoir jeté un coup d'œil qui laissait entendre que je devais me réjouir de ne pas avoir affaire à eux pour m'accompagner jusqu'à ma cellule. La femme la plus forte, avec une légère moustache, s'est assise dans un coin sur une chaise en plastique bleue tandis que la plus petite m'a demandé, d'une voix si douce qu'on aurait dit qu'elle encourageait un bambin à aller sur le pot, de me déshabiller. J'ai donc retiré ma veste, ma robe et mes chaussures et me suis retrouvée en sous-vêtements couleur chair pendant qu'elle me délestait de ma montre et mes bagues. Elle les a laissées tomber dans une boîte en métal, avec un bruit qui a résonné entre les murs en ciment, avant de m'indiquer d'un geste de retirer aussi mon soutien-gorge. J'ai regimbé en croisant les bras.

« Tu dois l'enlever », a dit la femme assise sur la chaise bleue – les premiers mots qu'elle m'adressait. « Tu pourrais te pendre avec. » J'ai donc dégrafé puis ôté mon soutien-gorge, l'air froid frappant ma poitrine, et j'ai senti leur regard glisser le long de mon corps. Même en de pareilles circonstances, les femmes se mesurent aux autres.

« Tu es enceinte ? a demandé la femme la plus forte.

— Oui », ai-je répondu. C'était la première fois que je le formulais à voix haute.

La dernière fois que Boris et moi avions fait l'amour, c'était une semaine après qu'il avait rompu avec moi pour la troisième fois. « C'est fini, m'avait-il dit. Il faut que ça cesse. » Je détruisais sa famille. J'étais la cause de ses souffrances. Il m'avait expliqué tout ça tandis que nous marchions le long de la rue Arbat, et je m'étais effondrée sur le seuil d'une boulangerie. Quand il m'avait relevée, j'avais hurlé qu'il me laisse tranquille. Des gens s'étaient arrêtés pour regarder, interloqués.

La semaine d'après, il était devant ma porte. Il m'avait apporté un cadeau : un somptueux kimono japonais que ses sœurs, alors à Londres, s'étaient procuré pour lui. « Essaie-le pour me faire plaisir », avait-il imploré. Je m'étais donc esquivée derrière mon paravent pour l'enfiler. Le tissu était rêche et la coupe ne m'avantageait guère, bouffant au niveau du ventre. Il était trop grand – peut-être avait-il fait croire à ses sœurs que le kimono était pour son épouse. Je lui avais donc dit que je détestais ce cadeau. « Enlève-le, alors », m'avait-il dit en riant. Et je m'étais exécutée.

Un mois plus tard, ma peau avait commencé à picoter, comme si j'avais plongé dans de l'eau chaude après un bain froid. J'avais déjà ressenti ça avec Ira et Mitya, et j'avais donc su que j'attendais un enfant.

« Dans ce cas, un médecin viendra te voir bientôt », m'a dit la plus petite des gardiennes.

Elles m'ont fouillée, ont pris tout ce que j'avais et m'ont donné une blouse grise très large et des chaussons de deux pointures trop grands, avant de m'escorter jusqu'à une cellule en ciment, équipée seulement d'un matelas et d'un seau.

J'y suis restée enfermée trois jours au cours desquels on m'a nourrie deux fois par jour de kacha et de lait tourné. Un médecin est venu m'examiner mais n'a fait que confirmer ce que je savais déjà. C'est grâce au bébé qui grandissait en moi que j'ai échappé aux choses les plus terribles qui, comme je l'avais entendu dire, arrivaient habituellement aux femmes confinées dans cette cellule.

Au bout de ces trois jours, on m'a emmenée dans une pièce plus grande, elle aussi en ciment, avec quatorze autres prisonnières, et où l'on m'a attribué un lit au cadre métallique vissé dans le sol. Dès que les gardiennes ont refermé la porte, je me suis allongée.

« Tu ne peux pas dormir maintenant », m'a dit une jeune femme assise sur le lit contigu. Elle avait des bras grêles avec des plaies sur les coudes. « Ils vont venir te réveiller. » Elle m'a montré du doigt les néons aveuglants au plafond. « Il est interdit de dormir pendant la journée. »

« Et tu auras de la chance si tu peux dormir une heure d'affilée pendant la nuit », a ajouté une autre femme. Elle avait un air de ressemblance avec la première mais paraissait avoir l'âge d'être sa mère. Je me suis demandé si elles étaient de la même famille – ou si, après être restées enfermées dans cet endroit, sous cette lumière crue, et en portant les mêmes vêtements, on finissait par toutes se ressembler. « C'est la nuit qu'ils viennent te chercher pour faire un *petit brin de causette.* »

La plus jeune lui a jeté un drôle de regard.

« Qu'est-ce qu'on fait quand on ne dort pas ? ai-je demandé.

— On attend.

— Et on joue aux échecs.

— Aux échecs ?

— Oui », a répondu une troisième femme, assise sur la table au milieu de la pièce. Elle a tendu un cavalier fabriqué dans un dé à coudre. « Tu sais jouer ? » Je ne savais pas jouer ; mais, au fil des mois passés à attendre, j'apprendrais.

Et les gardiens sont venus. Chaque nuit, ils venaient chercher l'une d'entre nous, une à la fois, avant de la ramener dans la cellule n° 7 des heures plus tard, les yeux rouges, silencieuse. Chaque nuit je me préparais, je m'endurcissais au cas où ils viendraient pour moi ; mais quand mon tour est venu, j'ai quand même été surprise.

J'ai été réveillée par un coup de matraque en bois sur mon épaule nue. « Initiales ! » a craché le gardien penché sur mon lit. Les hommes qui venaient la nuit demandaient toujours nos initiales avant de nous emmener. J'ai donc marmonné une réponse. Le gardien m'a alors donné l'ordre de m'habiller et n'a pas détourné le regard pendant que je m'exécutais.

Nous avons parcouru un long couloir sombre avant de descendre plusieurs volées de marches. Je me suis alors demandé si les rumeurs étaient vraies : à savoir que la Loubianka descendait vingt étages sous terre, qu'elle était reliée au Kremlin par des tunnels et que l'un de ces tunnels débouchait sur un bunker qui, pendant la guerre, avait été luxueusement aménagé et équipé de tout le confort pour Staline.

Arrivés au bout d'un long couloir, on m'a conduite jusqu'à une porte marquée du numéro 271. Le gardien l'a entrebâillée, y a passé la tête, puis l'a finalement ouverte en grand en riant. Ce n'était pas une cellule, mais une réserve avec des pyramides de conserves de viande, de boîtes de thé, et des sacs de farine de seigle soigneusement empilés. Le gardien a grogné, puis m'a indiqué du doigt le fond de la pièce et une autre porte, sans numéro cette fois, qu'il m'a ordonné d'ouvrir. À l'intérieur, mes yeux ont eu du mal à s'ajuster à la lumière. C'était un bureau meublé avec élégance – du mobilier qui n'aurait pas dépareillé dans le hall d'un hôtel. Un pan de mur était entièrement recouvert d'étagères sur lesquelles s'alignaient des livres reliés en cuir ; trois gardiens étaient debout en rang le long d'un autre mur. Au milieu de la pièce, un homme portant une vareuse militaire était assis derrière une grande table de travail recouverte de livres et de lettres : mes livres, mes lettres.

« Assieds-toi, Olga Vsevolodovna », a-t-il dit. Cet homme avait le dos voûté de celui qui a passé sa vie derrière un bureau ou qui a été condamné à des travaux forcés. Au vu des mains parfaitement manucurées qui enveloppaient sa tasse de thé, j'ai penché pour la première hypothèse. Je me suis assise sur la petite chaise en face de lui.

« Désolé de t'avoir fait attendre », a-t-il dit.

J'ai commencé à débiter le discours que j'avais préparé pendant des semaines. « Je n'ai rien fait de mal. Vous devez me relâcher. J'ai une famille. Il n'y a… »

Il a levé un doigt. « Rien de mal ? C'est nous qui en déciderons le moment venu. » Il a soupiré et s'est curé les dents à l'aide de l'ongle jaune et épais de son pouce. « Et ça va prendre du temps. »

J'avais cru qu'ils me laisseraient sortir d'un jour à l'autre, que tout serait résolu, et que je passerais le réveillon du Nouvel An assise au chaud près d'un poêle en trinquant et en buvant un verre de vin géorgien avec Boris.

« Voyons voir, qu'as-tu fait ? » Il feuilletait un tas de papiers et en a sorti ce qui ressemblait à un mandat d'arrêt. « A exprimé des opinions antisoviétiques à caractère terroriste », a-t-il énoncé, comme il aurait lu la liste des ingrédients d'une recette de gâteau au miel.

On pourrait croire que la terreur vous glace le sang, qu'elle vous paralyse, afin d'éviter d'avoir mal plus tard. Pour ma part, j'ai ressenti une vague de chaleur brûlante comme si une langue de feu me traversait des pieds à la tête. «Je vous en prie, ai-je dit. Il faut que je parle à ma famille.

— Permets-moi de me présenter.» Il a souri et s'est laissé aller contre le dossier de sa chaise, dont le cuir a craqué. «Je ne suis que ton humble interrogateur. Veux-tu du thé?

— Oui.»

Il n'a pas pour autant fait le geste de se lever pour me servir. «Je m'appelle Anatoli Sergueïevitch Semionov.

— Anatoli Sergueïevitch…

— Anatoli suffira. Nous allons être amenés à bien nous connaître, Olga.

— Olga Vsevolodovna.

— Comme tu voudras.

— Et j'aimerais que vous jouiez franc-jeu avec moi, Anatoli Sergueïevitch.

— Et moi, j'aimerais que tu sois honnête avec moi, Olga Vsevolodovna.» Il a sorti un mouchoir sale de sa poche et s'est mouché. «Parle-moi de ce roman qu'il est en train d'écrire. J'ai entendu dire certaines choses.

— Comme quoi?

— Raconte-moi. De quoi parle ce *Docteur Jivago*?

— Je ne sais pas.

— Tu ne sais pas?

— Le livre n'est pas terminé.

— Supposons que je te laisse ici, toute seule pendant un moment, avec une feuille de papier et un stylo – tu pourrais peut-être réfléchir à ce que tu sais ou non sur ce livre, et le mettre par écrit. Est-ce une bonne idée ? »

Je n'ai pas répondu.

Il s'est levé et m'a tendu un paquet de feuilles blanches avant de sortir un stylo plaqué or de l'une de ses poches. « Tiens, prends mon stylo. »

C'est ainsi qu'il m'a laissée seule avec son stylo, des feuilles de papier et les trois gardiens.

Cher Anatoli Sergueïevitch Semionov,

Dois-je m'adresser à toi sous forme de lettre ? Comment rédige-t-on correctement des aveux ?

J'ai en effet quelque chose à avouer, mais ce n'est pas ce que tu as envie d'entendre. Et, avec des aveux pareils, par quoi commence-t-on ? Peut-être par le commencement.

J'ai reposé le stylo.

La première fois que j'avais vu Boris, c'était au cours d'une lecture. Il était debout derrière un simple pupitre en bois, éclairé par un projecteur ; sa chevelure argentée lui dessinait un halo lumineux autour de la tête et son front luisait. En lisant ses poèmes, avec ses grands yeux et son visage ouvert, il ressemblait à un enfant dont émanait une expression si radieuse qu'elle rayonnait jusque dans la salle – et jusqu'au balcon où j'étais assise. Les mouvements de ses mains étaient rapides comme ceux d'un chef d'orchestre. Ce qu'il était, en quelque sorte. De temps à autre, le public ne pouvait s'empêcher de citer haut et fort ses vers avant qu'il ait lui-même le temps de terminer. Au cours de cette lecture, Boris avait marqué une pause et levé les yeux, et j'aurais alors pu jurer qu'il me voyait le regarder du balcon – et que mon regard, porté par les lumières blanches, avait rencontré le sien. Quand il avait eu fini, je m'étais levée – les mains serrées l'une contre l'autre, oubliant d'applaudir. J'avais regardé les gens se ruer sur la scène et l'entourer, et j'étais restée debout tandis que ma rangée, puis le balcon et enfin l'auditorium se vidaient complètement.

J'ai repris le stylo.

Ou bien devrais-je commencer par expliquer comment tout a commencé ?

Moins d'une semaine après cette lecture, j'avais revu Boris dans le hall d'accueil, dont le sol était recouvert d'un épais tapis rouge, de la revue littéraire *Novy Mir*. Il bavardait avec le nouveau rédacteur en chef, Konstantin Mikhailovitch Simonov, un homme à l'armoire remplie de costumes datant d'avant la guerre, et qui portait deux chevalières, chacune ornée d'un rubis, qui s'entrechoquaient quand il fumait la pipe. Il n'était pas rare que des écrivains viennent au bureau lui rendre visite. Souvent, j'étais chargée de leur faire visiter les locaux, de leur offrir le thé, de les emmener déjeuner – obéissant tout naturellement aux règles de la bienséance. Mais Boris Leonidovitch Pasternak était le poète russe vivant le plus célèbre et donc Konstantin l'avait reçu personnellement, l'accompagnant au milieu des tables de bureau alignées en enfilade, le présentant aux rédacteurs, aux graphistes, traducteurs et aux membres importants du personnel. De près, Boris était encore plus séduisant que sur scène. Il avait cinquante-six ans mais n'en paraissait pas plus de quarante. Il lançait des regards tout autour de lui en échangeant des plaisanteries avec tout le monde, et son large sourire soulignait ses pommettes hautes.

Tandis qu'il approchait de mon bureau, j'avais attrapé quelques feuillets de la traduction à laquelle je travaillais, annotant le manuscrit de poésie au hasard. Sous mon bureau, j'agitais mes orteils dans mes bas en nylon glissés dans mes chaussures à talons.

« Je voudrais vous présenter l'une de vos plus ferventes admiratrices, avait dit Konstantin à Boris. Olga Vsevolodovna Ivinskaïa. »

Je lui avais tendu la main.

Boris s'en était emparé pour y déposer un baisemain. « Ravi de vous rencontrer.

— J'aime vos poèmes depuis que je suis petite », avais-je dit bêtement, tandis qu'il lâchait ma main.

Il avait souri, découvrant ses dents écartées. « Je travaille actuellement sur un roman.

— Et de quoi s'agit-il ? » avais-je demandé, tout en me reprochant de prier un écrivain d'expliquer son projet avant qu'il l'ait terminé.

« C'est sur le Moscou d'autrefois. Vous êtes trop jeune pour l'avoir connu.

— C'est si excitant, avait dit Konstantin. À ce propos, nous devrions aller bavarder dans mon bureau. »

« J'espère vraiment vous revoir, Olga Vsevolodovna, avait dit Boris. C'est si agréable d'avoir encore des admiratrices. »

C'est ainsi que tout avait commencé.

La première fois que nous avions eu rendez-vous, j'étais en retard et il était en avance. Peu lui importait, avait-il dit ; il était arrivé place Pouchkine une heure plus tôt que prévu et s'était amusé à regarder les pigeons se percher l'un après l'autre au sommet de la statue en bronze du poète, tels des chapeaux de plume vivants. Quand je m'étais assise près de lui sur le banc, il m'avait pris la main et dit que depuis qu'il m'avait rencontrée il n'avait pensé à rien d'autre qu'à cet instant – il n'avait cessé d'imaginer le moment où il me verrait approcher, m'asseoir à côté de lui, juste avant de me prendre la main.

À compter de ce jour, il avait attendu chaque matin devant la porte de mon appartement. Avant d'aller travailler, nous marchions le long des grands boulevards, traversant des places et des parcs, en faisant des allers et retours sur tous les ponts qui enjambaient la Moskova, sans destination précise. Cet été-là, les tilleuls étaient en fleur, et la ville entière sentait le miel et une légère odeur putride.

Je lui avais tout raconté : mon premier mari, que j'avais retrouvé pendu dans notre appartement, mon second mari, qui était mort dans mes bras ; les hommes que j'avais eus avant et ceux que j'ai eus après. Je parlais de mes hontes, mes humiliations. Mes plaisirs secrets : descendre du train la première, ranger mes crèmes et mes parfums avec l'étiquette bien visible, le goût de la tarte aux cerises aigres au petit-déjeuner. Pendant ces premiers mois, je parlais, parlais et Boris écoutait.

À la fin de l'été, j'avais commencé à l'appeler Borya et lui m'avait appelé Olya. Et les gens s'étaient mis à parler de nous – surtout ma mère. « C'est tout simplement inacceptable, disait-elle si souvent que j'avais arrêté de compter. C'est un homme marié, Olga. »

Mais je savais qu'Anatoli Sergueïevitch se moquait d'entendre ce genre de confession. Je savais ce qu'il attendait de moi. Je me souvenais de ses mots : « Le sort de Pasternak dépendra de ton honnêteté. » J'ai donc repris le stylo et ai recommencé.

Cher Anatoli Sergueïevitch Semionov,
Le Docteur Jivago *parle d'un docteur.*
~~*C'est un récit des années de l'entre-deux-guerres.*~~
~~*C'est l'histoire de Iouri et Lara.*~~
~~*Ça parle du Moscou d'autrefois.*~~
~~*De la Russie d'autrefois.*~~
~~*D'amour.*~~
~~*De nous.*~~
Le Docteur Jivago *n'est pas un livre antisoviétique.*

Quand Semionov est revenu une heure plus tard, je lui ai tendu ma lettre. Il l'a parcourue des yeux, a retourné la feuille. « Tu pourras réessayer demain soir. » Il a froissé la feuille en boule, l'a laissée tomber et a fait signe aux gardiens de m'emmener.

Toutes les nuits, un gardien venait me chercher, et Semionov et moi reprenions notre petite conversation. Et toutes les nuits, mon humble interrogateur me posait les mêmes questions : « De quoi parle le roman ? Pourquoi l'écrit-il ? Pourquoi le protèges-tu ? »

Mes réponses n'étaient pas celles qu'il voulait entendre : à savoir, que le roman était une critique de la révolution. Que Boris avait rejeté le réalisme socialiste au profit de personnages de fiction qui vivaient et aimaient selon les élans du cœur, indépendamment de l'influence de l'État.

Je ne lui ai pas dit que Borya avait commencé son roman avant que nous nous rencontrions. Qu'il avait déjà Lara en tête et que, dans les premières pages, son héroïne ressemblait à sa femme, Zinaïda. Je ne lui ai pas dit qu'avec le temps Lara avait fini par me ressembler. À moins que ce soit moi qui aie fini par ressembler à Lara.

Je ne lui ai pas dit que Borya m'appelait sa « muse », et qu'il me confiait qu'en un an passé avec moi il avait plus écrit que pendant les trois années précédant notre rencontre. Je ne lui ai pas non plus dit que ce qui m'avait d'abord attiré chez lui, c'était certes son nom – le nom que tout le monde connaissait – mais que, je serais tombée amoureuse de lui quoi qu'il en fût. Et que, pour moi, il était plus que le célèbre poète debout sur une scène, plus qu'une photo dans les journaux et qu'une personne sous les feux des projecteurs.

Je n'ai pas dit combien j'aimais ses travers, ses imperfections : ses dents écartées; le peigne vieux de vingt ans dont il refusait de se séparer; les fois où il se grattait la joue avec son stylo pour réfléchir, y laissant un trait d'encre noire au travers; et, surtout, cette volonté qu'il avait de chercher à se dépasser en écrivant son chef-d'œuvre, peu importe le prix à payer.

Et il se dépassait. La journée, il écrivait à un rythme effréné, en laissant les pages tomber l'une après l'autre dans une corbeille en osier sous son bureau. Et le soir, il me lisait ce qu'il avait écrit.

Parfois, il organisait des lectures devant un petit groupe d'amis à l'autre bout de Moscou. L'assemblée prenait alors place sur des chaises disposées en demicercle autour d'une table à laquelle Borya était installé. Je m'asseyais près de lui, fière de jouer les hôtesses – la femme présente à ses côtés, une *presque épouse.* Fixant un point juste au-dessus des têtes de ceux assis en face de lui, il lisait avec enthousiasme, les mots se heurtant les uns aux autres.

Je me rendais à ces lectures en ville mais pas à celles de Peredelkino, à quelques minutes de Moscou en train. La datcha dans la colonie d'écrivains était le territoire de son épouse. La maison, en bois d'un brun rougeâtre, avec ses grandes baies vitrées, était construite en haut d'une colline en pente douce. À l'arrière, une forêt de bouleaux et de sapins; un chemin de terre longeant l'habitation menait à un grand jardin. La première fois qu'il m'y avait invitée, Borya avait pris le temps de m'expliquer quels étaient les légumes qui avaient prospéré au fil des années et ceux qui refusaient de pousser, et pourquoi.

La datcha, plus grande que les logements de la plupart des citoyens ordinaires, lui avait été attribuée par le gouvernement. En fait, Staline avait ordonné lui-même la construction de la colonie entière, pour aider des auteurs de la Mère Patrie, triés sur le volet, à s'épanouir. « La production d'âmes est plus importante que la production de chars », avait-il déclaré.

Comme Borya le disait, c'était aussi un moyen habile de les surveiller. L'auteur Konstantin Aleksandrovitch Fedine était son voisin. Korneï Ivanovitch Tchoukovski vivait tout près, et travaillait dans sa datcha sur ses livres pour enfants. La maison où avait vécu et avait été arrêté Isaac Babel, et dans laquelle il n'était jamais revenu, se trouvait au pied de la colline.

Je n'ai pas non plus dit à Semionov que Borya m'avait avoué que ce qu'il écrivait pourrait signer son arrêt de mort, et qu'il craignait que Staline le condamne, comme il avait condamné tant de ses amis durant les Grandes Purges.

Les réponses vagues que j'offrais ne satisfaisaient jamais mon interrogateur. Il me donnait chaque fois de nouvelles feuilles de papier et son stylo et me disait d'essayer à nouveau.

Semionov a tout essayé pour obtenir des aveux. Parfois, il était même gentil et m'apportait un thé, me demandant mon avis sur des poèmes, me disant qu'il avait toujours été un grand admirateur des premiers travaux de Borya. Il s'est même débrouillé pour que je puisse voir un médecin une fois par semaine et a exigé des gardiens que j'obtienne une couverture en laine supplémentaire.

D'autres fois, il tentait de me provoquer, en disant que Borya avait voulu se livrer à la police pour me libérer. Un jour, en entendant le bruit d'un chariot en métal ayant heurté un mur dans le couloir, il avait plaisanté, disant que c'était Borya, frappant contre les murs de la Loubianka pour essayer d'entrer.

Il disait aussi que Borya avait été vu en société, rayonnant, avec son épouse à son bras. « Sans entrave » étaient les mots qu'il employait. Parfois, ce n'était pas son épouse mais une jolie jeune femme. « Française, je crois », ajoutait-il. Je me forçais alors à sourire et répondais que je me réjouissais de le savoir heureux et en bonne santé.

Semionov n'a jamais porté la main sur moi, et ne m'a même jamais menacée. Pour autant, la violence était toujours sous-jacente, et son comportement affable était toujours calculé. J'avais déjà connu des hommes comme lui et je savais de quoi ils étaient capables.

La nuit, mes camarades de cellule et moi cachions nos yeux à l'aide de bandes de tissu moisi, nouées à l'arrière de nos têtes, pour bloquer la lumière qui restait toujours allumée. Les gardiens allaient et venaient. Nous dormions par intermittence.

Les nuits où je ne trouvais pas le sommeil, j'essayais de me concentrer suffisamment longtemps sur ma respiration pour ouvrir une voie au bébé qui grandissait à l'intérieur de moi. Je posais ma main sur mon ventre, espérant sentir quelque chose. Une fois, j'ai cru sentir une petite chose, aussi petite qu'une bulle qui éclate. J'ai alors tenté de garder cette sensation aussi longtemps que possible.

À mesure que mon ventre grossissait, j'ai été autorisée à rester allongée une heure de plus que les autres femmes. On me donnait aussi une portion supplémentaire de kacha et, à l'occasion, de chou bouilli. Par ailleurs, mes compagnes de cellule partageaient leurs portions avec moi.

On a fini par me donner une blouse plus grande. Mes compagnes demandaient à toucher mon ventre afin de sentir les coups de pied que lançait le bébé. Ces coups fleuraient bon la promaisse d'une vie du dehors, loin de la cellule n° 7. « Notre plus jeune prisonnier », roucoulaient-elles.

Cette nuit-là a commencé comme toutes les autres. J'ai été réveillée par une matraque et escortée jusqu'à la salle d'interrogatoire. Je me suis assise en face de Semionov, qui m'a donné une nouvelle feuille de papier.

C'est alors qu'on a frappé à la porte. Un homme avec des cheveux si blancs qu'ils paraissaient presque bleus est entré pour dire à Semionov que tout était prêt pour le rendez-vous. Cet homme s'est tourné vers moi. « Tu avais demandé un rendez-vous. Tu l'as obtenu.

— Ah bon ? Avec qui ? me suis-je étonnée.

— Pasternak », a répondu Semionov, d'une voix plus forte et d'un ton plus sec que d'habitude, en présence de cet autre homme. « Il t'attend. »

Je n'y ai pas cru. Mais quand ils m'ont fait monter à l'arrière d'un fourgon sans fenêtre, je me suis autorisée à y croire. Ou plus exactement, je n'ai pas pu m'empêcher d'espérer. À l'idée de le voir, même dans ces circonstances, j'ai ressenti une joie inégalée depuis le premier coup de pied de notre bébé.

Nous sommes arrivés dans un autre bâtiment de la police d'État et j'ai été conduite au sous-sol après avoir traversé une suite de couloirs. Le lieu de rendez-vous une fois atteint, sur le seuil d'une pièce obscure, j'étais épuisée et en sueur et n'ai pu m'empêcher de m'inquiéter à l'idée que Borya me verrait dans cet état-là.

Mes yeux se sont acclimatés à la pénombre et j'ai jeté un coup d'œil autour de moi. La pièce était nue. Pas de chaise, pas de table. Une ampoule pendait au plafond. Le sol descendait en pente vers une canalisation rouillée installée au centre.

« Où est-il ? » ai-je demandé en me rendant immédiatement compte à quel point j'avais été stupide.

En guise de réponse, l'homme qui m'accompagnait m'a poussée brutalement dans une autre pièce dont il a verrouillé la porte en métal derrière moi. Une bouffée nauséabonde m'a prise à la gorge. Doucereuse et reconnaissable entre toutes. Mon regard s'est arrêté sur les formes, enveloppées de bâches, allongées sur les tables. Mes jambes ont lâché et je suis tombée à genoux sur le sol froid et mouillé. Boris était-il allongé là ? Était-ce la raison pour laquelle ils m'avaient amenée ici ?

La porte s'est ouverte après plusieurs minutes ou plusieurs heures, et deux bras m'ont soulevée pour me remettre debout. On m'a traînée dans l'escalier et pour traverser une suite sans fin de couloirs.

Nous avons alors pris place dans un monte-charge. Le gardien a fermé la cage et actionné le levier. Les moteurs se sont mis en marche et le monte-charge a été secoué, un bref sursaut, mais sans que les câbles bougent. Le gardien a de nouveau actionné le levier avant d'ouvrir la grille en grand. «J'oublie chaque fois, a-t-il dit avec un sourire narquois, en me tirant hors du monte-charge. Il est en panne depuis des lustres.»

Il a alors ouvert la première porte sur notre gauche. Semionov était là. « Nous t'attendions, a-t-il dit.

— Qui, *nous* ? »

Il a tapé, deux coups, contre le mur. La porte s'est ouverte de nouveau, et un vieil homme est entré en traînant des pieds. Il m'a fallu un moment pour me rendre compte qu'il s'agissait de Sergueï Nikolaïevitch Nikiforov, l'ancien professeur d'anglais d'Ira – ou plus exactement son fantôme. La barbe du professeur, d'habitude soigneusement taillée, poussait dru, son pantalon bâillait sur ses hanches frêles et il n'y avait pas de lacets à ses chaussures. Il empestait l'urine.

« Sergueï », ai-je murmuré. Mais il refusait de me regarder.

« On peut commencer ? » a demandé Semionov. « Bien », a-t-il dit sans attendre qu'on lui réponde.

« Reprenons depuis le début. Sergueï Nikolaïevitch Nikiforov, confirmes-tu le témoignage que tu nous as livré hier, à savoir que tu étais présent lors d'une conversation antisoviétique entre Pasternak et Ivinskaïa ? »

J'ai hurlé mais ai vite été réduite au silence par la gifle du gardien posté près de la porte. J'ai valsé contre le mur carrelé mais n'ai rien senti.

« Oui, j'étais présent, a répondu Nikiforov, tête baissée.

— Tu nous as dit qu'Ivinskaïa t'avait informé de son projet de fuite à l'étranger avec Pasternak. Tu confirmes ?

— Oui, c'est exact. »

« Ce n'est pas vrai », ai-je crié. Le gardien s'est précipité sur moi.

« Et que tu as écouté des émissions de radio antisoviétiques chez Ivinskaïa ?

— Non, ce n'est pas… en fait, non… je…

— Tu nous as donc menti ?

— Non. » Le vieil homme a levé ses mains tremblantes pour cacher son visage, en laissant échapper un gémissement surnaturel.

J'aurais dû regarder ailleurs, mais je ne l'ai pas fait.

Ils ont emmené Nikiforov et m'ont reconduite jusqu'à la cellule n° 7. Je ne sais plus quand j'ai commencé à avoir mal – j'étais comme anesthésiée depuis des heures –, mais, arrivé à un certain point, mes compagnes de cellule ont alerté un gardien : ma paillasse était trempée de sang.

On m'a transférée au dispensaire de la Loubianka et, tandis que le médecin m'apprenait ce que je savais déjà, je ne pensais qu'à une seule chose : l'odeur de la morgue avait imprégné mes vêtements; je sentais la mort.

« Les déclarations des témoins nous ont révélé tes faits et gestes : tu n'as cessé de dénigrer notre régime et l'Union soviétique. Tu as écouté La Voix de l'Amérique[1]. Tu as calomnié des auteurs soviétiques ayant des points de vue patriotiques et tu as porté aux nues le travail de Pasternak, un auteur aux opinions contestataires. »

J'écoutais le verdict du juge. J'ai entendu les mots prononcés et le nombre d'années clairement énoncé, mais j'ai été incapable de comprendre ce qu'ils signifiaient jusqu'à ce qu'on me ramène dans ma cellule. Quelqu'un m'a posé la question et j'ai répondu : « Cinq ans. » Et ce n'est qu'en cet instant que j'ai compris : cinq ans dans un camp de rééducation à Potma, en Mordovie. Cinq ans, cinq cents kilomètres au sud-est de Moscou. Quand je reviendrais, ma fille et mon fils seraient des adolescents et ma mère aurait presque soixante-dix ans. Serait-elle encore vivante ? Boris m'aurait oubliée – sans doute aurait-il trouvé

1. *Voice of America* est le service de diffusion internationale par radio (mais aussi télévision) du gouvernement américain; directement contrôlé par l'État.

une nouvelle muse, une autre Lara. C'était d'ailleurs peut-être déjà le cas.

Le lendemain de ma condamnation, on m'a donné un manteau d'hiver mité et on m'a fait monter avec d'autres femmes à l'arrière d'un camion recouvert d'une bâche ; à travers ses pans entrebâillés, nous avons regardé Moscou filer sous nos yeux.

À un croisement de rues, des écoliers ont traversé derrière le camion. Leur professeur leur a crié de regarder droit devant eux, mais un petit garçon s'est retourné, et nos regards se sont croisés. L'espace d'un instant, je me suis imaginé que c'était mon fils, Mitya, ou peut-être le bébé que je ne connaîtrais jamais.

Quand le camion s'est arrêté, les gardiens nous ont hurlé dessus pour nous faire descendre et rejoindre rapidement le train qui nous conduirait jusqu'au goulag. J'ai pensé aux premières pages du roman de Borya, quand Iouri Jivago monte dans un train en direction de l'Oural, espérant mettre sa jeune famille en sécurité.

Les gardiens nous ont installées dans un wagon sans fenêtres et, bercée par le roulis du train, j'ai fermé les yeux.

Comme des ondes provoquées par un galet qui ricoche dans une eau calme, Moscou s'étalait en cercles concentriques. La ville irradiait à partir de son centre rouge jusqu'aux boulevards, des monuments jusqu'aux immeubles d'habitation – de plus en plus hauts et larges à mesure qu'on s'éloignait. Puis venaient les arbres, la campagne, et la neige. Rien que la neige.

OUEST

Automne 1956

2

LA POSTULANTE

C'était l'une de ces journées humides à Washington quand, au-dessus du fleuve Potomac, l'air s'épaissit. On avait l'impression de respirer à travers un chiffon mouillé même en septembre. Dès que je suis sortie de l'appartement en entresol que je partageais avec ma mère, j'ai regretté de porter ma jupe grise. À chaque pas, je ne pensais plus que *laine, laine, laine.* À peine avais-je eu le temps de monter dans le bus 8 et de m'asseoir dans le fond que mon chemisier blanc était déjà trempé par la transpiration. Le pire, pourtant, a été l'impression d'avoir deux grosses taches de sueur, une pour chaque fesse, sur mon derrière. Avec le propriétaire qui menaçait d'augmenter notre loyer, j'avais désespérément besoin de ce travail. Pourquoi n'avais-je pas choisi de mettre une tenue en lin ?

Après avoir changé de bus une fois et marché sur une distance de trois pâtés de maisons, je suis arrivée à Foggy Bottom. En descendant la rue E, j'ai essayé de jeter un coup d'œil discret à mon reflet dans la vitrine du *People Drug Store*. Je n'y voyais rien, d'une part à cause de la lumière éblouissante du soleil, mais aussi parce que je ne portais pas mes lunettes.

J'avais vingt ans la première fois qu'un ophtalmo m'avait examinée. Pour autant, à cette époque-là, j'étais tellement habituée à une vie aux contours flous que, quand j'ai finalement vu le monde tel qu'il était, tout m'a paru trop aiguisé. Je pouvais voir toutes les feuilles sur un arbre et tous les pores de mon nez. Je pouvais voir chaque poil de chat blanc sur nos vêtements à cause de Miska, le matou de notre voisine du dessus. Cette acuité me donnait des maux de tête. Je m'étais aperçue que je préférais voir les choses comme un tout confus, sans contraste, et je portais donc rarement mes lunettes. Peut-être étais-je bornée, car j'avais une petite idée de comment était le monde, et ce qui était contraire à cette vision me mettait mal à l'aise.

En passant devant un homme assis sur un banc, j'ai senti son regard s'appesantir sur moi. Avait-il remarqué que je me tenais voûtée en marchant tête baissée ? Je m'étais entraînée à corriger cette posture en faisant le tour de ma chambre pendant des heures avec un livre sur la tête, en vain. Et chaque fois que je sentais sur moi le regard d'un homme, je pensais que c'était seulement à cause de ma drôle de démarche. L'autre possibilité, à savoir qu'il me trouve séduisante, ne me traversait jamais l'esprit. Je pensais toujours que c'était à cause de cette démarche, ou des vêtements que je portais, confectionnés à la maison, ou encore parce que je le regardais trop fixement

– ce que j'avais tendance à faire. Ce n'était jamais parce que j'étais jolie. Non, jamais.

J'ai accéléré le pas, ai foncé à l'intérieur d'un *diner*, et suis allée directement aux toilettes.

Pas de tache de sueur. Dieu merci. Mais pour le reste, c'était une tout autre affaire : ma frange collait à mon front, le mascara qui, selon ma mère, me donnait l'air d'une « épouse vendue par correspondance », avait coulé, et la poudre que j'avais délicatement appliquée sur ce que la vendeuse de chez Woolworth appelait des « zones problématiques » sur mon visage était aussi épaisse que de la pâte à pancake. Je me suis aspergé le visage d'eau fraîche et étais sur le point de m'essuyer quand quelqu'un a frappé à la porte.

« Un instant, s'il vous plaît. »

On a continué à frapper.

« C'est occupé ! »

La personne de l'autre côté a secoué la poignée de porte.

J'ai entrouvert, le visage dégoulinant d'eau. « J'en ai pour une seconde », ai-je dit à l'homme avec un journal coincé sous le bras, avant de claquer la porte. Soulevant ma jupe, j'ai calé une serviette en papier pliée entre ma culotte et ma gaine pour absorber la sueur et jeté un coup d'œil à ma montre : il me restait trente-cinq minutes avant mon entretien.

Sidney, mon ex petit-ami, si tant est qu'on puisse le considérer comme tel, m'avait parlé de cette offre d'emploi, pour la première fois, un soir où nous mangions une pizza en buvant des bières au *Bayou*. Sidney faisait partie de ces gars de D.C. qui se targuaient d'être toujours au courant de tout, et il savait que, depuis que j'avais obtenu mon diplôme, deux ans auparavant, j'essayais de décrocher un boulot qui me permettrait de travailler pour le gouvernement. Cependant, les postes pour débutantes étaient devenus rares et souvent il fallait connaître quelqu'un qui connaissait quelqu'un pour avoir l'info. Sidney était ma source d'info. Il travaillait au département d'État et avait entendu dire par l'ami d'un ami qu'on recrutait une dactylo. Je savais que j'avais peu de chances d'obtenir le poste, car mes compétences en dactylo et en sténo étaient moyennes ; répondre au téléphone pour un avocat presque à la retraite, portant des costumes mal ajustés, avait été ma seule expérience professionnelle. Mais Sidney m'avait dit que c'était du tout cuit, car il avait glissé un mot à quelqu'un qu'il connaissait à l'Agence. Je le soupçonnais de ne connaître véritablement personne à qui il aurait pu glisser un mot, mais je l'avais remercié malgré tout. Pour autant, quand il s'était penché pour m'embrasser, je lui avais tendu la main et l'avais remercié à nouveau.

Je suis sortie des toilettes, soulagée de voir que l'homme au journal était parti. J'ai commandé un Coca-Cola, et le petit homme grec derrière le comptoir m'a servie avec un clin d'œil. « La journée a mal commencé ? » a-t-il demandé. J'ai hoché la tête et ai bu mon soda d'un trait. « Merci », ai-je lancé en glissant une pièce de cinq cents sur le comptoir. Il l'a repoussée d'un doigt. « C'est pour moi », a-t-il dit, avec un nouveau clin d'œil.

Je suis arrivée un quart d'heure en avance devant les grilles noires en fer forgé qui s'ouvraient sur les bâtiments en brique, grise et rouge, de Navy Hill. Cinq minutes de politesse auraient suffi, mais une avance de quinze minutes signifiait que je devais faire trois fois le tour du pâté de maisons avant de pouvoir me présenter. Arrivée là, j'étais donc de nouveau en sueur. En poussant la lourde porte d'entrée, j'espérais alors être accueillie par une délicieuse bouffée d'air conditionné, mais j'ai été happée par un souffle encore plus chaud qu'à l'extérieur.

Après avoir patienté dans la file d'attente pour passer le service de sécurité, mon tour est venu et on a contrôlé ma carte d'identité et vérifié que mon nom apparaissait bien sur la liste de visiteurs approuvés au préalable. Tandis que j'avançais, un homme aux cheveux blancs avec des lunettes rondes à monture métallique m'a doublée en me bousculant; j'en ai lâché mon sac, et mon pauvre CV d'une seule page s'est envolé pour atterrir à mes pieds. L'homme, qui avait passé le contrôle de sécurité en coup de vent, s'est retourné et est revenu sur ses pas. Il a ramassé le CV – la courte liste de mes expériences professionnelles et de mes qualifications –, désormais sali, comme singulièrement décoré mais toujours aussi pauvre, avant de me le tendre avec un «Je vous en prie, mademoiselle». Et il a disparu avant que je puisse répondre.

Dans l'ascenseur, j'ai léché le bout de mon doigt pour frotter la saleté sur mon CV, ce qui n'a servi qu'à l'étaler, et je me suis maudite de ne pas en avoir apporté une copie. Je l'avais rédigé à l'aide d'un livre emprunté à la bibliothèque, *Comment obtenir un emploi sans tricher!* J'avais suivi les instructions, et m'étais même payé le luxe d'un épais papier d'impression blanc cassé. Maintenant souillé, le CV était le résultat de ce qu'on appellerait dans le livre un « travail d'amateur ».

Et, pour aggraver les choses, en me baissant dans le but de le ramasser, la serviette en papier que j'avais coincée dans les toilettes du *diner* était remontée et je la sentais plaquée au creux de mes reins. En souhaitant ne plus y penser, je n'ai pas cessé d'y penser.

« Où allez-vous ? » m'a demandé la femme à côté de moi, un doigt survolant les boutons d'appel.

« Euh ..., ai-je répondu. Troisième. Non, quatrième.

— Un entretien ? »

J'ai levé la feuille de mon CV.

« Dactylo ?

— Comment avez-vous deviné ?

— Je suis plutôt bonne pour vite deviner de quoi il retourne. » La femme m'a tendu la main. Elle avait les yeux très écartés et des lèvres pleines, peintes d'un rouge cireux; on aurait dit deux bonbons Swedish Fish. Elle s'est présentée : « Lonnie Reynolds. J'ai commencé à l'Agence avant l'Agence. » Elle paraissait en tirer tout à la fois de la fierté et une certaine lassitude. Quand elle m'a serré la main, j'ai remarqué la bande de peau plus claire sur son annulaire gauche. Elle a remarqué que j'avais remarqué l'absence d'alliance et a soutenu mon regard longtemps. L'ascenseur a sonné, nous étions arrivées au troisième étage.

« Vous auriez un conseil à me donner ? ai-je demandé avant qu'elle s'éloigne.

— Tapez vite. Ne posez pas de question. Et ne vous laissez pas emmerder. » Tandis que deux hommes montaient dans l'ascenseur, je l'ai entendue me lancer de derrière leur dos : « Au fait, l'homme qui vous a bousculée, c'était Dulles. »

Avant que je puisse lui demander qui était Dulles, les portes se sont refermées.

Au quatrième étage, la réceptionniste m'a accueillie d'un geste de la main me désignant une rangée de chaises en plastique alignées le long du mur et sur lesquelles plusieurs autres femmes étaient déjà assises. Je me suis installée et ai alors senti la serviette en papier se déplacer. Je m'en suis voulu de ne pas être montée plus tôt quand j'en avais encore le temps.

À ma droite, une femme d'un certain âge portait un cardigan en laine verte épaisse paraissant vieux d'une vingtaine d'années déjà, et une longue jupe en velours côtelé. Elle était habillée plus comme une maîtresse d'école que comme une sténodactylo, ou tout au moins une sténodactylo telle que je l'imaginais ; je me suis alors reprochée d'être si critique. Elle tenait son CV à deux mains entre ses index et ses pouces, à hauteur de genoux. Était-elle aussi nerveuse que moi ? Venait-elle ici dans l'idée de se remettre à travailler, maintenant que les enfants étaient partis du nid ? Commençait-elle une nouvelle carrière, après avoir suivi des cours du soir de secrétariat, ayant envie de faire quelque chose de nouveau ? Elle m'a regardée et a dit à voix basse : « Bonne chance. » Je lui ai souri et me suis dit qu'il était préférable de la boucler, de ne pas répondre.

J'ai jeté un coup d'œil à l'horloge au mur afin de pouvoir zyeuter la petite brune assise à ma gauche. Elle semblait sortir tout droit d'une école de secrétariat; vingt ans, peut-être, mais elle aurait tout aussi bien pu fêter ses seize ans la veille. Plus jolie que moi, ses ongles étaient peints d'un rose clair de la couleur des chaussons de danse. Elle arborait l'une de ces coiffures qui nécessitent beaucoup de temps et de pinces à cheveux. Et elle portait une tenue qui paraissait neuve : une robe à manches longues agrémentée d'un col blanc, et des chaussures à talons aiguilles. C'était le genre de robe que j'aurais aimé pouvoir acheter après l'avoir vue en vitrine dans un grand magasin, plutôt que d'avoir à rentrer à la maison pour la dessiner afin que ma mère la confectionne. Cette foutue jupe grise en laine que je portais ce jour-là était d'ailleurs la copie d'une belle jupe grise que j'avais vue sur un mannequin à la devanture de chez *Garfinckel* un an auparavant.

Je me plaignais trop souvent que mes vêtements n'étaient pas des vêtements achetés en magasin et qu'ils n'étaient pas à la mode; mais après le départ à la retraite de l'avocat, nous n'avions plus que les travaux de couture de ma mère pour payer le loyer de notre appartement en entresol. Elle travaillait dans la salle à manger sur une vieille table de ping-pong que nous avions trouvée sur le trottoir. Nous avions enlevé le filet déchiré et elle avait installé sur le grand plateau vert ce qui faisait sa fierté – une machine à coudre Vesta à pédale, offerte par mon père, et l'un des seuls objets qu'elle avait emportés avec elle depuis Moscou. Là-bas, ma mère avait travaillé dans une usine bolchevique, mais, en parallèle avait toujours eu sa propre petite affaire de création de robes de soirée et de mariée, sur mesure, vendues au marché noir. C'était une femme opiniâtre, un vrai bouledogue, tant d'allure que de tempérament. Elle était arrivée en Amérique avec la deuxième vague d'immigrants russes ayant quitté la Mère Patrie. Les frontières étaient alors sur le point d'être fermées, et si mes parents avaient attendu ne serait-ce que quelques mois, j'aurais été élevée derrière le Rideau de fer et non au Pays de la Liberté.

Quand ils avaient empaqueté leurs maigres possessions qui tenaient dans la pièce minuscule d'un appartement collectif partagé avec quatre autres familles, ma mère était enceinte de trois mois et espérait atteindre les côtes américaines avant ma naissance. C'était en fait sa grossesse qui avait décidé mes parents à partir. Tandis que le ventre de ma mère grossissait, mon père s'était procuré tous les papiers nécessaires et s'était débrouillé pour trouver un endroit où vivre provisoirement en arrivant – chez des cousins éloignés qui s'étaient eux-mêmes bâti une nouvelle vie dans une localité appelée Pikesville dans le Maryland. Le nom avait paru très exotique à ma mère, et elle se le récitait, comme une prière : « Maryland. Maryland. »

À l'époque, mon père travaillait dans une usine d'armement. Auparavant, il était entré à l'Institut des professeurs rouges, haut institut soviétique à Moscou, spécialisé dans les études sociales marxistes, où il avait étudié la philosophie. En troisième année, il avait été renvoyé pour avoir exprimé des *idées en dehors du programme d'études imposé.* Mon père avait pour projet de trouver un poste dans l'une des nombreuses universités de Baltimore ou de Washington, d'économiser en vivant chez nos cousins pendant un an ou deux, puis d'acheter une maison, une voiture, et d'avoir un autre bébé – le grand jeu, en somme. Mes parents avaient projeté en rêve la vie de leur enfant : naître dans un hôpital américain propre, apprendre ses premiers mots à la fois en russe et en anglais, étudier dans les meilleures écoles, apprendre à conduire une grosse voiture américaine sur une autoroute américaine, et peut-être même jouer au base-ball – dans leurs rêves, ils s'asseyaient dans les gradins, et l'encourageaient tout en mangeant des cacahuètes. Dans leur future maison, ma mère aurait sa pièce à elle pour confectionner ses robes, et peut-être même ouvrir un petit atelier de couture.

Ils avaient dit au revoir à leurs parents, leur famille, à tous ceux qu'ils avaient toujours connus. Ils savaient qu'une fois partis, ils ne pourraient plus jamais revenir ; en voulant accéder au rêve américain, ils perdraient définitivement leur nationalité.

Je suis née à l'hôpital Johns-Hopkins, et mon premier mot a été le russe *da,* suivi de l'anglais *no.* Je suis allée dans une excellente école publique, et j'ai même joué au softball ; j'ai appris à conduire avec la Crosley de mon cousin. Mais mon père n'en a jamais rien su. Il a fallu des années pour que ma mère me raconte pourquoi je ne l'ai jamais connu. Et quand elle l'a fait, elle a craché le morceau à toute vitesse, comme s'il s'agissait d'un aveu. D'après ce qu'elle m'a confié, ils faisaient la queue pour monter à bord du paquebot qui leur ferait traverser l'Atlantique, quand deux hommes en uniforme s'étaient approchés d'eux et leur avaient demandé leurs papiers. Mes parents s'étaient pliés à toutes les vérifications nécessaires et donc, contrairement à mon père, ma mère n'avait pas tout de suite flairé le danger quand il avait sorti tous les papiers de sa veste. Sans même jeter un coup d'œil aux titres de voyage, les deux hommes l'avaient attrapé par les bras, lui disant que leur supérieur voulait le voir – en privé. Ma mère s'était alors agrippée à mon père, mais les deux hommes l'avaient malgré tout entraîné avec eux. Elle avait crié et mon père lui avait dit, calmement, d'embarquer sur le paquebot – qu'il serait vite de retour. Alors qu'elle refusait, il lui avait de nouveau ordonné : « Monte à bord. »

Tandis que la sirène du bateau se faisait entendre, annonçant un départ imminent, ma mère s'était précipitée jusqu'au bastingage pour voir si mon père grimpait la rampe en courant pour la rejoindre à bord à la toute dernière minute ; mais elle savait déjà qu'elle ne reverrait jamais son époux. Elle s'était alors écroulée sur le lit de camp qui lui était réservé dans le compartiment pour voyageurs de troisième classe. Le lit installé à côté du sien resterait vide toute la durée de la traversée ; elle n'aurait pour seule compagnie que les coups de pied obstinés dans son ventre.

Des années plus tard, quand nous avions reçu un télégramme de la part de la sœur de ma mère restée à Moscou, nous annonçant que mon père était mort au goulag, ma mère avait passé exactement sept jours au lit. Je n'avais alors que huit ans, mais je m'étais débrouillée pour cuisiner, faire le ménage, aller toute seule à l'école, rentrer toute seule, et finir les petits travaux de couture que ma mère avait commencés – recoudre des manches déchirées, faire des ourlets de pantalons, et livrer le travail terminé.

En arrivant en Amérique, elle avait d'abord travaillé chez *Lou Cleaners & Alterations*, un teinturier retoucheur, où elle avait passé ses journées à amidonner et repasser des chemises d'homme, rentrant tous les soirs avec les mains tachées et craquelées par les produits chimiques. Elle n'avait alors l'occasion de sortir son dé à coudre que pour faire un ourlet de pantalon ou recoudre un bouton de veste. Mais une semaine après avoir appris la mort de mon père, elle s'était levée, s'était maquillée lourdement, avait donné sa démission à Lou, et s'était mise au travail. Point après point, perle après perle, plume après plume, elle avait épuisé son chagrin, si profond, en concevant et cousant des robes de mariée. Pendant près de deux mois, elle avait à peine quitté la maison ; et quand elle avait eu terminé, elle avait rempli deux coffres de robes longues plus belles que toutes celles qu'elle avait jamais cousues jusqu'à ce jour-là. Elle avait alors réussi à convaincre le patriarche de l'Église orthodoxe russe Holy Cross de lui permettre d'installer une petite table au cours du festival d'automne. En quelques heures seulement, elle avait tout vendu, même la pièce maîtresse, une robe de mariée qu'une femme avait achetée pour sa fille de onze ans en prévision de son mariage. Nous avions eu alors assez d'argent pour fuir la maison surpeuplée de mes cousins dans le Maryland, payer le premier mois de loyer et la caution d'un appartement dans Washington D.C., et pour que ma mère puisse démarrer sa petite entreprise de confection. Elle réaliserait son rêve américain, même si elle ne devait compter que sur elle pour y parvenir.

Elle a ouvert une boutique – *USA Dresses and More for You* – dans notre appartement en entresol, et le bouche-à-oreille a fait le reste. Son savoir-faire, et, plus particulièrement, son travail finement ouvragé quand il s'agissait d'habiller les femmes pour un mariage, des funérailles ou toute autre occasion spéciale, était recherché par les première et deuxième générations de femmes russo-américaines. Elle se vantait de pouvoir coudre plus de sequins sur un corsage que n'importe qui d'autre en Amérique. Elle a très vite été connue sous la dénomination de « deuxième meilleure couturière russe » de Washington. La première étant une femme répondant au nom de Bianka, que ma mère considérait comme une rivale. « Elle fait des trous », racontait-elle à qui voulait bien l'entendre. « Son travail d'aiguille n'est pas soigné. Ses ourlets tombent au moindre souffle de vent. Elle est en Amérique depuis bien trop longtemps. »

Le business de ma mère nous faisait vivre, et avait même payé mes frais d'université quand je n'avais bénéficié que d'une bourse partielle pour m'inscrire à Trinity. Mais quand notre propriétaire a menacé d'augmenter notre loyer, il est devenu urgent que je trouve du travail.

Assise à la réception, passant en revue les autres candidates, des concurrentes potentielles, mon obsession m'est revenue à l'esprit, oppressante, et, de la main, j'ai appuyé sur mon sternum pour tenter de la faire disparaître.

Alors que je m'apprêtais à demander à la réceptionniste où étaient les toilettes pour dames – afin que je puisse arranger convenablement ma serviette en papier désormais remontée au milieu de mon dos –, un homme est entré. Il a tapé dans ses mains comme pour tuer une mouche. C'est alors que je l'ai reconnu : c'était l'homme qui avait attendu derrière la porte des toilettes du *diner*, un journal sous le bras. J'ai eu l'impression que mon estomac était happé par une trappe secrète.

« C'est bon ? » a-t-il demandé.

Nous nous sommes toutes regardées, sans savoir à qui il s'adressait.

La réceptionniste a relevé la tête. « Oui. »

J'ai eu envie de me cacher derrière le portemanteau.

Nous avons suivi cet homme le long d'un couloir jusqu'à une salle avec deux rangées de bureaux. Sur chacun de ces bureaux étaient installés une machine à écrire et un paquet de feuilles. Ne voulant pas avoir l'air de faire du zèle, je me suis assise au second rang. On aurait dit qu'aucune d'entre nous n'avait envie de faire du zèle, et le second rang s'est donc transformé en premier rang.

Le visage de cet homme – ou tout au moins son nez – ressemblait à celui d'un ex-hockeyeur ou boxeur. Il m'a jeté un coup d'œil au moment où je m'asseyais mais n'a pas paru me reconnaître, Dieu merci. Il a enlevé sa veste et retroussé les manches de sa chemise bleu clair.

«Je suis Walter Anderson», a-t-il commencé. «Anderson», a-t-il répété. Je m'attendais presque à ce qu'il se retourne, fasse descendre du plafond un tableau noir, et écrive son nom. Au lieu de quoi, il a ouvert sa sacoche et en a sorti un chronomètre. «Si vous réussissez la première épreuve, j'apprendrai vos noms. Si vous ne tapez pas assez vite, je vous conseille de partir dès maintenant.»

Il nous a regardées, chacune notre tour, droit dans les yeux et, moi aussi, je l'ai regardé droit dans les yeux, comme ma mère m'avait toujours dit de le faire. «On ne te respectera pas si tu ne regardes pas les gens dans les yeux, Irina. Surtout les hommes», me répétait-elle.

Plusieurs d'entre nous se sont agitées sur leur chaise, mais aucune ne s'est levée.

«Parfait, a dit Anderson. Alors, commençons.»

La femme plus âgée, avec son cardigan en laine épaisse, est intervenue. «Excusez-moi», a-t-elle commencé. Elle avait levé la main et je me suis sentie embarrassée pour elle.

«Je ne suis pas votre professeur», a dit Anderson.

Elle a baissé la main. «En effet.»

Anderson a regardé le plafond et soupiré. «Vous souhaitiez poser une question?

— Qu'allons-nous taper?»

Il s'est assis derrière le grand bureau installé face au premier rang et a sorti de son sac un livre à la couverture jaune. C'était un roman. *Les Ponts de Toko-Ri.* «Y a-t-il parmi vous des amateurs de littérature?»

Nous avons toutes levé la main.

« Très bien. Des amateurs de James A. Michener ?

— J'ai vu le film, ai-je bredouillé. Grace Kelly était épatante.

— Bravo », a répondu Anderson. Il a ouvert son livre à la première page. « On commence ? » Il a enclenché son chronomètre.

Quand ce fut terminé, coincée dans l'ascenseur bondé, j'ai discrètement décollé mon chemisier de mon dos en sueur, et j'ai glissé une main sous le tissu pour y repêcher la serviette en papier. Je n'ai rien trouvé. Elle avait disparu. Était-elle tombée dans l'ascenseur ? Ou bien, et Dieu m'en garde, l'avais-je perdue quand je m'étais levée après l'épreuve de dactylo ? En ce moment même, Anderson était-il en train de se demander ce qu'était ce truc qui traînait par terre ? J'ai eu envie de faire demi-tour, de revenir sur mes pas pour voir à quel endroit elle aurait pu tomber avant de décider que peu importait, finalement. De toute façon, je n'obtiendrais pas le poste en question.

J'avais été l'avant-dernière de tout le groupe – je le savais parce que Walter Anderson avait compilé les résultats avant de nous les lire à voix haute.

Dans l'ascenseur qui nous emmenait au rez-de-chaussée, la jeune brunette qui s'appelait Becky a lancé : « Bon, la messe est dite, si je comprends bien. » Becky avait été la plus lente.

« Vous aurez d'autres opportunités », nous a dit la femme au cardigan. Elle a essayé de n'en rien laisser paraître, mais j'ai entendu un soupçon de joie dans sa voix – elle avait obtenu, et de loin, le meilleur résultat.

« Ce gars-là avait vraiment l'air d'un sale type, de toute façon, a continué Becky. Vous avez vu comment il nous regardait ? Comme si nous étions des morceaux de viande. » Elle s'est alors adressée à moi. « Surtout toi.

— Ouais, c'est ça… », ai-je répondu. J'avais remarqué qu'Anderson me regardait, mais j'avais pensé que ça faisait partie des méthodes pratiquées lors d'un test d'embauche. Il en allait toujours ainsi entre les hommes et moi. Si un homme me trouvait attirante, j'étais toujours la dernière à le savoir. Il fallait qu'il me le dise clairement pour que je le croie – et encore, je ne le croyais qu'à moitié. Je pensais être quelconque – le genre de femme que vous croisiez dans la rue, ou à côté de laquelle vous vous asseyiez dans le bus, sans la remarquer. Ma mère disait toujours que j'étais le genre de femme qu'il faut aller voir de près pour pouvoir les apprécier. Et, en vérité, je préférais me fondre dans le paysage. Passer inaperçue rendait la vie plus facile – sans les sifflements qui traînaient dans le sillage des autres femmes, sans les remarques qui les poussaient à utiliser leur sac comme bouclier pour se couvrir la poitrine, et sans les yeux qui les suivaient partout.

Malgré tout, j'avais été légèrement déçue quand, à seize ans, je m'étais rendu compte que je ne deviendrais jamais aussi belle que l'avait été ma mère dans ses jeunes années. Là où elle s'épanouissait tout en rondeurs, je n'étais qu'une jeune femme dégingandée, au corps anguleux. Dans la journée, à l'époque où je n'étais encore qu'une enfant, elle portait une blouse informe pour travailler. Mais le soir, parfois, elle se changeait pour enfiler l'une de ses créations afin de servir de modèle aux robes qu'elle cousait pour ses riches clientes. Elle virevoltait alors dans notre cuisine, faisant s'envoler la jupe longue, évasée, et je lui disais que la robe ne serait jamais aussi belle qu'en cet instant.

J'avais vu une photo d'elle à mon âge, vêtue de son uniforme d'ouvrière – une tunique vert olive et une casquette assortie. Nous n'aurions pas pu être plus dissemblables. Je ressemblais tellement plus à mon père. Après avoir appris sa mort, ma mère avait gardé une photo de lui en uniforme de l'armée dans le tiroir du bas de sa commode. Parfois, quand elle n'était pas à la maison, je sortais la photo pour la regarder attentivement, en me disant que si jamais j'oubliais un jour à quoi il ressemblait un vide se creuserait en moi qu'il serait impossible de combler.

Après avoir franchi les grilles de l'Agence, les candidates se sont séparées en s'adressant un signe de la main. La femme plus âgée qui nous avait toutes coiffées au poteau nous a souhaité « Bonne chance ! ».

« Je vais en avoir besoin », a dit celle qui avait été assise à côté de moi durant l'épreuve, en allumant une cigarette.

Moi aussi, mais je ne croyais pas à la chance.

Deux semaines ont passé, et je me suis de nouveau retrouvée assise à la table de la cuisine occupée à trier les petites annonces tout en buvant du thé. Ma mère était installée à sa table de ping-pong; elle cousait une robe pour Quinceañera, la fille de notre propriétaire, espérant l'amadouer afin qu'il n'augmente pas notre loyer. Elle me racontait, pour la deuxième fois de la journée, l'histoire d'une femme qui avait accouché d'une petite fille en plein milieu du Key Bridge, un article qu'elle avait lu dans le *Post*. « Ils n'ont pas eu le temps d'arriver à l'hôpital; ils ont donc arrêté la voiture et le bébé est né là! Tu te rends compte? » m'avait-elle crié de la pièce d'à côté. Comme je n'avais pas répondu, elle me répétait donc l'histoire mais avec deux décibels en plus.

« Oui, j'ai entendu, tu viens de me le raconter!

— Tu te rends compte?

— Non, c'est impossible.

— Quoi?

— J'ai dit, non, je ne me rends pas compte! »

Il fallait que je sorte de cette maison, que je prenne l'air – marcher, aller n'importe où. À part les fois où ma mère m'envoyait faire des courses pour elle, je n'avais pas grand-chose à faire. J'avais répondu à des douzaines d'annonces mais n'avais obtenu qu'un entretien, prévu la semaine suivante. Au moment même où j'enfilais mon manteau, le téléphone a sonné. J'ai couru dans le salon, mais ma mère avait déjà décroché. « Que dites-vous? » demandait-elle de cette voix plus forte que d'habitude et qu'elle réservait aux conversations téléphoniques.

« Qui est-ce ? Irene ? Il n'y a pas d'Irene ici. Pourquoi appelez-vous ici ? »

J'ai attrapé le combiné. « Allô ? » Ma mère a haussé les épaules et est retournée s'asseoir à sa table de ping-pong.

« Miss Irina Droz-do-va ? a demandé une voix de femme.

— Oui, c'est moi. Je suis désolée. Ma mère ne…

— Ne quittez pas, je vous passe Walter Anderson.

— Quoi ? »

J'ai été mise en attente avec de la musique classique, l'estomac noué. Puis la musique s'est arrêtée, cédant la place à la voix de M. Anderson. « Nous voudrions que vous reveniez.

— Je pensais être arrivée avant-dernière ? » ai-je demandé, avant de serrer les dents. Avais-je vraiment besoin de lui rappeler ma médiocrité ?

« C'est exact.

— Et je pensais qu'il n'y avait qu'un poste de libre ? » Avais-je donc vraiment envie de me saborder ?

« Ce que nous avons vu nous a plu.

— J'ai le poste ?

— Pas encore, Speedy, a-t-il répondu. Mais ne devrais-je pas plutôt vous affubler d'un meilleur surnom, au vu de vos résultats en dactylo ? Pouvez-vous venir à quatorze heures ?

— Aujourd'hui ? » J'étais censée accompagner ma mère au magasin de tissu dans le quartier commercial de Friendship Heights et l'aider à choisir des sequins pour la robe de Quinceañera. Ma mère n'aimait pas y aller seule, car elle pensait que la propriétaire du magasin avait des préjugés contre les

Russes. « Elle double, non, triple les prix quand c'est moi ! » m'avait-elle raconté la dernière fois qu'elle y était allée seule. « Elle me regarde comme si je m'apprêtais à lâcher une bombe dans son magasin. Chaque fois ! »

« Oui. Aujourd'hui, a-t-il répondu.

— À quatorze heures ?

— À quatorze heures. »

« À quatorze heures ? » Ma mère venait d'apparaître dans l'entrée. « Nous devons aller à Friendship Heights à quatorze heures. »

Je l'ai chassée d'un geste de la main. « J'y serai », ai-je dit – dans le vide, Anderson avait déjà raccroché. J'avais une heure pour m'habiller et rejoindre le centre-ville.

« Alors ?

— J'ai un second entretien. Aujourd'hui.

— Tu as passé le test de dactylographie. Qu'est-ce qu'ils veulent te faire faire d'autre ? Des mouvements de gymnastique ? Préparer un gâteau ? Que veulent-ils savoir de plus ?

— Je ne sais pas. »

Elle a jeté un regard critique, de haut en bas, à la tunique à fleurs que je portais. « Quoi qu'il en soit, tu ne peux pas sortir attifée comme ça. »

Cette fois, je portais du lin.

J'étais de nouveau en avance, mais on m'a conduite jusqu'au bureau de Walter Anderson dès mon arrivée. La première question qu'il m'a posée n'a pas été celle à laquelle je m'attendais. Il ne m'a pas demandé quels étaient mes projets pour les cinq ans à venir, ni quels étaient mes plus gros défauts ni même pourquoi je voulais le poste. Et il ne m'a pas demandé non plus si j'étais communiste, ni si j'avais une quelconque allégeance envers mon pays d'origine. « Parlez-moi de votre père », a-t-il commencé dès que je me suis assise. Il a ouvert un gros dossier avec son nom écrit dessus. « Mikhaïl Abramovitch *Drozdov* » a-t-il lu. Ma gorge s'est serrée. Je n'avais pas entendu ce nom prononcé à voix haute depuis des années. Malgré le lin, j'ai senti des gouttes de sueur perler dans ma nuque.

« Je n'ai jamais connu mon père.

— Un instant », a-t-il fait, en reculant sa chaise. Il a sorti un magnétophone du tiroir de son bureau. « J'oublie toujours de mettre ce truc en marche. Vous permettez ? » Sans attendre de réponse de ma part, il a appuyé sur un bouton. « Il est écrit ici qu'il a été condamné aux travaux forcés pour s'être procuré illégalement des titres de transport. »

C'était donc ça, la raison pour laquelle il avait été arrêté. Mais pourquoi avait-on laissé partir ma mère ? J'ai posé la question à Anderson dès qu'elle m'est venue à l'esprit.

« Punition », a-t-il répondu.

Je fixais des yeux les taches de café sur son bureau, des taches entrelacées comme les anneaux olympiques. Une bouffée de chaleur a couru tout le long de mes bras et mes jambes et j'ai chancelé. « J'avais huit ans quand j'ai su », ai-je réussi à dire. Pendant huit ans, nous n'avions rien su. Enfant, j'imaginais le moment où mon père et moi serions réunis – à quoi il ressemblerait, l'instant où il me prendrait dans ses bras, et je me demandais s'il sentirait le tabac ou l'après-rasage comme je me l'imaginais.

J'ai scruté le visage d'Anderson pour essayer d'y lire de la sympathie, mais n'y ai vu qu'un léger agacement, comme si j'aurais dû savoir de quoi le Gros Monstre rouge était capable. « Excusez-moi, mais qu'est-ce que tout ça a à voir avec le poste de dactylo ?

— Tout ça a à voir avec la possibilité que vous travailliez ici. Mais si vous préférez vous en tenir là, si ça vous paraît trop pénible, pas de problème.

— Non, je… » J'aurais voulu crier, lui dire que tout était ma faute, que c'est à cause de moi que mon père était mort, que si ma mère n'avait pas été enceinte, ils n'auraient jamais pris autant de risques. Mais je me suis ressaisie.

« Savez-vous comment il est mort ? a demandé Anderson.

— On nous a dit qu'il était mort d'une crise cardiaque dans les mines d'étain au camp spécial de rééducation.

— Et c'est ce que vous croyez ?

— Non. » Il m'avait toujours semblé que la réponse était profondément enfouie en moi, mais je ne l'avais jamais exprimée à voix haute, même devant ma mère.

« Il n'est jamais parti pour les camps. Il est mort à Moscou. » Il a fait une pause. « Au cours d'un interrogatoire. »

Je me suis alors demandé ce que ma mère savait et ce qu'elle ignorait. Avait-elle cru ce qui était écrit dans le télégramme envoyé par sa sœur à propos de la mort de mon père ? Ou bien avait-elle compris ?

Et, pendant tout ce temps, avait-elle fait semblant d'y croire, pour moi ?

« Que ressentez-vous en sachant ça ? » a demandé Anderson.

Ce n'était pas une question à laquelle je m'étais préparée. J'ai gardé les yeux fixés sur les taches de café. « Je suis déconcertée.

— Rien d'autre ?

— En colère.

— En colère ?

— Oui.

— Écoutez. » Il a refermé le dossier avec mon nom de famille écrit dessus. « Il nous a semblé que vous aviez du potentiel.

— C'est-à-dire ?

— Nous sommes bons pour repérer les talents cachés. »

3

LES DACTYLOS

C'était l'automne à Washington. Il faisait nuit le matin quand nous nous réveillions et le soir quand nous partions du bureau. Les températures avaient baissé de près de vingt degrés et nous marchions tête baissée, pour éviter le vent cinglant qui se faufilait entre les immeubles, faisant très attention de ne pas glisser sur les feuilles mouillées ou de nous tordre la cheville en dérapant sur les trottoirs. Ces matins-là – quand l'idée d'avoir à sortir de la chaleur du lit pour se retrouver debout dans un tramway bondé, à hauteur de dessous de bras d'un homme, et passer la journée dans un bureau plein de courants d'air sous la lumière crue des néons, donnait presque envie de se faire porter pâle –, nous nous retrouvions chez *Ralph* pour boire un café et manger des doughnuts avant d'aller travailler. Nous avions besoin de ces vingt minutes de répit, cette dose de sucre – sans parler d'une bonne tasse de café. Celui de l'Agence, bien que noir et chaud, avait le goût des gobelets en carton dans lesquels nous le buvions.

Ralph était en fait un vieux Grec qui s'appelait Marcos. Il était venu aux États-Unis, nous avait-il raconté, juste pour avoir l'occasion d'engraisser de jolies Américaines comme nous avec les pâtisseries qu'il préparait dès quatre heures tous les matins. Il nous qualifiait de «jolies» ou d'«exquises» bien qu'il souffre d'une cataracte et puisse donc à peine nous voir. Marcos draguait effrontément, même si son épouse – une femme aux cheveux blancs qui s'appelait Athena, avec un fessier si imposant qu'elle devait s'écarter en ouvrant son tiroir-caisse – était tout le temps présente derrière le comptoir. Toutefois, Athena n'avait pas l'air d'y attacher de l'importance. Elle levait les yeux au ciel et se moquait du vieil homme. Nous répondions en riant nous aussi et en posant une main sur le bras de Marcos, espérant qu'il glisserait un doughnut supplémentaire couvert de sucre glace dans notre sac avant de nous le tendre avec un clin d'œil vitreux.

La première qui arrivait chez *Ralph* réservait un box au fond de la salle. En effet, être assises au fond de la salle nous permettait de surveiller la porte pour voir qui entrait. *Ralph* n'était pas le café le plus proche du quartier général, mais des officiers traitants occasionnels venaient y traîner de temps à autre, et il était souvent préférable qu'ils n'entendent pas les conversations au cœur de nos retrouvailles matinales.

Habituellement, c'était Gail Carter qui arrivait la première; son appartement, un studio au-dessus d'un chapelier sur la rue H, n'était qu'à trois pâtés de maisons du *diner*. Gail avait pour colocataire une fille en troisième année d'internat à l'hôpital de Hill, et dont le père possédait une usine de textile dans le New Hampshire – il était très riche et lui payait tous ses frais.

Ce lundi matin d'octobre a commencé comme n'importe quel autre lundi. « L'enfer, a dit Norma Kelly. La semaine dernière, ça a vraiment été l'horreur. »

À dix-huit ans, Norma avait déménagé à New York en rêvant de devenir poète. Américaine d'origine irlandaise avec, pour preuve, des cheveux blond vénitien, elle avait débarqué du bus au Dixie Bus Center sur la 42e Rue ouest et, une valise à la main, avait foncé chez *Costello* pour se frotter aux publicitaires de Madison Avenue et aux rédacteurs free-lance du *New Yorker*. Elle s'était finalement rendu compte que les uns comme les autres avaient plus envie de la mettre dans leurs lits que de la voir écrire. Toutefois, c'est chez *Costello* qu'elle avait aussi rencontré certains des hommes de l'Agence. Pour pouvoir la draguer, ils l'avaient encouragée à soumettre sa candidature pour travailler avec eux, juste comme ça, mais elle avait besoin d'un salaire et avait donc postulé.

Norma a coincé une mèche de cheveux derrière son oreille et mis trois sucres dans son café. « En fait, ce fut pire que ça. »

Judy Hendricks a coupé son doughnut nature en quatre morceaux égaux à l'aide d'un couteau à beurre. Judy était constamment au régime, et suivait les divers conseils qu'elle lisait dans *Woman's Day* ou

Redbook[1]. « Qu'y a-t-il de pire que l'enfer ? » a-t-elle demandé.

« La semaine dernière. Ce fut pire que l'enfer, a répondu Norma en avalant une gorgée de café.

— Je ne sais pas, a dit Judy. En effet, la semaine dernière n'a pas été terrible. Je veux parler de la réunion à propos des nouveaux magnétophones à minicassettes Mohawk Midgetape. Je pense que nous sommes capables de comprendre comment appuyer sur la touche *Record* sans un stage de deux heures. Si cet homme-là nous en avait détaillé le schéma explicatif une fois de plus, les yeux me seraient sortis de la tête. » Elle a essuyé une miette invisible sur sa lèvre, bien qu'elle n'ait pas encore touché à son doughnut.

Norma a plaqué une serviette sur sa poitrine. « Mais enfin, ne sommes-nous pas censées ne jamais rien comprendre sans qu'un homme nous l'explique ? » a-t-elle demandé, parodiant Scarlett O'Hara.

« Ça peut toujours être pire, a ajouté Linda. Il ne faut pas vous laisser démonter par de pareilles broutilles. Vous feriez mieux de vous préoccuper de choses plus importantes. Comme le distributeur de serviettes hygiéniques qui n'a jamais été rempli depuis que Truman est venu dans nos bureaux. »

Linda n'avait que vingt-trois ans, mais, dès qu'elle avait été mariée, elle s'était mise à parler comme si elle était empreinte d'une sagesse que nous autres, filles célibataires, ne pouvions pas comprendre

1. *Redbook* est un magazine mensuel féminin américain édité par le groupe Hearst Magazines. À l'origine, ce périodique publiait des nouvelles et romans d'auteurs plus ou moins connus, par exemple *L'Introuvable*, de Dashiell Hammett, en 1934.

– comme si nous étions encore vierges. Elle nous agaçait, mais nous nous tournions vers elle comme vers une figure maternelle : elle était la première à nous calmer quand nous avions envie d'envoyer promener l'un des hommes de l'Agence, et c'était elle qui nous aidait à aplatir l'une de nos mèches rebelles. C'était elle aussi qui nous disait quel était le bon moment pour faire comprendre à un homme qu'il pouvait aller plus loin avec nous, et quoi faire s'il n'appelait pas le lendemain.

« Si Anderson me répète une fois de plus que je réponds au téléphone d'une voix trop grave, je jure que… », a commencé Gail. Walter Anderson, un vrai nounours avec des rouflaquettes taillées de manière inégale à gauche et à droite, et qui avait l'air d'avoir joué au football à l'université mais qui, depuis, considérait les quelques mètres à parcourir entre l'arrêt de bus et son bureau comme exercices quotidiens suffisants, supervisait l'équipe de dactylos et autres opérations administratives de la SR. À l'époque de l'OSS, il avait travaillé sur le terrain, mais on lui avait confié un travail de bureau tout de suite après la création de l'Agence, en 1947. N'ayant jamais été très à l'aise assis derrière un bureau, Anderson arpentait sans cesse la SR à la recherche de quelqu'un pour déverser son trop-plein de frustration et passer ses nerfs sur l'une d'entre nous. Toutefois, le plus souvent, à peine en avait-il terminé qu'il regrettait ; il s'amendait en laissant des boîtes de doughnuts et des bouquets de fleurs dans la salle de pause. Il préférait que nous l'appelions Walter, et nous l'appelions donc Anderson.

Gail a trempé un bout de sa serviette en papier dans son verre d'eau et tamponné sa manche de chemisier pour en faire disparaître une tache de gelée rose. « Les filles qui travaillent pour le gouvernement américain sont reléguées au rang de dactylos pendant que de grands enfants comme Anderson nous expliquent quoi faire. » Ce n'était pas une dent que Gail avait contre lui mais plutôt la rage au ventre. Après avoir obtenu un diplôme d'ingénieur à l'université de Berkeley, elle avait postulé à la NSF[1] et au ministère de la Défense nationale, mais elle avait été recalée pour « ne pas avoir de diplôme de troisième cycle » – une expression codée pour ne pas dire « parce qu'elle était une femme noire ». Gail savait de source sûre que d'anciens étudiants blancs avec exactement le même diplôme que le sien y travaillaient et montaient en grade. N'ayant que peu d'économies, elle s'était rabattue sur un poste de dactylo et passait d'un bureau gouvernemental à un autre. Ses compétences n'ayant jamais été reconnues, elle avait donc eu, en arrivant à l'Agence, largement le temps d'éprouver de la rancœur. « Et vous savez ce qu'il m'a dit l'autre jour ? a continué Gail. Que lui et sa femme *adoraient tout bonnement* le Nat King Cole Show, et que je devais être *très fière* de le voir à la télévision. Quand je lui ai demandé de quoi précisément je devrais être fière, il a marmonné et s'est éclipsé. » Elle a avalé une

1. La Fondation nationale pour la science (National Science Foundation, ou NSF) est une agence indépendante du gouvernement américain, destinée à soutenir financièrement la recherche scientifique fondamentale. Elle a été créée en 1950.

gorgée de café. « Je suis *fière*, en effet, mais il était hors de question que je le lui avoue. »

« Au moins les horaires sont bons », est intervenue Kathy Potter. Kathy, notre optimiste de service, toujours coiffée d'une choucroute de dix centimètres de haut couverte de laque, était arrivée à l'Agence avec sa sœur aînée, Sarah, qui s'était mariée avec l'un de nos officiers au bout de seulement trois mois et l'avait ensuite suivi à l'étranger. Sarah partie, Kathy était particulièrement silencieuse, mais chaque fois qu'elle parlait, c'était pour nous rappeler que le verre était à moitié plein.

« Alors je porte un toast aux neuf heures/dix-sept heures », a dit Norma en levant sa tasse. Toutefois, comme aucune de nous n'a réagi, elle l'a immédiatement reposée.

« Et les avantages, a ajouté Linda. Quand j'ai travaillé dans le cabinet d'un dentiste, après la fac, je n'ai même pas eu d'assurance pour les soins dentaires. Vous y croyez ? Il remplaçait mes amalgames dentaires abîmés après ses heures de travail, en toute discrétion, si vous voyez ce que je veux dire. Parce que, et c'est ainsi qu'il présentait les choses, il voulait juste *apprendre à mieux me connaître*, et il pensait que le gaz hilarant, anesthésiant, aiderait.

— Et c'est vrai ? a demandé Kathy.

— Eh bien… » Linda a mordu dans son doughnut.

« Alors ? » a insisté Norma.

Linda a avalé. « Eh bien, ce truc-là vous met vraiment de bonne humeur. »

En sortant de chez *Ralph*, nous avons pris notre temps pour marcher jusqu'au 2430 de la rue E. Le quartier général de l'Agence, situé en retrait de la rue, faisait partie d'un ensemble de bâtiments ayant abrité l'OSS pendant la guerre. Comme d'habitude, nous avons franchi la grille noire en fonte et remonté l'allée. Il faudrait encore deux ans pour que l'Agence déménage à Langley. En attendant, le QG était réparti dans plusieurs de ces bâtiments quelconques surplombant le National Mall. Nous les appelions les « tempos » car, depuis que nous étions arrivées, on ne cessait de nous dire que nous allions bientôt déménager. Les bâtiments aux toits en tôle étaient difficiles à chauffer en hiver et, l'été, l'air conditionné fonctionnait à peu près aussi bien que tout le reste à Washington.

Norma faisait toujours le même gag : elle hésitait avant de passer les lourdes portes en bois de la réception. « Je ne veux pas y aller », a-t-elle dit ce lundi-là, en s'agrippant à un cerisier aux branches nues planté près de l'entrée. Nous l'avons alors tirée avec nous à l'intérieur jusqu'au poste de vérification d'identité, nos badges plastifiés à la main, nos sacs ouverts prêts à être fouillés.

Nous connaissions son nom avant même son arrivée. Le vendredi, dans la salle du personnel, Lonnie Reynolds nous avait tenues informées. « Irina Drozdova. Anderson viendra nous la présenter lundi matin. »

« Une autre Russe », a fait remarquer Norma, disant tout haut ce que nous pensions toutes. Il n'était pas rare que des Russes passent de notre côté – en fait, la SR comptait tellement de transfuges russes que nous plaisantions en disant que la fontaine à eau était remplie de vodka. Dulles détestait employer le terme « transfuges », il préférait les qualifier d'« engagés volontaires ». Cependant, les Russes étaient généralement des hommes, et non des dactylos.

« Soyez sympas, avait dit Lonnie. Elle a l'air d'être une chouette gosse.

— Nous sommes toujours gentilles.

— Si vous le dites », avait rétorqué Lonnie, en sortant.

Nous n'avons jamais aimé Lonnie.

Ce lundi-là, quand nous sommes arrivées, Irina était déjà à son bureau. Aussi svelte qu'un bouleau, des cheveux blonds mi-longs, bien droite sur sa chaise – affichant une posture de débutante. Nous l'avons ignorée pendant plus d'une heure, vaquant à nos occupations comme d'habitude tandis qu'elle ajustait légèrement la position de sa chaise et celle de sa machine à écrire, tripotait les boutons de sa veste marron, et rangeait des trombones d'un tiroir à un autre.

Nous ne voulions pas être désagréables, mais cette fille remplaçait Tabitha Jenkis, l'une des plus anciennes du Pool. Le mari de Tabitha avait pris sa retraite après avoir fait carrière chez Lockheed[1] et ils

1. La Lockheed Corporation (d'abord appelée la Loughead Aircraft Manufacturing Company) était un constructeur américain de l'aéronautique et de l'aérospatiale.

avaient filé au soleil, pour vivre dans un bungalow à Fort Lauderdale. Désormais, cette fille russe était donc assise à son bureau.

Nous avons remis à plus tard que d'habitude les mondanités d'usage. Mais une fois passé dix heures, le malaise a grandi. Il fallait que l'une d'entre nous dise quelque chose ; et il est apparu que c'est elle, Irina, qui a rompu le silence. Elle s'est levée et toutes les têtes se sont tournées vers elle, toisant de la tête aux pieds sa silhouette longiligne.

« Excusez-moi », a-t-elle dit, s'adressant plus à ses pieds qu'à quelqu'un en particulier. « Où sont les toilettes ? » Elle a tiré sur un fil de sa veste. « C'est mon premier jour », a-t-elle ajouté, rougissant devant cette évidence. Elle parlait bizarrement : sans accent, mais avec une légère affectation, comme si elle devait réfléchir à chaque mot avant de le prononcer.

« Tu n'as pas d'accent russe », a fait remarquer Norma en lui indiquant du doigt les toilettes.

« Je ne suis pas russe. Enfin, pas vraiment. Je suis née ici, mais mes parents sont de là-bas.

— Tous les Russes qui travaillent ici disent ça », a rétorqué Norma, et nous avons toutes gloussé. « Je m'appelle Norma, a-t-elle ajouté en tendant la main. Moi aussi, je suis née ici. »

Irina lui a serré la main. Nous avons senti la tension se relâcher. « Ravie de toutes vous rencontrer », a-t-elle dit. Elle a jeté un coup d'œil à toute l'équipe et a croisé le regard de chacune d'entre nous.

« Au bout du couloir, à droite, puis encore à droite, a précisé Linda.

— Pardon ? a fait Irina.

— Le pipi-room.

— Ah oui. Merci. »

Nous l'avons suivie du regard jusqu'à ce qu'elle disparaisse au bout du couloir avant de partager nos réflexions : son âme slave (ou son manque d'âme slave), la couleur de ses cheveux (naturelle), sa manière bizarre de parler (comme une Katherine Hepburn de pacotille), ses vêtements légèrement démodés (dépôt-vente ou faits maison) ?

« Elle a l'air sympa, a conclu Judy.

— Assez sympa, oui, a acquiescé Linda.

— Ils l'ont trouvée où ?

— Au goulag ?

— Je la trouve jolie », a dit Gail.

Et nous avons toutes été d'accord. Pas dans le sens où elle gagnerait un concours de beauté, mais elle avait un petit quelque chose, une beauté subtile.

Irina est revenue, marchant côte à côte avec Lonnie. « Je suis sûre que les filles t'ont tout de suite mise à l'aise, n'est-ce pas ? a demandé Lonnie.

— Oh, oui, a répondu Irina, sans la moindre trace de sarcasme dans la voix.

— Parfait. Ça peut parfois être difficile de s'intégrer à cette équipe ; les filles ne sont pas toujours faciles à approcher. »

« J'ai entendu dire que les rapprochements avaient tous lieu dans la salle du personnel », a rétorqué Norma.

Lonnie a levé les yeux au ciel. « Quoi qu'il en soit, comme M. Anderson ne nous a pas honorées de sa présence ce matin…

— Il est malade ? » l'a interrompue Linda.

Quand Anderson n'était pas là, nous prenions toujours plus de temps pour déjeuner.

« Il n'est pas là. C'est tout ce que je sais. Qu'il soit évanoui sur un banc quelque part dans un parc ou qu'il se fasse enlever les amygdales ne me regarde pas. » Nous tournant le dos, Lonnie s'est plantée devant Irina. « Quoi qu'il en soit, je suis d'abord censée m'assurer que tu as tout ce dont tu as besoin, puis je dois… » Elle a levé deux doigts de chaque main en mimant les guillemets : « … te conduire à une réunion au Sud. »

Irina a répondu qu'elle avait tout ce dont elle avait besoin, avant de suivre Lonnie. Dès qu'elles ont été parties, nous nous sommes toutes réfugiées aux toilettes pour nous livrer à des spéculations plus approfondies. « Une réunion ? a demandé Linda. Déjà ?

— Vous pensez que c'est avec J.M. ? a demandé Kathy, évoquant le chef de la SR, John Maury.

— Elle a dit "au Sud" », a précisé Gail. Le Sud faisait référence aux tempos en bois délabrés près du Lincoln Memorial. « C'est une réunion avec Frank. »

Norma a allumé une cigarette. « Une énigme moscovite ? » Elle a tiré une taffe puis a soufflé la fumée. « Évidemment que c'est avec Frank. »

Frank Wisner était le boss juste en dessous du super boss, et le père des opérations clandestines de l'Agence. Membre fondateur de la Georgetown Set, jet-set de Washington – politiciens, journalistes et hommes de l'Agence –, Wisner, avec son charme et son accent du Sud, était connu pour conclure la plupart de ses affaires au cours de ses célèbres dîners du dimanche soir. C'est d'ailleurs lors de ces soirées, après le rôti braisé et la tarte aux pommes, et une fois l'assemblée échauffée par les cigares et le bourbon, qu'une vision d'un nouveau monde avait commencé à prendre forme.

Pourquoi Irina avait-elle rendez-vous avec Frank ? Et ce, dès son premier jour ? Pas besoin d'être un génie pour comprendre qu'Irina n'avait pas été recrutée pour le nombre de mots qu'elle tapait par minute.

Le Pool avait pour habitude d'inviter chaque nouvelle à déjeuner chez *Ralph* – pour la presser de questions et mieux la connaître : pouvait-on en tirer quelque chose, oui ou non ? Université ou école de dactylos ? Célibataire ou fiancée ? Sérieuse ou drôle ? Ensuite, nous lui demandions l'adresse de son coiffeur, ce qu'elle aimait faire le week-end, pourquoi elle était venue travailler à l'Agence, ce qu'elle pensait du nouveau règlement qui nous interdisait de porter des chaussures plates ou des robes sans manches. Mais quand est arrivée l'heure du déjeuner, Irina n'était toujours pas de retour, et nous avons donc décidé de déjeuner sans elle, sur le pouce, à la cafétéria.

Elle est revenue dans l'après-midi avec une pile de rapports d'enquête écrits à la main – sans que son comportement ait changé. À tout le moins, nous étions professionnelles, et nous ne lui avons donc pas demandé comment s'était passé la réunion ni quelles étaient ses compétences si particulières ou les autres tâches qu'on aurait pu lui confier.

Il était seize heures trente, l'heure à laquelle nous commencions à taper plus lentement et à classer le travail non terminé, en regardant la pendule toutes les trois minutes. Irina continuait à taper avec enthousiasme. Nous étions heureuses de constater que la nouvelle avait une solide éthique du travail, en plus de tous les talents cachés qu'elle devait posséder. Un maillon faible dans l'équipe aurait signifié plus de travail pour nous. À dix-sept heures pile, nous nous sommes levées et avons proposé à Irina de nous rejoindre chez *Martin.*

« Martini ? Tom-Collins ? Singapore Sling ? a demandé Judy. C'est quoi ton poison ?

— Impossible, a répondu Irina avec un geste en direction d'un paquet de feuilles. Il faut que je rattrape le retard. »

« Qu'elle rattrape le retard ? a lancé Linda quand nous avons eu quitté l'Agence. Dès son premier jour ?

— Et *vous*, vous avez rencontré Frank *dès* votre premier jour ? nous a demandé Gail.

— Merde alors, moi je n'ai *toujours pas* rencontré Frank », a fait remarquer Norma.

Une vague de jalousie nous a submergées et nous avons voulu en savoir plus. Nous voulions tout savoir sur cette fille russe, *la nouvelle.*

Irina a vite appris à travailler. Les semaines passaient et elle n'avait encore jamais demandé de l'aide. Heureusement, d'ailleurs, car nous n'aurions pas eu le temps de lui donner un coup de main. En ce mois de novembre, quand s'est répandue la nouvelle de l'échec de l'insurrection hongroise contre l'Union soviétique – et du rôle que nous avions joué –, la tension au sein de la SR a été multipliée par trois.

Encouragés par les efforts de propagande de l'Agence, les manifestants hongrois étaient descendus dans les rues de Budapest pour s'opposer aux occupants soviétiques. Ils avaient cru qu'ils recevraient le soutien de leurs alliés occidentaux. Ce qui n'a pas été le cas. Cette insurrection n'avait duré que douze jours avant que les Soviétiques y mettent fin violemment. Selon le *Times*, le nombre de morts hongrois était effrayant, mais celui que nous avons retranscrit dans nos rapports était plus effarant encore. L'Agence avait pensé faire ce qu'il fallait, et cru que le projet bien préparé fonctionnerait. Les meilleurs de nos hommes étaient sur le coup. Comment auraient-ils pu échouer ? Pourtant, le pays était exsangue. L'Agence *avait* bel et bien *échoué*. Allen Dulles – agent du renseignement en chef que nous ne voyions que quand on demandait à celles d'entre nous ayant une habilitation de sécurité suffisamment élevée de prendre des notes au cours d'une réunion importante – avait exigé des explications que les hommes avaient eu du mal à fournir.

Au cours de cette période, on nous a donc demandé de travailler tard, et d'assister à des réunions après nos heures habituelles de travail. Si nous restions après que les bus et les tramways avaient cessé de fonctionner, ils nous payaient un taxi pour rentrer chez nous. À l'approche de Thanksgiving, nous avons eu peur qu'ils nous suppriment nos congés. Heureusement, ce ne fut pas le cas.

Celles dont la famille vivait à plusieurs heures d'avion restaient habituellement à Washington, économisant pour voyager à Noël. Nous organisions alors un repas à la fortune du pot chez celle qui avait l'appartement le plus grand ou celle dont la colocataire était partie. Nous apportions chacune une chaise et un plat, et même si nous prévoyions qui apporterait quoi, nous nous retrouvions toujours avec au moins quatre tartes à la citrouille et assez de dinde pour se nourrir pendant une semaine.

Celles qui pouvaient rejoindre leur famille en train ou en bus partaient. Nos parents et nos frères et sœurs nous accueillaient toujours comme la fille prodigue. Pour eux, Washington était un autre monde – c'était l'endroit où les infos du soir s'écrivaient. Nous restions délibérément vagues sur nos activités professionnelles, et nos familles pensaient que nos vies étaient plus excitantes qu'elles l'étaient en réalité. Nous lâchions des noms comme Nelson Rockefeller, Adlai Stevenson, et John Kennedy, le très séduisant sénateur du Massachusetts, racontant que nous avions rencontré toutes ces personnalités influentes au cours de divers événements et soirées, alors que nous pouvions nous estimer heureuses si nous connaissions quelqu'un qui connaissait quelqu'un qui les aurait en effet rencontrées.

Pour celles d'entre nous qui rentraient donc dans leur famille, c'était l'occasion d'organiser des retrouvailles la veille au soir de Thanksgiving dans un bar de notre ville natale. Les anciennes du lycée se retrouvaient alors autour de cocktails, sur leur trente-et-un, avec leurs plus belles chaussures à talons hauts, leurs plus beaux cachemires, bien coiffées, en ayant pris soin de vérifier qu'elles n'avaient pas de trace de rouge à lèvres sur les dents. Oubliant leurs alliances, les garçons les plus populaires qui nous avaient ignorées au lycée nous disaient que c'était formidable de nous voir et que nous devrions venir plus souvent. À D.C., nous n'étions que des filles parmi d'autres travaillant pour le gouvernement, mais dans nos villes d'origine nous devenions épatantes. Au moment de partir, nous faisions nos adieux à nos anciens camarades en lançant « À l'année prochaine ! », et rentrions, légèrement grises, pour retrouver au moins l'un de nos parents endormi sur le canapé après avoir essayé de nous attendre. Le lendemain, nous préparions la dinde, mangions de la dinde, roupillions, remangions de la dinde, et roupillions à nouveau. *C'est bien d'être à la maison,* disions-nous à nos tantes, oncles et cousins-cousines. Mais deux jours plus tard, nous reprenions le bus ou le train pour D.C. avec un sandwich à la dinde dans notre sac à main.

Le lundi après ce Thanksgiving spécial, de retour à l'Agence, nous avions oublié Irina et avons été surprises de la voir assise derrière l'ancien bureau de Tabitha. Nous avons été polies, et quand nous lui avons demandé ce qu'elle avait fait pendant ses congés, elle nous a expliqué que sa mère et elle ne fêtaient pas vraiment Thanksgiving, mais qu'elle avait acheté de la dinde en sauce toute prête de chez Swanson qui s'était révélée étonnamment bonne. « Le temps que je me lève pour me servir un verre de vin, ma mère avait mangé la moitié de mes petits pois et de ma purée », a-t-elle raconté. Nous ne savions pas qu'Irina vivait avec sa mère. Avant que nous ayons pu lui poser plus de questions, Anderson est entré avec des piles de paperasses. « Noël est en avance, les filles », a-t-il dit.

Nous avons râlé. Nous enviions nos homologues de Capitol Hill, qui profitaient de congés entre deux sessions du Congrès. Nous n'avions pas cette chance ; l'Agence ne dormait jamais.

« Nous avons du pain sur la planche, les filles. Alors, on s'y met tout de suite, hein ? » a-t-il ajouté.

« Et toi, tu t'es bien gavé la semaine dernière, non ? » a marmonné Gail dès qu'Anderson s'était éloigné.

Nous nous sommes finalement remises au travail, et la matinée a traîné en longueur. À onze heures, nous en étions déjà à notre cinquième cigarette et à jeter des coups d'œil répétés à la pendule. Arrivé midi, nous avons pratiquement bondi de nos chaises pour aller déjeuner. La plupart d'entre nous avaient des sandwichs à la dinde, et Kathy avait apporté un Thermos de bouillon de dinde aux vermicelles. Mais c'était typiquement un jour où nous avions besoin de sortir de l'Agence. Après des vacances, même de courte durée, le premier jour de retour au bureau était toujours le pire.

Linda s'est levée la première en faisant craquer ses phalanges. « Cafétéria ?

— Tu plaisantes ? a rétorqué Norma.

— *Hot Shoppes* ? a-t-elle suggéré. Une orange glacée, ça me dirait bien.

— Il fait trop froid dehors.

— C'est trop *loin*, a dit Kathy.

— Chez *François*? a suggéré Linda.

— Tout le monde ne se paie pas le luxe de profiter du salaire d'un mari », a alors fait remarquer Gail.

Nous nous sommes toutes regardées. « Chez *Ralph*? »

Non seulement Ralph nous servait les meilleurs doughnuts de tout Washington, mais aussi les frites les plus délicieuses et un ketchup fait maison. En plus, les hommes de l'Agence ne venaient jamais y déjeuner. Ils préféraient l'*Old Ebbitt Grill*, où ils pouvaient se régaler d'huîtres et boire jusqu'à plus soif des martinis à dix cents. Parfois, s'ils étaient d'humeur généreuse ou s'ils étaient amoureux, ou bien les deux, ils nous y invitaient. Ils commandaient alors des plateaux d'huîtres et des tournées de martinis pour tout le monde, bien que Kathy fût allergique aux fruits de mer et que Judy refuse de manger tout ce qui venait de l'océan.

Parce qu'elle s'était mise à parler et que nous avions envie qu'elle continue, nous avons demandé à Irina si elle voulait se joindre à nous. À notre grande surprise, elle a accepté, même si nous l'avions vue mettre un sandwich dans le réfrigérateur de la salle de pause.

En sortant, nous avons croisé Teddy Helms et Henry Rennet. Si nous aimions bien Teddy, pour Henry, c'était une autre histoire. Les hommes à l'Agence croyaient que nous restions simplement assises toute la journée dans un coin à taper à la machine sans moufter. Mais nous ne rédigions pas seulement des fiches – nous fichions des noms. Et celui de Henry était en tête de liste. Que Teddy et Henry soient amis était un mystère. Henry était le genre d'homme dont l'assurance, et non le physique, lui rapportait beaucoup – trop, même. Des femmes, un poste haut placé dès sa sortie de Yale, des invitations à tous les événements les plus prisés de Washington. Teddy était tout le contraire – il réfléchissait avant de parler, était songeur et un tantinet mystérieux.

« Vous ne m'avez pas encore présenté la nouvelle », a commencé Henry, bien que nous ayons évité de croiser son regard. Teddy, debout à côté de lui, les mains dans les poches, regardait Irina du coin de l'œil.

« Les requins ont déjà senti l'odeur de la chair fraîche », a murmuré Kathy.

« Tu t'attendais à recevoir une invitation pour le bal des débutantes ? » a demandé Norma sans vraiment cacher son mépris pour Henry. L'été précédent, une rumeur selon laquelle il avait couché avec elle après un barbecue chez Anderson avait circulé au sein de la SR. En vérité, Henry avait proposé à Norma de la raccompagner en voiture et, à un feu rouge, il avait glissé sa main sous sa jupe. Norma n'avait rien dit. Elle s'était contentée d'ouvrir la portière et de descendre en plein milieu de la circulation. Henry l'avait alors appelée en criant par la vitre, l'intimant de cesser d'être stupide et de remonter dans la voiture tandis que, derrière, les autres conducteurs klaxonnaient pour qu'elle dégage la voie. Elle était rentrée chez elle à pied, plus de six kilomètres, et ne nous avait raconté l'incident que des mois plus tard.

« Évidemment, a répondu Henry. Je dois être au courant de tout.

— Tu crois ça ? » a demandé Judy.

« Je m'appelle Irina. » Irina lui a tendu la main et il a éclaté de rire.

« Comme c'est charmant », a-t-il fait. Il lui a rendu sa poignée de main à sa manière, c'est-à-dire en manquant lui broyer les os. « Henry. Enchanté. » Il s'est tourné vers Norma. « Alors, c'était pas si difficile, si ? »

Teddy s'est présenté, en tendant lui aussi sa main à Irina.

« Ravie de vous rencontrer. » Il était clair qu'Irina ne cherchait qu'à être polie mais, à en juger par l'attitude gênée de Teddy, celle d'un tout jeune garçon, on aurait pu croire qu'il était tombé amoureux sur-le-champ.

« Bon, est intervenue Norma en prétendant tapoter une montre imaginaire, notre heure de déjeuner s'est réduite à une demi-heure. »

Dehors, nous avons été accueillies par une rafale de vent. Nous avons donc consolidé le nœud de nos foulards. Irina, quant à elle, s'est couvert la tête d'un châle à franges et en a drapé les pans autour de son cou. Nous nous sommes demandé ce qu'il restait en elle de ses origines. Nous voulions la mettre en garde contre Henry et aussi essayer de savoir ce qu'elle pensait de Teddy, mais, ne voulant pas qu'on nous entende, nous avons décidé d'attendre d'être arrivées chez *Ralph*.

Des couronnes et des guirlandes de Noël décorant tous les réverbères avaient effacé les derniers souvenirs de l'automne. Nous sommes passées devant chez *Kann* et nous sommes arrêtées pour regarder une jeune femme apporter la touche finale à un paysage hivernal féerique très élaboré dans la vitrine du grand magasin. Après avoir habillé la branche d'un cerisier en fleur de plusieurs petites guirlandes argentées, elle a reculé d'un pas pour admirer le résultat. « C'est si joli, a dit Irina. J'adore Noël.

— Je pensais que les Russes ne fêtaient pas Noël ? a demandé Linda. L'idée que c'est une fête non religieuse, en plus du reste, non ? »

Nous nous sommes regardées, ne sachant pas si cette remarque avait ou non offensé Irina. Elle a resserré les pans de son châle autour de son visage, et a dit : « Eh bien, je suis née ici, non ? » avec un épais accent russe, en souriant. Nous avons éclaté de rire, et avons compris que notre groupe, si discrètement délimité, venait de s'élargir.

4

LE MOINEAU

« Vous vous souvenez du serpent ? » a demandé Walter Anderson, balançant son champagne par-dessus le bastingage du *Miss Christin*, dans les eaux du Potomac. Les joues rouges, plus à cause de l'alcool que de l'air vif de l'automne, Anderson faisait son numéro devant une cour de six personnes, moi y compris, ayant déjà entendu cette histoire maintes fois.

« Qui pourrait oublier le serpent ? ai-je demandé.

— Certainement pas toi, Sally », a-t-il rétorqué avec un clin d'œil trop appuyé.

« Tu as une poussière dans l'œil ? » lui ai-je demandé.

J'adorais taquiner Anderson, et il adorait me répondre du tac au tac. Nous avions tous deux été en poste à Kandy pendant la guerre, et avions travaillé pour la branche Morale Operations[1] de l'OSS, afin de

1. La branche Morale Operations est la branche « guerre psychologique-propagande » ; par ailleurs l'une des branches de l'OSS les plus féminisées.

diffuser nos messages, et servir le bien commun, la grande cause. En d'autres mots, nous étions des propagandistes. À cette époque-là, il avait tout tenté pour se rapprocher de moi et quand, pour la dixième fois, je l'avais rabroué, il avait endossé le rôle du grand frère. Beaucoup le trouvaient odieux, mais je pensais qu'il n'était qu'un sentimental inoffensif.

L'assemblée raffolait de cette histoire et elle mordait à l'hameçon. C'était toujours le cas : chaque fois que nous nous retrouvions tous ensemble, à mesure que l'alcool coulait à flots, les vieilles histoires revenaient sur le tapis. Après la guerre, la plupart d'entre eux étaient passés à autre chose – avec de nouvelles histoires qu'ils n'avaient pas le droit de raconter. Et donc, ils en revenaient au passé – de vieilles histoires qu'ils avaient racontées des centaines de fois déjà. L'histoire du serpent était un classique. Après en avoir terminé avec l'OSS, des rumeurs avaient couru selon lesquelles Anderson avait essayé d'écrire des scénarios pour Hollywood. Nous avions entendu dire qu'il avait participé à l'écriture d'une série, au croisement de *Cape et poignard*, le film de Fritz Lang, et du *Météore de la nuit*[1], pour laquelle il aurait rencontré de nombreux producteurs mais qui n'aurait jamais abouti. Il avait alors décidé de passer ses journées à perfectionner son *backswing* sur le parcours de golf du Columbia Country Club. Quand, au bout d'un mois ou deux, c'était devenu trop ennuyeux pour lui, il

1. *It Came from Outer Space* est un film de science-fiction et d'horreur de Jack Arnold, datant de 1953.

avait fini par aller frapper à la porte de Dulles – à son adresse actuelle dans Georgetown – pour lui demander de travailler à l'Agence. Bien qu'il ait supplié de pouvoir retourner sur le terrain, Anderson, à cinquante ans, n'avait obtenu qu'un poste administratif.

Ce soir-là, la vieille bande se retrouvait pour fêter un semblant d'anniversaire. Onze ans plus tôt, la guerre étant déjà finie, nous avions quitté nos postes sur l'île de Ceylan. L'avenir de l'OSS et des services du renseignement américains était encore incertain. Il avait fallu attendre deux ans avant la création de l'Agence – deux ans avant qu'on redonne un foyer aux officiers capricieux de l'OSS qui en avaient assez de ramasser l'argent dans leurs cabinets juridiques et leurs sociétés boursières de New York et qui voulaient, encore plus que servir de nouveau leur pays, le pouvoir que conférait le statut de détenteurs de secrets. C'était un pouvoir que certains, dont je faisais partie, trouvaient plus enivrant que la drogue ou le sexe, ou n'importe quel autre stimulant pour les battements de cœur. Nous avions prévu de fêter le dixième anniversaire de l'Agence mais avions reporté cette célébration à maintes reprises jusqu'à ce quelqu'un fixe finalement une date.

« Quoi qu'il en soit, a continué Anderson, je le jure, cet enfoiré faisait neuf mètres de long.

— Vingt-neuf pieds? a demandé l'un des plus jeunes de l'Agence.

— Exact, Henry, mon garçon. Écoutez-moi bien, c'était une mangeuse d'hommes. Elle a tué une demi-douzaine de Birmans avant qu'on m'appelle.

— Comment sais-tu que c'était une femelle ? ai-je demandé.

— Crois-moi Sally, seule une femelle pouvait faire de tels ravages. Et ils ont eu besoin d'un homme pour la remettre à sa place.

— Alors pourquoi a-t-on fait appel à *toi* ?

— Relations communautaires, a-t-il répondu sans se démonter. Ce serpent était une menace. Croyez-moi, il sortait tout droit d'un film d'horreur. J'en fais encore des cauchemars. Demandez à Purdy. » Il a pointé son épouse du doigt, une femme toute menue, avec de larges boucles jaunes en plastique qui allongeaient le lobe de ses oreilles, installée bien au chaud dans le salon du bateau avec d'autres épouses. Elle a jeté un coup d'œil par la vitre et lui a fait signe. « Quoi qu'il en soit, il ne voulait pas sortir…

— Comme cette histoire ! a crié quelqu'un à l'autre bout du pont.

— C'était d'ailleurs plus une grotte qu'un trou, en fait, a-t-il continué, ignorant le perturbateur. Il devait être là depuis des mois. À dormir, à attendre. Jusqu'à ce qu'un jour, il décide de se glisser dehors et s'approche d'une vache. Et *bam* ! » Il a tapé dans ses mains pour souligner son effet. « Le serpent aurait alors tiré la pauvre bête jusque dans son trou, sans qu'elle ait même eu le temps de faire *meuh*. Et l'économie du village aurait été mise à mal. Et ce n'était pas ce que nous voulions, n'est-ce pas ?

— Ce ne serait pas une fin si horrible que ça », a dit Frank Wisner, venu se joindre à nous. Le groupe s'est élargi pour permettre au patron de s'installer au premier rang et écouter l'histoire d'Anderson.

C'était Frank qui avait payé la location du bateau sur lequel nous étions, ainsi que l'alcool que nous buvions et les cocktails de crevettes que nous mangions. « On ne verrait rien venir, a-t-il continué avec son accent du Mississippi. On ruminerait de l'herbe, dans un pré quelque part, en se demandant si on ne pousserait pas jusqu'au ruisseau pour boire un coup, et…

— Bon Dieu, Frank ! Ne sois pas morbide », a lancé Anderson.

Il commençait à avoir la voix pâteuse et, quand il bredouillait, les mots qu'il sortait lui attiraient généralement des ennuis. Le boss étant désormais parmi nous, j'ai fait signe à Anderson de se dépêcher d'en finir avec cette foutue histoire.

« J'ai supervisé toute l'opération.

— L'opération *Kaa*[1] ? » a demandé mon amie Beverly, à moitié en riant, à moitié en hoquetant. L'assemblée a ricané.

« Pour l'amour de Dieu, je peux continuer ? s'est agacé Anderson.

— Personne ne t'en empêche », a dit Bev, d'une voix rauque et haut perchée, signifiant qu'elle avait bu un verre de bulles en trop.

Elle portait une robe sac Givenchy noire, qu'elle avait achetée au cours d'un récent voyage à Paris. Après la guerre, Bev avait épousé un lobbyiste du pétrole qui l'habillait à la dernière mode tant qu'elle ne disait rien quand il rentrait à la maison empestant

1. Personnage de fiction dans *Le Livre de la jungle*, Kaa est le python chasseur craint de tous les peuples de la jungle, surtout les singes. Dans le livre, il est l'ami de Mowgli.

le bourbon et le Chanel *N° 5*. Elle le détestait, et faisait en sorte que ce marché conclu soit respecté à parts égales, en achetant tout ce qu'elle pouvait – sans parler du badinage amoureux qu'elle entretenait de son côté, et des galipettes qu'elle s'octroyait avec ses anciens petits amis de l'OSS. Cette robe sac ne flattait aucunement sa silhouette, mais je lui accordais le crédit d'avoir essayé.

Quelqu'un a tendu une flasque d'alcool à Anderson. Il en a avalé une gorgée, en toussant. « Quoi qu'il en soit, j'ai pris une petite dizaine de gars avec moi pour descendre dans la grotte… le trou, ce que vous voudrez. On pensait l'enfumer, et l'enfermer dans un sac.

— Quel genre de sac aurait pu contenir un serpent de neuf mètres de long ? » a alors demandé Frank. Il souriait, incitant Anderson à continuer. Ils étaient entrés ensemble à l'OSS, mais Frank s'était hissé au sommet de la hiérarchie tandis qu'Anderson était resté coincé au milieu de l'échelle. Frank était encore séduisant ; il avait conservé sa silhouette de champion d'athlétisme du temps de la fac, trente ans plus tôt. C'était le genre d'hommes qui croyait que tout était possible – surtout quand c'était lui aux commandes. Mais ce soir-là, il y avait quelque chose d'étrange dans son attitude. À deux reprises, je l'avais vu se tenir à l'écart, en jetant un coup d'œil aux eaux bouillonnantes du Potomac. Je me suis demandé si les rumeurs selon lesquelles il aurait souffert d'une dépression nerveuse, suite à la répression par les Soviétiques du soulèvement hongrois qu'il avait aidé à orchestrer, n'étaient pas fondées.

Anderson a avalé une autre gorgée à même la flasque et s'est éclairci la voix. « Bonne question, patron. Nous avons cousu ensemble plusieurs sacs de toile de jute et avons installé une fermeture Éclair au milieu. »

Frank a souri. Bien évidemment, il connaissait la chute de l'histoire. « Et ça a tenu ? »

Anderson a repris une gorgée d'alcool. « Il a fallu cinq gars pour tenir le sac, deux pour remonter la fermeture Éclair, deux pour faire le guet avec des pistolets, et moi pour superviser – au cas où ça se passe mal.

— Pourquoi ça se serait mal passé ? ai-je demandé.

— Et pourquoi ça se serait bien passé ? » a rétorqué Frank. Et l'assemblée a ri plus fort que le justifiait la blague du boss.

« Je vais vous le dire ! » a répondu Anderson. Mais avant qu'il ait pu continuer, le *Miss Christin* a fait une embardée et le moteur s'est arrêté. Quelqu'un est allé demander au capitaine ce qui se passait ; on ne l'a pas trouvé sur le pont mais dans le salon, buvant un verre en compagnie des épouses. Le capitaine s'est alors renseigné auprès de l'ingénieur des machines, qui a constaté qu'un fusible avait sauté et a proposé d'appeler la marina pour qu'un remorqueur nous ramène à l'embarcadère. Frank a demandé au capitaine d'attendre une heure avant d'appeler et, tandis que nous partions à la dérive, la fête battait toujours son plein.

Le bateau s'est balancé au gré du vent, et Anderson a continué. Il a raconté qu'ils avaient enfumé le serpent avec une bombe lacrymogène et, quand il était sorti, ils l'avaient fourré dans le sac, se dépêchant de remonter la fermeture Éclair. Mais il avait suffi de quelques minutes pour que le reptile, un battant, resurgisse du sac. Pas d'inquiétude pour autant, Anderson était là à guetter avec son pistolet. « Pile entre les deux yeux, a-t-il conclu.

— Pauvre bête », ai-je dit.

« Balivernes ! » a lancé Frank.

Anderson a placé une main sur son cœur. « Je le jure devant Dieu. »

Le fait est que la femme d'Anderson, Purdy, avait corroboré cette histoire la première fois que je l'avais entendue – au cours d'un dîner autour d'un bon steak au *Colony* –, confirmant que la peau de serpent était conservée dans leur sous-sol, se délitant dans le compartiment d'un vieux réfrigérateur. « Pourquoi il a ramené cette saleté à la maison, je n'en ai aucune idée », m'avait-elle dit.

J'ai pressé le bras d'Anderson en demandant à être excusée, et ai rejoint Bev à la poupe du bateau.

Elle s'est penchée vers moi pour allumer ma cigarette. « Salut toi, a-t-elle dit. Il a fini son histoire ?

— Oui, enfin. »

Au loin, le Jefferson Memorial était éclairé, avec en toile de fond le District endormi. Sous le ciel nocturne orangé, la ville paraissait paisible, les jeux de pouvoir et l'agitation constante en pause pour la nuit.

« C'est pas si mal, non ? a demandé Bev.

— Pas mal du tout, Bev. » À ma grande surprise, je passais un bon moment.

Après la guerre, j'étais revenue à Washington avec la promesse que je pourrais décrocher un boulot au département d'État. Ce qui avait été le cas.

Mais plutôt qu'une bonne planque au ministère, ils m'avaient attribué un poste au sous-sol à trier les archives. J'avais donc démissionné au bout de six mois, après quoi j'avais pris mes distances avec les anciens copains.

J'avais été beaucoup de choses, certes, mais je n'étais pas archiviste. Je ne pouvais même pas faire semblant. J'avais été infirmière, serveuse, hôtesse. Je m'étais fait passer pour une bibliothécaire. J'avais été une épouse, une maîtresse, voire une fiancée. Il m'était arrivé d'être russe, française, et même anglaise. Je suis née à Pittsburgh, Palm Springs et Winnipeg. Je pouvais devenir n'importe qui. J'avais l'un de ces visages – avec de grands yeux et le sourire facile – qui laissaient croire que j'étais transparente, une femme qui n'avait rien à cacher, pas de secrets ou, si elle en avait, une femme incapable de les garder. En plus de ça, c'était l'époque où la cote de popularité des actrices aux formes généreuses, à l'instar de Marilyn Monroe ou Jayne Mansfield, montait ; des mensurations qui m'avaient embarrassée à l'adolescence étaient alors devenues un avantage pour extorquer les secrets des hommes de pouvoir.

Après avoir démissionné, j'étais partie la tête haute et avais rejoint les filles pour boire des verres, avant d'aller danser au *Café Trinidad* jusqu'à la fermeture, qui, malheureusement à Washington, était à minuit. Le lendemain, après avoir soigné ma gueule de bois avec une compresse fraîche et un Bloody Mary, j'avais légèrement déprimé en me rendant compte que je n'avais pas de travail, pas de revenus, et pas d'économies. Pas d'économies en raison d'une qualité devenue un défaut : un intérêt accru pour les belles choses. C'était une qualité, car mon sens inné de l'élégance faisait croire aux gens que j'étais née avec une cuillère en argent dans la bouche et dans des endroits tels que Grosse Point ou Greenwich, et non dans une maison en bardeaux de Little Italy à Pittsburgh. Et un défaut, car mon sens du beau dépassait souvent mes moyens.

Je savais que j'avais vite besoin d'avoir un projet avant que mon compte en banque soit dans le rouge. Impossible de faire appel à maman ou à papa, comme pouvaient se le permettre certaines de mes amies dès que les temps devenaient difficiles. Le soir même, j'avais donc feuilleté mon petit carnet noir et avais pris une flopée de rendez-vous avec la coterie de lobbyistes et d'avocats de Washington, un diplomate, et un ou deux sénateurs. Ces rendez-vous avaient été ennuyeux et épuisants, mais le loyer de mon appartement de Georgetown avait été payé ; j'avais eu droit à de bons dîners, et les hommes dont j'avais prétendu apprécier la compagnie m'avaient couverte de vêtements haute couture susceptibles de rivaliser avec ceux de Bev. Ces hommes ne m'attiraient absolument pas et, pourtant, il avait été très facile de les convaincre du contraire.

Dans ce domaine, je me débrouillais plutôt bien ; mais au bout d'un moment j'en ai eu marre de la routine taxi, dîner, hôtel, taxi, dîner, hôtel. Ça et la nécessité d'être toujours à mon avantage m'avaient épuisée. Se brosser et se teindre les cheveux, s'épiler les sourcils, et le reste, à la cire, se décolorer les poils, avoir la taille serrée dans une gaine, et même faire sans cesse du shopping, avait commencé à me peser.

J'avais pensé devenir hôtesse de l'air. D'une part, j'aurais eu fière allure en bleu – celui de la Pan Am. D'autre part, j'adorais voyager. C'est ce que j'avais le plus aimé pendant la guerre – la possibilité d'atterrir dans un nouvel endroit tous les trois-quatre mois. Mais mon âge les aurait fait tiquer – trente-deux ans, si j'étais honnête, ou trente-six, si je voulais être *vraiment* honnête – et ils auraient dit que j'étais « trop qualifiée » pour le poste.

En vérité, le travail d'agent secret – être au parfum – me manquait. Donc, quand Bev m'avait appelée une fois de plus pour m'inviter à cette soirée, j'avais dit oui.

« Tant de visages connus », a fait remarquer Bev en survolant l'assemblée du regard. La musique avait repris et les gens dansaient, s'éclaboussant les uns les autres avec leurs verres de gin-fizz. J'ai repéré Jim Roberts à l'autre bout du pont, soufflant dans le cou d'une pauvre fille. Jim m'avait un jour coincée lors d'une fête à l'ambassade à Shanghai, en m'attrapant par la taille, me disant qu'il ne me lâcherait pas avant que je lui sourie. J'avais souri tout en lui donnant un coup de genou dans le bas-ventre.

« Peut-être même trop de visages connus.

— Je lève mon verre à cette remarque », a dit Bev. Elle s'est penchée par-dessus le bastingage et a balayé de son visage une mèche de ses cheveux châtain foncé. Bev faisait partie de ces femmes dont la beauté s'était révélée tardivement, bien après le collège et la fac, et seulement quand elle avait approché la trentaine, pour enfin s'épanouir une fois qu'elle avait eu trente ans passés. Elle aussi avait eu de nombreuses expériences à la Jim Roberts. « Mais quand même, a-t-elle ajouté. J'aurais aimé que toutes les filles soient là.

— Moi aussi. »

Bev et moi étions les deux seules filles de notre ancienne bande à vivre encore à Washington. Julia était en France avec son nouveau mari, Jane était à Djakarta avec le mari d'une autre, et Anna était soit à Venise, soit à Madrid, tout dépendait de son humeur du mois. Nous nous étions d'abord toutes rencontrées sur le *Mariposa*, un ancien paquebot de luxe reconverti en navette pour transporter les GI jusqu'au front. Nous étions les seules femmes à bord et partagions donc une cabine exiguë équipée de lits superposés, d'un cabinet de toilette et d'une baignoire dont le robinet crachait de l'eau froide salée. Malgré les conditions d'installation, semblables à celles d'un campement, et le mal de mer, nous nous étions entendues comme larrons en foire. Nous avions toutes une petite vingtaine, et étions prêtes à conquérir le monde. Nous étions le genre de filles ayant grandi en lisant *L'Île au trésor* et *Robinson Crusoé*, avant de passer à *Elle*, le grand roman d'aventures de H. Rider Haggard, au temps du lycée. Nous partagions une croyance commune : une vie aventureuse n'était pas l'apanage des hommes, et nous étions bien décidées à réclamer notre part.

Et, le plus important, nous avions le même sens de l'humour ; ce qui n'était pas rien quand on partageait des toilettes dont l'efficacité de la chasse d'eau n'était pas prouvée – surtout quand la mer était mauvaise. Julia aimait faire des blagues et, un jour, elle avait même lancé une rumeur selon laquelle nous étions des nonnes catholiques en route pour Calcutta. Les hommes qui, jusque-là, n'avaient cessé de nous chahuter autant qu'ils le pouvaient, se montraient alors respectueux chaque fois qu'ils nous croisaient dans les coursives. Un soldat nous avait même demandé de prier pour son chien malade. J'avais alors fait un signe de croix et Bev avait éclaté de rire.

Quand le *Mariposa* avait enfin accosté à Ceylan, nous étions devenues inséparables. Nous nous étions agrippées les unes aux autres à l'arrière d'un camion aux énormes pneus qui nous avait bringuebalées à travers la jungle pour rejoindre Kandy. Entourée de plantations de thé et de rizières d'un vert vif qui descendaient en terrasse jusqu'au fond de la vallée, Kandy, bien que située juste de l'autre côté de la baie et de la terreur qui régnait en Birmanie, paraissait à mille lieues de la guerre.

La plupart d'entre nous se souviendraient avec émotion du temps que nous avions passé ensemble à Kandy. Et quand nous nous écrivions – ou si nous avions la chance de nous revoir –, nous reparlions de ces nombreuses nuits passées sous un ciel si immense et noir que les étoiles formaient un voile compact. Nous reparlions des papayes que nous cueillions directement à coups de machette rouillée sur les arbres qui cernaient les bureaux aux toits de chaume de l'OSS, ou de la fois où un éléphant était entré dans nos quartiers et qu'il avait fallu l'attirer avec un pot de beurre de cacahuète pour qu'il veuille bien en ressortir. Nous nous souvenions des fêtes qui duraient toute la nuit au club des officiers, quand nous laissions pendre nos jambes dans les eaux bleu-vert du lac, avant de les remonter à toute vitesse dès que nous perturbions une créature lâchant des bulles en se faufilant sous la surface. Nous nous souvenions aussi des nombreux moines qui allaient et venaient jusqu'au Temple – bouddhiste – de la Dent, des week-ends étouffants à Colombo, la capitale, et de cette femelle entelle, un singe que nous appelions Matilda, qui avait accouché dans la hutte où nous gardions la nourriture.

J'avais commencé dans le service des MO, Morale Operations, comme personnel auxiliaire à remplir des formulaires, à taper à la machine, ce genre de trucs. Mais ma carrière avait changé de direction le jour où j'avais reçu une invitation à dîner à la somptueuse résidence du comte Louis Mountbatten, construite sur les hauteurs de la ville qui surplombaient les quartiers de l'OSS. Ce serait la première de nombreuses soirées auxquelles je serais invitée et la première fois où j'avais découvert que les hommes de pouvoir se confiaient volontiers à moi, que je le veuille ou non.

C'est là que tout avait commencé. Pour cette première soirée, j'avais enfilé une robe du soir, noire et décolletée, très moulante, que Bev avait apportée dans ses bagages juste « au cas où » ; et, à la fin de la soirée, un trafiquant d'armes brésilien qui me faisait la conversation avait laissé entendre qu'il pensait qu'une taupe avait infiltré le personnel de Mountbatten. Le lendemain, j'avais filé le tuyau à Anderson.

Comment l'OSS avait exploité cette information, je n'en ai aucune idée. Mais très vite, j'avais été submergée d'invitations à dîner – des dîners organisés pour des gens travaillant dans l'import et venus en visite à Kandy –, en ayant pour mission de poser certaines questions aux hommes trop bavards.

J'étais devenue très compétente pour ce nouveau travail – si compétente qu'on m'avait donné une sorte de prime pour m'acheter des robes du soir que nous faisions venir par bateau avec le papier toilette, le Spam[1], et l'antimoustique. Ce qui était drôle, c'est que je n'ai jamais pensé être un espion. Sourire et rire à chacune des blagues stupides et faire semblant d'être intéressée par tout ce que ces hommes racontaient ne suffisaient certes pas. À cette époque-là, il n'y avait pas encore de nom pour nous désigner, mais ce fut au cours de cette première soirée que je devins un moineau : une femme qui utilise tous ses charmes, des talents innés, pour obtenir des informations – talents que j'avais affûtés quand j'avais vingt ans et perfectionnés quand j'en avais eu trente. Ces hommes pensaient se servir de moi, alors que c'était toujours le contraire; mon pouvoir leur faisait croire que ce pouvoir n'en était pas un.

« Tu veux danser ? » a demandé Bev.

J'ai froncé le nez en la voyant se déhancher. « Sur cette musique-là ? » ai-je demandé en hurlant pour couvrir la voix de Perry Como chantant « *Papa Loves*

---

1. Contraction de l'expression *SPiced hAM* (« jambon épicé »), marque américaine déposée par la société Hormel Foods, en 1937.

Mambo». Bev s'en moquait. Elle a attrapé mes deux bras et tiré et poussé jusqu'à ce que je cède. Pile au moment où j'arrivais à bien suivre le rythme, quelqu'un a brutalement arrêté la musique en rayant le disque. Au fond de l'assemblée, quelqu'un d'autre a alors tapoté sa fourchette contre un verre; tout le monde en a fait autant et le bateau a résonné du même bruit que celui d'un lustre secoué par une tempête.

« Zut alors ! a dit Bev. C'est reparti. »

En effet, les hommes ont commencé à porter des toasts : « À Frank ! » « À Wild Bill[1] ! » « To the Old Standby Stooges ! » « To the Otherwise Sad Sacks[2] ! » Puis est arrivé le moment des chansons par lesquelles nous avions l'habitude de clore les soirées à Kandy : « *I'll Be Seeing You* » et « *Lili Marlene* », suivies par les chants de leurs clubs-pas-si-secrets que ça de Harvard, Princeton et Yale. Bev et moi nous moquions toujours de ces fins de soirée mais, ce soir-là, il nous a été impossible de ne pas joindre nos voix à celles des autres en nous tenant par le bras.

La sirène d'un remorqueur s'approchant de notre bateau a toutefois mis fin à la troisième version de

---

1. Wild Bill – Bill le Sauvage – était le surnom de William Joseph Donovan (1883-1959), ayant confirmé sa réputation de dur à cuire, forgée sur les terrains de sport au cours de ses années d'études, en devenant l'un des deux officiers de l'US Army les plus décorés de la Grande Guerre. Par ailleurs, pendant la Seconde Guerre mondiale, il met sur pied un service secret, qui devient en 1942 l'OSS, avant de devenir l'inspirateur de la création de la CIA.

2. The Sad Sack apparaît en mai 1942 dans un numéro de *Yank Magazine*, un hebdomadaire publié par l'armée américaine, et raconte la vie des soldats loin de l'imagerie flamboyante proposée par les publicités pour l'armée.

« *Neath the Elms* », chantée traditionnellement à Yale. Nous avons alors hélé le capitaine du remorqueur pour qu'il nous rejoigne et boive avec nous le dernier verre. Mais, plutôt mécontents d'avoir été tirés du lit au milieu de la nuit pour venir à la rescousse de notre assemblée d'ivrognes, le capitaine et l'homme qui l'accompagnait se sont escrimés à arrimer le *Miss Christin* au remorqueur.

De retour sur la terre ferme, les hommes ont débattu pour savoir s'ils iraient au Social Club sur la 16e ou au *diner* ouvert vingt-quatre heures sur vingt-quatre sur la rue U. Bev et moi nous sommes dit au revoir devant la voiture noire, une berline, que son mari avait commandée pour elle, en nous promettant de nous revoir bientôt. « Tu ne veux pas que je te raccompagne en voiture, tu es sûre ? a-t-elle demandé.

— Un peu d'air me fera du bien.

— Comme tu voudras ! » Elle m'a soufflé un baiser par la vitre ouverte de la portière tandis que la voiture s'éloignait.

Quelqu'un m'a tapé sur l'épaule. « Je peux marcher avec toi ? a demandé Frank. L'air frais me fera du bien à moi aussi. » Son haleine sentait la menthe, avec un soupçon de tabac. Il avait l'air parfaitement sobre. Je me suis alors demandé s'il n'avait pas siroté du Coca-Cola toute la nuit. « Nous allons dans la même direction, non ? »

Frank habitait en bas de ma rue mais, en termes d'immobilier, sa maison de ville du quartier de Georgetown était à des années-lumière de mon petit appartement, situé au-dessus d'une boulangerie française. « En effet », ai-je répondu. Frank n'était pas le genre d'hommes qui souhaitait raccompagner une jeune femme chez elle avec de mauvaises intentions ; depuis que je le connaissais, il n'avait jamais tenté de me faire des avances. Si Frank disait qu'il avait envie de parler, il voulait généralement parler travail. Il a fait signe à son chauffeur debout devant la portière ouverte d'une grosse voiture noire. « Ce soir, je rentre à pied », lui a-t-il dit. Le chauffeur a soulevé sa casquette et refermé la portière.

Nous nous sommes donc éloignés du Potomac pour traverser les rues endormies du centre de Washington. « Je suis content que tu sois venue, a-t-il dit. J'espérais que Beverly puisse te convaincre de venir.

— Elle était dans le coup ?

— Ne l'est-elle pas toujours ? »

J'ai ri. « Si, en effet. »

Il est redevenu silencieux, comme s'il avait oublié la raison pour laquelle il avait demandé à me raccompagner.

« Tu aurais pu dire avant à ton chauffeur de rentrer, plutôt que de le faire attendre toute la soirée.

— Je ne savais pas que j'aurais envie de marcher. Pas avant d'avoir pris ma décision.

— Tu as pris une décision ?

— Sally, ça te manque ?

— Tout le temps, ai-je répondu.

— Je t'envie. Vraiment.

— Tu aurais préféré arrêter ? Après la guerre ?

— Je n'ai jamais eu l'habitude des *et si*, a rétorqué Frank. Mais maintenant… Je ne sais pas. Tout n'est pas blanc ou noir, comme ça l'était avant. »

Nous sommes arrivés à la boulangerie. Les lumières étaient allumées, et le boulanger, matinal, enfournait déjà ses baguettes. J'avais choisi de vivre ici non seulement en raison du loyer qui était dans mes moyens quand j'avais commencé à travailler au Département d'État, mais aussi en raison de l'odeur du pain frais, plus que l'envie même d'en manger.

«J'ai entendu dire que tu cherchais un nouveau travail.

— On ne peut rien te cacher, hein, Frank.»

Il a ri. «Non, pas vraiment.

— Pourquoi cette question? Tu as entendu parler de quelque chose?»

Il m'a adressé un petit sourire pincé. «Eh bien, j'ai peut-être quelque chose d'intéressant.»

J'ai tendu l'oreille.

«Il s'agit d'un livre.»

EST

1950-1955

5

~~La Muse~~
LA FEMME RÉHABILITÉE

Très respecté Anatoli Sergueïevitch Semionov,

Ce n'est pas la lettre que tu attendais tant. Je n'y parle pas du livre. Ce ne sont pas les aveux qui corroboreraient les crimes dont tu m'as accusée. Ce n'est pas non plus une protestation d'innocence. Je suis innocente des crimes dont j'ai été accusée, mais pas du reste. J'ai pris pour amant un homme que je savais être marié. Je n'ai pas réussi à être une bonne fille pour ma mère, ni une bonne mère pour mes enfants, j'ai abandonné ma propre mère pour qu'elle ramasse les morceaux derrière moi. Tout ça est fini, maintenant; pourtant, j'éprouve encore le besoin d'écrire.

Tu croiras peut-être tout ce que j'écris avec ce crayon contre lequel j'ai échangé deux rations de sucre; à moins que tu penses que j'ai tout inventé. Peu importe. Je n'écris pas pour toi; tu n'es qu'un nom en haut de ma lettre. Une lettre que je n'enverrai d'ailleurs pas. Je brûlerai chacune de ces pages dès que j'aurai terminé. Ton nom me sert juste à te considérer désormais comme un simple destinataire.

Tu disais que je ne te racontais pas tout au cours de nos conversations nocturnes, que je laissais de grands blancs dans mes « histoires ». En tant qu'interrogateur, tu dois savoir à quel point la mémoire peut être défaillante. Personne ne peut jamais rendre compte de ce qui s'est vraiment passé. Mais je vais essayer.

J'ai ce crayon parfaitement taillé. Il est plus petit que mon pouce, et j'ai déjà mal au poignet. Mais j'écrirai jusqu'à épuisement de ce crayon, jusqu'à ce qu'il ne soit plus que poussière.

Par où commencer ? Par aujourd'hui ? Et raconter comment j'ai passé cette journée, la quatre-vingt-sixième des 1 825 journées nécessaires à ma réhabilitation ? Ou bien faut-il que je commence par ce qui a déjà été révélé ? As-tu envie de savoir comment se sont déroulés les six cents kilomètres de mon voyage pour arriver jusqu'ici ? As-tu pris ces trains qui ne vont nulle part ? As-tu visité ces cabanes en bois sans fenêtre dans lesquelles on nous enfermait, tremblantes de froid, en attendant d'être transférées ailleurs ? Sais-tu ce que c'est de vivre en marge du monde, Anatoli ? Si loin de Moscou, de ta famille, de toute chaleur et bonté ?

As-tu envie de savoir que les gardiens nous ont obligées à parcourir la dernière étape de notre voyage à pied ? Et qu'il faisait si froid qu'au moment où la femme qui marchait à côté de moi s'est effondrée et qu'ils lui ont retiré l'une de ses bottes, son petit orteil est resté à l'intérieur ? As-tu envie de savoir que j'ai voyagé dans un wagon avec une femme, les cheveux coiffés en deux maigres tresses lui descendant jusqu'au bas du dos, qui déclarait qu'elle avait noyé ses deux petits enfants dans sa baignoire ? Et que, quand on lui demandait pourquoi elle avait fait ça, elle répondait qu'une voix impossible à faire taire lui avait ordonné de le faire ?

Devrais-je te raconter qu'elle se réveillait chaque fois en hurlant ?

Non, Anatoli, je ne te raconterai rien de ces tourments. Pour ce que tu dois savoir, ces détails ne feraient probablement que t'ennuyer et je ne veux surtout pas t'ennuyer. Ce que je veux, c'est que tu continues à lire ce que j'écris.

Permets-moi de revenir en arrière.

Après Moscou, nous sommes d'abord arrivées dans un camp de transit, dont les gardiens étaient des femmes – une légère amélioration au vu du lieu et des conditions dans lesquels toi et moi nous sommes rencontrés. Les cellules étaient propres, les sols cimentés, il y flottait une odeur d'ammoniaque. Dans la cellule numéro 142, nous avions chacune un matelas, et les gardiennes éteignaient la lumière la nuit pour nous laisser dormir.

Mais ça n'a pas duré longtemps.

Quelques jours après notre arrivée, on est venu pendant la nuit vider la cellule numéro 142. On nous a fait monter dans un train en nous disant que le prochain, et dernier, arrêt serait Potma. Le wagon était sombre et sentait le bois pourri. Les compartiments étaient séparés des couloirs par de simples barres en fer, et les gardiennes pouvaient donc constamment nous surveiller. Deux seaux en métal étaient posés dans un coin : l'un faisait office de toilettes, et l'autre était rempli de soude pour recouvrir les saletés du premier. Je me suis approprié une couchette en hauteur où je pouvais me reposer et étendre mes jambes, et d'où, en levant la tête, je pouvais apercevoir un éclat de ciel à travers les interstices du toit. Sans ça, je n'aurais pas su si nous étions le jour ou la nuit, ni depuis combien de jours et de nuits nous étions dans ce train.

Nous sommes arrivées à la nuit tombée.

L'endroit ressemblait plus à une crèche, une étable, qu'à une gare. Mais au lieu de moutons ou d'ânes, ce sont des hommes en uniforme de l'armée usés, avec des chiens qui ressemblaient à des lions, qui nous attendaient sur le quai. Ces gardiens nous ont crié de descendre et nous nous sommes regardées, apeurées. Quand aucune d'entre nous n'a réagi, un gardien a attrapé par le bras une jeune femme aux cheveux roux coupés court et lui a ordonné de former un rang. Nous l'avons suivie en silence.

À l'avant, le gardien a levé la main et nous avons commencé à marcher. En quittant le quai, nous nous sommes rendu compte qu'il n'y avait ni train, ni autobus, ni camion pour faire le reste du voyage. J'ai tiré sur les manches de mon manteau pour couvrir mes mains aux doigts repliés sur eux-mêmes, ce qui les a certes réchauffées, mais pas longtemps.

En suivant les rails jusqu'à ce qu'ils disparaissent au milieu de toute cette blancheur, nous avons tracé un chemin dans la neige vierge. Personne n'a demandé combien de temps nous devrions marcher, mais c'était pourtant la seule chose à laquelle nous pensions. Deux heures ou deux jours ? Deux semaines ? J'ai essayé de concentrer mon attention sur les traces de pas de la femme qui me précédait et dont je n'ai jamais su le nom. J'essayais de mettre mes pas dans les traces qu'elle laissait derrière elle. J'essayais de ne pas penser à mes orteils ou mes doigts qui avaient commencé à picoter aux extrémités, ni à mon nez qui coulait, les gouttes gelant au creux de la fossette au-dessus de ma lèvre supérieure – cette même fossette que Borya touchait souvent du bout d'un doigt quand il me taquinait.

On se serait cru dans une scène du Docteur Jivago. *Oui, Anatoli, une scène inspirée par ce livre que tu meurs d'envie de lire. Notre marche avait l'air d'être sortie de l'imagination de Borya. La lune était pleine et éclairait la route tapissée de neige, baignant nos traces de pas d'une lueur argentée. C'était d'une beauté saisissante et, si j'avais eu encore une once de bon sens, j'aurais couru pour m'enfoncer dans les bois qui bordaient la route, couru jusqu'à ce que mon corps cède à l'épuisement ou jusqu'à ce que quelqu'un m'arrête. Je crois que j'aurais aimé mourir là-bas, dans cet endroit qui semblait tout droit sorti de l'imagination de Borya.*

D'abord, surgissant au loin, visibles par-delà le sommet des grands sapins, les miradors – chacun surmonté d'une étoile rouge sans éclat. Puis, à mesure que nous approchions : la clôture de barbelés, la cour nue, les rangées de baraquements, un frêle panache de fumée reliant la cheminée de chaque bâtiment au ciel gris. Un coq décharné longeait la clôture sur tout son périmètre, son bec cassé, sa crête rouge déchirée.

Nous étions arrivées.

Je ne peux pas parler au nom de nous toutes, mais j'avais passé chaque seconde, minute, heure, chacune de nos quatre journées de marche à rêver d'avoir chaud. Et pourtant, quand ils nous ont parquées derrière la clôture en barbelé et que nous avons eu le droit de nous réchauffer près des feux qui brûlaient dans des bidons en fer-blanc au milieu de la cour, je n'ai jamais eu aussi froid.

À l'autre bout de cette cour, une quarantaine ou une cinquantaine de femmes se tenaient là, debout, en rang, des assiettes et des gobelets en fer-blanc à la main, attendant qu'on leur serve à dîner. À notre approche, elles se sont tournées vers nous, jaugeant nos visages pâles, nos têtes encore couvertes de cheveux, et nos mains : avec des engelures mais sans être calleuses. Nous avons regardé leurs visages jaunâtres, leurs têtes couvertes d'un foulard ou rasées, leurs larges épaules voûtées. Bientôt, ce serait comme se regarder dans un miroir. Bientôt, ce serait nous qui serions debout en rang, attendant d'être servies pour manger tandis qu'un nouveau groupe de femmes arriveraient, afin d'être réhabilitées.

Une douzaine de gardes, des femmes, sont apparues, et les hommes qui nous avaient accompagnées ont fait demi-tour pour disparaître en silence dans la neige. Nous avons été conduites jusqu'à un long bâtiment au sol cimenté, équipé d'un poêle. Arrivées là, les gardiennes nous ont ordonné de nous déshabiller. Nous sommes restées nues, tremblantes de froid, pendant qu'elles passaient leurs doigts dans nos cheveux, puis le long de nos corps, nous levant les bras et soulevant les seins pour nous examiner de près. Elles nous ont fait écarter les doigts, les orteils, les jambes. Elles nous ont fouillé la bouche. J'ai commencé à me réchauffer; non pas grâce au poêle mais à cause de cette colère que je n'avais pas encore réussi à digérer. As-tu déjà ressenti une telle colère, Anatoli ? Une colère qui te consume de l'intérieur mais que tu ne peux vraiment ni identifier ni localiser, prête à allumer en toi un violent incendie comme une allumette qu'on approche du pétrole ? Est-ce que ça te prend la nuit, comme c'est le cas pour moi ? Est-ce la raison pour laquelle tu as ce poste qui est maintenant le tien ? Le pouvoir, quel que soit le prix à payer, est-il le seul moyen de guérir ?

Après cette fouille, nous nous sommes de nouveau mises en rang. Au goulag, nous sommes toujours en rang, Anatoli. On nous a donné des morceaux de savon à base de soude, juste des éclats en fait, et les robinets de douche ont été ouverts. L'eau était froide mais paraissait brûlante sur notre peau gelée. Nous avons séché à l'air, et avons été aspergées d'une poudre afin de tuer tout ce que nous aurions éventuellement amené avec nous.

Une Polonaise avec de très belles mèches de cheveux blonds encadrant sa tête partiellement rasée était assise devant une table, raccommodant d'amples tuniques de la couleur d'un ciel nuageux. Elle a levé la tête vers nous et nous a montré du doigt le tas de vêtements sur sa droite puis celui sur sa gauche : au choix, des blouses de grande taille ou de plus grande taille encore.

Puis une femme avec de grandes oreilles et un nez encore plus grand nous a distribué des chaussures sans même essayer de deviner nos pointures. J'ai enfilé la paire en cuir noir qu'elle m'avait donnée mais, quand j'ai voulu marcher, mes talons ressortaient à chaque pas; elles étaient trop grandes. Il m'a fallu un long mois pour avoir assez de rations de sucre à marchander avec une autre prisonnière – non pour avoir une autre paire de chaussures, qui m'aurait coûté l'équivalent d'au moins cinq mois de sucre, mais un rouleau de ruban adhésif afin de pouvoir arrimer ces chaussures à mes pieds.

Les gardiennes nous ont divisées en trois rangs et j'ai suivi le mien jusqu'au baraquement n° 11. J'y resterais pendant trois ans, Anatoli, traînant des pieds afin de ne pas perdre mes chaussures.

Le baraquement n° 11 était vide, ses occupantes n'étant pas encore revenues des champs où elles travaillaient. Une gardienne nous a indiqué les couchettes vides, des couchettes superposées, tout au fond de la salle, loin du poêle à bois. Nous sommes passées sous une corde à linge qui courait d'un mur à l'autre, à laquelle les femmes avaient accroché leurs chaussettes et sous-vêtements lavés mais tachés. Le baraquement sentait la transpiration, l'oignon et les corps chauds. L'odeur du vivant ; un petit réconfort.

J'ai installé la couverture en laine qu'on m'avait donnée sur la couchette du haut, car une femme toute menue, que j'avais déjà remarquée dans le train, avait pris celle du bas. Je pensais qu'elle avait à peu près mon âge, une bonne trentaine ; elle avait les cheveux noirs et les mains délicates. J'ai cru que nous pourrions peut-être devenir amies. Elle s'appelait Ana.

Je ne suis jamais devenue amie avec Ana. Ni avec aucune des autres femmes du baraquement n° 11. C'était impossible : à la fin de la journée, nous étions épuisées et avions besoin d'économiser toute notre énergie pour pouvoir nous lever le lendemain matin et recommencer.

Cette première nuit à Potma a été calme. Toutes les nuits l'ont été, si ce n'étaient les mugissements du vent qui nous berçaient dans notre sommeil. Parfois, nous pouvions entendre les pleurs d'une femme ayant succombé à la solitude résonner à travers le camp telle une sirène d'alerte aérienne. La femme était vite réduite au silence – nous ne savions pas comment, nous ne pouvions que l'imaginer. Et même si personne n'en parlait, nous entendions ses pleurs, et nous nous joignions toutes à elle en silence.

Mon premier jour dans les champs, la terre était dure, gelée, et la pioche trop lourde pour que je puisse la lever plus haut que ma taille. En une demi-heure, mes mains ont été couvertes d'ampoules. J'ai utilisé toute ma force pour percer le sol – à peine une éraflure, de la largeur d'un doigt. La femme à côté de moi a été plus chanceuse ; on lui avait donné une pelle sur laquelle elle pouvait pousser avec son pied, et son poids appuyait suffisamment sur la lame pour l'enfoncer dans le sol. Moi, je n'avais qu'une pioche pour retourner quelques mètres cubes de terre avant qu'on me donne ma ration de la journée.

Le premier jour, je n'ai rien mangé.

Le deuxième jour non plus.

Le troisième jour, je n'ai toujours pas pu faire mieux qu'égratigner la terre, et je n'ai donc toujours rien eu à manger. Cependant, une jeune nonne m'a tendu un morceau de sa ration de pain quand je suis passée devant elle pour rejoindre la file d'attente menant aux douches. Je lui en ai été reconnaissante et, pour la première fois depuis que les hommes étaient venus me chercher dans mon appartement de Moscou, j'ai pensé que je devrais peut-être commencer à prier.

À Potma, les nonnes me fascinaient, Anatoli. Elles formaient un petit groupe venu de Pologne et étaient plus aguerries que n'importe quel criminel. Elles refusaient de céder quand elles n'étaient pas d'accord avec les ordres distribués par les gardiennes. Les nonnes priaient à voix haute quand le réveil sonnait, ce qui les exaspérait mais me réconfortait, bien que je n'aie moi-même jamais été vraiment croyante. Parfois, les gardiennes en punissaient une, à titre d'exemple, pour avoir désobéi, et la sortaient du rang en l'attrapant par la blouse, la traînant pour qu'elle s'agenouille devant nous. L'une d'entre elles a ainsi été forcée de rester dans cette position toute une journée, ses genoux pressés contre le sol rocailleux. Jamais elle n'a bronché, jamais elle n'a demandé à pouvoir se relever, elle est restée tout ce temps à prier en souriant comme une bienheureuse. Leurs doigts égrenaient un chapelet invisible, même quand leurs visages brûlaient sous un soleil de plomb, même quand l'urine coulait sous leurs blouses, dessinant un sillon dans la poussière.

Une fois ou deux, les gardiennes les ont envoyées toutes ensemble au cachot, le premier baraquement construit dans le camp, dont le toit à moitié effondré laissait entrer les courants d'air, ainsi que les insectes et les rats.

C'était difficile de ne pas être jalouse des nonnes, même si leur condamnation était de loin plus lourde que la mienne. Elles étaient là les unes pour les autres, et n'avaient pas besoin du monde extérieur, au contraire des autres femmes. Même quand elles étaient séparées, elles ne succombaient jamais à la noirceur de cette solitude dont nous souffrions toutes. Elles avaient la compagnie de leur Dieu. Et moi j'avais foi en un simple mortel : mon Borya, un homme, un poète. Et n'ayant pu entrer en contact avec lui depuis que les hommes étaient venus me chercher chez moi, je ne savais même pas s'il était vivant.

Le quatrième jour, mes mains, autrefois si douces, étaient devenues calleuses et j'ai finalement pu agripper solidement la pioche. Je l'ai alors levée haut avant de l'enfoncer dans la terre avec une force surprenante. À la fin de la journée, j'avais retourné le lopin de terre qu'on m'avait assigné et j'ai enfin eu droit à mes rations alimentaires, dont je n'ai toutefois pu avaler que quelques bouchées. Mon corps s'était adapté plus vite que mon esprit. N'est-ce pas ainsi que ça se passe toujours, Anatoli ?

Ces affreux premiers jours, semaines, mois, puis années ont passé – comptés non en nombre de jours mais en nombre de trous creusés dans la terre et de poux attrapés dans mes cheveux. Ils se comptaient en ampoules percées et en callosités aux mains à force de creuser la terre, en cafards tués sous nos couchettes, en nombre de côtes visibles sous la peau. Et il n'y a jamais eu que deux saisons : été et hiver; tout aussi épuisantes, infernales l'une que l'autre.

J'ai appris ce dont a besoin le corps humain pour survivre – pas grand-chose. En effet, 800 grammes de pain par jour, deux morceaux de sucre, et une soupe si claire[1] *qu'il était difficile de la distinguer d'un simple brouet d'eau de mer, m'ont suffi.*

Mais l'esprit a besoin de beaucoup plus. Borya n'était jamais loin de mes pensées. J'avais l'habitude de croire que je pouvais sentir quand il pensait à moi – et que le frisson dans ma nuque, ou le long de mes bras, c'était lui. Je l'ai senti pendant des mois. Mais une année a passé sans ce frisson, puis une autre. Était-il mort ? S'ils m'avaient envoyée au goulag, il ne faisait aucun doute qu'ils avaient dû lui réserver un sort bien pire que le mien.

Anatoli, je peux maintenant te dire que cette peine de cinq ans a été tout à la fois une bénédiction et une malédiction. Seules les bourgeoises moscovites bénéficiaient d'une peine aussi légère, ce que me rappelait sans cesse la chef de brigade de notre baraquement, une Ukrainienne qui s'appelait Buinaya, et qui avait été condamnée à une peine de dix ans pour avoir volé un sac de farine dans un kolkhoze. Elle était costaude et sévère, tout ce que je n'étais pas. Avec le temps,

1. En effet, « La ration de chacun dépend de la norme de travail qu'il a été capable d'effectuer – telle est la règle de fer du camp. L'affaiblissement de l'organisme résultant d'un surcroît d'effort n'est jamais compensé par l'hypothétique supplément de nourriture qui est servie : une *balanda*, soupe claire au chou agrémentée de têtes et d'abats de poissons, une écuelle de *kacha*, gruau de sarrasin, et du pain noir, souvent dur comme du bois. De 300 à 800 grammes par jour, en fonction du travail accompli » (Nicolas Werth, « Goulag : survivre au quotidien », *L'Histoire*, n° 461).

je me suis endurcie et je suis devenue plus forte pour effectuer le travail dans les champs, mais j'étais encore l'une des plus lentes, et Buinaya mettait un point d'honneur à exercer sa hargne d'abord contre moi.

Un jour, en revenant des champs, j'étais trop fatiguée pour me laver et suis allée directement m'allonger sur ma couchette. J'étais si épuisée que je n'avais même pas retiré ma blouse pleine de terre. Au moment où j'ai fermé les yeux, j'ai entendu la voix, reconnaissable entre toutes, de Buinaya – une voix de pie enrouée. « Numéro 3478 ! » a-t-elle lancé, m'appelant par mon numéro comme le faisaient les gardiennes.

Je n'ai pas bougé. Mais elle m'a interpellée de nouveau, et Ana a tapé le dessous de ma couchette. Comme je ne répondais pas, elle y a donné de petits coups de pied. « Réponds-lui, ou tu vas avoir des ennuis », a-t-elle chuchoté.

Je me suis assise. « Oui ?

— Je croyais que vous, les Moscovites, étiez des gens propres. Tu pues la merde. »

Des rires moqueurs lui ont fait écho à travers tout le baraquement n° 11 et, de honte, j'ai senti le rouge me monter jusqu'aux joues depuis la poitrine, le cou. Je sentais mauvais, en effet ; même si d'autres femmes dans ces baraquements sentaient encore pire que moi.

« Je suis née dans une tranchée, a-t-elle continué, et pourtant on m'a appris à me laver entre les cuisses au moins une fois par semaine. Pas étonnant que seul un poète, un traître par-dessus le marché, ait envie de t'approcher. N'est-ce pas la raison pour laquelle tu es ici ? »

Les rires ont éclaté de plus belle et j'ai balancé mes jambes par-dessus le bord de ma couchette pour en descendre. Je tremblais tellement que j'étais certaine que le plancher vibrait. Je sentais tous les regards braqués sur moi, dans l'attente de ma réponse. J'ai hésité, et me suis tournée vers le mur, ce qui a fait rire Buinaya et les autres encore plus fort. Elle a ramassé un petit tas de ses sous-vêtements sales et s'est approchée de ma couchette. « Tiens, a-t-elle fait, en laissant tomber le linge par terre. Pendant que t'y es, et que tu laves ton corps sale, tu voudras peut-être aussi laver certaines de mes affaires, non ? Oui, bien sûr. »

Anatoli, j'aurais aimé te raconter que je me suis retournée et que je lui ai balancé son linge sale à la figure. Que je l'ai affrontée et giflée, ce qui aurait provoqué une bagarre qui l'aurait laissée couverte d'ecchymoses, courbatue, toute la journée du lendemain. Et que même si j'avais perdu la bagarre, j'avais gagné le respect de Buinaya.

Mais ce ne fut pas le cas. J'ai mis son linge sale dans le lavabo, et j'ai frotté avec ma propre ration de lessive, avant de l'étendre soigneusement le plus près possible du poêle à bois pour le faire sécher. Je me suis alors déshabillée et me suis lavée dans l'eau froide et trouble. Puis j'ai dormi. Et, le lendemain, j'ai recommencé.

Si je te racontais maintenant ce que tu me demandais au cours de nos conversations nocturnes à la Loubianka, Anatoli, à quoi ça me servirait ? Ma peine serait-elle réduite si je coopérais maintenant ? Si j'avouais tout ce dont on m'accuse, pourrais-je partir d'ici ? Si j'utilisais le bout pointu de ma pioche et l'abattais de toutes mes forces, pourrais-je mettre fin à tout ça une bonne fois pour toutes ?

On pourrait penser que l'hiver était la pire saison ; or, l'été était celle qui nous épuisait le plus. Quand nous travaillions dans les champs, à creuser, arracher ou transporter, nous macérions dans notre sueur sous nos blouses grises. Nous appelions alors ces blouses « des peaux du diable » car elles empêchaient notre corps de respirer. Nous développions des infections, des éruptions cutanées et attirions les mouches noires qui, vicieuses, nous piquaient. Pour nous protéger du soleil, nous accrochions de la gaze sur des morceaux de grillage barbelé rouillé, en guise de chapeaux qui ressemblaient à ceux des apiculteurs. Les autres femmes, plus anciennes, leurs peaux déjà tannées par une décennie ou plus dans les champs, se moquaient de ces chapeaux et de notre précieux teint de porcelaine de Moscovites. Elles avaient trente ou quarante ans, mais en paraissaient soixante ou soixante-dix. Elles savaient que ce n'était qu'une question de temps avant que nous renoncions à essayer de nous cacher du soleil, avant que nous levions nos visages et laissions ses rayons effacer ce qui restait des femmes que nous étions avant de venir à Potma.

Nous étions dans les champs douze heures d'affilée, Anatoli. Et je les passais à me réciter les poèmes de Borya dans ma tête, accordant chaque coup de pioche, chaque respiration, au rythme de chaque vers.

Le soir, quand nous rentrions des champs et qu'on nous fouillait pour s'assurer que nous n'avions rien rapporté, je ressassais de nouveau les mots de Borya dans ma tête, occultant ce qu'on faisait à mon corps.

Je composais aussi moi-même des poèmes, les vers surgissant dans ma tête comme ils l'auraient fait sur le papier. Je me les répétais encore et encore jusqu'à ce qu'ils soient bien imprimés dans mon esprit. Mais, sans que je sache pourquoi, je suis aujourd'hui incapable de me les réciter, alors que j'ai du papier pour les écrire. Peut-être que certains poèmes n'ont de sens que pour soi.

On m'a appelée un soir après que j'ai fini de laver les vêtements sales de Buinaya. Je m'apprêtais à me coucher quand une gardienne, une nouvelle qui n'avait pas encore tout à fait adopté le ton de voix des autres qui aboyaient des ordres, est entrée dans le baraquement et a appelé mon numéro de sa voix chantante. J'ai renfilé ma blouse et mes chaussures et l'ai suivie dehors.

Quand elle a tourné à gauche au bout du chemin qui traversait la cour, j'ai compris où nous allions : la petite maison dont l'entretien était confié aux prisonnières ayant gagné les faveurs du Parrain du camp. Le style de cette habitation ne s'accordait pas avec le reste du camp, et la première fois que je l'avais vue, j'avais cru halluciner. Elle ressemblait à la datcha d'une grand-mère, peinte en vert avec les encadrements de portes et fenêtres en blanc et des jardinières bien entretenues sur les rebords de fenêtres.

À travers l'une de ces fenêtres, je pouvais voir la lueur rougeâtre d'une lampe et le Parrain assis, au fond de la pièce, à son bureau – un homme que je n'avais vu qu'une seule fois, debout au centre d'un demi-cercle de représentants du gouvernement, de simples subordonnés, qui étaient un jour venus en visite à Potma. Même de loin, je pouvais apercevoir ses épais sourcils blancs. Ils paraissaient agrandir son front; ils rejoignaient presque ses cheveux blancs, coiffés en arrière pour couvrir sa calvitie. Assis là à son bureau, comme n'importe quel dedushka, *il avait l'air affable, un vieil homme comme un autre. Mais je savais par les autres femmes qu'il n'avait rien d'un gentil grand-père. Le travail du Parrain était d'interroger les prisonnières et de recruter des mouchardes. Il était aussi connu pour avoir possédé plusieurs des femmes du camp – les « épouses » comme on les appelait –, des femmes qui étaient convoquées à la petite* maison et auxquelles on donnait le choix entre accepter ce qu'il voulait faire avec elles ou purger le reste de leur peine dans un autre camp, où les pires délinquantes étaient détenues.

Les « épouses » étaient facilement identifiables par leur robe en soie qu'elles enfilaient après s'être lavées et les larges chapeaux de paille qu'elles portaient pour protéger leurs visages du soleil. Elles cessaient aussi de travailler dans les champs pour être employées à des tâches plus faciles dans les cuisines ou la buanderie. Ou encore pour tout simplement passer des heures à tailler les haies et s'occuper des fleurs de la petite maison – et à en entretenir l'intérieur. Elles étaient toutes belles, la plus jolie d'entre elles avait dix-huit ans et s'appelait Lena. Je ne l'ai jamais vue, mais ses longs et souples cheveux noirs, tel un dos d'orque, étaient célèbres dans tout le camp. On racontait que Lena avait un shampoing spécial, un produit français de contrebande, que le Parrain s'était procuré pour elle, mais aussi une paire de gants en vachette pour protéger ses doigts fins, car elle avait été une pianiste prometteuse en Géorgie avant d'être arrêtée. On racontait aussi qu'elle était tombée enceinte et qu'une babki, une vieille femme, était venue avec des aiguilles à tricoter pour pratiquer un avortement.

Ce sont des rumeurs, rien que des rumeurs, me suis-je dit quand la gardienne a pointé la porte de la petite maison avec sa matraque. Je me suis aussi convaincue que j'étais trop vieille pour plaire au Parrain, qui, avais-je entendu dire, préférait les femmes n'ayant pas encore eu d'enfants ou celles qui avaient moins de vingt-deux ans.

J'ai ouvert la porte et suis restée en retrait. Le Parrain, assis à son bureau, écrivait. J'aurais voulu qu'il parle, mais il s'est contenté de désigner la chaise face à lui de la pointe de *son stylo-plume. Dix minutes ont passé avant qu'il pose ce stylo et me regarde. Sans un mot, il a alors ouvert le tiroir de son bureau et m'a tendu un paquet. «Pour toi. Ça ne doit pas sortir de cette pièce. Tu dois les lire ici.» Il a poussé vers moi une feuille de papier. «Et quand tu auras fini, tu signeras, déclarant que tu as eu ce paquet.*

— Qu'est-ce que c'est ?

— Rien d'important.»

Le paquet contenait une lettre de douze pages, et un petit carnet vert. Je l'ai ouvert mais j'ai été incapable de lire. Tout ce que je voyais, c'était cette écriture manuscrite – son écriture – de grandes lettres griffonnées qui m'ont toujours fait penser à des grues cendrées s'élançant vers le ciel. J'ai parcouru des yeux le carnet, puis la lettre, et les mots ont commencé à prendre sens. Borya était vivant. Il était libre. Et il m'avait écrit un poème.

Je ne partagerai pas ce poème avec toi, Anatoli. Tu as cru que je le ferais ? Je l'ai lu, relu, encore et encore, jusqu'à ce qu'il soit gravé dans ma mémoire, et je n'ai plus jamais revu ces pages. Peut-être les as-tu lues, mais je vais faire comme si ce n'était pas le cas, comme si ces mots n'appartenaient qu'à moi, à moi seule.

Dans la lettre, il écrivait qu'il faisait tout ce qui était en son pouvoir pour me sortir de là, et que s'il pouvait prendre ma place il le ferait avec bonheur. Il disait que le poids de la culpabilité se faisait chaque jour plus lourd sur sa poitrine. Il disait qu'il craignait que cette charge devienne si lourde que ses côtes se brisent et qu'il en meure.

En lisant cette lettre, j'ai été emplie de ce que seules les nonnes dans notre camp pouvaient comprendre, je crois : une foi qui protège et réchauffe.

Pourquoi ai-je eu le droit de lire ce que Borya m'avait écrit, Anatoli ? Pourquoi le Parrain m'a-t-il donné cette lettre après tout ce temps ? Peut-être voulait-il quelque chose en échange. Et quoi que ce soit, je savais que je lui aurais donné. Je serais devenue une moucharde, une « épouse », peu importait, tant que je pouvais avoir des nouvelles de Borya.

Mais jamais le Parrain ne m'a demandé de devenir « son épouse », pas plus qu'il ne m'a incitée à devenir une moucharde. J'ai compris plus tard quand, longtemps après, j'ai découvert que Borya avait demandé la preuve que j'étais vivante, et qu'ils lui avaient donc envoyé quelques mois plus tard la feuille de papier que j'avais signée ce soir-là après avoir lu sa lettre.

La rumeur courait selon laquelle Staline était malade et qu'il relâchait les rênes. Après cette soirée à la petite maison du Parrain, j'ai été autorisée à recevoir du courrier de ma famille et de Borya. Il m'a écrit pour me parler de sa crise cardiaque, conséquence, selon lui, de mon arrestation, et pour me dire qu'il avait passé des mois à l'hôpital en craignant de ne jamais me revoir.

Il m'écrivait qu'il était de nouveau obsédé par l'idée de terminer son roman maintenant qu'il allait bien et qu'il pouvait m'écrire. Il disait qu'il le finirait coûte que coûte, et rien – pas même les autorités qui, probablement, lisaient ses lettres, ni son cœur fragile – ne l'en empêcherait.

Cher Anatoli, tu te souviens de la nuit avant la mort de Staline ? Cette nuit-là, j'ai rêvé d'oiseaux. D'oiseaux qui n'étaient pas les colombes blanches que j'espérais tant voir arriver – les femmes dans le camp pensaient que les colombes étaient le signe annonciateur de la libération imminente de l'une d'entre nous –, mais des milliers de corbeaux, noirs, alignés comme des pions d'échecs sur une place vide bétonnée. Les corbeaux paraissaient à peine respirer, et quand je me suis approchée et ai frappé dans mes mains, ils n'ont pas bougé. J'ai frappé dans mes mains jusqu'à ce que j'aie les paumes à vif, en vain. Mais quand j'ai fait demi-tour pour partir, un signal inaudible les a fait s'envoler. Ils se sont regroupés en une nuée frémissante, tel un nuage masquant la lumière de la lune. J'ai regardé le nuage se déplacer de droite à gauche avant que, soudain, ils s'éparpillent, chacun des oiseaux allant dans sa propre direction.

Le lendemain matin, la musique a commencé avant l'aube, sortant à plein volume des haut-parleurs. Nous nous sommes toutes redressées, plissant les yeux jusqu'à ce que notre vue s'ajuste à l'obscurité. De la musique funèbre – on passait de la musique funèbre. Dans le baraquement n° 11, personne n'a dit un mot. Personne n'a demandé qui était mort. Nous le savions déjà.

Et la musique a continué, tandis que nous aspergions nos visages d'eau froide que contenait l'abreuvoir dans lequel nous nous lavions et que nous enfilions nos blouses, ne sachant pas quand nous allions être convoquées. Quand finalement l'appel n'est pas venu, nous sommes restées assises sur nos couchettes et avons attendu en silence. Buinaya est allée entrouvrir la porte, a passé sa tête dans l'embrasure. « Rien », a-t-elle dit, secouant la tête.

La musique s'est alors arrêtée et les haut-parleurs ont crachoté. Nous avons entendu le saphir se poser sur un disque : l'hymne national. Nous avons regardé autour de nous, ne sachant pas si nous devions rester assises, ou nous lever et chanter. Quelques femmes se sont levées, et les autres les ont imitées. L'hymne s'est arrêté de jouer et nous sommes restées debout. Il y a eu un silence avant que les haut-parleurs crachotent de nouveau et que la voix profonde, bien connue, de Youri Borisovitch Levitan, de Radio Moscou, annonce : « Le cœur du camarade de Lénine et continuateur inspiré de sa volonté, chef avisé et maître du Parti communiste et du peuple soviétique, a arrêté de battre. »

L'enregistrement a pris fin et nous savions que nous étions censées pleurer. Ce que nous avons fait. Nous avons pleuré jusqu'à ce que nos yeux soient gonflés et nos gorges desséchées. Mais aucune de ces larmes n'a été versée pour lui.

Peu de temps après la fin du Tsar rouge, ma peine de cinq ans a été réduite à trois. Je devrais donc être de retour à la maison le 25 avril. La mort de Staline avait incité nos nouveaux dirigeants à libérer un million et demi de prisonniers. Quand j'ai reçu la lettre précisant la date de ma libération, je suis retournée au baraquement n° 11 et me suis regardée dans le morceau de miroir accroché au-dessus de cet abreuvoir dans lequel nous nous lavions. J'avais le teint hâlé de quelqu'un qui avait passé des années dans un camp. Mes yeux étaient toujours d'un bleu vif, mais j'avais des pattes-d'oie et des cernes noirs. Mon nez avait été brûlé par le soleil. Ma silhouette n'était pas celle d'une femme en bonne santé, mais d'une survivante : les os de mes clavicules pointaient sous la peau, chacune de mes côtes était visible, mes cuisses étaient aussi minces que des bâtons, mes cheveux blonds étaient ternes et dévitalisés, et j'avais une dent de devant cassée à cause d'un caillou dans la soupe.

Que se dirait Borya ? J'ai repensé à la fois où il m'avait raconté qu'il avait peur de revoir ses sœurs après plusieurs années de séparation quand elles étaient parties à Oxford. Il m'avait confié qu'il aurait presque préféré ne jamais les revoir afin de garder l'image qu'il avait de la beauté de leur jeunesse. Ressentirait-il la même chose à mon égard ? Me regarderait-il comme il regardait sa femme – quelqu'un avec qui il ne partageait plus son lit depuis longtemps ? Me comparerait-il à ma propre fille, qu'il avait vue se transformer en une belle jeune fille quand moi je faisais désormais plus vieille que mon âge ? « Ira est le portrait tout craché de sa mère », m'avait-il écrit dans une carte postale.

Buinaya, qui n'avait pas encore bénéficié de l'amnistie, est arrivée derrière moi comme pour s'apprêter à se laver le visage, puis m'a poussée dans le miroir de fortune. Des éclats de verre sont tombés par terre et j'ai trébuché en arrière, un filet de sang coulant de mon front. Elle m'a souri, et je lui ai souri en retour, du sang dans la bouche. Elle s'est alors renfrognée, avant de tourner les talons. C'est la dernière fois que je l'ai vue. Quand j'ai su que celles qui n'avaient pas été amnistiées s'étaient rebellées et que, durant cette rébellion, les champs, la petite maison du Parrain et le camp en son entier avaient été réduits en cendres, j'ai pensé que c'était Buinaya qui avait allumé le feu.

C'est en femme réhabilitée que j'ai pris le train pour Moscou, Anatoli. Pendant ces trois ans où j'avais été absente, la ville avait connu une forte croissance. Des grues soulevaient des poutres en acier. Les champs avaient cédé la place à des usines. Entre les vieux bâtiments en bois de deux étages, des immeubles d'habitation avaient surgi, avec leurs milliers de fenêtres et de cordes à linge accrochées à des milliers de balcons. Le visotki *de Staline, de style baroque et gothique, s'élevait vers le ciel avec ses tours coiffées d'une étoile, modifiant le paysage de la ville, soulignant la volonté d'annoncer au monde que nous aussi, nous pouvions construire des immeubles qui touchaient les nuages.*

Nous étions en avril et la ville fleurait bon le printemps. Je rentrais à temps pour les lilas violets, les tulipes et les parterres de pensées rouges et blanches qui sortiraient bientôt de leur torpeur hivernale. Je m'imaginais marcher de nouveau dans Moscou, le long des grands boulevards, avec Borya. J'ai fermé les yeux pour savourer cette idée, et quand je les ai rouverts, le train arrivait. Inquiète, j'ai regardé les voies en contrebas. Il avait dit qu'il m'attendrait.

6

L'HÔTE DES NUAGES

Boris se réveille. La première image qui lui vient à l'esprit est celle du faisceau de lumière d'un train filant à travers la campagne, à destination de « la Ville de pierres blanches[1] ». Sous sa fine couverture, il tend ses pieds et imagine la joue ronde d'Olga pressée contre la vitre du train. Comme il avait aimé la regarder dormir et cette façon qu'elle avait de ronfler aussi doucement qu'une lointaine sirène d'usine....

Dans six heures, le train avec à son bord sa bien-aimée entrera en gare. La mère d'Olga et ses enfants l'attendront le long des quais, hissés sur la pointe des pieds pour être les premiers à la voir descendre. Dans cinq heures, Boris doit les retrouver dans leur appartement de la rue Potapov, afin qu'ils aillent à la gare tous ensemble.

---

1. Au XIVe siècle, des remparts de pierres blanches remplacent les murs en bois. On donne alors à Moscou le surnom de *Bielokamennaja* (« la Ville de pierres blanches »), qui lui est resté jusqu'à aujourd'hui.

Trois ans s'étaient écoulés depuis la dernière fois où il avait entendu sa voix. Trois ans depuis la dernière fois où il l'avait touchée. C'était sur un banc, dans un jardin public près des bureaux des éditions Goslitizdat. Tandis qu'ils faisaient des projets pour la soirée, Olga avait repéré un homme dans un pardessus en cuir qui paraissait écouter leur conversation. En jetant un coup d'œil à l'homme en question, Boris avait décidé qu'il s'agissait juste d'un homme assis sur un banc. « Rien de plus, lui avait-il dit.

— Tu es sûr ? »

Et il lui avait pressé la main.

« Tu devrais peut-être rester avec moi plutôt que de rentrer chez toi, non ? avait-elle demandé.

— Je dois travailler, mon cœur, mais je te verrai ce soir à Peredelkino. Elle est partie à Moscou pour deux jours, avait-il ajouté, prenant soin de ne pas mentionner le nom de son épouse. Nous pourrons nous détendre et dîner tard. Et j'aimerais que tu me dises ce que tu penses d'un nouveau chapitre. »

Elle avait approuvé ce programme et l'avait embrassé chastement sur la joue comme elle le faisait en public. Il détestait quand elle l'embrassait de cette façon, lui donnant l'impression d'être un oncle ou, pire encore, son père.

S'il avait su que cette rencontre dans le parc serait la dernière fois qu'il la verrait pour les trois ans à venir, il aurait tourné la tête et l'aurait embrassée sur les lèvres. Il ne se serait pas empressé de rentrer chez lui pour aller travailler. Il aurait dû la croire au sujet de cet homme dans son manteau en cuir. Il n'aurait pas lâché sa main.

Ce soir-là, Boris avait attendu l'arrivée d'Olga dans sa datcha; mais au bout de plusieurs heures sans le moindre signe d'elle, il avait compris que quelque chose n'allait pas. Il avait alors foncé tout droit à l'appartement d'Olga, où sa mère était assise – pratiquement en état de catatonie, pointant du doigt une large déchirure dans un coussin du canapé. Quand Boris était entré dans la pièce, elle avait levé les yeux, le regard vide, et avait répondu à ses questions par bribes. « Des hommes dans des costumes noirs. Deux... non, trois... toutes ses lettres, ses livres... une voiture noire. » Boris n'avait pas eu besoin de réponses précises pour savoir qui étaient ces hommes et où ils avaient emmené Olga.

« Où sont les enfants ? » avait-il demandé.

Elle avait attrapé une plume d'oie noir et blanc qui sortait du coussin et l'avait frottée entre ses doigts.

« Ils sont ici ? Ils sont en sécurité ? »

La mère d'Olga n'avait pas répondu; Boris était alors allé jusque dans la chambre des enfants, et avait été tout à la fois soulagé et dévasté – le cœur brisé – en entendant les pleurs assourdis de Mitya et Ira derrière la porte.

Quand il avait fait demi-tour, il avait été surpris de voir la mère d'Olga debout dans le couloir juste derrière lui. Avant qu'il ait pu poser une autre question, elle l'avait assailli de ses propres questions : « Tu vas aller la chercher, n'est-ce pas ? Tu vas demander qu'on la relâche ? De tout annuler ? » Elle avait agité la plume sous son nez. « Tu vas réparer tout ce dont tu es responsable. Le danger que tu lui as fait courir. »

Boris avait alors promis à la mère d'Olga d'aller directement à la Loubianka et d'entreprendre tout ce qui était en son pouvoir pour sauver sa fille. Il ne lui avait pas dit qu'il n'avait aucun pouvoir, qu'il serait vain d'aller frapper aux portes de la Loubianka pour demander la libération d'Olga ; et que son statut d'auteur russe vivant le plus célèbre ne servirait à rien quand leurs intentions étaient de le punir *lui* par le biais d'Olga. Au mieux, ils le jetteraient lui aussi en prison.

Il était donc rentré chez lui, non pas à sa datcha à Peredelkino mais dans son appartement de Moscou, où il avait retrouvé sa femme. Zinaida était assise à la table de cuisine, elle fumait en jouant aux cartes avec des amis. « On dirait que tu as vu un fantôme », lui avait-elle déclaré quand il était arrivé.

« J'ai vu plusieurs fantômes », lui avait-il répondu. Elle avait alors reconnu sur le visage de son époux cette expression qu'il avait si souvent arborée durant les Grandes Purges. Au cours de la Grande Terreur, des milliers de gens avaient été emprisonnés, et presque tous étaient morts dans des camps. Des poètes, des écrivains, des artistes. Des amis de Boris, des amis de Zinaida. Des astronomes, des professeurs, des philosophes. Une décennie avait passé, mais les blessures n'avaient pas encore cicatrisé – des souvenirs sanglants, rouges comme le drapeau. Elle s'était bien gardée de lui demander ce qui n'allait pas.

Le train d'Olga arrivera en gare après quatre jours de voyage. Depuis Potma, elle aura donc d'abord marché, pris un train, et encore un autre avant d'arriver à Moscou.

Boris se lève et revêt une chemise en coton d'un blanc immaculé et un pantalon à bretelles en toile marron. En faisant attention de ne pas réveiller son épouse, il descend l'escalier, enfile ses bottes en caoutchouc et, comme chaque matin, il quitte la datcha pour sa promenade quotidienne en passant par la véranda qui en flanque l'un des côtés.

Le soleil point au-dessus des bouleaux en bourgeons tandis que Boris se fraie un chemin à travers la forêt. Il entend un couple de pies jacasser quelque part dans les branches des arbres et s'arrête pour essayer de les apercevoir. Le chemin serpente jusqu'à une petite rivière dont les eaux ont considérablement monté avec la fonte des neiges. Boris s'arrête sur l'étroite passerelle et prend une profonde inspiration. Il adore l'odeur de l'eau froide qui coule en dessous.

Se repérant grâce au soleil, il estime qu'il doit être six heures. Au lieu de traverser le cimetière, en faisant le tour de la résidence d'été du patriarche de Moscou pour longer le club des écrivains comme à son habitude, Boris coupe par la grand-route pour rentrer plus vite chez lui. Il veut pouvoir écrire au moins une heure ou deux avant de retrouver la famille d'Olga à Moscou.

À son retour, la lumière est allumée dans la cuisine. Zinaida est occupée à charger le poêle à bois et à préparer le petit-déjeuner de Boris, toujours le même : deux œufs au plat avec de l'aneth séché. Même si l'air est encore frais, Boris se déshabille et se lave dehors. Car bien que sa datcha ait été aménagée pour pouvoir y séjourner l'hiver, avec une salle de bains et de l'eau chaude, Boris préfère encore faire sa toilette à l'extérieur, appréciant les propriétés revigorantes de l'eau froide.

Tandis qu'il se sèche avec une serviette légèrement moisie, son vieux chien lui fait la fête en léchant les gouttes d'eau qui coulent le long de ses longues jambes maigres. Boris caresse la tête de Tobik et gronde le clebs à moitié aveugle pour ne pas l'avoir accompagné dans sa promenade matinale.

En entrant dans la datcha, les oreilles de Boris sont écorchées par le son de la télévision. Zinaida avait insisté pour qu'on leur installe un téléviseur. Il s'y était opposé pendant des mois et avait fini par céder quand elle avait menacé d'arrêter de préparer ses repas. La télévision, un luxe, rediffuse les funérailles de Staline pour la centième fois. Boris marque un temps d'arrêt quand la caméra montre en gros plan les visages de la foule ravagés par le chagrin. Il grimace et éteint le poste.

« Qu'est-ce que c'est ? lance Zinaida de la cuisine.

— Bonjour », lui répond Boris. Il n'a pas faim mais s'assied malgré tout à table. Elle pose son assiette devant lui et lui verse une tasse de thé mais sans lui tenir compagnie. Face à l'évier, elle lui tourne le dos pour laver la poêle tout en fumant, laissant les cendres tomber dans l'eau de vaisselle.

« Tu peux ouvrir la fenêtre, Z ? » lui demande Boris. Il déteste l'odeur des cigarettes, et bien que Zinaida ait promis de fumer moins, elle continue. En soupirant, elle écrase son mégot et finit de laver les couverts. Boris regarde sa femme, baignée par la lumière du matin que filtre la fenêtre au-dessus de l'évier. L'espace d'un instant, les rides sur son front et les plis dans son cou sont effacés ; elle ressemble de nouveau à la femme qu'il a épousée vingt ans plus tôt. Il pense lui dire qu'elle est belle, mais, s'apprêtant à aller retrouver Olga, une pointe de culpabilité l'en empêche.

La pendule dans l'entrée sonne sept heures. Le train d'Olga arrive dans quatre heures. Boris se force à terminer son petit-déjeuner. Tout en avalant la dernière bouchée d'œuf, il se lève de table.

« Tu vas écrire ? »

Cette question lui met la puce à l'oreille et il se demande si sa femme est au courant de ses projets. « Oui. Comme d'habitude. Mais juste une heure. J'ai à faire en ville.

— Mais tu étais déjà là-bas hier, non ?

— Avant-hier, chérie. » Il fait une pause. Il n'a pas l'habitude de mentir à son épouse. « J'ai rendez-vous avec l'éditeur de la revue *Literaturnaya Moskva*. Il est intéressé par de nouvelles traductions que je lui ai proposées.

— Je vais peut-être t'accompagner alors, dit-elle. J'ai des courses à faire.

— La prochaine fois, Zina. On partira pour la journée. On pourra se promener et sentir les tilleuls qui bourgeonnent. »

Zinaida hoche la tête. Elle prend son assiette et la lave en silence.

Boris s'assied à son bureau. Il récupère les pages qu'il a écrites la veille dans la corbeille en osier à ses pieds. Il fronce les sourcils et rature une phrase avec son stylo-plume, puis un paragraphe entier et enfin toute la page. Il s'empare d'une feuille de papier vierge et essaie de réécrire la scène.

Le bureau sur lequel il écrit appartenait à Titsian Tabidze, le grand poète géorgien et un ami cher. En 1937, au plus fort des Grandes Purges, on était venu arrêter Titsian chez lui un soir d'automne. Son épouse, Nina, avait couru dans la rue, poursuivant pieds nus la voiture noire. Quand il avait été accusé de trahison pour s'être adonné à des *activités anti-soviétiques,* Titsian avait déclaré avoir eu pour seul complice Besiki, un poète du XVIIIe siècle, son préféré.

À de nombreuses reprises, Boris avait imaginé ce qui était arrivé à Titsian après son départ dans la voiture noire, en pensant que s'il cessait de voir en imagination le sort réservé à son ami, Titsian souffrirait seul. Il se disait souvent qu'il était encore possible que son ami soit vivant, au contraire de Nina, qui avait cessé d'espérer depuis longtemps. Quand elle avait donné à Boris le bureau de son époux, elle lui avait dit qu'il devait continuer le travail qu'avait accompli Titsian. « Écris le grand roman dont tu as toujours rêvé. » Boris avait accepté le cadeau de Nina, mais avait toujours eu le sentiment de ne pas être à la hauteur et de ne pas le mériter.

Titsian n'avait pas été le premier de ses amis à disparaître. Boris pensait souvent à eux la nuit, quand il ne trouvait pas le sommeil, en imaginant leur destin à chacun. Osip, grelottant dans un camp de transit, en sachant que la fin approchait. Paolo, montant les marches du bâtiment de l'Union des écrivains, puis s'arrêtant un moment avant de pointer un revolver sur sa tempe. Et Marina, faisant un nœud coulant à une corde avant de la passer par-dessus une poutre du plafond.

Il était connu que Staline appréciait les poèmes de Boris. Mais qu'un homme pareil se trouve des affinités avec ses mots d'écrivain, que fallait-il en penser ? À quoi le Tsar rouge s'était-il senti relié ? Pour Boris, c'était une vérité difficile à entendre. Pourtant, quand ses mots étaient rendus publiques, ils ne lui appartenaient plus et il le savait. Une fois publiés, n'importe qui pouvait les faire siens, même un fou. Et c'était d'autant plus difficile et contrariant qu'il savait avoir été écarté de la liste noire de Staline, ce fou ayant dit à ses sbires de laisser en paix le poète, « le Bienheureux, l'Hôte des nuages ».

Boris entend le son étouffé de la pendule au rez-de-chaussée qui sonne huit heures. Le train d'Olga arrive dans trois heures, et il n'a pas encore écrit un seul mot. La scène qu'il avait si facilement visualisée la veille refuse d'apparaître.

Il avait commencé l'écriture du *Docteur Jivago* près de dix ans auparavant et, bien qu'il ait considérablement avancé, il aimerait revenir en arrière, à l'époque où le roman lui était facilement venu à l'esprit, quand les mots coulaient comme d'une source intérieure intarissable. C'était alors comme être de nouveau amoureux : l'obsession, l'engouement, l'incapacité de penser à rien d'autre, les personnages envahissant ses rêves, son cœur plus léger à chaque nouvelle découverte, nouvelle phrase, nouvelle scène. À cette époque-là, Boris avait eu le sentiment que seul le roman le gardait en vie.

Peu de temps après l'arrestation d'Olga, les autorités avaient mis au pilon vingt-cinq mille exemplaires du recueil *Thèmes et variations.* Quand il ne pouvait pas dormir, Boris voyait souvent en imagination ses mots se dissolvant dans une bouillie laiteuse.

Le durcissement de la censure, en plus de l'arrestation de sa maîtresse, avait incité Boris à terminer *Jivago.* Il s'était retiré à la campagne pour écrire mais n'en avait pas été capable. Cette panne d'écriture, cette angoisse de la page blanche, lui donnait l'impression d'avoir des aiguilles piquées dans la poitrine. Ces aiguilles étaient devenues des couteaux, et il s'était retrouvé confiné sur un lit d'hôpital. Il avait eu une crise cardiaque et, allongé là, avec des tubes partout et un bassin hygiénique près de son lit, Boris s'était demandé qui hériterait du bureau que Nina lui avait donné. Le bureau de Titsian reviendrait-il à l'un de ses fils ? Ou à un autre écrivain ? À moins que quelqu'un prenne une hache pour le débiter en bois de chauffage, afin de garder au chaud son épouse et ses enfants, ce qu'il n'avait pas réussi à faire. Ils pourraient d'ailleurs ajouter au bûcher son roman inachevé.

Boris s'était remis de sa crise cardiaque à temps pour voir la fin d'une ère. Staline était mort et Olga lui reviendrait. Les choses continueraient comme avant.

Il se lève pour aller travailler à son pupitre, en pensant que le changement de position insufflera un mouvement à son stylo-plume et le fera courir sur la page blanche. Mais ce n'est pas le cas. Il jette un coup d'œil par la fenêtre. Les rais du soleil éclairent maintenant la partie basse de son jardin et il devine que le train d'Olga arrivera dans deux heures environ. Il doit donc partir dans l'heure s'il ne veut pas être en retard pour rejoindre sa famille. Il regarde une volée de canards atterrir dans le jardin et commencer à arracher de leurs becs les vers dans la terre fraîchement retournée.

Pendant ces trois dernières années où Olga était à Potma, Boris avait négligé de s'occuper du jardin. Le premier printemps après le départ d'Olga, Zinaida avait décidé d'elle-même de désherber pour semer. Le matin où elle s'était attelée à cette tâche, Boris était parti pour sa promenade quotidienne. Quand il était revenu à la datcha, elle avait déjà coupé la moitié des mauvaises herbes à l'aide d'un sécateur. Il lui avait alors crié d'arrêter, mais elle avait prétendu ne pas avoir entendu. Il avait ouvert la porte du jardin en courant. « Non », avait-il insisté en lui prenant des mains le sécateur.

Zinaida était tombé à genoux. « Le monde n'a pas arrêté de tourner, lui avait-elle lancé. C'est ici que ça se passe ! » Elle avait arraché une poignée de mauvaises herbes et l'avait jetée à ses pieds.

Depuis ce jour-là, Zinaida n'avait plus jamais essayé de désherber ; et chaque fois qu'elle passait à côté du jardin, elle refusait même d'y jeter un coup d'œil. Très vite, il avait été tellement envahi par les mauvaises herbes que Boris avait du mal à en deviner le périmètre d'origine.

Jusqu'au jour où il avait lu la carte postale d'Olga et vu la date : *25 avril.* L'après-midi même, il avait fait un feu au fond de son terrain pour brûler les feuilles mortes et les mauvaises herbes et avait rempli une brouette de toutes les pierres qui avaient atterri dans son jardin. Il avait fertilisé le sol en enterrant des truites à un mètre de profondeur. Il avait aussi réparé le banc en bois qui s'était effondré. Après s'y être assis pour la première fois depuis trois ans, il avait réfléchi à ce qu'il allait planter et où. D'abord des choux rouges frisés et des épinards. Ensuite de l'aneth, des fraises, des groseilles, des groseilles à maquereau et des concombres. Mais aussi des courges, des pommes de terre et des radis. Et, enfin, des oignons et des poireaux. Après avoir fini de mettre au point ses projets pour le jardin, Boris avait commencé à envisager les conséquences possibles du retour d'Olga.

Trois ans auparavant, il n'aurait jamais pu imaginer un monde sans qu'elle soit au centre. Pourtant, avec le temps – et alors qu'il pensait chaque jour à elle –, le manque se faisait moins sentir. Et sa vie était devenue plus simple ainsi. Il ne se sentait plus coupable de mentir à sa femme, il n'était plus embarrassé par les commérages, il ne ressentait plus ce malaise face à Zinaida, qui savait mais ne lui en parlait jamais. Il n'était plus angoissé par les fréquents changements d'humeur de sa maîtresse, et ce sentiment d'impuissance, une incapacité à pouvoir lui donner tout ce qu'elle exigeait.

Après cette journée passée au jardin, Boris avait pesé le pour et le contre – rester avec Olga ou prendre ses distances. Sans elle, il n'avait certes plus jamais connu de bonheurs aussi intenses mais, paradoxalement, il n'avait plus jamais autant souffert. Sans elle, il n'avait certes plus jamais ressenti le même désir brûlant mais, paradoxalement, il n'avait plus été victime de ses crises, ses menaces, ses humeurs.

Au cours de cette période de tergiversations, Boris avait lu un extrait d'*Eugène Onéguine* et avait recopié les mots de Pouchkine sur un bout de papier. Il avait regardé ces vers des jours durant, se demandant s'il allait les jeter ou les inclure dans son roman.

J'ai maintenant pour idéal
Une maîtresse de maison,
Pour tout désir, un coin paisible
Et un grand pot de soupe aux choux[1].

Pour finir, il avait décidé de l'inclure et de rompre avec Olga. Une semaine avant le retour de Potma, Boris avait donné rendez-vous à Ira sur la place Pouchkine, là où il avait donné rendez-vous à Olga sept ans auparavant.

Boris était arrivé le premier. Il s'était assis sur un banc et avait regardé un vieil homme jeter des graines de tournesol aux pigeons et qui, quand il avait été à court de graines, avait déchiré une feuille de journal pour en lancer de petits bouts, espérant que les oiseaux ne feraient pas la différence et resteraient près de lui encore un peu. Mais après avoir picoré, les oiseaux étaient partis.

Ira était apparue au coin de la place et avait repéré Boris assis sur son banc. Elle lui avait fait signe, son visage s'éclairant d'un grand sourire.

1. Extrait du *Voyage d'Onéguine*, in *Le Docteur Jivago*, © Éditions Gallimard, coll. « Folio », 1958, p. 369.

Quand il avait vu la fille d'Olga pour la première fois, elle n'était encore qu'une enfant, avec des rubans roses et des chaussures blanches. Il se souvenait de cette première fois, quand il avait rencontré Ira et Mitya chez leur mère. La conversation avait d'abord été laborieuse, puis les enfants avaient commencé à s'ouvrir à lui après qu'il les avait bombardés de questions : « Vous aimez l'école ? » « Vous connaissez des chansons ? » « Vous aimez les chats ? » « Vous préférez la ville ou la campagne ? » « Vous aimez la poésie ? »

« Oh oui, avait répondu Ira à la dernière question. J'écris des poèmes.

— Tu veux être gentille et m'en réciter un ? »

Ira s'était levée et avait récité un poème dans lequel il était question d'un petit cheval en bois, un jouet devenu vivant, qui galope à travers Moscou et tombe dans le fleuve gelé. Elle l'avait récité de mémoire, animée par une passion qui avait déconcerté Boris.

Désormais, Ira était une jeune fille de quinze ans, qui portait l'écharpe en soie de sa mère drapée sur ses épaules. Boris avait alors admiré sa beauté, et avait eu honte de ressentir cette même excitation qu'avait provoquée en lui Olga la première fois qu'il l'avait vue dans les bureaux de *Novy Mir.*

« Marchons », avait dit Ira en prenant le bras de Boris. Elle lui avait souvent répété qu'il était son *presque père,* un compliment qui à la fois l'enchantait et le remplissait d'une certaine appréhension. « Il fait si beau. » Elle s'était mise à parler rapidement, lui racontant tout ce que sa grand-mère, son frère et elle préparaient pour le retour de sa mère. Elle lui avait expliqué qu'ils projetaient d'organiser une fête, qu'elle et sa grand-mère avaient commencé à concocter le festin prévu, et qu'un voisin leur avait donné deux bouteilles de cognac pour l'occasion. « Bien évidemment, à part maman, tu seras l'invité d'honneur. J'essaie même de trouver ces chocolats à la noisette que tu aimes tant.

— Je crains de ne pas pouvoir me joindre à vous », lui avait dit Boris.

Ira s'était arrêtée et s'était tournée vers lui. « Pourquoi ? Je ne comprends pas.

— Je ne suis pas sûr de pouvoir monter l'escalier. »

Il avait posé sa main sur son cœur.

« Je ne suis pas en grande forme.

— Mitya et moi t'aiderons. Nous aidons Babouchka à monter et descendre les marches deux fois par jour.

— J'ai beaucoup de travail. Avec le roman. Et je prépare une nouvelle traduction. J'ai à peine le temps de me passer un coup de peigne dans les cheveux. » Il avait tapoté ses cheveux gris en guise de plaisanterie, mais Ira n'avait pas eu envie de rire. Son visage s'était assombri et elle lui avait demandé ce qu'il pouvait y avoir de plus important que le retour de sa mère, après toutes les épreuves qu'elle avait traversées.

« Je n'abandonnerai jamais ta mère, ni toi et Mitya. Mais c'est terminé maintenant.

— Ton cœur a cessé de battre pour elle après seulement quelques années ?

— Nous devons nous adapter à cette nouvelle réalité. Tu dois dire à ta mère que nous pouvons être amis, mais rien d'autre. Après ma crise cardiaque, je me suis rendu compte que j'avais besoin de rester avec ma famille.

— Mais tu m'as dit, tu as dit à Mitya, à ma grand-mère, à ma mère que c'était *nous* ta famille.

— Et vous l'êtes. Évidemment, mais…

— Pourquoi tu me racontes tout ça à moi et pas à ma mère ?

— J'ai besoin que tu m'aides à la convaincre de ce qui est le mieux pour elle. Pour nous tous.

— Je laisse à ma mère le soin de décider ce qui est le mieux pour elle, avait rétorqué Ira.

— Je t'en prie, essaie de comprendre…

— Je ne comprendrai jamais. »

Elle lui avait lâché le bras.

« Jamais.

— Je ne veux pas qu'on se quitte comme ça.

— Alors tu viendras à la gare attendre ma mère avec nous. Tu la prendras dans tes bras. Après toutes les épreuves qu'elle a traversées… pour toi. C'est le moins que tu puisses faire. Et, après seulement, tu pourras lui dire ce dont toi tu as besoin. »

Boris avait acquiescé, et ils s'étaient quittés. En regardant Ira s'éloigner, il avait été étonné de voir à quel point la nuque de la jeune fille ressemblait à celle d'Olga. Il avait eu envie de la rappeler, de lui expliquer qu'il s'était trompé, que ce n'était pas ce qu'il pensait et que, bien sûr, les choses seraient de nouveau ce qu'elles avaient été avant le départ d'Olga. Comment pourrait-il en aller autrement ?

Au lieu de quoi il était retourné s'asseoir sur son banc et avait vu un autre homme prendre la place de celui d'avant pour nourrir les pigeons. Il s'était alors demandé combien d'années il lui restait avant que ce soit son tour de remplacer le vieux sur son banc, les poches pleines de graines pour les oiseaux.

Olga est probablement réveillée maintenant. Il se demande à quoi elle ressemble. Est-elle encore belle ? La vie dans les camps l'a-t-elle changée ? Et que pensera-t-elle quand elle le reverra ? Il avait maigri, perdu des cheveux et, pour la première fois de sa vie, il commençait à sentir le poids des ans. La seule amélioration physique à laquelle il s'était livré en l'absence d'Olga était de s'être fait poser des facettes dentaires en porcelaine. Mais quand il se regarde désormais dans le miroir, il voit un vieil homme, diminué, au cœur fragile – même avec ses nouvelles dents.

Boris cesse d'y penser et se remet au travail. Il finit par trouver la bonne phrase et le reste des mots lui vient facilement. La feuille se remplit et il la laisse tomber dans la corbeille en osier avant d'en prendre une autre. S'il ne veut pas être en retard, il sait qu'il lui faut partir dans les prochaines minutes ; toutefois, il continue à écrire.

Quand il lève les yeux, la pièce s'est assombrie et il sent l'odeur du poulet que fait rôtir Zinaida. Il tire sur la chaîne de sa petite lampe de bureau et continue à travailler.

Quand il descend pour dîner, Zinaida lui sourit. Elle écrase sa cigarette et allume les deux bougies au centre de la table. Elle ne dit rien sur le fait que Boris n'aille pas à Moscou ; lui non plus n'en parle pas. Ils mangent en silence, et il sent dans ses épaules se relâcher une tension dont il n'avait pas conscience.

C'est ainsi qu'il devrait passer le restant de ses jours, se dit-il : à écrire, être productif, partager un repas chaud avec son épouse qui, quand il demande du vin, lui remplit son verre.

Il s'oblige à ne pas penser à Olga ni à ce qu'elle est en train de faire. Participe-t-elle au festin avec sa famille ou bien a-t-elle perdu l'appétit ? Dormira-t-elle cette nuit ? Il essaie de ne pas penser à la tête qu'elle a dû faire en voyant sa famille sur les quais pour l'accueillir – et en se rendant compte qu'il n'était pas là.

Boris ouvre les yeux. Il fait encore nuit. Il s'habille et quitte la datcha pour faire sa promenade matinale, en prenant soin de ne pas réveiller son épouse. En passant devant son jardin, il aperçoit le vert vif de jeunes pousses sorties de terre. Il descend la colline, traverse la petite rivière, et remonte vers le cimetière pour arriver au village. Il se retrouve alors à la gare, à attendre le train du matin pour Moscou.

Ce n'est qu'en arrivant dans la rue où habite Olga qu'il décide d'aller la voir. Il grimpe lentement les cinq étages, en tenant la rampe de l'escalier. À chaque palier, il se dit qu'il ne restera qu'un court moment pour lui répéter ce qu'il a expliqué à Ira. Elle mérite de l'entendre de sa propre bouche, pense-t-il en arrivant devant la porte. Il calme les battements de son cœur en pressant sa main sur sa poitrine et prend une grande respiration avant de frapper. Elle ouvre avant même qu'il ait levé le poing. Sept ans ont passé depuis leur première rencontre, et trois depuis la dernière fois qu'il l'a vue. Elle paraît deux fois plus vieille : ses cheveux blonds, à moitié cachés sous un foulard, paraissent aussi ternes que de la paille ; ses courbes sont devenues anguleuses ; des rides sont apparues à la commissure de ses lèvres, sur son front et aux coins de ses yeux ; sa peau est marquée par des taches de soleil et des grains de beauté qui ne lui sont pas familiers.

Malgré tout, il tombe à genoux. Elle est encore plus belle qu'avant.

Boris ne se demande plus quoi faire. Il se relève et l'embrasse, et elle le laisse d'abord l'embrasser, avant de reculer et de rentrer dans l'appartement, mais en laissant la porte ouverte. Boris la suit, veut la prendre dans ses bras. Elle l'en empêche. « Plus jamais, lui dit-elle.

— Plus jamais ? demande-t-il.

— Tu ne me feras attendre.

— Non, plus jamais, répond-il. Plus jamais. »

7

~~La Muse~~
~~La Femme réhabilitée~~
L'ÉMISSAIRE

Combien de fois avais-je imaginé nos retrouvailles ? Imaginé Borya m'attendant, son chapeau à la main, les yeux levés à l'arrivée du train ? Combien de fois avais-je pensé à cette première étreinte ? Combien de fois m'étais-je caressé les bras et avais-je pressé mes épaules, allongée seule sur ma couchette, en imaginant ce que je ressentirais ?

Trois ans et demi avaient passé depuis la dernière fois où nous avions partagé le même lit. Nous n'avons donc pas perdu de temps. Et quand il m'a touchée, ce fut comme un choc. Il ne m'avait pas touchée depuis si longtemps. Nous avons joui ensemble tels deux blocs de pierre entrant en collision, l'écho se propageant dans tout Moscou.

Quand ce fut fini, j'ai posé ma tête sur la poitrine de Boris pour écouter battre son cœur. J'ai plaisanté, lui disant qu'après deux crises cardiaques le rythme de ses battements de cœur n'était plus le même. « Et tes dents. » Ses grandes dents – jaunes, écartées sur le devant –, désormais en porcelaine blanche, étincelaient.

« Tu ne les aimes pas ? » m'a-t-il demandé. Il a fermé la bouche, et j'ai essayé de glisser entre ses lèvres mon petit doigt, qu'il a fait mine de mordre.

Il s'accrochait à moi et ne s'éloignait pas aussi facilement qu'avant. Il ne voulait pas quitter mon appartement, sauf pour écrire et dormir. En mon absence, il avait emménagé à plein temps dans sa datcha de Peredelkino, à laquelle on avait ajouté trois grandes pièces, le chauffage au gaz, l'eau courante, une nouvelle baignoire sur pieds. Pendant que je vivais dans un baraquement, il vivait dans une maison, retirée dans les bois, dont la plupart des Russes ne pouvaient que rêver.

Après Potma, je lui ai demandé, ouvertement et sans culpabilité, de partager les privilèges qu'il avait – de l'argent pour des vêtements, des livres, de la nourriture, des fournitures scolaires pour les enfants, un nouveau lit.

D'autres choses aussi.

Il m'a confié toutes les tâches afférentes à son travail d'écrivain : les contrats, les conférences à organiser, le paiement de ses traductions. Si un éditeur appelait pour organiser un rendez-vous, c'était moi qui m'y rendais. Je suis devenue son agent, son porte-parole, celle à qui les gens s'adressaient quand ils voulaient le voir ou lui parler. J'ai fini par me sentir aussi utile que l'était Zinaida. Mais au lieu de cuisiner et de faire le ménage, j'étais celle qui diffusait ses mots dans le monde. Je suis devenue son émissaire.

Presque chaque jour, je prenais le train pour Peredelkino de Moscou, et nous nous rencontrions au cimetière. C'était l'endroit où nous pouvions être seuls pour parler de *Jivago* ou simplement rester assis tous les deux. Nous avions pour seule compagnie, parfois, une veuve ou un veuf apportant des fleurs en plastique, ou encore le gardien, qui, habituellement, restait dans sa resserre à fumer et à lire. De temps à autre, j'apportais de petits morceaux de viande dans une serviette de table pour les deux gros chiens qui m'accueillaient à la grille.

Nous nous installions toujours sur la colline en pente douce, dans la partie non exploitée du cimetière. Si le temps était clément, nous nous asseyions sur l'une de mes écharpes étalée sur le sol.

« Je veux être enterré ici, me disait-il parfois.

— Ne sois pas morbide.

— Je pensais que c'était romantique. »

Un jour, alors que nous étions assis à notre place habituelle, Borya avait aperçu Zinaida sur la route principale qui menait à leur datcha. Elle avait l'air d'une vieille dame – elle marchait lentement, ses cheveux couverts d'un foulard telle une vieille poupée russe –, les deux bras lestés de sacs de courses. Elle s'était arrêtée et les avait posés pour allumer une cigarette. Je m'étais alors assise pour mieux voir, mais Borya m'avait gentiment repoussée pour que je me rallonge.

Cet été-là, afin d'être plus près de lui, j'ai loué une maison sur la rive du lac Izmalkovo, de l'autre côté du pont qui menait à Peredelkino, à trente minutes de marche de sa datcha. Borya ne vivrait certes pas avec moi ; pour autant, ce serait notre foyer, un lieu à nous, pour un nouveau départ.

Les enfants se sont installés dans la chambre et j'ai choisi la véranda toute vitrée pour y aménager la mienne. Ma mère restait le plus souvent à Moscou, disant que la campagne, c'était bien mais seulement à petites doses.

Les racines des peupliers servaient de marches naturelles menant à ma porte. J'aimais énormément cette maison de verre. La véranda était très lumineuse et, de mon lit, j'aimais voir Borya approcher en remontant l'allée.

Mais quand Borya a vu la petite maison, il m'a réprimandée, me faisant remarquer qu'une maison de verre n'offrait aucune intimité, alors que l'idée de venir m'installer plus près était de pouvoir en profiter plus. Cet après-midi-là, j'ai donc pris le train pour aller en ville et acheter du chintz bleu nuit. J'ai passé la soirée à coudre des rideaux qui transformeraient ma chambre de lumière en tanière.

Il a fait très chaud cet été-là. Une éruption de roses sauvages, rouges et roses, couvraient les bords de l'allée et chaque jour un orage éclatait. Les murs de verre de ma chambre se couvraient de condensation. J'entrouvrais toutes les fenêtres, mais en vain. Sous les draps, Borya et moi baignions dans la sueur. Je plaisantais, disant que nous pourrions transformer la pièce en serre et faire pousser des fruits tropicaux telles des mangues et des bananes. Borya ne trouvait pas ça drôle. Il détestait la maison de verre.

Mitya, lui, l'adorait ; comme moi. Il s'est vite habitué à la vie à la campagne, et passait ses journées à traîner à l'orée de la forêt, rapportant des plantes, des cailloux et des grenouilles à la maison. Il a installé les grenouilles dans un seau en fer-blanc rempli d'herbe, de petits cailloux, et du couvercle d'un gros pot de mayonnaise pour y mettre de l'eau. Il s'est aussi barbouillé le dessous des yeux avec de la boue, a fabriqué un arc et des flèches pour devenir Robin des Bois.

Il n'en allait pas de même avec Ira. En mon absence, elle avait changé et, désormais trop grande pour ce genre de divertissements, elle refusait de jouer avec son frère. Elle se plaignait d'être coincée à l'intérieur de cette petite maison alors que ses amies étaient restées à Moscou. « On ne peut même pas s'acheter une glace », disait-elle. Quand je lui avais préparé de la crème glacée avec de la menthe fraîche provenant du jardin de Borya, elle l'avait recrachée. « La glace a un goût de terre, avait-elle lancé en repoussant son bol. Donne-la à ton “patron”, ton protecteur. »

Comme je l'avais grondée pour avoir dit du mal de Borya, elle s'était levée et était partie. Ce soir-là, ne la voyant pas rentrer, j'étais allée à la gare et l'avais trouvée assise sur un banc, toute seule, mis à part le chef de gare en train de balayer.

« Je voulais rentrer à la maison, mais je n'avais pas d'argent.

— La maison, c'est ici. Avec moi et Mitya.

— Et Boris.

— Oui. Et Boris aussi.

— Pour le moment, oui. »

Avant que je puisse lui demander de s'expliquer, Ira s'était levée et avait pris le chemin de la maison. J'étais alors restée assise, seule, sur le banc.

À la fin de l'été, quand les enfants sont repartis à Moscou pour la rentrée, Borya a eu peur que je parte aussi. « Je vais de nouveau être seul », s'est-il plaint, les larmes aux yeux. Je m'en suis réjouie, je voulais le voir pleurer. Et, quand il a pleuré, j'ai été emplie d'un soudain sentiment de pouvoir. J'aimais ce sentiment et ne lui ai pas avoué avant des semaines que j'avais déjà décidé de rester, même si je ne verrais les enfants que les week-ends. J'avais toujours su que je resterais ; je voulais juste qu'il me supplie.

Ira a préparé ses bagages deux jours avant le départ, mais Mitya ne s'est décidé qu'une heure avant de prendre le train. Il ressortait de sa valise chaque vêtement à mesure que je pliais et rangeais. « Mitya, je t'en prie.

— Où est ta valise *à toi*? a-t-il demandé.

— Tu sais que je ne rentre pas chez nous à Moscou.

— Mais tu as dit que chez nous, c'était *ici*.

— Il n'y a pas d'école, ici. Tu n'as pas envie de revoir tes amis ? Et Babouchka ?

— Où est *ta* valise ? » a-t-il de nouveau demandé, les larmes aux yeux.

Je l'ai cajolé en l'embrassant sur le front et lui ai dit qu'il pouvait emmener Erik, sa grenouille préférée – la seule qui avait survécu – à Moscou, s'il promettait de bien prendre soin d'elle.

Les enfants sont partis, et je suis restée dans la maison de verre presque jusqu'à la fin de l'automne. Toutefois, elle n'était pas isolée pour l'hiver et finalement Borya a obtenu ce qu'il voulait. J'ai déménagé dans une maison plus petite, plus près encore de sa datcha. Nous l'avons appelée la « Petite Maison », en comparaison de la Grande Maison, celle où il vivait avec sa femme.

J'ai pris beaucoup de plaisir à aménager la Petite Maison ; j'y ai accroché mes rideaux, et y ai installé d'épais tapis rouges. La plupart de mes livres avaient été confisqués, moisissant quelque part dans une pièce humide de la Loubianka, et donc Borya a refait un stock pour moi et a fabriqué lui-même des étagères.

Quand tout a été fini, je lui ai joyeusement fait visiter les lieux, en prenant bien garde de pointer du doigt *notre* lit, *notre* table, *nos* étagères. « Et quand viendra le printemps, nous planterons *notre* jardin à cet endroit-là », ai-je dit en lui montrant la fenêtre qui ouvrait sur la cour.

Chaque recoin que Borya et moi occupions devenait le nôtre. Si j'avais prétendu qu'il n'était pas facile pour moi d'essayer de ne pas penser à mon ancienne vie à Moscou – mes enfants, ma mère, mes responsabilités –, j'aurais menti. Et le jour où j'ai entendu Mitya appeler ma mère *maman*, je me suis sentie comme soulagée au lieu de me sentir trahie.

Cet hiver-là a été très différent des jours passés dans l'obscurité de Potma. Des amis venaient me rendre visite et les lectures du *Docteur Jivago* ont repris. Tous les dimanches, Mitya, Ira et nos amis arrivaient de

Moscou en train. Nous dînions, puis Borya lisait – avec moi, dans le rôle de l'hôtesse, de nouveau à ses côtés.

Le roman était presque terminé. Borya travaillait à toute allure, comme lorsque nous étions tombés amoureux la première fois. Il écrivait le matin à Peredelkino puis venait à pied à la Petite Maison. L'après-midi, je l'aidais alors à corriger et à finaliser son texte, que je retapais.

Jivago était sans cesse présent, surtout quand Borya a été prêt à mettre un point final. Si vous lui parliez du temps, ou lui demandiez si le dîner lui avait plu ou si c'était à cause des pucerons que ses courges de l'été avaient séché sur pied, il trouvait toujours un moyen de ramener la conversation à son livre. Parfois, il rêvait même de Iouri et Lara. « Ils sont aussi présents à mon esprit que des êtres vivants. C'est comme s'ils avaient autrefois existé et que leurs fantômes me parlaient. »

Mais si Iouri et Lara étaient toujours présents à son esprit, la Grande Maison l'était au mien. C'était là qu'il écrivait, qu'il mangeait et qu'il dormait. Elle cuisinait pour lui et lui raccommodait ses chaussettes. C'était là qu'elle regardait la télévision ; qu'elle jouait aux cartes avec les voisins les soirs où il était absent. Elle le soignait quand il avait des maux de tête ou d'estomac, ou encore quand il s'inquiétait pour son cœur.

Elle n'entrait dans son bureau que pour y faire le ménage et ne l'interrompait jamais dans son travail. Elle créait les parfaites conditions pour qu'il puisse écrire. Et bien qu'il ne me l'ait jamais dit, je pense que c'était la raison pour laquelle il restait avec elle. À l'époque, je me disais qu'il était obsédé par l'idée de finir son roman et que c'était ce qui le retenait de quitter sa famille.

Je me demandais s'ils couchaient ensemble. Je ne le croyais pas, mais, malgré tout, cette pensée était comme une tache d'encre sur une nappe blanche. À quoi ressembleraient-ils, tous les deux accouplés ? Son corps à lui, musculeux, pressé contre les plis du ventre mou de Zinaida. Ses mains fortes relevant haut les seins tombants de son épouse là où ils avaient un jour pointé. Une part de moi le souhaitait, car de manière perverse, bizarre, c'était rassurant : il aurait donc encore envie de moi quand je serais vieille. Un jour, je lui ai demandé si oui ou non, ils couchaient encore ensemble ; Borya m'a répondu que c'était fini depuis des années. « Depuis quand ? ai-je demandé. As-tu couché avec elle quand j'étais partie ?

— Bien sûr que non. Ce n'est plus comme ça entre nous.

— Tu as couché avec quelqu'un d'autre ? » ai-je demandé. « Je comprendrai, si c'était le cas », ai-je ajouté. Il m'a affirmé que je n'avais pas à m'inquiéter, que la place que j'avais dans sa vie était éternelle. Qu'en mon absence, seule Lara lui avait tenu compagnie.

Mais j'insistais, je m'acharnais. « Personne ? »

« Il est mort », a annoncé Borya.

J'ai serré le combiné du téléphone. « Qui est mort ? »

Il a grommelé, comme s'il avait des crampes d'estomac. « Iouri », a-t-il fini par dire.

J'ai eu les larmes aux yeux. « Il est mort ?

— C'est fini. Mon roman est terminé. »

J'ai pris des dispositions pour que le manuscrit soit corrigé, finalisé, retapé, et relié avec une couverture en cuir. Puis je suis partie à Moscou pour récupérer trois exemplaires chez l'imprimeur et suis revenue en train avec, les mots de Borya pesant lourdement sur mes genoux.

Il m'attendait à la Petite Maison. Quand je lui ai tendu la boîte contenant l'œuvre de sa vie, il l'a tenue entre ses mains pendant quelques minutes avant de la poser et de me faire valser autour de la pièce. Nous avons dansé sans musique. Tandis que nous tourbillonnions, je me suis vue dans le miroir ; moi aussi j'avais l'air comblée, mais comme une mère qui vient d'accoucher : transportée de joie mais épuisée, heureuse mais triste, calme et en même temps terrifiée.

« Peut-être sera-t-il publié », a avancé Borya.

J'ai alors pensé à Anatoli Sergueïevitch Semionov assis à son grand bureau posant des questions sur *Le Docteur Jivago*. J'ai pensé à l'État, obsédé par le contenu du livre. Mais je me suis tue.

J'ai organisé des rendez-vous avec chaque magazine littéraire, chaque éditeur, chaque maison d'édition, tous ceux qui auraient pu publier *Jivago*. J'y allais seule, et parlais au nom de Borya. Quand on l'incitait à évoquer son travail, à le défendre ou même le promouvoir, il s'en sentait incapable. « C'est comme si mes propres mots se perdaient entre le moment où je les écris sur le papier et le moment où je les vois imprimés », me disait-il.

Je parlais donc pour lui.

Les éditeurs acceptaient de me recevoir, mais ne me promettaient rien. Certains évoquaient la possibilité de publier les poèmes insérés à la fin du roman, mais ils ne répondaient jamais directement à mes questions sur la possibilité de publier le livre en entier.

À de nombreuses reprises, Borya m'a attendu le soir sur le quai de la gare afin de savoir comment s'étaient passés mes rendez-vous à Moscou. J'essayais alors de présenter les choses de manière positive, en les racontant avec plus d'enthousiasme que ne le justifiait l'intérêt montré par la revue *Novy Mir* pour publier certains poèmes ; mais Borya n'était pas dupe. Il m'accompagnait jusqu'à la Petite Maison en silence, son bras agrippé au mien, comme si je l'aidais à tenir debout.

Un soir, à mon retour d'un nouveau rendez-vous infructueux, Borya s'est arrêté au milieu de la route et a déclaré qu'il ne croyait plus à une publication possible de *Jivago*. « Crois-moi. Ils ne publieront ce roman pour rien au monde.

— Tu dois être patient. Tu n'en sais encore rien.

— Ils ne le permettront pas. » Il s'est gratté les sourcils. « Jamais. »

J'ai alors commencé à penser qu'il n'avait pas tort. Un soir, après un autre rendez-vous, avec un autre éditeur, Borya m'a retrouvée à Moscou pour que nous allions écouter un récital de piano. Nous étions en avance, et nous nous sommes assis sur un banc sous un marronnier d'Inde.

Un homme que j'avais cru voir dans le métro était debout de l'autre côté de l'étang, juste en face de nous, et regardait les canards. Cet homme était jeune, et portait un long pardessus foncé malgré la chaleur.

« J'ai l'impression que nous sommes surveillés, ai-je murmuré à Borya.

— Oui, a-t-il répondu, sur un ton détaché.

— Oui ?

— Je pensais que tu le savais. » L'homme a remarqué que nous le regardions et a disparu de notre vue. « On y va ? Nous ne devons pas être en retard. »

Borya soutenait que cette surveillance ne le dérangeait pas. Il en plaisantait, même, s'adressant à ceux qui étaient susceptibles de nous écouter en parlant dans une lampe, ou la tête levée vers le plafond.

« Bonjour ? Bonjour ? Comment allez-vous aujourd'hui ? demandait-il.

— Je vais bien, merci, répondait-il.

— Vous vous ennuyez ? poursuivait-il, en s'adressant à une lampe. Peut-être qu'au lieu de parler de ce que nous mangerons ce soir, nous ferions mieux de raconter quelque chose de plus intéressant. »

« Tu vas arrêter ? » Je ne trouvais pas ses blagues drôles, et je le lui disais. « Je les ai déjà affrontés et je ne recommencerai pas. »

Il prenait ma main et l'embrassait. « Nous devons en rire. C'est tout ce que nous pouvons faire », assurait-il alors.

OUEST

Février-Automne 1957

8

~~La Postulante~~

L'AGENT SECRET

Quand le taxi a tourné à gauche sur Connecticut, j'ai pressé deux doigts sur mon poignet comme ma mère me l'avait appris quand, enfant, j'étais malade en voiture. Ce malaise s'est intensifié quand nous sommes arrivés dans le quartier de Dupont Circle. J'ai alors pensé descendre de voiture et marcher, mais ce n'était pas ce qui avait été prévu. Et je ne pouvais pas dévier de ce qui avait été prévu – à moins d'être suivie.

On m'avait dit de héler un taxi au coin de Florida et T à dix-neuf heures quarante-cinq pour me rendre au *Mayflower Hotel.* Il n'était qu'à quelques pas mais, *d'un certain point de vue*, ce serait mieux, m'avait-on dit, si je sortais d'un taxi.

On m'avait demandé de ne rien porter qui pourrait me faire remarquer : pas de bijoux trop tape-à-l'œil, pas trop de maquillage, un chapeau pas trop voyant, des chaussures pas trop originales – rien d'ostentatoire. Je pensais à toutes ces robes du soir brodées de sequins dans notre appartement, et à toutes les femmes qui venaient les essayer et les acheter. Je ne possédais pas un seul vêtement ou accessoire pouvant être qualifié d'« ostentatoire ». J'avais pour instruction d'être bien habillée et soignée mais pas trop. Il fallait que je ressemble à ce genre de femmes qui fréquentaient le bar du *Mayflower*, appelé le *Town & Country Lounge*. Le plus délicat dans tout ça, c'est que j'étais le genre de femmes qui ne connaissaient pas le *Mayflower Hotel*; quant au *Town & Country Lounge*, n'en parlons pas.

Mais le temps d'une soirée, je ne serais plus Irina. Je serais Nancy.

Le taxi a été immobilisé en plein milieu du rondpoint, et j'en ai profité pour vérifier dans mon miroir de poche que j'étais bien coiffée, n'étant pas vraiment sûre d'avoir l'allure qu'il fallait. Je portais le vieux manteau de fourrure de ma mère, que j'avais aspergé d'eau de Cologne Jean Naté – pour tenter d'en masquer l'odeur de naphtaline. J'avais enfilé la robe bleu pervenche à pois blancs que je portais à tous les mariages auxquels j'assistais depuis cinq ans. Mes cheveux, dans lesquels j'avais planté un peigne en argent, étaient coiffés en arrière en un chignon à la française. En repassant sur mes lèvres une couche d'un nouveau rouge légèrement orangé que j'avais acheté chez Woolworth, j'ai froncé les sourcils. Quelque chose clochait. Ce n'est que lorsque le taxi s'est garé devant l'hôtel et qu'un portier m'a aidée à descendre de voiture que j'ai compris, en baissant les yeux, ce qui n'allait pas : mes chaussures, de simples escarpins noirs. De simples escarpins noirs que j'avais non seulement oublié de cirer, mais dont le talon gauche était éraflé. Et je savais que les femmes qui venaient boire un verre au *Town & Country Lounge* le mercredi soir ne risquaient jamais d'être prises en défaut avec de simples escarpins non cirés. En entrant dans le grand hall du *Mayflower*, décoré de roses blanches et rouges en prévision de la Saint-Valentin le lendemain, je ne cessais de penser à mes chaussures. Heureusement, on m'avait donné un élégant sac à main – un Chanel en cuir noir matelassé avec un double rabat et une chaîne dorée, assez grand pour contenir une enveloppe.

Je me suis donc efforcée d'afficher une certaine assurance, de devenir quelqu'un qui appartenait à la bonne société et portait des chaussures aux talons en parfait état – de devenir ma couverture, de devenir Nancy. Agrippée au sac Chanel comme à un talisman, je suis passée devant des grooms au couvre-chef à gland, des couples qui commençaient leur voyage de noces, des hommes qui se voulaient discrets et organisaient des rendez-vous en dehors des heures de travail, une séduisante jeune femme brune dans l'attente que l'un de ces hommes l'emmène dans les étages, et des palmiers en pot alignés le long d'un couloir tapissé de miroirs. J'ai traversé le hall pour entrer dans le *Town & Country Lounge* avec l'assurance de quelqu'un dont le barman connaissait le nom.

Moi, je connaissais déjà le sien. Il s'appelait Gregory ; et je l'ai immédiatement repéré : derrière le bar, les cheveux prématurément grisonnants, une chemise blanche et un nœud papillon noir, en train de servir un Gibson.

L'endroit était bondé, mais l'avant-dernier tabouret à haut dossier devant le bar était libre, comme prévu.

« Qu'est-ce que je vous sers ? » a demandé Gregory, dont le badge a confirmé ce que je savais déjà.

« Gin martini, ai-je dit. Avec trois olives, et l'une de ces petites piques rouges. » *L'une de ces petites piques rouges ?* Je me suis sermonnée pour cette improvisation.

Devant moi était posé un vase avec une seule rose blanche. Je l'ai prise entre mes doigts et l'ai fait tourner dans le sens des aiguilles d'une montre, avant de la sentir et de la remettre dans le vase – suivant les instructions. Puis j'ai accroché la chaîne dorée du Chanel au dossier de mon tabouret de bar, du côté gauche. Et j'ai attendu.

Quand je m'étais installée, l'homme assis à ma gauche avait à peine jeté un coup d'œil dans ma direction. Il lisait l'actualité sportive du *Post* et ressemblait à tous les autres hommes présents – un avocat ou un homme d'affaires de New York ou Chicago, ou peut-être même d'ailleurs, venu passer une nuit à Washington. L'adjectif pour le décrire serait « quelconque », et je me suis demandé si c'était ainsi qu'il me qualifierait moi aussi. Je l'espérais.

Gregory a posé mon verre sur une petite serviette blanche marquée des insignes dorés du *Mayflower*, et j'ai avalé une gorgée de mon cocktail. « Vous êtes sacrément doué pour préparer un martini. » Je détestais le martini.

On m'avait dit que je ne me rendrais compte de rien – l'homme assis à côté de moi glisserait une enveloppe dans mon sac en toute discrétion, et si je ne m'apercevais de rien, il aurait correctement fait son boulot. L'homme a refermé son journal, avalé les dernières gouttes de son scotch, lancé un dollar sur le comptoir et est parti.

J'ai attendu quinze minutes, ai fini mon verre, et ai demandé la note à Gregory.

En attrapant mon sac, je m'attendais presque à ce qu'il soit différent. Ce n'était pas le cas, et je me suis demandé si j'avais fait une erreur – peut-être que l'homme qui lisait les pages « sport » du journal n'était qu'un homme lisant les pages « sport » du journal. J'ai résisté à l'envie pressante de vérifier et ai quitté le *Town & Country Lounge*. Je suis repassée devant les palmiers en pot, ai vu un homme attendre l'ascenseur en compagnie de la séduisante jeune femme brune, un couple de retraités à la réception et les grooms avec leur calot à gland.

En marchant sur Connecticut, j'ai fait de mon mieux pour paraître détendue et ne pas me mettre à courir sous le coup de l'adrénaline. Je me suis arrêtée à la rue P, et ai regardé ma montre, une Lady Elgin qu'on m'avait donnée en même temps que le sac Chanel. Quelques secondes plus tard, le bus 15 s'est arrêté le long du trottoir. J'ai pris place dans l'avant-dernière rangée du fond, devant un homme avec un parapluie vert sur les genoux. Alors que le bus passait devant les deux lions en pierre qui gardaient l'entrée du Taft Bridge, l'homme derrière moi m'a tapoté l'épaule et m'a demandé l'heure. Je lui ai répondu qu'il était vingt et une heures quinze. Ce qui n'était pas le cas. Il m'a remerciée et j'ai alors posé le sac Chanel à mes pieds, le repoussant d'un coup de talon sous mon siège.

Je suis descendue à Woodley Park et suis partie en direction du zoo. À un feu rouge, j'ai tendu les mains pour laisser les flocons de neige atterrir puis fondre sur mes gants. Je me posais des questions : c'était donc ce qu'on ressentait quand on entretenait une relation adultère, quand on vivait dans le secret ? J'éprouvais de l'excitation et j'ai compris pourquoi Teddy Helms m'avait dit qu'on risquait vite de ne plus pouvoir se passer de cette activité. C'était déjà le cas pour moi.

J'avais postulé pour être dactylo, mais on m'avait confié un autre boulot. Avait-on vu chez moi quelque chose que je n'avais pas vu ? Ou bien était-ce simplement à cause de mon passé, de la mort de mon père, ce qui leur avait donné à penser que je ferais tout ce qu'on me demanderait ? Plus tard, on m'a expliqué qu'une colère comme la mienne garantissait une loyauté envers l'Agence que même le patriotisme ne suffisait pas à garantir.

Toutefois, pendant mes premiers mois à l'Agence, et quoi qu'ils aient vu en moi, je n'avais pu m'empêcher de penser qu'ils avaient choisi la mauvaise personne pour faire ce boulot.

L'épreuve du *Mayflower* m'a fait changer d'opinion. Pour la première fois de ma vie, j'ai eu l'impression d'être vouée à une grande destinée, autre que simplement avoir un travail. Ce soir-là, quelque chose en moi s'est dénoué – un pouvoir caché que j'avais jusqu'alors ignoré. J'ai découvert que j'étais faite pour le travail d'agent secret.

Dans la journée, je prenais des notes sous la dictée, je transcrivais ces notes, restais silencieuse pendant les réunions, et je tapais, tapais, tapais, encore et toujours, à la machine – en faisant toujours très attention à ne jamais retenir les informations que je tapais. « Imagine juste que les informations filtrent directement du bout de tes doigts jusqu'aux touches de la machine avant d'arriver sur le papier et de disparaître à jamais de ton esprit », m'avait expliqué Norma au cours de mon premier et seul jour d'apprentissage. « Ça rentre par une oreille et ressort par l'autre, tu comprends ? » Et toutes les dactylos disaient la même chose : « Ne retiens surtout pas ce que tu tapes ; tu taperas plus vite si tu ne penses pas à ce que tu tapes ; ce sont des informations classifiées confidentielles et, donc, si tu t'en souviens, il est préférable de prétendre le contraire. »

Avec des doigts rapides, les secrets sont bien gardés était la devise officieuse du Pool. Pour autant, je n'étais pas certaine qu'une seule d'entre elles suive ce credo. Dès mes premières semaines à l'Agence, alors que je commençais tout juste à connaître les filles, j'avais compris qu'elles savaient tout sur tout le monde.

Savaient-elles aussi tout de moi ? Étaient-elles au courant de mes nouvelles fonctions et des cinquante dollars en plus sur mon chèque de salaire ? La clochette du retour chariot de ma machine à écrire sonnant moins fréquemment que les leurs les intriguait-elle ? Avaient-elles remarqué que je buvais deux tasses de café de plus qu'elles et que j'avais des poches sous les yeux ?

Ma mère, quant à elle, l'avait remarqué. Elle a donc préparé un pot de camomille, et congelé la tisane pour obtenir des glaçons à poser sur mes paupières. Elle pensait que je fréquentais un homme et m'a alors implorée de le ramener à la maison pour le rencontrer avant que sa réputation aux yeux du voisinage soit entachée.

Mais que pensaient les filles de l'équipe des dactylos ?

Était-ce la raison pour laquelle elles ne m'acceptaient pas vraiment dans leurs rangs ? Elles étaient bien sûr polies avec moi, me saluant d'un « Bonjour » le matin et d'un « Passe un bon week-end » le vendredi soir. Mais je ne peux pas dire qu'elles étaient excessivement accueillantes. Je voulais faire partie de leur groupe, mais sans avoir l'air de le vouloir. On pourrait croire que ce genre de scénario ne se jouait qu'au lycée ou à la fac, mais les règles de l'amitié sont compliquées quel que soit l'âge.

Les filles du Pool m'avaient quelquefois invitée à déjeuner avec elles, mais c'était avant que je reçoive ma première paie, quand je n'avais même pas assez d'argent pour prendre le bus. Et quand j'avais eu un peu d'argent, les invitations avaient déjà cessé.

J'avais envie de croire qu'elles étaient distantes avec moi parce que j'avais pris la place de leur amie

Tabitha; mais je ne pouvais m'empêcher de penser qu'il y avait autre chose, quelque chose qui m'avait toujours empoisonné la vie : le sentiment d'être constamment une étrangère, et d'être mieux seule. Même enfant, je préférais jouer toute seule. J'imaginais que notre petite cuisine était une forteresse. J'inventais des jeux sophistiqués avec des marionnettes que je découpais dans des sacs en papier kraft et que je collais sur des bâtons de sucette. Rien ne me rendait plus heureuse que de jouer seule. Quand mes petites cousines essayaient de jouer avec moi, je finissais par les gronder pour avoir abîmé l'une de mes petites marionnettes ou parce qu'elles ne jouaient pas exactement comme je le voulais. Elles se fâchaient et partaient, et je me disais alors que c'était mieux. Il était plus facile de me persuader que c'était moi qui ne voulais pas jouer avec elles plutôt que le contraire.

Malgré le sentiment de ne pas être à ma place, j'ai vite appris le travail de dactylo qui était le mien dans la journée. Et même si je tapais plus lentement que les autres filles, j'étais constante et précise.

Il en allait autrement de l'apprentissage nécessaire à la pratique de mes activités de fin de journée.

Le premier jour, quand j'ai demandé en quoi consisterait ma formation, on m'a donné un morceau de papier avec l'adresse d'un tempo banalisé qui surplombait le Reflecting Pool – le bureau où je devrais retrouver Teddy Helms tous les jours après mes horaires de bureau.

La première fois que je l'ai rencontré, j'ai été impressionnée par sa ressemblance avec un acteur de cinéma qui jouerait un espion. Il avait quelques années de plus que moi – grand, les cheveux bruns, de longs doigts fins, et séduisant, exactement comme sont censés l'être les hommes tels que lui. Plusieurs filles de l'équipe de dactylos étaient folles de Teddy, mais moi je n'ai jamais porté un tel regard sur lui. Pourtant, il ressemblait aux hommes sur lesquels j'avais pu fantasmer – mais quand j'étais plus jeune, et pas comme amant ou petit ami, plutôt comme le grand frère dont j'avais toujours rêvé. Quelqu'un qui m'aurait appris à m'intégrer, à être moins mal à l'aise, quelqu'un qui m'aurait protégée contre les garçons qui soulevaient mes jupes dans les couloirs du lycée. Quelqu'un pour m'aider à être un soutien pour ma mère et nous soulager financièrement.

Teddy a d'abord été peu bavard ; il m'a confié que j'étais la première femme qu'il devait former. À l'époque de l'OSS, on faisait confiance aux femmes pour faire sauter les ponts, mais, à peine quelques années plus tard, l'Agence prenait toujours la température pour voir de quoi nous étions capables.

Teddy était différent. « Si tu veux mon avis, les femmes font de parfaits agents, disait-il. Personne ne pense qu'une jolie fille assise dans le bus fait passer des messages secrets. »

Au cours de ces premières semaines de l'année 1957, Teddy et moi avons appris à bien nous connaître. C'était le genre d'homme avec lequel on se sentait à l'aise dès le début, quelqu'un à qui vous en racontiez plus en une heure qu'à des gens que vous connaissiez depuis toujours.

Teddy était arrivé à l'Agence après avoir été recruté par l'un de ses professeurs de littérature de

Georgetown. Il avait étudié les sciences politiques et les langues slaves, il parlait russe couramment avec un accent travaillé qui aurait pu tromper n'importe quel Moscovite. Pendant ma formation, Teddy passait de l'anglais au russe aisément, il disait qu'il se réjouissait d'avoir l'occasion de pratiquer cette langue. C'était un plaisir de parler avec lui la langue que je n'utilisais que pour parler avec ma mère. Il me bombardait de questions : sur le métier de confection de ma mère, mon enfance à Pikesville, mes années de fac à Trinity, ma timidité. Personne ne m'avait encore posé ce genre de questions et, au début, son audace m'a fait regimber. Mais, très vite, je me suis retrouvée à lui raconter toute mon histoire.

Peut-être me sentais-je parfaitement à l'aise parce que lui aussi m'avait facilement livré des éléments de sa propre vie. J'ai découvert ainsi qu'il avait un frère aîné qui était mort quelques années plus tôt. Il m'a raconté que Julian, qui était revenu de la guerre en héros, était mort dans un accident de voiture une nuit où il avait trop bu. Ses parents avaient choisi de ne conserver de Julian que l'image du héros qu'il avait été – ils gardaient sa photo sur le manteau de la cheminée près du drapeau roulé qui leur avait été offert après le décès de leur fils –, et j'ai compris que Teddy pensait qu'il ne serait jamais à la hauteur de la réputation de son frère. Il m'a raconté qu'il avait d'abord voulu suivre les traces de son aîné et s'enrôler dans l'armée, ou travailler avec son père au cabinet d'avocats qui portait le nom de la famille, mais qu'il s'était senti plus attiré par la littérature. Résultat, son mentor à la fac l'avait amené à exercer une autre profession.

Il nous servait des verres de ce whisky dont il gardait une bouteille dans un tiroir de son bureau et parlait avec une éloquence toute poétique du rôle que l'art et la littérature devaient jouer dans la propagation de la démocratie. Il expliquait comment les livres étaient la clé permettant de démontrer que seule une vraie liberté d'expression permettait à des chefs-d'œuvre d'exister. Et il expliquait alors qu'il avait rejoint l'Agence pour diffuser ce message. Il disait que les Russes attachaient une grande valeur à la littérature, équivalente à celle que les Américains attachaient à la liberté : « Washington a ses statues de Lincoln et Jefferson, disait-il, alors que Moscou rend hommage à Pouchkine et Gogol. » Teddy voulait que les Soviétiques comprennent que leur gouvernement entravait leur capacité à donner naissance au nouveau Tolstoï ou Dostoïevski, que l'art ne pouvait prospérer que dans un pays libre, et que c'était ainsi que l'Occident était devenu le royaume des lettres. Ce message s'apparentait à enfoncer un couteau entre les côtes du Monstre rouge et à retourner la lame dans la plaie.

Dans la journée, quand il traversait la SR, Teddy ne me prêtait pas plus attention qu'aux autres dactylos : un signe de tête le matin, et parfois un signe d'au revoir le soir. Mais en dehors des heures de bureau, il m'accordait toute son attention et me formait à la récupération et à la transmission de messages pour l'Agence.

Il m'a entraînée à glisser discrètement une enveloppe sous une table, un banc, une chaise, un tabouret de bar, le siège d'un bus, dans des toilettes. Nous avons commencé par des enveloppes standard, blanches. Puis nous sommes passés à des brochures, des chemises cartonnées, des livres et enfin de petits paquets. Il comparait ce que nous faisions à des tours de magie, me racontant que l'Agence avait étudié les tours de passe-passe des plus grands prestidigitateurs tels que Walter Irving Scott et Dai Vernon, en adaptant leurs techniques. Il m'a montré comment laisser un paquet glisser le long de ma jambe et atterrir par terre sans un bruit. « Il faut juste choper le truc. »

Il m'a appris à savoir si quelqu'un me suivait, à repérer quelqu'un de suspect, quelqu'un qui m'observerait, et, plus particulièrement, à me méfier des VGS. « Les Vieilles Gens Seuls ont beaucoup de temps libre, m'a-t-il expliqué. Ils restent assis pendant des heures dans les parcs et appellent les flics pour un oui ou pour un non dès qu'ils voient quelque chose d'inhabituel. »

Quand j'échouais, il me disait qu'il fallait juste que je m'entraîne. Et pour m'entraîner, je m'entraînais. Tous les soirs, quand ma mère dormait, je verrouillais la porte de ma chambre et m'entraînais à glisser des enveloppes de tailles diverses dans des livres, dans mon sac, dans celui de ma mère, dans une valise, et dans chaque poche de chaque vêtement de ma garde-robe. Quand, un jour, j'ai montré à Teddy comment je parvenais à glisser dans la poche de sa veste un tube de rouge à lèvres évidé contenant un minuscule rouleau de papier, il m'a annoncé que j'étais prête à passer à l'acte – un test, pour commencer.

« Tu es sûr ?

— C'est le seul moyen de le savoir. »

Ce fut l'épreuve du *Mayflower* : non pas une vraie mission mais un test, un examen de passage pour voir si j'étais vraiment prête. Teddy m'avait dit qu'il me surveillerait sans que je puisse m'en rendre compte. Et il avait raison ; ce soir-là au *Mayflower*, je n'ai perçu aucun signe de sa présence. Mais le lendemain, en arrivant au bureau, j'ai trouvé une rose blanche posée à côté de ma machine à écrire avec une petite pique en plastique rouge plantée dans la tige, comme une épine.

« Un admirateur secret ? a demandé Norma.

— Juste un ami, ai-je répondu.

— Un *ami*, hein ? Plutôt un Valentin secret, non ?

— Un Valentin ?

— C'est la Saint-Valentin, aujourd'hui.

— Oh. » J'avais oublié. Heureusement, Norma a été convoquée à une réunion avant d'avoir pu me poser d'autres questions. Mais le mystère de la rose a de nouveau été abordé dans l'après-midi. « Il paraît que tu sors avec Teddy Helms », a lancé Linda, en jetant un coup d'œil par-dessus la cloison basse qui séparait nos deux bureaux. En levant la tête, j'ai alors vu toute l'équipe de dactylos debout devant moi dans l'attente d'une réponse.

« Comment ? Non. Nous ne sortons pas ensemble. » J'étais décontenancée, et je craignais d'avoir été démasquée.

« Gail a rapporté que Lonnie Reynolds avait raconté qu'elle avait vu Teddy poser la rose sur ton bureau ce matin.

— C'est dire s'il n'a pas été très discret, a ajouté Gail.

— Vous sortez ensemble depuis quand ? »

Prise au dépourvu, je me suis excusée et ai filé aux toilettes, en espérant qu'elles auraient tout oublié quand je reviendrais. Évidemment, ce ne fut pas le cas. Elles ont continué à me bombarder de questions pour lesquelles je n'avais pas de réponse jusqu'à ce qu'il soit l'heure de pointer.

« Tu veux venir avec nous chez *Martin* ? a demandé Norma. Une huître offerte pour chaque huître commandée et un barman qui nous sert de doubles doses parce qu'il en pince pour Judy. Sachant, comme tu nous l'as expliqué, que tu es encore célibataire, tu n'as probablement rien de prévu pour fêter la Saint-Valentin, n'est-ce pas ?

— Je ne peux pas, ai-je répondu. J'ai des projets pour la soirée. Mais rien à voir avec un rendez-vous. Non, vraiment pas.

— Ouais, c'est ça... », a fait Norma.

J'étais furieuse contre Teddy, car il m'avait ainsi placée dans la ligne de mire de l'équipe des dactylos. Pourquoi avait-il fait une chose pareille ? Où voulait-il en venir ? J'ai donc décidé de lui poser la question dès que je le verrais, mais me suis dégonflée dès qu'il m'a accueillie dans son bureau avec un verre de whisky, en portant un toast au succès de ma prestation au *Mayflower*.

« Bravo, jeune fille, a-t-il dit en trinquant. Tu dois encore travailler deux ou trois petites choses, mais tu t'en es sacrément bien tirée. Anderson est content. Nous pensons que tu seras prête à travailler sur le terrain bientôt, pour une mission déjà annoncée, une vraie mission cette fois.

— Compris », ai-je affirmé, sachant que je ne devais pas poser de question mais ne sachant pas quoi répondre d'autre. « Et merci. » J'ai alors senti que Teddy n'était pas certain de savoir si je le remerciais de m'avoir complimentée ou pour la rose blanche. Un silence gêné s'est installé entre nous.

« Au fait, tu n'as rien dit », a-t-il fait remarquer en rompant le silence.

« À quel propos ? ai-je bêtement demandé.

— La rose.

— Toute l'équipe des dactylos était plutôt excitée.

— Pas toi ?

— Je n'aime pas... je n'aime pas être le centre de l'attention. »

Teddy a éclaté de rire. « Et c'est la raison pour laquelle tu as été recrutée. Mais... sérieusement, je suis désolé. Les gens, ici, se jettent sur une rumeur comme un chien sur un facteur.

— Un chien ?

— Je suis vraiment désolé. Je pensais que ça te ferait plaisir.

— Bien sûr... c'est juste que... est-ce qu'on a envie que les gens sachent que nous nous connaissons ? »

Il s'est gratté le menton et s'est penché vers moi. « Peut-être pourrait-on s'en servir comme d'une couverture. Si les gens pensent que nous sortons ensemble, ils ne se douteront donc de rien quand ils nous verront ensemble. De rien de sérieux en tout cas, il n'y a pas de mal à ça, non ? À moins que tu aies un vrai petit ami qui pourrait en être contrarié ?

— Je n'ai pas de petit ami, mais…

— Parfait. On commence dès maintenant ? On pourrait aller boire un verre chez *Martin*. C'est bien là que tout le monde se retrouve, non ?

— Je ne sais pas. »

Teddy a levé son verre vide. « Allons-y, ne serait-ce qu'une minute.

— N'est-ce pas le genre de chose qu'on désapprouve dans le cadre de l'Agence ?

— Excuse-moi, mais si les gens de l'Agence ne sortaient pas ensemble, la moitié d'entre eux ne baiserait pas. Par ailleurs, nous ne sortons pas vraiment ensemble, non ? »

En franchissant le seuil de chez *Martin*, Teddy m'a pris la main. Le bar était bondé, tous les lobbyistes de la rue K étaient là ; Teddy m'a expliqué qu'on pouvait les repérer à leurs costumes des plus élégants et leurs chaussures si neuves que la semelle grinçait encore sur le plancher ciré. Ils avaient littéralement pris d'assaut le bar tandis que leurs homologues travaillant au gouvernement, pauvrement vêtus, occupaient les tables. Les avocats stagiaires étaient rassemblés autour du buffet et se goinfraient d'huîtres. Et les dactylos étaient encore là, assises dans un box à la gauche du bar.

« Et si on s'asseyait là-bas, ai-je proposé, en désignant une table pour deux à l'autre bout de la salle.

— Attrapons d'abord un verre au bar.

— On va venir nous servir, non ?

— Ce sera plus rapide. » Nous nous sommes donc frayé un chemin jusqu'au bar et Teddy a demandé au barman de nous servir deux whiskys. Il a payé et levé son verre : « Aux nouveaux amis », a-t-il lancé. Et au moment même où nous trinquions, on m'a tapoté l'épaule.

« Irina, tu as finalement pu venir chez *Martin*, a dit Norma. Viens nous rejoindre. » Elle a regardé Teddy. « Toi aussi, Teddy.

— On s'est décidés à la dernière minute, s'est justifié Teddy. On a réservé pour dîner au *Rive Gauche*. On s'est juste arrêtés pour boire un verre.

— Le *Rive Gauche*? Comment as-tu obtenu une table un soir de Saint-Valentin ?

— Un ami à moi qui me devait une faveur.

— Pourquoi ne viendriez-vous pas nous rejoindre le temps de boire votre verre ? Il y a plein de place à notre table. »

Nous avons jeté un coup d'œil à leur table et les filles ont toutes tourné la tête. « D'accord, ai-je dit. Pourquoi pas ?

— Regardez qui j'ai trouvé ? » a lancé Norma, en nous escortant jusqu'à leur box. Les filles se sont décalées pour nous faire de la place. Je me suis assise, mais Teddy est resté debout. « Excusez-moi un instant, mesdames. » Nous l'avons regardé aller jusqu'au jukebox et y glisser des pièces de monnaie.

Judy m'a donné un coup de coude. « Il n'y a rien entre vous, hein ? »

Norma a lancé un regard à Judy, du genre «Je te l'avais bien dit». «Une rose blanche sur le bureau le matin ? Un dîner au *Rive Gauche* le soir ?

— Le *Rive Gauche*? a renchéri Kathy. C'est d'un chic ! »

Teddy est revenu au moment même où le disque s'enclenchait dans le jukebox. Il a enlevé sa veste et l'a tendue à Judy, qui s'est efforcée de sourire. Était-elle jalouse ? De moi ? «Tu viens danser ? m'a-t-il demandé.

— Mais personne ne danse, ai-je fait remarquer.

— Ils vont s'y mettre, a répliqué Teddy, en me tendant la main. Allez, viens ! C'est Little Richard !

— Little qui ? » Sans répondre, il m'a pris la main et m'a entraînée jusqu'à la piste de danse : un coin de la salle sans table, au sol recouvert de parquet. Je n'avais jamais su bien danser – j'ai toujours eu du mal à coordonner mes bras et mes jambes –, mais j'adorais essayer. Et Teddy était un sacré bon danseur. Non seulement toutes les dactylos avaient les yeux fixés sur nous, mais il semblait que tout le monde nous regardait. Teddy me faisait virevolter comme s'il était Fred Astaire et j'avais l'impression de jouer un rôle – et de le jouer parfaitement. J'adorais cette sensation, comme j'avais adoré l'épreuve du *Mayflower.* Teddy m'a alors attirée contre lui. «Elles marchent à fond », a-t-il chuchoté.

Après une autre danse et un deuxième verre, nous sommes partis. Sur le trottoir, je m'apprêtais à lui dire au revoir quand il m'a interrompue. «Tu ne veux pas aller manger un morceau ?

— J'ai cru que tu disais ça comme ça.

— Et si j'avais vraiment réservé au *Rive Gauche*? »

J'ai pensé au reste de bortsch que ma mère réchaufferait, puis ai baissé la tête pour jeter un coup d'œil à la robe couleur pois cassé que je portais ce jour-là. « Je ne suis pas vraiment habillée pour ce genre d'endroit.

— Tu es très belle, a-t-il déclaré, en me prenant la main. Allons-y. »

9

LES DACTYLOS

Un vendredi matin comme tous les autres. Un doughnut et une tasse de café chez *Ralph*. Quand nous sommes sorties du *diner*, l'air froid de ce matin d'automne s'était adouci. En route pour la rue E, nous avons donc retiré nos chapeaux et nos écharpes et déboutonné nos vestes.

Habituellement, à la première heure, la SR grouillait de gens s'installant à leur bureau ou attrapant un café dans la salle de pause, ou encore fonçant à l'une des nombreuses réunions matinales d'information qui commençaient à neuf heures quinze pétantes. Habituellement, le téléphone de la réception sonnait, et les chaises dans la salle d'attente étaient déjà toutes occupées. Mais ce jour-là, en ce début d'octobre, ce n'était pas le cas. Ce jour-là, la réception était vide de même que la salle de pause, ainsi que chacun des bureaux autres que ceux de l'équipe des dactylos.

« Que se passe-t-il ? » a demandé Gail à Teddy Helms, qui se dirigeait vers l'ascenseur presque en courant.

Il s'est alors arrêté brusquement en trébuchant sur une bosse dans la vieille moquette beige.

« Réunion au *sommet* », a-t-il répondu. C'était le nom de code du bureau de Dulles, qui, en fait, était au sous-sol. Teddy a filé et nous nous sommes installées à nos bureaux. Irina était déjà assise derrière sa machine à écrire.

« Teddy t'a dit quelque chose ? a demandé Gail.

— Nous avons perdu, a répondu Irina.

— Perdu quoi ? a demandé Norma.

— Ça reste obscur.

— De quoi tu parles ? a demandé Kathy.

— Je suis incapable d'en expliquer les détails scientifiques.

— Les détails scientifiques ? De quoi ?

— D'un truc qu'ils ont envoyé dans l'espace, a répondu Irina.

— Ils ?

— *Eux, eux,* a-t-elle murmuré. Tiens, pendant que j'y pense… » Elle s'est tue et a pointé du doigt le plafond en amiante. « Ça se passe là-haut. En ce moment-même. »

C'était de la taille d'un ballon de plage et pesait autant qu'un Américain de poids moyen mais avait l'impact d'une ogive nucléaire. La nouvelle du lancement de *Spoutnik* s'était répandue dans la SR des heures avant même que l'agence de presse officielle russe, la TASS, annonce que le premier satellite envoyé dans l'espace était maintenant à neuf cents kilomètres de la Terre, et effectuait le tour de la planète toutes les quatre-vingt-dix-huit minutes.

Même avec tous les hommes absents des bureaux, il était impossible de se mettre au travail. Nous avons fait craquer nos phalanges et regardé le vide autour de nous. Kathy a jeté un coup d'œil par-dessus la cloison. « Et d'abord, c'est quoi ce nom, *Spoutnik* ?

— Ça ressemble au nom d'une pomme de terre, a dit Judy.

— Ça veut dire *compagnon de route*, a expliqué Irina. Je trouve ça plutôt poétique.

— Pas moi, a rétorqué Norma. Je trouve ça terrifiant. »

Gail s'est levée, a fermé les yeux, et d'un doigt a tracé dans l'air d'invisibles calculs. Elle a rouvert les yeux. « Quatorze.

— Hein ? nous sommes-nous exclamées en chœur.

— Ça va aussi vite que ça ; il passe au-dessus de nous quatorze fois par jour. »

Nous avons toutes levé les yeux vers le ciel.

Après le déjeuner, nous nous sommes rassemblées autour de la radio dans le bureau vide d'Anderson. Personne n'avait de vraies informations, et le journaliste racontait que des témoignages affolés arrivaient de partout, signalant plusieurs cas où le satellite aurait été vu – à Phoenix, Tampa, Pittsburgh, Portland dans l'Oregon et dans le Maine. On aurait dit que tout le monde l'avait vu, sauf nous.

« Mais on ne peut pas le voir à l'œil nu, a expliqué Gail. Surtout en plein jour. »

Juste au moment où retentissait le jingle de la publicité pour l'Alka-Seltzer, Anderson est entré dans son bureau. « J'en aurais bien besoin, a-t-il lancé. Et alors ? Ça travaille dur ici, on dirait… »

« *Plouf, plouf, pschitt…* », a fait Norma à voix basse.

Kathy a baissé le volume de la radio. « Nous voulions savoir ce qui se passe, a-t-elle dit.

— Comme tout le monde, a répliqué Anderson.

— Vous êtes au courant ? a demandé Norma.

— Quelqu'un est au courant ? » a demandé Gail.

Anderson a tapé dans ses mains comme l'aurait fait, à l'époque du lycée, un énergique entraîneur de basket. « Allez, c'est l'heure de se remettre au travail.

— Comment peut-on travailler avec ce truc qui vole au-dessus de nos têtes ? »

Anderson a éteint la radio et nous a chassées comme si nous étions de pauvres pigeons. Tandis que nous sortions de son bureau, il a demandé à Irina si elle pouvait rester une minute. Sa requête n'avait rien d'insolite, sachant qu'Irina n'était pas qu'un simple membre parmi d'autres de l'équipe des dactylos. Depuis le début, nous la soupçonnions d'accomplir à l'Agence des tâches spéciales, des activités *parascolaires.* Mais lesquelles ? Nous ne le savions pas. Peut-être qu'Anderson voulait parler avec elle de ces activités exercées en dehors des heures de bureau ; s'il y avait un rapport avec *Spoutnik,* nous n'en savions rien. Ce qui ne nous a pas empêchées de faire des suppositions.

Tout au long du week-end, les nouvelles à la radio ont offert une palette d'informations allant de l'exagéré (« La Russie gagne ! »), à l'absurde (« La fin du monde ? »), au pratique (« Quand *Spoutnik* va-t-il tomber ? ») et au politique (« Que va faire Ike ? »). Le lundi matin, la file d'attente du contrôle d'identité au quartier général de l'Agence était réduite à son minimum. En effet, la plupart des hommes étaient en réunion à la Maison-Blanche, et au Congrès, pour apaiser les craintes et démentir que tout était perdu. Les hommes qui n'étaient pas partis, quant à eux, avaient l'air de ne pas être rentrés chez eux depuis vendredi – avec leurs chemises blanches jaunies sous les bras, leurs yeux vitreux, une barbe plus que naissante.

Le mardi, Gail est arrivée au travail avec l'un de ces lecteurs minicassettes Mohawk que nous utilisions pour enregistrer les conversations téléphoniques. Elle a enlevé son chapeau et ses gants et a installé le lecteur minicassette devant sa machine à écrire. Elle nous a alors fait signe d'approcher. Et, tandis qu'elle appuyait sur la touche *Play,* nous avons fait cercle autour de son bureau avant de nous pencher sur l'appareil pour écouter. Rien que des parasites.

« Qu'est-ce qu'on écoute ? a demandé Kathy.

— Je n'entends rien, a dit Irina.

— Chut ! » Gail les a fait taire.

Nous nous sommes approchées un peu plus.

Et nous l'avons entendu : un faible bip continu, comme le battement de cœur d'une souris terrifiée. « J'ai réussi », a-t-elle affirmé en éteignant le magnétophone.

« Quoi ?

— Ils ont dit que si on se branchait sur une fréquence de vingt mégahertz, on pouvait l'entendre, a-t-elle expliqué. Mais quand j'ai essayé, je n'ai entendu que des parasites. J'ai donc supposé que j'avais besoin de plus de puissance. Vous ne devinerez jamais ce que j'ai fait.

— Je n'en sais rien, parce que je ne comprends rien à ce que tu racontes, a observé Judy.

— Je suis allée enlever le tamis métallique de ma fenêtre de cuisine. Ma colocataire a dû me prendre pour une folle.

— Et elle aurait eu raison, a dit Norma.

— Puis j'ai relié un fil de fer du tamis à ma radio, me suis de nouveau branchée sur une fréquence de vingt mégahertz, j'ai placé le microphone juste en face, et c'est tout. » Elle a baissé la voix. « Je suis entrée en contact.

— Avec quoi ?

— *Spoutnik.* »

Nous nous sommes toutes regardées.

« Ce serait préférable de parler de tout ça après les heures de bureau », a suggéré Linda en jetant un coup d'œil derrière elle.

Gail a reniflé. « Oh, ça n'est guère autre chose qu'un jeu d'enfant. »

« Qu'est-ce que ça signifie ? » a demandé Judy à voix basse.

Gail a secoué la tête. « J'en sais rien. » Elle a fait un geste en direction des bureaux derrière elle. « C'est à eux de le découvrir.

— C'est peut-être un code ? a ajouté Norma.

— Un compte à rebours ?

— Et que se passe-t-il quand le bip s'arrête ? » a demandé Judy.

Gail a haussé les épaules.

« Ça veut dire que vous devez vous remettre au travail », a lancé Anderson derrière nous. Nous nous sommes dépêchées de nous disperser, sauf Gail, qui est restée debout derrière sa machine à écrire. Nous avons alors entendu Anderson appeler : « Gail, je veux te voir dans mon bureau.

— Maintenant ?

— Maintenant. »

Nous l'avons regardée suivre Anderson dans son bureau, puis l'avons vue en ressortir dix minutes plus tard, se tapotant le nez de son mouchoir blanc. Norma s'est levée pour la rejoindre, mais Gail l'a arrêtée d'un geste.

Octobre est passé. Les feuilles sont devenues orange, puis rouges, ont bruni et sont tombées. Nous avons sorti de nos armoires nos lourds manteaux d'hiver. Les moustiques sont morts, les bars ont commencé à promouvoir les grogs et, partout, même dans le centre, la ville sentait les feux de feuilles mortes. Quelqu'un a apporté une citrouille de Halloween avec un marteau et une faucille sculptés à l'intérieur pour l'exposer à la réception, et les hommes ont fait leur tournée annuelle avec des bonbons, en jouant à « Un bonbon ou un sort » dans toute la SR, s'arrêtant à tous les bureaux pour boire un petit verre de vodka.

Novembre est arrivé telle une détonation ou, plutôt, une déflagration. Les Soviétiques ont envoyé *Spoutnik II* dans l'espace, avec, cette fois, une chienne nommée Laïka à son bord. Kathy a accroché un poster de chien perdu dans la salle de pause avec une photo sous-titrée CLEBSNIK : VU POUR LA DERNIÈRE FOIS

EN ORBITE AUTOUR DE LA TERRE. Mais l'affiche a vite été retirée.

La tension à l'Agence ne cessait de croître, et on nous a demandé de rester tard le soir pour des réunions que les hommes organisaient après les heures de bureau. Ils arrivaient parfois avec des pizzas ou des sandwichs si nous devions rester après vingt et une heures. Mais, le plus souvent, nous n'avions droit à aucune pause et n'avions rien à manger ; alors nous apportions une portion supplémentaire de notre déjeuner, au cas où.

Le *Rapport Gaither* a été diffusé peu de temps après, informant Eisenhower de ce qu'il savait déjà : dans la course à la conquête de l'espace, dans la course au nucléaire et dans bien d'autres domaines, nous étions loin derrière les Soviétiques, bien plus que nous le pensions.

Pour autant, il est apparu que l'Agence avait déjà une autre arme dans ses tuyaux.

Ils avaient leurs satellites, mais nous avions leurs livres. À cette époque-là, nous croyions que les livres pouvaient être des armes – que la littérature pouvait changer le cours de l'histoire. L'Agence savait qu'il faudrait du temps pour changer le cœur et l'esprit des hommes, mais elle visait le long terme. Depuis les débuts de l'OSS, l'Agence avait mis les bouchées doubles en matière de guerre de propagande pacifique en utilisant l'art, la musique et la littérature pour avancer dans la réalisation de ses objectifs. Le but : souligner le fait que le système soviétique ne permettait pas la liberté de pensée. L'État rouge brimait, censurait et persécutait ses artistes, même les plus brillants. La stratégie : procurer du matériel culturel aux citoyens soviétiques par tous les moyens.

En Bavière, à quelques kilomètres de la Tchécoslovaquie, des délégués de l'Agence avaient rempli de tracts des ballons-sondes de haute altitude qui, grâce aux vents dominants, s'étaient envolés de l'autre côté de la frontière. Ces ballons de propagande étaient conçus pour éclater et éparpiller des milliers de tracts derrière le Rideau de fer. Puis nous avions expédié des livres interdits par l'État soviétique derrière les lignes ennemies. Au début, les hommes avaient eu la brillante idée de poster les livres dans des enveloppes sans signe distinctif, en croisant les doigts, espérant que certains d'entre eux passeraient les frontières sans se faire remarquer. Mais, au cours de l'une de leurs réunions, Linda s'était fait entendre et avait suggéré de coller de fausses couvertures sur les livres afin de mieux les protéger de la censure. Certaines d'entre nous avaient donc récupéré tous les exemplaires possibles de livres peu controversés tels que *Le Petit Monde de Charlotte* et *Orgueil et Préjugés*, pour en découper les couvertures afin de les coller sur les livres avant de les envoyer clandestinement par la poste. Évidemment, les hommes s'étaient attribué tout le mérite de cette trouvaille.

C'est à peu près à cette époque-là que l'Agence a décidé que nous devions nous engager encore plus dans la guerre des mots, en promouvant en son sein plusieurs de ses hommes pour qu'ils créent leurs propres maisons d'édition et fondent des magazines littéraires afin de participer à l'effort de guerre. L'Agence est en quelque sorte devenue un club du livre avec une caisse noire, soutenu par des fonds secrets. Par ailleurs, pour les poètes et les auteurs, c'était plus attrayant que de participer à des lectures en buvant gratuitement du mauvais vin. Nous étions tellement impliquées dans ce travail d'édition que vous auriez pu croire que nous touchions un pourcentage sur les droits.

Nous nous asseyions dans les salles de réunion et prenions des notes pendant que les hommes de l'Agence parlaient des prochains romans qu'ils voulaient utiliser à des fins de propagande. Ils discutaient du bien-fondé de se servir de *La Ferme des animaux*, d'Orwell, pour leur prochaine mission versus *Portrait d'un artiste en jeune homme*, de Joyce. Ils parlaient des livres comme si leurs commentaires allaient être publiés dans le *Times*. Ils étaient si sérieux ; et, pourtant, nous nous moquions d'eux tant leurs discussions ressemblaient à celles que nous avions lors de nos cours de littérature de premier cycle. L'un d'entre eux mettait un argument en avant qui était tout de suite remis en cause par un autre, et finissait par changer d'avis. Ces discussions duraient des heures, et nous mentirions si nous niions nous être assoupies une fois ou deux. Un soir, Norma a interrompu les hommes réunis dans la salle en disant qu'elle était convaincue que les thèmes explorés par Bellow l'emportaient, et de loin, sur la beauté pure des phrases de Nabokov; c'est la dernière réunion à laquelle elle a été convoquée pour prendre des notes.

Il y a donc eu les ballons-sondes, les fausses couvertures, les maisons d'édition, les magazines littéraires, et tous les livres que nous faisions passer clandestinement en URSS.

Et puis, il y a eu *Jivago.*

Classée sous le nom de code AEDINOSAUR, c'est l'affaire, la mission, qui a tout changé.

Le Docteur Jivago – un nom que plus d'une d'entre nous a d'abord eu du mal à retenir – avait été écrit par le plus grand auteur soviétique vivant, Boris Pasternak, et interdit de publication dans le bloc de l'Est en raison des critiques portées contre la révolution d'Octobre, et sa nature dite « subversive ».

Au premier coup d'œil, il n'était pas évident de déceler comment un tel roman épique, racontant l'histoire d'amour vouée à l'échec entre Iouri Jivago et Lara Antipova, pourrait être utilisé comme une arme, mais l'Agence n'avait jamais manqué d'imagination.

La note de service interne initiale décrivait *Le Docteur Jivago* comme l'« œuvre littéraire la plus hérétique écrite par un auteur soviétique depuis la mort de Staline », expliquant que le livre avait un « fort potentiel en termes de propagande », pour « sa description pleine d'acuité, mais discrète, des effets du système soviétique sur la vie d'un citoyen intelligent et sensible ». En d'autres mots, c'était parfait.

Cette note de service a circulé dans la SR plus vite que la rumeur d'un rendez-vous galant qui aurait eu lieu dans la salle du personnel au cours de l'une de nos fêtes de Noël arrosées de martinis, et a engendré au moins une demi-douzaine d'autres notes de service, chacune confirmant le contenu de la première : ce n'était pas juste un livre, mais une arme, une arme que l'Agence voulait se procurer et renvoyer clandestinement derrière le Rideau de fer pour réveiller l'esprit des citoyens soviétiques.

EST

1955-1956

10

L'AGENT

Sergio D'Angelo a été réveillé par le babillage de son fils de trois ans, debout près de son lit, qui bredouillait à propos d'un dragon appelé Stefano, une créature vert et jaune en papier mâché qu'ils avaient vue lors d'un spectacle de marionnettes à Rome. « Giulietta ! » Sergio a appelé son épouse, espérant qu'elle aurait pitié de lui et viendrait chercher leur fils afin qu'il puisse dormir une heure de plus. Mais Giulietta a ignoré son appel.

Sergio avait la bouche sèche et le sang qui battait dans ses tempes pour avoir bu trop de petits verres de vodka la nuit précédente. « Aux Italiens ! » avait crié son collègue Vladen, levant un verre devant l'assemblée réunie à l'occasion de la fête de Radio Moscou. Sergio avait ri et bu son verre sans faire remarquer qu'il était le seul Italien. À *l'*Italien, et non *aux* Italiens aurait suffi. Il avait été le premier à rejoindre la piste de danse. Séduisant et habillé comme s'il sortait tout droit du plateau de tournage d'un film, il n'avait eu que l'embarras du choix pour trouver une partenaire. Et il les avait toutes fait danser, jusqu'à ce que Vladen lui tape sur l'épaule pour lui faire remarquer que la musique avait cessé de jouer depuis une demi-heure et que le propriétaire du café les mettait à la porte. La femme, toute menue, avec laquelle Sergio dansait sans musique, les avait tous invités à poursuivre les réjouissances chez elle, mais Sergio avait décliné l'invitation. Non seulement parce que son épouse l'attendait à la maison mais aussi parce que le lendemain, bien que ce soit un dimanche, il devait travailler.

Sergio traduisait des bulletins d'information pour le programme de Radio Moscou diffusé en Italie, mais il était aussi venu en URSS pour une autre raison : il souhaitait être agent littéraire. Son employeur, Giangiacomo Feltrinelli – héritier d'une fortune industrielle et fondateur d'une nouvelle maison d'édition – voulait qu'il trouve le nouveau roman susceptible de devenir un classique et était convaincu que ce roman viendrait de la Mère Patrie. « Trouve-moi le prochain *Lolita* », lui avait donné pour instruction Feltrinelli.

Sergio devait donc trouver le prochain gros succès littéraire. C'est alors qu'un bulletin qui était arrivé sur son bureau la semaine précédente lui avait offert une piste prometteuse : *La publication du* Docteur Jivago, *de Boris Pasternak, est imminente. Écrit sous forme de journal, c'est un roman qui couvre trois quarts de siècle, jusqu'à la Seconde Guerre mondiale.* Sergio avait donc envoyé un télégramme à Feltrinelli, qui lui avait donné le feu vert pour essayer d'en obtenir les droits internationaux.

Dans l'impossibilité de joindre l'auteur par téléphone, Sergio avait prévu, avec Vladen, de rendre visite à Pasternak dans sa datcha de Peredelkino ce dimanche-là.

Mais ce matin-là, avec son fils accroché à ses basques, Sergio, qui s'aspergeait le visage d'eau froide, aurait préféré avoir demandé à Vladen de faire le voyage le week-end d'après. Quand il est entré dans la cuisine, son épouse était assise et buvait une tasse du café expresso qu'elle avait ramené de Rome. Sa fille de quatre ans, Francesca, assise en face de Giulietta, imitait tous les gestes de sa mère, portant sa tasse en plastique à ses lèvres avant de la reposer doucement. « Bonjour, mes chéries », a dit Sergio, en les embrassant toutes deux sur la joue.

« Maman est fâchée avec toi, papa, a commenté Francesca. Très fâchée.

— N'importe quoi. Pourquoi serait-elle fâchée quand elle n'a aucune raison de l'être ? Ta mère sait que je dois travailler aujourd'hui. Je rends visite au poète le plus célèbre de toute l'Union soviétique.

— Elle n'a pas dit pourquoi elle était fâchée, juste qu'elle l'était. »

Giulietta s'est levée pour poser sa tasse dans l'évier. « Peu importe à qui tu dois rendre visite. Tant que tu ne t'absentes pas de nouveau toute la nuit. »

Sergio a endossé son plus beau costume, un Brioni couleur sable fait sur mesure, offert par son généreux employeur. Sur le seuil de l'appartement, il a fait briller ses chaussures avec une brosse en crin de cheval. Tout au long d'un hiver interminable, Sergio avait porté les mêmes bottes noires en caoutchouc que portaient les Russes. Maintenant que le printemps était arrivé, il ressentait une certaine joie en glissant ses pieds dans ses chaussures en cuir fin. Claquant des talons, il a salué sa famille et s'en est allé.

Vladen attendait Sergio voie 7, un sac en papier plein de pirojki aux œufs et aux oignons pour leur court périple. Les deux hommes se sont serré la main et Vladen a tendu le sac à Sergio, qui a posé une main sur son ventre. « Impossible.

— Gueule de bois ? a demandé Vladen. Tu as intérêt à t'entraîner si tu veux pouvoir nous suivre, nous les Russes. » Il a ouvert le sac et l'a secoué. « Un vieux remède. Prends-en un. Nous sommes sur le point de rencontrer une tête couronnée, et tu dois te montrer sous ton meilleur jour. »

Sergio a sorti une petite bouchée du sac. « Je croyais que les Russes avaient tué toutes leurs têtes couronnées.

— Pas encore. » Vladen a éclaté de rire, recrachant ainsi un morceau d'œuf dur.

Le train a démarré et, alors que toutes les voies n'en ont plus fait qu'une, Sergio s'est agrippé au bord de la fenêtre ouverte, laissant l'air chaud caresser le bout de ses doigts. Après être resté tout l'hiver couvert des pieds à la tête, il trouvait le temps printanier délicieux. Il était excité aussi de voir la campagne, car il ne s'était encore jamais aventuré hors de Moscou. « C'est quoi ces constructions ? » a-t-il demandé à son compagnon.

Vladen feuilletait le premier recueil de poèmes de Pasternak – *Un jumeau dans les nuages* –, qu'il avait apporté dans l'espoir que l'auteur lui dédicacerait. « Des appartements », a-t-il répondu, sans lever les yeux.

« Tu n'as même pas regardé.

— Des usines, alors. »

À mesure qu'ils s'éloignaient de Moscou, le paysage changeait ; les immeubles récemment construits laissaient la place à des immeubles en cours de construction qui eux-mêmes laissaient la place à un paysage émaillé d'arbres au feuillage vert tendre et de villages avec leur église orthodoxe et leurs petites maisons de campagne – chacune séparée de l'autre par une clôture et un petit lopin de terre. Sergio a agité la main en direction d'un jeune garçon debout au bord des voies avec sous le bras une poule aux plumes mouchetées. Mais le garçon ne lui a pas retourné son salut. « Ça va jusqu'où, comme ça ? a demandé Sergio.

— Leningrad. »

Les deux hommes sont descendus à Peredelkino. Il avait plu pendant la nuit et, aussitôt qu'ils ont traversé la voie ferrée, Sergio a marché dans la gadoue. Il s'est maudit d'avoir mis ses belles chaussures. Il s'est alors assis sur un banc et a essayé de nettoyer ses semelles pleines de boue avec un mouchoir en dentelle, mais s'est arrêté quand il s'est aperçu qu'il attirait l'attention de trois hommes plantés de l'autre côté de la route. Ces hommes essayaient d'atteler une vieille mule à l'avant d'une Volga délabrée. Sergio et Vladen formaient un drôle de tableau. Le Russe aux cheveux d'un blond lumineux, qui portait un pantalon bouffant et un blouson croisé, ressemblait à n'importe quel autre Moscovite. Il dépassait l'Italien d'une tête et était deux fois plus large que lui. Sergio, dans son costume ajusté, était de toute évidence un étranger.

Sergio a laissé tomber le mouchoir inutile et a demandé à Vladen s'il y avait un café pas loin où il pourrait nettoyer correctement ses chaussures. Vladen lui a alors montré du doigt un bâtiment en bois qui ressemblait à une grande remise de l'autre côté de la route, et les deux hommes ont traversé pour y entrer.

« Toilettes ? » a demandé Sergio à la femme derrière le comptoir. Elle arborait la même expression étonnée que celle des hommes accrochant la mule à la vieille voiture.

« Dehors », a-t-elle répondu.

Sergio a soupiré et demandé un verre d'eau et une serviette en papier. La femme est partie puis revenue avec un morceau de journal et un petit verre de vodka. « Ça ne va…

— *Spasibo* », l'a interrompu Vladen assis sur un tabouret de bar. Il a avalé d'un trait la vodka, tapant sur le comptoir pour en demander un second verre.

« Nous avons une mission importante à accomplir, lui a dit Sergio.

— Nous n'avons pas de rendez-vous précis. Le poète attendra certainement. »

Sergio a obligé son ami à se lever et à se remettre en route.

Dehors, les trois hommes avaient réussi à attacher la mule à la voiture, au volant de laquelle était maintenant installé un petit garçon, tandis que les hommes poussaient. Ils se sont arrêtés pour regarder Sergio et Vladen traverser la route et prendre le chemin qui la longeait.

Sergio et Vladen sont passés devant la résidence d'été du patriarche de l'Église orthodoxe russe – un grand bâtiment rouge et blanc cerné d'un mur tout aussi haut –, et Sergio a regretté de ne pas avoir apporté son appareil photo. Puis ils ont traversé une petite rivière aux eaux gonflées par la fonte des neiges et la pluie, et ont gravi péniblement la colline en pente douce pour emprunter le chemin gravillonné, bordé de bouleaux et de pins, qui menait jusqu'à la datcha de Pasternak.

« L'endroit parfait pour un poète ! a observé Sergio.

— Staline a fait construire ces datchas pour des auteurs triés sur le volet, a répondu Vladen. Afin qu'ils puissent mieux *s'entretenir avec la muse.* Mais aussi parce qu'il est plus facile ainsi de les surveiller. »

La datcha de Pasternak se trouvait sur leur gauche ; elle rappelait à Sergio à la fois un chalet suisse et une grange. « Le voilà », a dit Vladen. Habillé comme un paysan, Pasternak était grand, son épaisse chevelure lui tombant devant les yeux tandis qu'il se penchait pour bêcher son jardin. À l'approche de Sergio et Vladen, Pasternak a levé la tête et, d'une main, a protégé ses yeux du soleil pour voir qui venait lui rendre visite.

« *Buon giorno !* » a lancé Sergio, son enthousiasme trahissant sa nervosité. Pasternak a d'abord eu l'air déconcerté, puis il lui a adressé un grand sourire.

« Entrez ! » a-t-il dit.

En le voyant de plus près, l'allure saisissante, incroyablement juvénile du célèbre poète a frappé Sergio et Vladen. Un homme séduisant jauge toujours un autre homme séduisant mais, plutôt qu'en être jaloux, Sergio, surpassé, a regardé l'écrivain avec admiration.

Pasternak a calé sa pelle contre le tronc d'un pommier récemment taillé avant de rejoindre les deux hommes. « J'avais oublié que vous veniez, a-t-il avoué en riant. Et, pardonnez-moi, j'ai oublié qui vous êtes. Et pourquoi vous êtes venus.

— Sergio D'Angelo. » Sergio a tendu la main et serré celle de Pasternak. « Et lui, c'est Anton Vladen, mon collègue à Radio Moscou. »

Vladen, dont les yeux étaient fixés sur ses pieds au lieu de regarder le poète, son héros, n'a pu qu'émettre un vague grognement.

« Quel beau nom, a dit Pasternak. D'Angelo. Une sonorité si agréable à l'oreille. D'où ça vient ?

— Du mot "ange". C'est un nom très commun en Italie.

— Mon nom de famille signifie "panais", ce qui est parfait vu que j'adore travailler la terre. » Pasternak a conduit les deux hommes jusqu'à un banc à angle droit au fond du jardin. Ils ont pris place et l'écrivain s'est essuyé les sourcils avec un mouchoir trempé de sueur. « Radio Moscou ? Vous êtes venus m'interviewer ? Je crains de ne pas avoir grand-chose à dire qui puisse alimenter le débat public.

— Non. Je ne viens pas de la part de Radio Moscou. Je suis venu pour parler de votre roman.

— Encore un sujet sur lequel je n'ai pas grand-chose à dire.

— Je représente les intérêts d'un éditeur italien, Giangiacomo Feltrinelli. Vous le connaissez ?

— Non.

— La famille Feltrinelli est l'une des familles les plus riches d'Italie. La nouvelle maison d'édition de Giangiacomo a récemment publié l'autobiographie du Premier ministre indien Jawaharlal Nehru. Vous en avez peut-être entendu parler ?

— J'ai entendu parler de Nehru, évidemment. Mais pas de son livre.

— Je suis ici pour rapporter à Feltrinelli le nouveau chef-d'œuvre littéraire qu'on puisse trouver derrière le Rideau de fer.

— Vous êtes arrivé récemment ?

— Je suis ici depuis moins d'un an.

— Ils ne tiennent guère à cette expression ici, vous savez. » Pasternak regardait les arbres comme s'il s'adressait à quelqu'un qui les surveillait. « Le Rideau de fer.

— Excusez-moi, a dit Sergio qui s'est agité sur le banc. Je recherche la meilleure œuvre littéraire qu'on puisse trouver dans la Mère Patrie. Feltrinelli voudrait qu'on puisse lire en Italie, et peut-être ailleurs, *Le Docteur Jivago.* »

Boris a chassé de la main un moustique posé sur son bras en prenant garde de ne pas l'écraser. « Je suis allé une fois en Italie. J'avais vingt-deux ans et j'étudiais la musique à l'université de Marbourg. Durant l'été, j'ai visité Florence et Venise, mais je me suis retrouvé à court d'argent avant d'atteindre Rome.

Je voulais aussi aller à Milan, à la Scala. J'en rêvais. J'en rêve encore. Mais j'étais étudiant, aussi pauvre qu'un indigent.

— Je suis souvent allé à la Scala, a dit Sergio. Il faut que vous y alliez un jour. Feltrinelli pourra vous avoir les meilleures places. »

Boris a ri, les yeux baissés. « Voyager me manque, mais c'est du passé tout ça. Même si je le voulais… c'est si difficile pour nous désormais. » Il a marqué une pause. « À l'époque, quand j'étais jeune, je voulais devenir compositeur. J'étais assez doué, mais pas autant que j'aurais aimé. N'est-ce pas toujours le cas avec ce genre de choses ? La passion l'emporte sur le talent.

— Je suis passionné de littérature, a repris Sergio, en essayant de revenir au *Docteur Jivago*. J'ai entendu dire que votre roman était un chef-d'œuvre.

— Qui vous a dit ça ? »

Sergio a croisé les jambes et le banc a vacillé. « Tout le monde en parle. N'est-ce pas Vladen ?

— Oui, tout le monde en parle », a surenchéri Vladen – ses premiers mots à Pasternak.

« Je n'ai aucune nouvelle d'aucune maison d'édition. Jusqu'à maintenant, je n'avais encore jamais eu à attendre avant qu'on me parle de mon travail. » Pasternak s'est levé et s'est dirigé dans la rangée centrale de son potager, entre la terre récemment travaillée sur sa gauche, et la terre fraîchement semée sur sa droite. « Je pense que leur silence est clair », a-t-il dit, tournant le dos aux deux hommes assis sur le banc. « Mon roman ne sera pas publié. Il n'est pas conforme à *leur ligne culturelle.* »

Sergio et Vladen se sont levés à leur tour et l'ont suivi. « Mais la publication en a déjà été annoncée, a rétorqué Vladen. Sergio en personne a traduit le bulletin d'information pour Radio Moscou. »

Pasternak s'est tourné vers eux. « Je ne sais pas ce qu'on vous a dit, mais je crains que la publication de mon livre soit impossible.

— Avez-vous officiellement essuyé des refus ? a demandé Vladen.

— Pas encore, non. Mais j'ai déjà renoncé à y croire. C'est mieux ainsi, vous comprenez. Sinon, je deviendrais fou. » Il a ri de nouveau, et Sergio s'est demandé s'il ne l'était pas déjà.

Sergio n'avait pas imaginé un seul instant que *Le Docteur Jivago* pourrait être interdit de publication en URSS. « C'est impossible, a-t-il ajouté. Ils ne voudront certainement pas interdire la publication d'une œuvre aussi importante. Qu'en est-il de ce *dégel* dont on a entendu parler ?

— Khrouchtchev et sa clique peuvent toujours faire des discours et des promesses, mais le seul dégel qui me concerne a trait à mes plantations de printemps, a répliqué Pasternak.

— Et si vous me confiiez le manuscrit ? a demandé Sergio.

— À quelles fins ? S'ils ne permettent pas qu'il soit publié ici, il ne pourra pas être publié ailleurs.

— Feltrinelli peut prendre de l'avance avec la traduction en italien et, ainsi, quand le livre sortira en URSS…

— Il ne sortira pas en URSS.

— Moi, je crois que si, a continué Sergio. Et quand ce sera le cas, Feltrinelli sera prêt à lancer l'impression. C'est un membre en règle avec le Parti communiste italien, et il n'y aurait probablement aucune raison de retarder une publication internationale si c'est lui qui en prend l'initiative. »

Sergio était un optimiste invétéré, qui pensait que rien n'était impossible. « *Jivago* sera en vitrine dans toutes les librairies de Milan à Florence, jusqu'à Naples et au-delà. Le monde entier a besoin de lire votre roman. Le monde entier *lira* votre roman ! » Peu importait que Sergio n'ait jamais lu *Le Docteur Jivago* et ne puisse en vanter les qualités littéraires ; par ailleurs, il était parfaitement conscient de faire des promesses qu'il n'était pas certain de pouvoir tenir, mais il a continué, a insisté, la flatterie paraissant avoir un effet positif sur l'écrivain.

« Un instant », l'a interrompu Pasternak. Il s'est dirigé vers sa datcha, et a enlevé ses bottes en caoutchouc avant d'entrer. Pendant ce temps, les deux hommes étaient restés dans le jardin.

« Tu en penses quoi ? a demandé Vladen.

— Je ne sais pas. Mais je pense que le roman sera publié.

— Tu n'es pas d'ici. Tu ne comprends pas comment ça marche ici. Je ne sais pas ce qu'il a écrit, mais si ce n'est pas conforme aux normes culturelles, aucun *dégel* ne permettra que son roman soit publié. Si l'État l'interdit ici, ce sera illégal pour Pasternak de publier son livre partout ailleurs. Maintenant, et plus tard.

— Il n'a pas encore essuyé de refus.

— Ça fait des mois qu'il attend et il n'a pas obtenu une seule réponse. Ils n'ont pas besoin de le lui dire, le message est suffisamment clair.

— C'est vrai, mais je sais aussi que la roue de l'histoire tourne. »

Ils ont alors vu quelque chose bouger derrière une fenêtre du rez-de-chaussée. Une femme d'un certain âge leur a jeté un coup d'œil à travers les rideaux avant de disparaître. « L'épouse ? a demandé Sergio.

— Sûrement. Mais il paraît qu'il a une maîtresse bien plus jeune et dont il ne se cache pas. Une maîtresse officielle qui vit à quelques minutes de marche d'ici. On dit qu'elle est toujours accrochée à son bras. Partout dans Moscou. Et sa femme laisse faire. »

La porte de la datcha s'est ouverte et Pasternak en est ressorti avec un grand paquet enveloppé de papier kraft. Il a traversé la cour pieds nus, puis s'est arrêté un instant devant ses visiteurs avant de parler. « Voici *Le Docteur Jivago.* » Il a tendu le paquet et Sergio s'est avancé pour le prendre, mais Boris ne l'a pas tout de suite lâché. Les deux hommes ont tenu ensemble le paquet pendant un moment avant que Boris cède. « Souhaitons qu'il puisse faire le tour du monde. »

Sergio a soupesé le manuscrit, en a senti le poids. « Votre roman est entre de bonnes mains avec Signor Feltrinelli. Vous verrez. Je lui remettrai en personne avant la fin de la semaine. »

Pasternak a hoché la tête mais n'a pas eu l'air convaincu. Les deux hommes lui ont alors dit au revoir. Tandis que Sergio et Vladen s'apprêtaient à emprunter la route qui menait à la gare, Pasternak leur a crié : « Je vous invite par la présente à mon exécution !

— Ah ! Les poètes ! » a fait Sergio en riant.

Vladen, lui, n'a rien dit.

Le lendemain, *Le Docteur Jivago* était en route pour rejoindre Berlin-Ouest, où Sergio devait le remettre en main propre à Feltrinelli lui-même, qui l'emporterait jusqu'à Milan.

Après un train, un avion, un autre train, trois kilomètres de marche et un pot-de-vin, Sergio est arrivé sain et sauf à son hôtel dans Joachimstahler Strasse. Dans Berlin-Ouest, il avait pu constater que le Kurfürstendamm était une avenue joyeuse, dans laquelle transpirait un capitalisme tape-à-l'œil – tout le contraire de Moscou. Des hommes et des femmes habillés avec élégance marchaient bras dessus, bras dessous, pour aller dîner ou danser ou encore se rendre dans l'un des nombreux *Kabarett* qui avaient rouvert partout dans la ville. Les Coccinelle et les motos avec des adolescents à l'arrière slalomaient sur les grands boulevards. Les enseignes aux néons s'allumaient les unes après les autres : NESCAFÉ en jaune, BOSCH en rouge, HOTEL AM ZOO en blanc, CHAUSSURES SALAMANDER en bleu. Les tables des nombreux cafés et restaurants qui fleurissaient le long de la rue jalonnaient les trottoirs. Les notes d'un piano s'échappaient d'un bar à cocktails à l'entrée duquel une superbe femme noire ressemblant à Josephine

Baker en plus gironde racolait les passants pour qu'ils entrent.

Une fois dans sa chambre, il a ouvert sa valise et en a retiré la chemise oxford en coton faite sur mesure et le pyjama en soie à motif cachemire sous lesquels était caché le manuscrit, toujours enveloppé dans son papier kraft. Par deux fois, il avait évité que sa valise soit fouillée lors du passage entre Berlin-Est et Berlin-Ouest, en sympathisant de chaque côté avec les soldats, sans compter la chance d'avoir un visage qui inspirait la confiance et un portefeuille qui gagnait celle des plus méfiants. Il a embrassé le manuscrit et l'a rangé dans le tiroir du bas de la commode, en reposant le pyjama par-dessus.

Sergio est resté longtemps sous la douche. Il a eu de l'eau chaude pendant quatre minutes, trois de plus qu'à Moscou. Il a ensuite laissé l'eau sur son corps s'égoutter pendant qu'il se rasait devant le miroir de la salle de bains, content d'avoir pensé à apporter son propre rasoir.

Même s'il mourait d'envie de pâtes à la tomate fraîche et au basilic et d'un vin italien, il s'est contenté d'une Pilsner et d'une *schnitzel* au bar de l'hôtel. Il savait que Feltrinelli, quand il arriverait le lendemain, saurait exactement où aller pour fêter l'obtention du manuscrit de Pasternak ; dès sa descente d'avion, il réserverait la meilleure table dans le meilleur restaurant, là où l'on servait les meilleurs chiantis.

Après un petit-déjeuner à base de saucisse de foie, accompagnée d'un œuf dur, de fromage de chèvre, et d'un roulé à la confiture, Sergio a vérifié une seconde fois auprès du réceptionniste que la suite présidentielle réservée pour Feltrinelli serait prête à son arrivée.

« Vous avez pensé au cognac ?

— *Ja.*

— Les cigarettes ?

— Nous avons déniché un paquet de cigarettes Alfa pour M. Feltrinelli.

— Les draps… Non bordés au bout, comme il préfère ?

— Oui, je crois.

— Pouvez-vous vous en assurer auprès de la femme de chambre ?

— *Ja.* Et que puis-je faire pour vous ?

— Taxi ?

— Bien sûr. »

À l'aéroport de Tempelhof, Sergio a vu l'avion de Feltrinelli atterrir et s'arrêter. Une passerelle mobile a alors été installée devant la porte de l'appareil. Feltrinelli est sorti de l'avion, un journal plié sous le bras, et il s'est arrêté en haut de la passerelle pour survoler du regard la Mère Patrie au loin. Une rafale de vent a soulevé les pans de sa veste en cuir et le bout de sa cravate s'est envolé pour atterrir sur son épaule. Repérant son agent qui l'attendait, il est descendu.

L'éditeur a chaudement félicité Sergio, et l'a embrassé sur les deux joues, avant de lui serrer la main. Sergio n'avait rencontré Giangiacomo Feltrinelli qu'en de rares occasions, mais il avait chaque fois été frappé par son magnétisme. Une silhouette élancée, les cheveux noirs coiffés en arrière dégageant un large front agrandi par une calvitie naissante.

Feltrinelli était le genre d'hommes qui fascinaient tout autant les hommes que les femmes. Même ses fameuses lunettes à l'épaisse monture noire ne cachaient en rien la vivacité de son regard. Peut-être était-ce son immense fortune qui lui valait d'attirer autant l'attention. À moins que ce ne soit cette confiance en soi inhérente à la richesse ? Mais peut-être était-ce aussi sa collection de voitures de course et de costumes taillés sur mesure, et toutes ces très belles femmes qui l'entouraient. Quoi que ce soit, Feltrinelli en avait à revendre.

Sergio a pris le sac en cuir de vachette de Feltrinelli, et Feltrinelli lui a pris le bras comme s'ils étaient de vieux copains d'école. Sergio a proposé qu'ils aillent directement déjeuner, mais Feltrinelli a secoué la tête. « J'aimerais y jeter tout de suite un coup d'œil. »

Feltrinelli arpentait nerveusement la moquette orange foncé de la chambre d'hôtel, tandis que Sergio s'affairait à sortir le manuscrit de sa cachette. Quand il a tendu *Le Docteur Jivago* à son boss, Feltrinelli l'a soupesé comme s'il pouvait en deviner l'importance rien que par son poids. Il a parcouru des yeux le manuscrit, puis l'a tenu serré contre sa poitrine. « Je n'ai jamais eu autant envie de savoir lire le russe que maintenant.

— Il ne fait aucun doute que ce sera un succès.

— Je crois que ce sera le cas. Je me suis débrouillé pour que le meilleur des traducteurs y jette un coup d'œil dès mon retour à Milan. Il m'a promis de me donner son avis en toute objectivité.

— Il y a une chose que je ne vous ai pas dite. »

Feltrinelli a attendu que Sergio continue.

« Pasternak pense que les Soviétiques n'en autoriseront pas la publication. Je ne pouvais pas en parler dans mon télégramme, mais il pense que son livre n'est pas conforme – attendez… comment l'a-t-il formulé déjà ? … à *leur ligne culturelle.* »

Feltrinelli a chassé cette idée d'un geste de la main. « Je suis au courant de ces rumeurs ; mais n'y pensons pas. Par ailleurs, une fois que les Soviétiques découvriront que j'ai le manuscrit, ils changeront peut-être d'avis.

— Autre chose. Il a ajouté qu'en me donnant son manuscrit il signait son arrêt de mort. Probablement qu'il plaisantait, non ? »

Feltrinelli a coincé le manuscrit sous son bras sans répondre. « Je ne suis ici que pour deux jours. Allons fêter ça !

— Bien sûr. Par quoi voulez-vous commencer ?

— Je veux boire une bonne bière allemande, avant d'aller danser et trouver des filles. Et j'aimerais acheter des jumelles dans une boutique du Kurfürstendamm, où, m'a-t-on dit, on fabrique les meilleures jumelles au monde. » Il a enlevé ses lunettes et a pointé le bout de son nez. « Ils prennent les mesures entre la racine de votre nez et les coins extérieurs de vos yeux pour qu'elles soient parfaitement adaptées.

Ce sera parfait quand je serai sur mon yacht. Il me les faut absolument.

— Bien sûr, pas de problème, a répliqué Sergio. Je suppose que ma mission s'arrête là.

— Oui, mon ami. Et la mienne vient juste de commencer. »

11

~~La Muse~~
~~La Femme réhabilitée~~

L'ÉMISSAIRE

Quand mon train est entré en gare après que j'ai passé quatre jours à Moscou pour essayer, en vain, de convaincre des éditeurs de publier *Jivago*, j'ai vu Borya assis seul sur un banc. Nous étions fin mai et le soleil commençait juste sa course descendante derrière les arbres. Dans la lumière dorée, ses cheveux blancs paraissaient presque blonds et, même à travers la vitre sale du train, on aurait dit que ses yeux brillaient. Mon cœur s'est serré. De loin, il avait l'air d'un jeune homme. Nous étions ensemble depuis près de dix ans et l'exquise douleur était toujours la même. Quand les portières du train se sont ouvertes, il s'est levé.

« Il m'est arrivé quelque chose d'insolite cette semaine, a-t-il commencé en prenant mon sac pour le jeter sur son épaule. J'ai eu une visite inattendue.

— Qui ? »

Borya m'a alors fait signe d'emprunter le chemin qui courait le long des voies, là où nous marchions quand nous devions parler de choses importantes.

Quand il m'a pris la main pour m'aider à traverser, un train est passé, qui allait dans la direction opposée, et un souffle d'air a soulevé le bas de ma jupe. Au vu de sa démarche, plus rapide que d'habitude, j'ai compris qu'il était à la fois excité et inquiet. « Qui t'a rendu visite ? ai-je demandé à nouveau.

— Un Italien et un Russe, a-t-il répondu, son débit en accord avec sa démarche. L'Italien était jeune et charmant. Grand, aux cheveux noirs, très séduisant. Il t'aurait beaucoup plu, Olya. Il avait un nom tellement merveilleux ! *Sergio D'Angelo.* Il m'a dit que c'était assez commun en Italie, mais c'est un nom que je n'avais jamais entendu. C'est beau, n'est-ce pas ? *D'Angelo.* Ça vient du mot "ange".

— Pourquoi sont-ils venus ?

— Tu aurais été enchantée de faire sa connaissance – cet Italien. L'autre, le Russe… je ne me souviens pas de son nom… n'a guère parlé. »

Je lui ai pris le bras, le forçant à ralentir et à me raconter ce qu'il avait à me dire.

« Nous avons eu une conversation passionnante. Je leur ai parlé du temps où j'avais étudié à Marbourg quand je n'étais encore qu'un jeune homme. Et combien j'avais aimé voyager jusqu'à Florence et Venise. Je leur ai expliqué que j'avais voulu aller aussi à Rome, mais…

— Pourquoi cet Italien est-il venu ?

— Il voulait le manuscrit du *Docteur Jivago.*

— Pour quoi faire ? »

Sur le ton de l'aveu, Borya m'a raconté toute l'histoire – celle de D'Angelo et du Russe, et d'un éditeur du nom de Feltrinelli.

— Et que leur as-tu dit ? »

Quand une jeune femme tirant un chariot bringuebalant rempli de bidons d'essence nous a croisés, nous nous sommes tus avant qu'il continue. « Que le roman ne serait jamais publié ici. Qu'il n'était pas conforme à la ligne culturelle du pays. Mais il a insisté, en disant qu'il pensait que le livre pourrait quand même être publié.

— Comment peut-il penser ça sans l'avoir lu ?

— C'est pourquoi je le lui ai donné. Pour qu'il soit lu. Pour avoir un avis sérieux.

— Tu lui as donné le manuscrit ?

— Oui. » L'attitude de Borya a changé et il a de nouveau paru avoir son âge. Il savait qu'il avait fait quelque chose de non seulement irréversible mais aussi de dangereux.

« Tu te rends compte de ce que tu as fait ? » J'ai essayé de ne pas élever la voix, mais c'était sorti comme de la vapeur s'échappant d'une bouilloire. « Tu ne connais même pas cette personne. Un étranger. As-tu la moindre idée de ce qui arrivera quand le manuscrit sera intercepté ? Peut-être est-ce d'ailleurs déjà fait. Y as-tu pensé, au moins ? Et si ce D'Angelo n'était même pas vraiment italien ? »

Il a eu l'air d'un enfant ayant reçu une fessée. « Tu exagères. » Il s'est passé la main dans les cheveux. « Ça va aller. Feltrinelli est communiste, a-t-il ajouté.

— Ça va aller ? » J'ai eu envie de pleurer. Ce que Borya avait décidé pouvait lui valoir une accusation de trahison. Si le roman était publié à l'Ouest sans la permission de l'URSS, ils viendraient l'arrêter – et moi avec. Et, cette fois, un bref séjour dans un camp de travail ne serait pas une punition suffisante. J'ai eu besoin de m'asseoir, mais il n'y avait aucun endroit où se poser à part dans la boue. Comment pouvait-il être aussi égoïste ? Avait-il pensé à moi ne serait-ce qu'une seule fois ? J'ai fait demi-tour et ai commencé à revenir sur mes pas.

« Arrête », a lancé Borya, qui m'a rattrapée. Un voile est tombé sur ses yeux. Il savait exactement ce qu'il avait fait. « J'ai écrit ce livre pour qu'il soit lu, Olga. C'est peut-être sa seule chance. Je suis prêt à en subir les conséquences, quelles qu'elles soient. Je n'ai pas peur de ce qu'ils pourraient me faire.

— Et moi ? Tu te moques peut-être de ce qui peut t'arriver, mais moi ? Je suis déjà partie une fois… je ne peux pas… Je ne supporterai pas d'être arrêtée une deuxième fois.

— Ils ne le feront pas. Jamais je ne le permettrai. » Il a passé son bras autour de mes épaules et je me suis appuyée contre sa poitrine. J'ai eu alors le sentiment que nos deux cœurs, désormais, ne battaient plus à l'unisson. « Je n'ai encore rien signé.

— Tu leur as donné la permission de le publier. Tu le sais aussi bien que moi. Encore faut-il qu'ils soient vraiment ceux qu'ils prétendent être. Ça ne donnera rien de bon. Je ne peux pas retourner là-bas, ai-je dit en m'essuyant les yeux. Je n'y retournerai pas.

— Je préférerais encore brûler *Le Docteur Jivago* plutôt que laisser une chose pareille arriver. Je préférerais mourir. » Ses mots me faisaient le même effet que lorsque vous passez votre main brûlée, après l'avoir approchée trop près du poêle, sous l'eau froide : la douleur disparaît tant que l'eau coule, mais dès que vous fermez le robinet, elle revient, aussi violente. Et, en cet instant, pour la première fois, j'ai perdu foi en lui.

« Ce livre va nous entraîner dans une spirale dont nous ne pourrons jamais ressortir.

— Attends. Il n'est pas trop tard, je peux toujours lui dire que j'ai commis une erreur. Je peux demander qu'il me le rende.

— Non. C'est *moi* qui vais le demander. »

Je suis allée jusqu'à Moscou et, ayant extirpé l'adresse à Borya, j'ai frappé à la porte de D'Angelo sans être annoncée. Une femme élégante avec des cheveux brun foncé et des yeux d'un bleu saisissant a ouvert la porte. La femme s'est présentée, dans un russe hésitant, comme étant l'épouse de D'Angelo, Giulietta.

D'Angelo est venu nous rejoindre et a embrassé ma main tendue. « Quel plaisir de vous rencontrer, Olga ! s'est-il exclamé en souriant avec désinvolture. J'avais entendu parler de votre beauté, mais vous êtes encore plus belle que ce qu'on raconte. »

Au lieu de le remercier, je suis tout de suite entrée dans le vif du sujet. « Vous comprenez, ai-je dit quand j'ai eu fini. Il n'avait pas vraiment pris la mesure de ses actes. Il faut que nous récupérions le manuscrit.

— Venez vous asseoir. » Il m'a pris la main et m'a conduite dans le salon. « Voulez-vous boire quelque chose ?

— Non. Euh… Non merci. »

Il s'est tourné vers sa femme. « Chérie, peux-tu m'apporter un expresso ? Et un autre pour notre invitée ? »

Giulietta a embrassé la joue de son époux et est partie à la cuisine.

D'Angelo s'est frotté les mains sur les cuisses. «Je crains que ce ne soit trop tard.

— Qu'est-ce qui est trop tard ?

— Le livre. » Il souriait toujours, comme les gens le font dans les pays occidentaux – par politesse et non parce qu'ils sont heureux. «Je l'ai donné à Feltrinelli. Et il adore le manuscrit. Il est déjà décidé à le publier. »

Je le regardais, n'en croyant pas mes oreilles. « Mais Borya vous l'a donné il y a quelques jours seulement. »

Il a ri, trop fort à mon goût. «J'ai pris le premier avion en partance pour Berlin-Est. En fait, j'ai pris deux trains, un avion, puis j'ai beaucoup marché, à tel point que j'ai eu besoin de m'acheter une nouvelle paire de chaussures en arrivant à Berlin-Ouest. Signor Feltrinelli en personne est venu en avion me retrouver. Nous nous sommes sacrément amusés…

— Il faut absolument récupérer le manuscrit.

— Mais c'est impossible, j'en ai peur. Il est déjà en cours de traduction. Feltrinelli lui-même a affirmé que ne pas publier un tel roman serait un crime.

— Un *crime*? Que connaissez-vous des crimes ? Que connaissez-vous des châtiments ? Que le livre soit publié en dehors de l'URSS, ça, c'est un crime. Il faut que vous compreniez ce que vous avez fait.

— M. Pasternak m'a donné sa permission. Je ne me suis pas rendu compte du danger qu'il courait. » Il s'est levé pour aller chercher sa sacoche dans l'entrée. Il en a sorti un carnet de bord en cuir noir. « Regardez, c'est ce que j'ai écrit le jour où je suis allé lui rendre visite à Peredelkino. J'ai même trouvé ses propos très éloquents. »

J'ai jeté un coup d'œil à la page en question. D'Angelo avait écrit : *Voici* Le Docteur Jivago. *Souhaitons qu'il puisse faire le tour du monde.*

« Vous voyez ? Il m'a donné la permission. Par ailleurs – il a marqué une pause, et j'ai deviné que l'Italien se sentait quelque peu coupable – même si je voulais le récupérer, ça ne dépend plus de moi maintenant. »

Cette affaire ne dépendait plus de moi non plus. Borya avait accordé son autorisation et m'avait donc menti à ce sujet. *Jivago* était sorti du pays et les choses s'étaient mises en branle. Je ne pouvais qu'essayer de soutenir le projet qui permettrait que le livre soit publié en URSS avant que Feltrinelli le publie à l'étranger. C'était le seul moyen de sauver Borya et de me sauver moi.

Borya signait le contrat avec Feltrinelli un mois plus tard. Ce jour-là, je n'étais pas là. Son épouse non plus, qui, pour la première fois, était d'accord avec moi : la publication du roman ne pourrait que nous porter préjudice, et serait synonyme de souffrances pour nous tous.

Il a essayé de me convaincre qu'avec la pression venant de l'étranger un éditeur soviétique le publierait. Je ne l'ai pas cru. « Ce n'est pas un contrat que tu as signé, ai-je dit. C'est un arrêt de mort. »

J'ai fait de mon mieux. J'ai supplié D'Angelo de persuader Feltrinelli de renvoyer le manuscrit. Et j'ai vu tous les éditeurs que j'avais déjà rencontrés afin de leur demander s'ils publieraient *Jivago* avant Feltrinelli.

Tout le monde savait désormais que les Italiens avaient le manuscrit et le département de la Culture au Comité central a demandé que Feltrinelli le renvoie. Je me suis retrouvée dans une position nouvelle pour moi : il me fallait être d'accord avec l'État. Si *Jivago* devait être publié, il devait l'être d'abord ici, dans notre pays. Mais Feltrinelli a ignoré les demandes du Comité central, et j'en craignais les conséquences. J'ai donc décidé de rencontrer le directeur du département de la Culture au Comité central, Dimitri Alexeïevitch Polikarpov, pour voir s'ils pouvaient assouplir leurs positions.

Polikarpov était un homme séduisant que j'avais souvent vu en ville mais avec qui je n'avais jamais parlé. Il portait des vestes de costume de coupe occidentale avec des pantalons bouffants serrés aux chevilles, dont le bas frôlait ses mocassins noirs vernis. Il était connu pour être un âpre défenseur de l'orthodoxie à respecter dans le milieu littéraire, et j'ai retenu mon souffle quand sa secrétaire m'a fait entrer dans son bureau. Mais avant même d'être assise, j'ai pris une grande respiration et ai entamé le plaidoyer que j'avais répété dans le train. « La seule chose à faire est de publier le roman avant les Italiens, ai-je expliqué. Nous pourrions corriger les passages considérés comme antisoviétiques avant la publication. » Bien entendu, Borya ne se doutait pas de ce que j'essayais de négocier. Je savais mieux que personne qu'il préférerait que son roman ne soit pas publié plutôt que d'en voir certains passages caviardés.

Polikarpov a mis la main dans l'une de ses poches de veste et en a sorti une petite boîte en métal. « Impossible. » Il a avalé deux pilules blanches. « *Le Docteur Jivago* doit être renvoyé coûte que coûte, a-t-il continué. Il ne peut pas être publié tel quel – ni en Italie, ni nulle part ailleurs. Si nous publions une version et les Italiens une autre, le monde entier nous demandera pourquoi nous ne l'avons pas publié dans son intégrité. Les Italiens doivent nous le rendre coûte que coûte. Car s'ils publient les passages que nous aurons supprimés, l'État et la littérature russe dans son ensemble seront plongés dans une situation embarrassante. » Il a rangé la petite boîte en métal dans sa poche. « Et vous aussi.

— Alors que faut-il faire ?

— Il vous faut demander à Boris Leonidovitch de signer le télégramme que je vais vous donner.

— Que dit ce télégramme ?

— Que le manuscrit qui est entre les mains de Feltrinelli n'est qu'un brouillon, que le roman est en cours de réécriture, et que le manuscrit original doit être retourné en hâte. Ce télégramme doit être signé dans les deux jours, sinon l'auteur sera arrêté. »

Cette menace était clairement formulée. Celle qui ne l'était pas était que mon arrestation suivrait tout de suite après. Je savais que Feltrinelli ne retarderait pas la publication du roman même après avoir reçu ce télégramme. Borya s'était mis d'accord avec lui pour ne correspondre qu'en français et avait donné pour instruction à l'éditeur d'ignorer le courrier rédigé en russe qu'il recevrait de sa part. Par ailleurs, je savais que Borya aurait trop honte de signer un tel document. « Je vais essayer », ai-je dit.

Et j'ai essayé. Je lui ai demandé de signer. Je l'ai supplié d'envoyer le télégramme à Feltrinelli pour le prier de rendre le manuscrit, comme l'exigeait Polikarpov. J'ai demandé à l'homme que j'aimais de renoncer à la publication de l'œuvre de sa vie. Et quand je l'ai fait – au cours d'un dîner à la Petite Maison –, il s'est contenté de se rasseoir. Il a porté la main à son cou comme s'il souffrait d'un spasme musculaire, et il est resté silencieux un bon moment avant de parler.

« Il y a de ça des années, j'ai reçu un appel téléphonique. »

J'ai posé ma fourchette. Je savais où il voulait en venir.

« C'était peu de temps après qu'Osip avait été arrêté à cause de son poème contre Staline, a-t-il continué. Il ne l'avait même pas couché sur le papier, il l'avait inventé dans sa tête. Mais même ça s'avérait être une grave erreur. Durant cette sombre période, même les mots dans la tête de quelqu'un pouvaient constituer un délit passible d'arrestation. Tu n'étais encore qu'une enfant, tu es trop jeune pour t'en souvenir. »

Je me suis resservi un verre de vin. «Je sais l'âge que j'ai.

— Un soir, il a récité le poème en question à certains d'entre nous au coin d'une rue ; je lui ai alors dit que c'était un acte suicidaire. Il n'a pas tenu compte de mon avertissement et, bien évidemment, ils l'ont arrêté peu de temps après. Quelques jours plus tard, j'ai reçu un appel téléphonique. Tu sais qui c'était ?

— J'ai déjà entendu cette histoire.

— Évidemment. Mais pas venant de moi. »

J'ai fait le geste de lui resservir un verre de vin, mais il m'en a empêché. « Staline a commencé à parler sans se présenter, mais j'ai reconnu immédiatement sa voix. Il m'a demandé si Osip était mon ami et, s'il l'était, pourquoi je n'avais pas intenté une action pour qu'il soit libéré. Je n'avais pas de réponse à cette question, Olya. Et au lieu de plaider la cause d'Osip pour obtenir sa libération, je me suis confondu en excuses. J'ai dit au directeur du Comité central que même si j'avais intenté une action pour qu'Osip soit libéré, il n'en aurait jamais entendu parler. Staline m'a alors demandé si je pensais qu'Osip était un poète de talent, et je lui ai répondu que là n'était pas la question. Tu sais ce que j'ai fait ?

— Quoi, Borya ? Dis-moi ce que tu as fait. » J'ai fini mon verre de vin.

«J'ai changé de sujet. J'ai raconté à Staline que j'avais envie depuis longtemps d'avoir avec lui une conversation sérieuse sur la vie et la mort. Et tu sais quelle a été sa réponse ?

— Quelle a été sa réponse ?

— Il a raccroché. »

Du dos de ma fourchette, j'ai fait rouler un petit pois autour de mon assiette. « Mais quel est le rapport avec ce qui nous arrive maintenant ? C'est du passé. Staline est mort.

— J'ai longtemps regretté ce que j'ai fait. Ou plutôt ce que je n'ai pas fait. Staline m'avait donné l'occasion de défendre mon ami, de le sauver, et je ne l'ai pas saisie. J'ai été lâche.

— Personne ne t'accuse de… »

Borya a tapé du poing sur la table, si fort que les assiettes et les couverts se sont entrechoqués. « Je ne veux pas être lâche à nouveau.

— Ce n'est pas pareil.

— Ce n'est pas la première fois qu'ils me demandent de signer des courriers.

— Cette fois, c'est différent. Feltrinelli sait qu'il doit ignorer tout ce que tu envoies qui ne serait pas écrit en français. Tu le lui as expliqué. Ce ne sera pas un mensonge. C'est juste une mesure de protection.

— Je n'ai pas besoin d'être protégé. »

J'étais de plus en plus en colère. « Et moi, Borya ? Qui va me protéger ? » J'ai marqué une pause avant de me déchaîner. « Ils m'ont déjà envoyée au goulag une fois. À cause de toi. » Je ne lui avais encore jamais jeté cette accusation à la figure, et il a paru atterré. J'ai répété : « Ils m'ont envoyée là-bas à cause de toi. Tu veux qu'ils me renvoient là-bas de nouveau à cause de toi ? »

Boris se taisait.

« Alors ? C'est ce que tu veux ?

— Tu dois avoir une bien piètre opinion de moi, a-t-il fini par répondre. Où est ce télégramme ? »

Je suis allée chercher le télégramme de Polikarpov. Quand je suis revenue, Boris me l'a pris des mains et, sans le lire, l'a signé. Je l'ai envoyé le lendemain matin à Milan dès la première heure, avant d'en envoyer un à Polikarpov pour le prévenir que c'était fait.

Borya et moi n'avons jamais reparlé de ce télégramme. Ce qui n'a d'ailleurs pas d'importance. Feltrinelli l'a ignoré, comme nous savions qu'il le ferait, et il a été décidé que le livre paraîtrait en Italie début novembre.

J'avais fait de mon mieux, mais ce n'était pas assez. *Le Docteur Jivago* était un train lancé à grande vitesse que rien ne pouvait arrêter.

OUEST

Automne 1957-Août 1958

12

~~La Postulante~~
L'AGENT SECRET

Sally Forrester est arrivée un lundi. Ce jour-là, j'étais allée chez *Ralph* avec l'équipe des dactylos, cédant à la requête de Norma. Je savais que son invitation était intéressée, qu'elle voulait seulement obtenir la primeur des informations sur mon histoire avec Teddy. Malgré tout, quand elle m'a proposé de me payer un hamburger et un chocolat chaud, alors que si je restais au bureau je n'aurais eu droit qu'à un sandwich de pain blanc spongieux au thon, j'ai accepté de l'accompagner.

Le box habituel de l'équipe des dactylos était un tantinet exigu et j'ai dû m'asseoir au bord de la banquette, mes longues jambes tournées vers l'extérieur. Dès que nous avons commandé, Norma m'a bombardée de questions. « Allez, Irina. Tu sors avec Teddy depuis… combien de temps, un an ? Et tu ne nous racontes rien. On ne sait rien.

— Huit mois, ai-je répondu.

— Je me suis fiancée avec David au bout de trois mois seulement », a fait remarquer Linda.

J'ai souri poliment. La vérité était que Teddy et moi étions devenus un couple sans que je m'en rende compte. Notre premier dîner au *Rive Gauche* avait été suivi d'un autre dîner et d'un film le week-end suivant puis, une autre fois, d'un dîner et d'une soirée dansante, avant de poursuivre, peu de temps après, avec un dîner dans la somptueuse maison de ses parents, à Potomac. Teddy m'avait alors présentée comme sa petite amie et, ne voulant pas le contrarier, je ne l'avais pas corrigé – même des mois plus tard. Peut-être était-ce parce que nous nous entendions si bien, ou alors parce que ma mère l'adorait, et qu'il avait une connaissance impressionnante de la culture et de la langue russes. « Tu parles le russe mieux que mes cousins, alors qu'ils sont nés là-bas ! » lui disait-elle.

Par ailleurs, j'étais à l'aise avec lui comme j'avais toujours eu envie de l'être avec un ami. Avec lui, je n'avais pas à réfléchir à chacun des mots que je disais ni à chacun de mes gestes. Nous étions amis ; cependant, je n'avais pas encore renoncé à l'idée que cette amitié se transforme en quelque chose de plus. J'attendais la petite étincelle, l'électrochoc, les papillons dans le ventre, les jambes qui flageolent – bref, tous les clichés dont j'avais entendu parler dans les livres.

Sans compter les autres bénéfices que je tirais de cette relation. Teddy était considéré comme un élément prometteur de l'Agence, membre potentiel d'un cercle restreint que, en tant que femme, je n'aurais pu espérer connaître que de l'extérieur. Il m'emmenait aux soirées du dimanche dans

Georgetown et aux cocktails chics du *Hay-Adams Hotel*. Et jamais il ne me reléguait dans un coin pour que je reste à bavarder avec les épouses et les petites amies ; il m'entraînait avec lui, d'une conversation à l'autre avec les hommes présents, et pressait ma main chaque fois qu'il se sentait fier d'un argument que je défendais.

Teddy était catholique et ne m'a jamais mis la pression. Ce n'est pas qu'il était contre le sexe avant le mariage – il avait perdu sa virginité avec une prof remplaçante quand il était en terminale dans un lycée privé, et avait eu trois autres partenaires à la fac –, mais il respectait mes limites. Moi non plus, je n'étais pas contre le sexe avant le mariage, même si je lui laissais croire que j'étais plus prude qu'en réalité. Teddy ne le savait pas, mais je n'étais plus vierge. J'avais perdu – ou plutôt j'avais renoncé à – ma virginité avec un ami au lycée quand j'étais en première. J'avais envisagé ça comme une chose dont il fallait se débarrasser et je m'en étais débarrassée avec ce garçon, en l'invitant un jour où la fille qui partageait ma chambre n'était pas là. À peine avait-il franchi le seuil que je lui avais demandé s'il voulait coucher avec moi. Le pauvre garçon avait été déconcerté, et il avait d'abord essayé de parler avec moi pour me dissuader, puis avait cédé quand j'avais ôté mon chemisier.

J'avais toujours eu une approche anthropologique du sexe. Au lieu de me concentrer sur moi-même, j'observais l'autre, guettant ses réactions. Et j'aimais la façon dont Teddy réagissait quand il me touchait – bien plus que mes réactions. Son désir retenu me donnait un sentiment de puissance, ce qui a été une révélation. Teddy était tout ce que je pouvais souhaiter… et pourtant.

Dès le moment où Sally a fait son entrée chez *Ralph*, Norma a cessé de me poser des questions. Linda a lancé l'alerte en écarquillant les yeux. « C'est qui *ça* ? »

J'ai alors tourné la tête en même temps que tout le Pool.

« Impossible de passer inaperçue. »

Ralph était surtout fréquenté par des habitués : l'équipe des dactylos en train de commérer dans un box du fond, les vieux de la vieille qui trempaient leur toast dans le jaune de leurs œufs au plat, installés au comptoir ; les étudiants révisant autour d'une table ronde après avoir commandé un café ou un chocolat chaud, et quelques rares lobbyistes ou avocats qui amenaient là leurs clients qui ne voulaient pas être reconnus. Tout nouveau venu, toute nouvelle venue attirait forcément l'attention du Pool et cette femme, plus que toute autre, attirait l'attention.

Judy a fait semblant de fouiller dans son sac. « Elle ne m'est pas inconnue. »

Marcos avait déjà fait le tour du comptoir pour montrer à cette femme chacune des pâtisseries qui étaient dans le présentoir vitré. Athena s'est penchée sur la caisse, les yeux fixés sur son époux, les yeux de son époux fixés sur cette femme. Elle était de taille moyenne, mais portait des talons qui la grandissaient de plusieurs centimètres. Elle paraissait jeune, mais, dans son manteau bleu clair bordé de soie rouge et au col en fourrure, elle arborait une allure bien trop sophistiquée pour n'avoir qu'une vingtaine d'années.

Ses cheveux étaient d'un roux flamboyant, aux boucles parfaites – le genre qui vous donne envie de vous exclamer. Les miens étaient de la couleur d'un biscuit aux flocons d'avoine pas assez cuit.

« L'épouse d'un politicien ? a demandé Norma.

— Se promenant dans le centre-ville à cette heure-ci ? Ça m'étonnerait », a répliqué Linda en essuyant une trace de ketchup à la commissure de ses lèvres avec un coin de sa serviette.

« D'autant plus que ce n'est pas le genre de talons que porte la femme d'un politicien », a ajouté Kathy.

Judy a laissé pendre une frite entre ses doigts comme si c'était une cigarette. « Oui, en effet, a-t-elle acquiescé.

— Elle est connue ? » ai-je demandé. De là où j'étais assise, la femme aurait pu passer pour Rita Hayworth. Mais quand elle s'est retournée et que j'ai pu mieux distinguer ses traits, je me suis rendu compte qu'elle ne lui ressemblait absolument pas ; sa beauté n'appartenait qu'à elle – une beauté singulière.

« Euh… N'était-elle pas dans ce film, celui qui a été censuré ? *Baby Doll* ?

— Tu veux dire Carroll Baker, ai-je précisé. Elle est blonde. Mais j'imagine que cette femme peut avoir les cheveux teints.

— Trop vieille », a commenté Kathy en même temps que Judy ajoutait : « Trop bien roulée. »

Norma a léché une trace de moutarde sur son doigt. « Ce n'est pas Carroll Baker. Mais ça pourrait être la femme qu'on voit dans la pub que fait

Garfinckel's, non ? Vous savez celle avec (elle a baissé la voix) des "accessoires magiques" ?

— Elle n'a pas l'air d'avoir besoin d'"accessoires magiques" », ai-je dit en mettant ma main devant ma bouche tandis que l'équipe éclatait de rire.

La femme a désigné du doigt un chausson à la cerise et Marcos lui en a emballé deux. Elle a payé et lui a décoché un clin d'œil. Alors qu'elle s'apprêtait à partir, elle a adressé un signe de tête à notre tablée. Nous avons toutes regardé ailleurs, prétendant ne pas l'avoir remarquée.

Avant même que je connaisse son nom, c'est donc chez *Ralph* que j'ai vu Sally Forrester pour la première fois.

La deuxième fois, c'est au quartier général de l'Agence. Quand nous sommes revenues de chez *Ralph*, elle était là, à la réception, bavardant avec Anderson. Anderson qui, généralement, nous saluait en faisant allusion aux calories que nous avions avalées au cours du déjeuner et que nous devions éliminer en travaillant, ne nous a pas jeté un seul regard quand nous sommes passées devant lui pour nous asseoir à nos bureaux.

« Qu'est-ce qu'elle fait ici ? a demandé Judy.

— Serait-ce quelqu'un d'important ? a demandé Norma.

— L'une des maîtresses de Dulles ? » a suggéré Linda avec un sourire. Le badinage amoureux du directeur de l'Agence n'était un secret pour personne, et ses aventures se comptaient par douzaines. On disait même qu'il avait pioché dans l'équipe des dactylos. Mais, si c'était vrai, aucune d'entre nous ne s'en est jamais vantée.

« Si c'était le cas, il serait hors de question qu'elle puisse être à la SR avec Anderson », a affirmé Gail. Anderson avait mangé l'un des deux chaussons à la cerise, la preuve en était un morceau de gelée rouge accroché à son gilet bleu layette. Il était accoudé au comptoir de la réception, en se donnant un air important, voire détaché, une piètre tentative de drague, aurait-on dit. Toutefois, cette femme ne levait pas les yeux au ciel comme nous l'aurions fait. Elle souriait et riait, en lui touchant le bras.

Elle a retiré son manteau bleu et l'a tendu à Anderson, qui l'a posé sur son avant-bras, à la manière d'un serveur. Elle portait une robe en laine mauve agrémentée d'une ceinture dorée tressée. Quand j'ai alors jeté un coup d'œil sur le devant de ma robe bustier bleu marine, j'y ai repéré une tache bien étalée en plein milieu de ma poitrine – du dentifrice. Je pensais m'en être débarrassée le matin même. J'ai ouvert le tiroir du bas de mon bureau et en ai sorti un cardigan marron que je gardais là pour les fois où le bâtiment était mal chauffé. Affreux, ai-je pensé en l'enfilant, roulant le bas des manches en un revers.

« Une nouvelle dactylo ? a demandé Gail.

— Non, a répondu Kathy. Avec la Russe, on est au complet.

— Russo-américaine », ai-je corrigé.

Judy m'a lancé une gomme. « Renseigne-toi, Anna Karénine. »

Mais Anderson et la rousse arrivaient déjà vers nous. Il la précédait, et attirait son attention sur la structure banale mais fonctionnelle de notre bureau, précisant fièrement que la photocopieuse « ne serait commercialisée que dans un an » et que la fontaine à eau « distribuait à la fois de l'eau froide *et* de l'eau chaude ». Ils se sont arrêtés en premier devant mon bureau.

« Sally Forrester », a dit la femme en me tendant la main.

Nous avons échangé une poignée de main, tandis que je répétais : « Sally.

— Vous vous appelez aussi Sally ? »

« C'est Irina. » Anderson avait répondu à ma place.

J'ai bêtement hoché la tête et, avant que j'aie pu lui dire que j'étais ravie de la rencontrer, ils s'éloignaient déjà, Sally Forrester serrant la main à toutes les filles du Pool, les unes après les autres.

« Miss Forrester est notre nouvelle réceptionniste à temps partiel, nous a annoncé Anderson. Elle viendra au bureau de temps à autre, pour nous aider quand nous en aurons besoin. »

Nous sommes allées faire le point aux toilettes.

« Quels beaux vêtements !

— Quels beaux cheveux !

— Quelle poignée de main ! »

Une poignée de main ferme. Pas comme celle de certains des hommes de l'Agence qui nous écrasaient les doigts, mais suffisamment ferme pour que nous l'ayons remarqué. « Ferme, mais pas trop, a précisé Norma. Comme celle des politiciens.

— Mais qu'est-ce qu'elle fait là ?

— Qui sait.

— Tout ce que je sais, c'est qu'ils ne mettent jamais des femmes comme elle à un poste de réceptionniste, a ajouté Norma. Et s'ils le font, c'est qu'il y a une raison. »

En quittant le bureau, j'ai pris le chemin le plus long pour rentrer afin de passer devant chez *Hecht*. Leurs décors de vitrine, sophistiqués, étaient ceux que je préférais : des mannequins, l'hiver, en tenue de ski prêts à descendre une minuscule colline faite de coton hydrophile en guise de neige et, au printemps, habillés de très belles robes pastel pour chercher des œufs de Pâques ou, en été, se prélassant en bikini au bord d'une piscine symbolisée par de la cellophane bleue.

En arrivant devant, j'ai vu un homme, avec un mètre ruban dans la poche arrière de son pantalon, qui arrangeait un trio de mannequins déguisés en sorcières autour d'un chaudron noir en plastique. J'ai alors pensé que je ne ferais que regarder la vitrine et passerais mon chemin. Et quand finalement je suis entrée, j'ai pensé que je ne ferais que jeter à un coup d'œil. Et, quand j'ai commencé à jeter un coup d'œil autour de moi, j'ai pensé que je me contenterais de voir si je pouvais m'offrir un vêtement qui ne paraîtrait pas confectionné à la maison – quelque chose qui ressemblerait à ce que pourrait porter Sally Forrester.

J'ai passé en revue les portants, caressant entre mes doigts la soie et le lin, et appréciant du plat de la main la couture parfaite d'une jupe. Si ma mère avait été avec moi, elle m'aurait montré comment les machines avaient accompli cette régularité à bon compte, et comment, avec le temps, les coutures craqueraient, les boutons se découdraient et, finalement, la cliente mal informée qui avait acheté cette jupe beaucoup trop chère viendrait la voir pour qu'elle la recouse. Elle aurait levé son doigt calleux de couturière et m'aurait dit que rien ne remplaçait le dur labeur.

Tandis que je plaquais contre ma poitrine un chemisier rouge avec un col lavallière découpé en V, aux motifs cachemire rouge et blanc, une vendeuse m'a demandé si j'avais besoin d'aide. «Je ne fais que regarder», ai-je dit. Les vendeuses m'avaient toujours intimidée, et c'était la raison pour laquelle je n'entrais que rarement dans les grands magasins – sans parler de l'argent que je n'avais pas.

«Très beau chemisier», a continué la vendeuse. Elle portait une jupe noire évasée, très ajustée à la taille, avec un chemisier blanc, sa frange laquée relevée haut sur le front. «Il vous irait à merveille. Vous voulez l'essayer?» Elle m'a pris le cintre des mains avant que j'aie pu répondre, et je l'ai suivie jusqu'à la cabine d'essayage. Elle a alors accroché le cintre, en ajoutant : «N'hésitez pas à m'appeler si vous avez besoin d'une autre taille.»

Avant de me déshabiller, j'ai commencé par jeter un coup d'œil à l'étiquette avec le prix. Je n'avais pas les moyens de me l'offrir, mais je suis restée dans la cabine quelques minutes pour que la vendeuse croie que je l'avais au moins essayé. Je lui dirais que la couleur rouge n'était pas pour moi. Mais quand elle a ouvert la porte de la cabine, je me suis surprise à lui dire : «Je le prends.»

Ma mère m'a inondé de questions dès que j'ai franchi le seuil de l'appartement. « Où étais-tu ? Tu avais rendez-vous avec Teddy ? A-t-il fait sa demande en mariage ? » Chaque fois qu'elle évoquait Teddy, je m'énervais.

« Je suis allée me promener.

— Il a rompu avec toi ? Je savais que ça finirait comme ça.

— Maman ! J'avais juste envie d'aller me promener.

— Pendant si longtemps ? Tu te promènes pendant des heures ces derniers temps. Dieu sait ce que tu mijotes.

— Tu ne crois pas en Dieu.

— Peu importe. Tu ne devrais pas marcher autant. Tu es déjà trop maigre. Et comment peut-on avoir le temps de se promener, de toute façon ? J'ai besoin de toi pour m'aider à finir de coudre les perles sur la robe du bal de promo de Miss Halpern. C'est pour moi une occasion inespérée de m'imposer sur le marché des robes d'adolescentes. Si Miss Halpern porte une robe que j'ai cousue, toutes ses amies pourront l'admirer et voudront la même. Et on verra alors la robe *USA Dresses and More for You* à l'émission "American Bandstand[1]" en même temps que le séduisant Richard Clark.

1. L'« American Bandstand » (en français « Le Kiosque américain ») est une émission de télévision américaine qui a été diffusée sous différentes versions de 1952 à 1989. Elle est connue pour avoir révélé de nombreux jeunes talents, mais aussi de nouveaux styles de danse tout au long de ces décennies. En 1957, elle est effectivement animée par Dick Clark.

— *Dick* Clark, ce con, ai-je ajouté.

— Qui ? »

Je me suis assise à côté d'elle à la table de la cuisine, en faisant attention à cacher mon sac entre mes pieds afin qu'elle ne puisse pas voir le morceau de papier de soie qui dépassait de la fermeture. « Attends une minute. Je vois de quelle robe tu parles. C'est celle en mousseline de soie jaune, non ?

— Je sais, ce n'est pas la bonne couleur pour une jeune fille au teint si pâle, mais qui suis-je pour dire ça ? a-t-elle répondu.

— Mais il n'y a guère de perles à coudre sur cette robe. Juste quelques-unes sur les bretelles. Tu en as pour une heure tout au plus, tu n'as pas vraiment besoin de moi. »

Le lendemain, j'ai enfilé mon nouveau chemisier rouge pour aller travailler et, avant de partir, l'ai caché sous un pull beige beaucoup trop grand. Ma mère n'a pas vu le chemisier, mais a fait des remarques sur mon pull. « Tu mets cette affreuse vieille frusque ? » a-t-elle demandé. Elle a prétendu jeter un coup d'œil par l'une des demi-fenêtres de notre appartement. « Il neige dehors ? Tu pars skier ?

— Je vois que tu es de nouveau toi-même.

— Qui veux-tu que je sois ? »

Je l'ai embrassée et j'ai filé.

En sueur, j'ai attendu d'arriver à l'arrêt de bus pour retirer mon pull. Je me suis tortillée pour m'en débarrasser en tenant mon manteau serré entre mes cuisses. Une femme qui passait avec deux enfants en uniforme de l'école catholique du quartier m'a jeté un drôle de coup d'œil. Ce n'est qu'une fois installée dans le bus que je me suis aperçue que j'avais mal boutonné mon chemisier et qu'on entrevoyait mon soutien-gorge.

Après être arrivée à l'Agence, et être sortie de l'ascenseur, je suis passée devant la réception avec mon manteau sur le bras, en redressant les épaules, regardant droit devant moi – plutôt que les yeux baissés comme d'habitude –, en tentant de me convaincre que j'étais aussi désinvolte et sûre de moi que la femme dans la publicité pour le déodorant Ban Roll-On. J'ai jeté un coup d'œil au bureau de l'accueil, prête à saluer Sally, mais ai été déçue d'y voir la réceptionniste habituelle.

« Joli chemisier, a-t-elle remarqué. Le rouge te va très bien.

— Merci, ai-je répondu. Je l'ai eu en solde. » C'est toujours ce que je disais. Si quelqu'un me complimentait sur ma nouvelle coupe de cheveux, je répondais que je n'étais pas sûre de la longueur. Ou bien si quelqu'un appréciait l'une des idées que j'avais émises ou encore une blague que je venais de raconter, j'affirmais ne pas en être l'auteure.

Sally n'est venue au bureau ni le lendemain ni le surlendemain. Chaque fois que je sortais de l'ascenseur, je me préparais mentalement à la voir ; mais, au bout de plusieurs jours, toujours pas de Sally. Je n'ai d'ailleurs pas été la seule à remarquer son absence.

L'équipe des dactylos pensait que c'était la preuve qu'elle jouait un autre rôle à l'Agence. « Réceptionniste à temps partiel, mon cul », a lancé Norma. J'ai ri avec les autres filles mais me suis demandé ce qu'elles pouvaient dire de moi derrière mon dos.

Une semaine est passée, et je ne cessais de penser à elle. Quelque chose, à propos de Sally Forrester, persistait dans mon esprit.

Une autre semaine est passée, et j'avais renoncé à la revoir. Mais un matin, quand les portes de l'ascenseur se sont ouvertes, elle était là, assise à la réception, griffonnant sur un bloc-notes jaune. Elle m'a adressé un bonjour de la main et j'ai prétendu une quinte de toux pour cacher le rouge qui me montait aux joues.

Je me suis alors assise à mon bureau et me suis tout de suite mise au travail, m'empêchant de regarder dans sa direction. Toutefois, même sans la regarder, je sentais sa présence. Quand je me suis levée pour aller aux toilettes, j'étais tout à fait consciente de la manière dont mon corps bougeait, de mon port de tête, et de l'allure que j'avais en traversant la SR. C'était comme si je me voyais à travers le regard de quelqu'un d'autre. Puis c'est arrivé : elle m'a parlé. Je n'ai d'abord pas cru qu'elle s'adressait à moi, mais c'était pourtant bien mon prénom qu'elle avait prononcé.

« Oh… Je ne savais pas que c'était à moi que tu parlais, ai-je dit, au lieu de la saluer.

— Il y a beaucoup d'Irina à la SR ?

— Non, je ne crois pas. Non. Peut-être ?

— Je te taquine. Bon, comme je suis nouvelle dans cette ville, je pensais que nous pourrions déjeuner ensemble. Tu pourrais me mettre au parfum.

— J'ai apporté de quoi déjeuner, ai-je répondu. Sandwich au thon. » *Arrête,* ai-je pensé, *arrête ça.*

« Garde-le pour demain. » Elle a balayé une peluche sur son pull angora vert chartreuse. « Montre-moi ce qu'il y a de bien dans le coin. »

Nous sommes donc parties en direction de la Maison-Blanche, Sally ouvrant la marche bien qu'elle m'ait demandé où aller. « Je connais un excellent traiteur près d'ici. Une rareté dans Washington, crois-moi, a-t-elle ajouté. Ils te préparent des sandwichs avec des tranches de jambon aussi fines que des feuilles de papier à cigarettes, qu'ils empilent sur dix centimètres de haut. Seuls les gens d'ici connaissent cet endroit et, en fait, *personne* n'est d'ici. Tu vois ce que je veux dire ? Tu dois retourner au bureau bientôt ? Il faut marcher encore un peu.

— J'ai normalement une heure pour déjeuner, nous avons donc quarante-cinq minutes devant nous, peut-être quarante.

— Tu crois vraiment que les gars de la boîte regardent leur montre au cours de leurs déjeuners bien arrosés ?

— Non, mais... » J'ai marqué une pause un peu trop longue et Sally a tourné les talons comme pour repartir en direction du bureau. « C'est bon, ai-je dit. Allons-y. »

Elle a glissé un bras sous le mien. « C'est ça l'idée. » Je sentais les regards des hommes sur notre passage et même ceux de certaines femmes. J'étais avec elle, et j'aimais ça. Tout ce qui était autour de moi devenait flou comme si nous n'étions plus là, en plein centre-ville – les klaxons des voitures, le crissement de frein des bus et les marteaux-piqueurs, qui ne cessaient jamais, avaient cessé. Il était midi, un jeudi, et le monde avait ralenti sa course.

Nous avons dépassé un bus touristique arrêté à un feu rouge et j'ai pu entendre la voix du guide parlant dans un micro pour attirer l'attention des passagers sur la célèbre Octagon House. J'ai été surprise de voir Sally saluer les touristes de la main, qui lui ont répondu avec enthousiasme. L'un d'eux l'a même prise en photo. Elle a alors mis une main derrière sa tête pour prendre la pose. «Je ne m'habitue toujours pas à cette ville, a-t-elle dit. Tout le monde afflue pour voir le siège du pouvoir.

— Tu vis ici depuis longtemps?

— En pointillé.»

Une fois sur la rue P, nous avons tourné dans une ruelle que je n'avais encore jamais remarquée. D'étroites maisons en brique avec des cheminées couvertes de lierre la bordaient des deux côtés. Halloween approchait, et les habitants avaient décoré les lieux avec des toiles d'araignées en coton accrochées à leurs haies, des chats noirs en papier et des squelettes aux articulations mobiles à leurs fenêtres, et avec des citrouilles à découper posées sur leurs perrons. Le traiteur était installé au coin de cette ruelle. Au-dessus de la porte, le fronton carrelé en vert et blanc annonçait : CHEZ FERRANTI.

Une clochette a tinté quand nous avons ouvert la porte. Le propriétaire, un homme aussi grand et mince que les saucissons qui pendaient au plafond, donnait des coups sur un sac de farine de semoule dont s'est alors échappé un tout petit nuage de poussière. « Où étais-tu passée depuis tout ce temps ?

— Quelque part dans l'attente d'une meilleure réplique que celle-là », a répondu Sally.

Et l'homme l'a embrassée sur les deux joues, de grosses bises mouillées.

« Je te présente Paolo.

— Et qui est cette délicieuse créature ? » a demandé Paolo. Il m'a fallu un moment pour comprendre que c'était de moi qu'il parlait.

Plaisantant, Sally a repoussé d'une tape ma main tendue. « Tu me donnes quoi en échange si je te le dis ? » lui a-t-elle rétorqué.

Paolo a levé un doigt, puis a disparu dans l'arrière-salle. Il est revenu avec deux chaises en bois qu'il a installées entre la vitrine et les étagères remplies de tomates en conserve, de pots d'olives vertes et de paquets de pâtes.

« Et la table ? a demandé Sally.

— Patience. » Il est parti et est revenu avec une table ronde, juste assez grande pour deux. Feignant un tour de magie, il a fait apparaître de derrière son dos une nappe à carreaux rouges et blancs. Il l'a étalée sur la table et nous a fait signe de nous asseoir.

« C'est tout ? Et les bougies ? »

Paolo a levé les mains en un geste désabusé. « Et quoi encore ? Des serviettes en tissu ? Une fourchette pour la salade ? » Il a montré le plafond du doigt. «Je devrais peut-être aussi investir dans un lustre, c'est ça?

— Ce serait un bon début, mais on ne reste pas en fait. On va prendre quelque chose à emporter. Ce serait un péché d'être à l'intérieur par un aussi beau jour d'automne.»

Il a alors prétendu essuyer une larme avec un coin de son tablier. «Quelle déception. Mais je comprends, évidemment.» Il a déplacé une meule de fromage protégée par une couche de cire afin de jeter un coup d'œil par la fenêtre. «Si je le pouvais, moi aussi je resterais dehors. Maintenant que j'y pense, je pourrais fermer plus tôt et me joindre à vous pour partager un sandwich. Reflecting Pool? Le Tidal Basin?

— Désolée, c'est un déjeuner de travail.

— Quelle vie!»

Nous avons finalement commandé nos sandwichs : pour moi, dinde et gruyère, avec cornichons à l'aneth sortis tout droit d'un tonneau de saumure, et pour Sally de la tapenade d'olive et une viande dont je n'avais jamais entendu parler, avec de la baguette. Paolo a emballé nos sandwichs dans un sac en papier. Nous lui avons dit au revoir et, alors que nous nous apprêtions à sortir, je me suis retournée. «Je suis Irina, ai-je dit.

— Irina! Sally n'a pas tenu sa promesse, hein? C'est un si beau prénom. Je vous reverrai bientôt avec Sally?

— Oui.»

Nous avons marché encore une quinzaine de minutes, sans penser à l'heure qui tournait. Puis Sally s'est arrêtée au pied d'un énorme bâtiment sur la 16e que je n'avais jamais remarqué avant ce jour-là. Il ressemblait à une construction de l'Égypte ancienne. Deux sphinx géants montaient la garde, un de chaque côté de l'escalier en marbre menant à une immense porte marron. « Un musée ? ai-je demandé.

— House of Temple. Tu sais, une société secrète maçonnique, un truc comme ça. Je suis sûre qu'ils s'amusent bien avec leurs chapeaux bizarres, leurs chants et leur éclairage à la bougie. Tu n'as qu'à demander à quelques-uns des hommes avec lesquels on travaille. Quoi qu'il en soit, ces marches, pour moi, c'est le meilleur endroit pour prendre son déjeuner et regarder le monde tourner. »

Tandis que nous mangions, je me sentais de plus en plus à l'aise, bien que je sois extrêmement sensible à sa présence. Sally a fini son sandwich et a essuyé le coin de sa bouche. Elle avait mangé deux fois plus vite que moi. « Qu'est-ce que tu penses de ton travail au sein du Pool ?

— Ça me plaît. Enfin… je crois. »

Elle a ouvert son sac à main et en a sorti un miroir de poche et un rouge à lèvres. « Je n'ai pas de rouge sur les dents ?

— Oh non. C'est parfait.

— Donc, ça te plaît ?

— Le rouge te va vraiment bien.

— Non, je parle du Pool.

— C'est un chouette boulot.

— Qu'est-ce que tu préfères, taper à la machine ou l'autre truc ? »

Une bouffée de chaleur m'a submergée. J'ai regardé Sally avec ce que j'espérais être des yeux vides, même si je devais probablement paraître nerveuse.

« Ne t'inquiète pas », a-t-elle murmuré en posant sa main sur la mienne. Les ongles de ses mains, si douces, étaient peints du même rouge que ses lèvres. « Toi et moi faisons la même chose. Enfin, presque.

— Que veux-tu dire ?

— Anderson m'a tout raconté quand j'ai repris du service. Mais il n'avait pas vraiment besoin de me mettre au courant. J'avais compris que tu étais différente dès l'instant où nous nous sommes rencontrées. »

J'ai regardé à droite, à gauche, puis derrière nous. « Toi aussi tu fais passer des messages ?

— Disons que je suis plutôt celle qui *envoie* les messages. » Elle m'a pressé la main. « Il faut se serrer les coudes, nous les filles. Nous ne sommes pas si nombreuses. D'accord ?

— D'accord. »

Le lendemain de notre déjeuner sur les marches du Temple, Anderson m'a expliqué que, au lieu de continuer à travailler avec Teddy comme je le faisais, Sally s'occuperait désormais de ma formation. « Étonnée ? a-t-il demandé.

— Oui », ai-je répondu en me mordant les lèvres pour ne pas sourire.

Le lendemain, j'ai vu Sally qui m'attendait à l'extérieur des grilles noires de l'Agence ; elle se mettait du rouge à lèvres en se regardant dans le rétroviseur extérieur côté conducteur d'une Studebaker jaune. Elle était impeccable, avec une cape en laine écossaise, et de longs gants noirs en peau. Elle m'a vue approcher dans le rétro et s'est retournée ; seule sa lèvre inférieure était peinte en rouge. « À partir de maintenant, on dirait bien que c'est juste toi et moi, jeune fille », a-t-elle conclu en pressant ses lèvres l'une contre l'autre. « Marchons un peu. »

Alors que nous traversions Georgetown, Sally m'a montré les somptueuses demeures des huiles de l'Agence. « Dulles habite là », a-t-elle précisé en désignant du doigt une maison en brique rouge cachée par un mur d'érables. « Et la grande maison blanche avec les volets noirs juste en face ? C'était l'ancienne demeure de Wild Bill Donovan, celle que les Graham ont achetée. Frank vit de l'autre côté de Wisconsin. Ils sont tous à un jet de pierre les uns des autres.

— Et toi, tu habites où ?

— Juste en haut de la rue.

— Pour mieux les avoir à l'œil, hein ? »

Elle a éclaté de rire. « T'es une maline, toi ! »

Nous avons tourné à gauche dans Dumberton Oaks et emprunté le chemin sinueux qui menait jusqu'aux jardins. En descendant les marches de pierre, Sally a tiré sur une branche morte de glycine. « Au printemps, cet endroit sent délicieusement bon. J'ouvre la fenêtre et espère pouvoir en respirer une bouffée. »

Nous avons marché jusqu'à ce que nous arrivions à la piscine qui avait été vidée pour l'hiver. Nous nous sommes alors assises sur un banc en face d'un vieil homme occupé à faire des mots croisés dans une chaise roulante à côté de laquelle était installée son aide-soignante, un laideron. Deux jeunes mères portant le même manteau rouge cintré à la taille fumaient et bavardaient de l'autre côté de la piscine pendant que leurs bambins, un garçon et une fille, jetaient des cailloux dans le bassin, en poussant des cris de joie chaque fois que le projectile atterrissait dans la petite flaque au milieu. Un jeune homme à l'air songeur était assis sur une chaise en fer forgé près de la fontaine à l'une des extrémités de la piscine et lisait un numéro du journal étudiant *The Hatchet*.

« Tu vois le jeune homme là-bas ? » a demandé Sally, sans regarder dans cette direction.

J'ai hoché la tête.

« À ton avis, quelle est son histoire ?

— Étudiant à la fac ?

— Mais encore ?

— Étudiant à la fac avec une cravate à clip ?

— Tu as l'œil. Et à ton avis, qu'est-ce que ça signifie ?

— Qu'il ne sait pas nouer une cravate ?

— Et pourquoi ?

— On ne lui a jamais appris ?

— Et donc ?

— Il n'a pas de père ? Peut-être qu'il vient d'une famille sans argent ? Il n'a probablement pas de petite amie ni une mère dans le coin pour lui dire que ces cravates à clip sont ridicules. Il n'est peut-être d'ailleurs pas originaire d'ici ? Il est peut-être boursier ?

— Où ?

— Étant donné où nous sommes ? Je dirais Georgetown. Mais vu ce qu'il est en train lire ? Je dirais l'université George Washington ?

— Pour étudier quoi ? »

J'ai examiné le jeune homme des pieds à la tête : cravate à clip, coiffé avec un épi, un gilet bordeaux, des chaussures toute simples en cuir marron, fumant des Pall Mall, jambes croisées, le pied droit décrivant des cercles lents. « Difficile à dire.

— Philo.

— Comment le sais-tu ? »

Sally a pointé du doigt sa besace en cuir et le livre qu'elle contenait : Kierkegaard.

« Comment ai-je pu ne pas le voir ?

— Les choses les plus évidentes sont les plus difficiles à repérer. » Sally a levé les bras pour retirer sa cape ; ce qui a écarté les boutonnières de son chemisier et laissé entrevoir de la dentelle noire. « On essaie avec les autres ? »

J'ai détourné les yeux de ce que je venais d'apercevoir. « Pourquoi pas ? »

J'ai suggéré que les jeunes mères étaient des amies d'enfance qui s'étaient éloignées après s'être mariées et avoir eu des enfants. « Je le vois à la manière qu'elles ont de se sourire, ai-je expliqué à Sally. Comme si elles faisaient un effort pour retrouver leur complicité d'avant. » Le vieil homme était veuf, il ne faisait aucun doute qu'il était amoureux de la femme qui s'occupait de lui, sans que cet amour soit partagé. Quand le jardinier est apparu pour retirer soigneusement les feuilles tombées dans la fontaine, j'ai suggéré qu'il était déjà là du temps où le jardin appartenait à la famille Bliss, et qu'il était peut-être le seul employé de la famille qu'on avait gardé. « Ce qui explique son dévouement », ai-je conclu. Sally a approuvé en hochant la tête.

Ce jeu faisait-il partie de ma formation ? Si c'était le cas, Sally me formait à quoi exactement ? Ce n'était pas comme si nous pouvions vérifier les histoires que je racontais sur ces inconnus. Alors quel était l'enjeu ? « Comment pouvons-nous savoir si nous avons raison ? » ai-je demandé après avoir passé tout le monde en revue.

« Il ne s'agit pas d'avoir raison. Il s'agit d'en savoir assez pour être capable d'évaluer rapidement à qui on a affaire. Les gens en montrent plus qu'ils le pensent, car ça tient à bien d'autres choses que la manière dont ils s'habillent, ou que leur allure générale. N'importe quelle femme peut porter une jolie robe bleue à pois blancs, avec un sac Chanel accroché à son bras, mais ça ne signifie pas qu'elle est devenue quelqu'un d'autre. » J'ai rougi à l'évocation de la tenue que je portais au *Mayflower*. « Le changement vient de l'intérieur et reflète chaque mouvement, chaque geste, chaque tic du visage. Tu dois pouvoir comprendre quelqu'un un minimum afin de savoir comment ce quelqu'un pourrait réagir dans des circonstances différentes. » Elle m'a regardée droit dans les yeux. « Et comment *toi* tu devrais réagir si tu devais vraiment *devenir* quelqu'un d'autre. Tout devrait changer, la manière dont tu tiens ta cigarette, dont tu ris, dont tu rougis en entendant parler du sac Chanel. » Elle m'a enfoncé son doigt dans l'épaule. « Tu comprends ce que je te dis ?

— Ça commence par ce qui se passe à l'intérieur, ai-je répondu.

— Exactement. »

Et elle a continué à me former. Nous nous retrouvions tous les jours après le travail et, au cours de très longues promenades dans le District, Sally m'apprenait tout ce qu'elle savait. Habituée à ce qu'on la remarque et sachant pourquoi, elle m'apprenait à ne pas me faire remarquer. Elle m'a montré les vêtements qui attiraient le moins l'attention. « Ils ne peuvent être ni trop vieux ni trop neufs, ni trop originaux ni trop banals. » Elle m'a aussi renseignée sur la couleur de cheveux qui attirait les regards masculins, une couleur à éviter : « On pourrait croire que ce sont les blondes qui attirent le plus l'attention, eh bien, on se trompe, ce sont les rousses. Aussi, n'importe quelle autre couleur fera l'affaire, tant que ce n'est pas un blond platine. » Elle m'a appris comment me tenir : « Ni trop droite, ni trop voûtée. » Comment manger : « Le steak : à point. » Comment boire : « Un Tom Collins, avec plus de citron et plus de glace. Car si tu en renverses, ça ne tache pas ; et tu ne risques pas d'être ivre. »

Entre chaque leçon, elle me racontait l'époque où elle travaillait pour l'OSS, comment elle s'était prise d'amitié pour la Vieille Clique des Garçons, et comment elle s'en était sortie. Elle m'a raconté qui elle avait été – une pauvre gosse de Pittsburgh – et toutes celles qu'elle était devenue depuis : l'assistante d'un gardien de zoo, la petite cousine de la duchesse d'Aoste, une experte de la porcelaine de la dynastie

Tang, l'héritière de l'empire Wrigley, une réceptionniste. « Ils sont devenus moins originaux avec le temps, a-t-elle ajouté.

— Qui veulent-ils que je devienne ? ai-je demandé.

— Ce n'est pas moi qui décide, chérie. »

Sally était partie en voyage. Elle ne m'avait pas précisé où elle allait, et quand je lui avais demandé, elle avait simplement répondu : « À l'étranger.

— Oui, mais où ? avais-je voulu savoir.

— *À l'étranger*, de l'autre côté de l'océan. »

Elle ne pouvait pas révéler où elle allait, mais elle m'avait promis de m'appeler à son retour. En son absence, la semaine s'est traînée, et quand elle a finalement appelé, c'est ma mère qui a répondu. Je lui ai pris le combiné des mains dès que je l'ai entendue dire « Sally ? Je ne connais pas de Sally ». Sally ne s'est pas encombrée de politesse et m'a directement invitée à une soirée Halloween. Jusqu'à maintenant, notre relation avait été strictement professionnelle, et l'invitation m'a donc prise de court. D'autant plus que Halloween était passé. « Mais c'était la semaine dernière, ai-je rétorqué.

— En fait, c'est une soirée *post*-Halloween. »

Quand je lui ai confié que je n'avais pas de déguisement, elle m'a répondu qu'elle s'occuperait de tout. Il a été convenu de se retrouver dans une librairie de livres d'occasion dans Dupont avant d'aller à cette soirée.

La librairie était étroite, avec de longues étagères aux livres rangés non par auteurs ni par genres, mais par thèmes : spiritisme et sciences occultes, flore et faune, la vie quotidienne des personnages âgées, contes maritimes, mythologie et folklore, Freud, trains et chemins de fer, photos du sud-ouest du pays. Arrivée la première, j'ai flâné entre les travées à la recherche du rayon « Poches ». « Excusez-moi, où sont les romans ? » ai-je demandé à l'homme à l'air bohème assis derrière le comptoir, qui m'a indiqué d'un signe le fond de la pièce sans lever les yeux du livre qu'il lisait.

« Vous pouvez me donner l'heure ? »

C'est comme si je lui avais demandé de m'expliquer le *Tractatus* de Wittgenstein. « Je ne porte pas de montre. »

Pour le contrarier, je l'ai alors prié d'ouvrir pour moi la vitrine de livres rares. Il a soupiré, fermé son livre, écrasé sa cigarette, et est descendu de son tabouret. Avant de sortir la clé de sa poche, il m'a demandé si je voulais vraiment acheter quelque chose.

« Comment le saurais-je avant de voir ?

— Et que souhaitez-vous voir ? »

J'ai réfléchi avant de citer le premier livre qui m'est tombé sous les yeux : « *The Light of Egypt*[1].

— Un ou deux ?

— Pardon ?

1. *The Light of Egypt*, de Thomas Henry Dalton, dans son titre complet *The Light of Egypt. The Science of The Soul and The Stars*, est un texte rosicrucien en deux volumes paru en 1889.

— Tome. Un ou deux ?

— Les deux, ai-je répondu. Évidemment.

— Évidemment. »

Persuadée que Sally ne viendrait pas, j'ai déblatéré sur ma passion pour l'archéologie, les pyramides et les hiéroglyphes, tandis qu'il allait chercher ses gants blancs pour prendre le livre.

Finalement, Sally est arrivée, avec deux grands sacs de courses. Le libraire a essuyé ses mains gantées sur ses cuisses. « Sally ! » s'est-il exclamé. Et elle lui a tendu ses deux joues pour qu'il les embrasse.

« Où étais-tu passée ma chérie ?

— Ici et là, a-t-elle répondu en me regardant. Je vois que tu as déjà fait connaissance avec mon amie.

— Bien sûr, a-t-il dit, sa voix devenant un poil plus chaleureuse. Ses goûts sont excellents.

— Tu crois que je pourrais fréquenter quelqu'un de mauvais goût ? » Elle a levé ses sacs de courses. « On peut utiliser les pipi-rooms ? »

Il s'est incliné devant elle, les mains jointes. Je me suis retenue de lever les yeux au ciel.

« Merci, mon chéri », a-t-elle ajouté.

Je l'ai suivie à l'arrière de la boutique. « Laffite est vraiment pénible », a-t-elle déclaré dès que nous avons refermé la porte des toilettes qui faisaient aussi office de placard à balais.

« Laffite ?

— Ce n'est pas son vrai nom. Il vient de Cleveland, mais fait croire aux gens qu'il vient de Paris. Le genre de gars qui part en vacances et revient avec un accent, tu piges ? »

J'ai hoché la tête comme si j'avais compris.

« Mais j'adore cet endroit », a continué Sally, me tendant l'un de ses sacs. « C'est l'un de mes endroits préférés dans cette ville dépourvue de beauté artistique. Tu veux que je te confie un secret ?

— Oui.

— Mon rêve serait d'ouvrir un jour ma propre librairie. »

Il m'était difficile d'imaginer Sally assise derrière une caisse, tête baissée, plongée dans un livre, et j'ai eu envie d'en savoir plus sur cette personne qui, alors qu'elle n'aurait pas paru déplacée sur un tapis rouge à Hollywood, rêvait de s'occuper d'une librairie. Entre ces deux contradictions existait un espace que je voulais explorer.

Elle a posé son sac de courses sur le couvercle des toilettes et s'est tournée. « Tu veux bien ? » Elle a balayé de la main ses boucles rousses pour dévoiler sa nuque et j'ai attrapé le haut de la fermeture Éclair en tentant de la faire descendre tout doucement. En vain. Elle a inspiré à fond. « Réessaie. » La fermeture est descendue facilement, la robe a glissé jusqu'à terre et elle s'en est débarrassée en un clin d'œil, sans même que ses talons de chaussures se prennent dans le tissu. Elle portait une culotte noire, et son corps était une version amplifiée du mien. Mais je n'étais pas jalouse comme j'avais pu l'être des autres filles de mon cours de gym au lycée. En effet, à l'époque, il était impossible de ne pas comparer mon corps aux leurs – nous nous déshabillions et évaluions rapidement qui avait la plus grosse poitrine, un ventre mou, des jambes arquées. Avec le corps de Sally, c'était différent ; absolument rien à voir. J'aurais aimé la regarder plus longtemps, mais je me suis concentrée sur mon propre déshabillage. Elle m'a tendu l'un des sacs de courses.

À l'intérieur, j'y ai découvert du tissu métallisé. « Qu'est-ce que c'est ?

— Tu verras. »

J'ai enfilé la combinaison et remonté la fermeture Éclair. Elle m'a tendu un serre-tête avec deux triangles marron en fourrure synthétique collés au sommet. En me regardant dans le miroir, j'ai éclaté de rire.

« Attends ! a-t-elle dit en fouillant dans son sac. La touche finale. » Elle a soigneusement accroché un badge CCCP[1] sur ma poitrine.

« Je voulais me servir d'un bocal à poisson comme casque, mais je n'ai pas trouvé de solution pour y percer un trou qui nous éviterait l'asphyxie.

— Tu as fait ce déguisement toi-même ?

— Je suis assez manuelle. » Elle est venue me rejoindre devant le miroir, et a sorti un poudrier de son sac à main pour se poudrer le nez et éviter qu'il brille. « Tu peux être Laïka, si tu veux. Moi, je serai l'une de ces chiennes inconnues qui ont péri au milieu des étoiles. »

1. CCCP est le sigle cyrillique d'où dérive, traduit, « URSS » (en français : Union des républiques socialistes soviétiques). En russe, le sigle condense « Союз Советских Социалистических Республик » (Soyouz Sovietskih Sotsialistitcheskih Respoublik).

De la musique sortait de la maison victorienne de quatre étages où nous étions invitées dans Logan Circle. C'était l'une de ces somptueuses demeures de D.C. devant lesquelles j'étais passée des milliers de fois sans jamais y être entrée, des marches avec une rampe en fer forgé et des baies vitrées sur le devant, de la brique rouge et une tourelle coiffée d'un chapeau de sorcière vert cendré. Les baies vitrées étaient ouvertes mais les rideaux tirés, et je voyais des silhouettes en train de danser : des gens que je ne connaissais pas, qui ne me connaissaient pas, des gens qui penseraient peut-être que j'étais d'un ennui mortel ou qui ne me prêteraient absolument pas attention. Mes paumes de main sont devenues moites. Et Sally a dû sentir mon appréhension ; car elle a redressé mes oreilles en fourrure et m'a dit que maintenant que j'étais là la soirée deviendrait vraiment amusante.

Quand elle s'est approchée de la porte pour presser trois fois la sonnette, avant d'arrêter et de recommencer une fois, une soudaine bouffée d'assurance m'a alors traversée. Un homme, très grand, un masque noir lui couvrant la moitié du visage a entrebâillé la porte.

« Un bonbon ou un sort ! a lancé Sally.

— Qu'est-ce que tu préfères ?

— Ni l'un ni l'autre. Je préfère les brocolis.

— Comme tout le monde, non ? » Cette fois, l'homme nous a fait entrer, et a verrouillé la porte derrière nous avant de disparaître parmi la foule.

« C'était le mot de passe ? C'est une soirée entre collègues ? ai-je demandé.

— Plutôt tout le contraire. »

Au lieu de citrouilles de Halloween et de pommes à gober, la maison était décorée comme pour un bal masqué gothique. Des chandeliers anciens avec des bougies noires allumées étaient posés partout où c'était possible. Des tentures de velours noir recouvraient les bibliothèques encastrées. Sur la table de la salle à manger reposait un large éventail de masques sophistiqués à paillettes qu'on pouvait emprunter. Un gros chat siamois affublé d'une collerette en plumes d'autruche couleur lavande s'est faufilé entre les jambes des invités. Le premier étage était surpeuplé de gens qui dansaient, fumaient, picoraient des hors-d'œuvre, et trempaient de petits morceaux de pain dans des caquelons à fondue.

« C'est quoi le truc vert ? ai-je demandé.

— Du guacamole.

— Qu'est-ce que c'est ? »

Sally a éclaté de rire. « Leonard ne recule devant rien, non ?

— L'homme qui nous a ouvert la porte ?

— Non. » Elle m'a montré du doigt une femme vêtue d'une robe de bal de débutante du vieux Sud, au col en dentelle et agrémentée d'une ceinture rouge. « Là-bas, Scarlett O'Hara. » Scarlett, ou plutôt Leonard, a vu Sally et lui a fait signe de le rejoindre.

« Grandiose comme toujours, a déclaré Sally en baisant la main de Leonard. Tu t'es vraiment surpassé.

— J'essaie. » Leonard a regardé Sally de près. « Alien ? Sexy, en tout cas.

— Merci beaucoup. Nous sommes des Clebsniks.

— Tellement avant-garde.

— Tu me connais. » Elle m'a fait signe d'approcher. « Je te présente Irina.

— Enchanté, a-t-il dit, en me baisant la main. Bienvenue. Bon, la musique est épouvantable, il faut que j'aille m'en occuper. » Il est allé jusqu'à l'électrophone et a soulevé le saphir. La foule a protesté. « Patience, mes enfants ! » Il a sorti un disque de sa pochette et une seconde plus tard « *Sh-Boom* » résonnait dans la pièce. La foule a de nouveau protesté. Leonard n'en a pas été découragé pour autant, et a guidé sur la piste de danse un homme déguisé en Frankenstein, avec deux bobines de fil vides peintes en noir et fixées à son cou. Plusieurs couples se sont joints à eux et, très vite, tout le monde a dansé.

Tandis que Sally se frayait un chemin jusqu'à la cuisine, une femme déguisée en Annie Oakley lui a attrapé la main et l'a fait tournoyer une fois. Ses oreilles de chienne de travers, Sally est revenue avec deux verres de punch aux fruits rouges agrémenté d'une boule de sorbet au citron vert. « Et si on allait prendre l'air ? » m'a-t-elle proposé en me tendant un verre.

À part deux femmes assises sur une balancelle – l'une habillée en Lucille Ball et l'autre en Ricky Ricardo –, Sally et moi étions seules dans l'immense jardin à l'arrière de la maison. Nous marchions dans l'herbe, le bas de nos combinaisons trempé par la rosée. Le jardin était décoré de minuscules lampions blancs, accrochés en haut des chênes majestueux, et de lanternes rouges en papier qui pendaient des branches les plus basses, tels des fruits trop mûrs.

Le ciel était orange, la lune une amande argentée et, quelque part, quelqu'un brûlait des feuilles mortes.

« Que penses-tu de tout ça ? a demandé Sally.

— Je n'aurais jamais cru que de tels jardins existaient dans D.C.

— Je veux dire, tout *ça*, a-t-elle précisé, avec un geste en direction de la maison. Pas seulement ce que tu as sous les yeux.

— J'adore ! » ai-je répondu. J'aurais aimé en dire plus. Je savais que des mondes comme celui-là existaient, mais, pour autant, je ne les connaissais pas. Et ce qu'on m'avait raconté n'était en rien comparable à ce que je vivais. C'était comme entrer dans une armoire pour atterrir dans le monde de Narnia pour la première fois. « Heu… j'adore Halloween.

— Moi aussi. Même avec une semaine de retard.

— Tu peux devenir qui tu veux.

— Exactement. Je suis contente que Leonard ait finalement pu organiser cette soirée. C'est une tradition pour lui. Et il n'est pas du genre à laisser un bon déguisement dans son armoire. Dommage que la fête ait été annulée le jour de Halloween.

— Pourquoi a-t-elle été annulée ?

— Quelqu'un a rencardé la police. »

J'avais tellement de questions à poser. Le jardin secret, ce monde secret – je voulais tout savoir, mais ai décidé d'attendre. Nous nous taisions, écoutant le bruit de la circulation de l'autre côté du mur, le klaxon d'une voiture, le hurlement d'une sirène au loin. Lucille et Ricky sont rentrés, en se tenant toutes deux par la taille. Sally les a suivies des yeux. « Alors… Teddy Helms ?

— Oui », ai-je dit avec un soupçon de tristesse que je n'avais encore jamais ressentie.

« Depuis combien de temps ?

— Neuf mois. Non, huit. Non. Euh… Disons environ neuf mois.

— Tu es amoureuse ? »

À l'exception de ma mère, personne n'était jamais aussi direct avec moi. « Je ne sais pas.

— Chérie, si tu ne le sais toujours pas…

— Je l'aime bien. Je l'aime vraiment beaucoup. Il est drôle. Intelligent. Si intelligent. Et gentil.

— On dirait que tu lis sa notice nécrologique.

— Non. Je…

— Je te taquine. » Elle m'a donné un petit coup de coude dans les côtes.

« Et son ami ? Henry Rennet ? Il est comment ?

— Je ne le connais pas bien. » Je ne lui ai pas confié qu'il avait l'air d'un crétin et que je ne comprenais pas pourquoi Teddy était ami avec lui. « Il t'intéresse ? » J'imaginais une sortie à quatre – Teddy et moi, Sally et Henry – et cette pensée m'a noué l'estomac.

« Chérie. » Elle m'a attrapé la main et l'a pressée dans la sienne. « Non. » Et quand elle a gardé ma main dans la sienne, j'ai senti que quelque chose en moi, difficile à localiser, venait d'éclore.

13

LE MOINEAU

Elle n'était pas une taupe, j'en étais certaine. Quelques mois plus tôt, Frank m'avait demandé de tenter de voir clair dans le jeu d'Irina et de m'assurer que sa naïveté n'était pas feinte. Elle ne l'était pas, et je le lui ai dit. « Bien, a-t-il fait. Nous voulons la recruter pour notre projet de livre. Forme-la, Sally. Tu connais la musique. »

Mon amitié pour Irina n'aurait pu être qu'une mascarade, et la former rien de plus qu'une obligation professionnelle, mais c'était devenu autre chose – une chose qui m'échappait mais que je découvrirais très vite.

Le mardi après la fête chez Leonard – une épreuve personnelle en quelque sorte –, je me suis arrêtée à son bureau et lui ai demandé si elle voulait aller voir le film *La Belle de Moscou*, un film d'espionnage, le soir même. J'avais prévu de lui proposer de m'accompagner à une séance en matinée quelques jours auparavant, mais je m'étais dégonflée en composant son numéro de téléphone et avais donc raccroché.

Après le travail, nous avons marché jusqu'au Georgetown Theater, nous arrêtant chez *Magruder* pour s'offrir des friandises et les manger en douce au cinéma – une idée d'Irina. À part le chocolat, je ne mangeais que très rarement des sucreries, mais j'ai décidé de prendre une boîte de cachous, juste pour le plaisir. Irina, elle, a choisi deux boîtes de Boston Baked Beans, des cacahuètes grillées enrobées de sucre coloré en rouge, et nous avons rejoint la file d'attente pour acheter nos tickets. « Tu gardes ma place une seconde ? » a-t-elle demandé.

Elle est revenue une minute plus tard avec une botte de betteraves.

« Intéressant comme truc à grignoter.

— C'est pour ma mère. Elle prépare un grand fait-tout de bortsch une fois par mois et me demande d'acheter des betteraves à l'Eastern Market. Elle est persuadée que les betteraves vendues par ce vieil homme russe sont meilleures que toutes celles proposées ailleurs. » Elle a levé un doigt et, prenant l'accent russe, a déclamé : « Vu la qualité, ça mérite les cinq cents en plus. »

J'ai éclaté de rire. « Elle peut vraiment faire la différence ?

— Non ! Je vais tout le temps les acheter au *Safeway* et les sors du sac en plastique juste avant d'arriver à la maison. »

Nous avons payé nos places et Irina a fourré les betteraves à l'intérieur de son sac à main, avec les fanes vertes qui dépassaient. Une fois nos tickets en main, nous sommes entrées.

Aller voir un film était l'un de mes plus grands plaisirs, l'un de ces plaisirs que je choisissais presque toujours de ne pas partager. Quand j'avais assez d'argent, j'allais au cinéma une ou deux fois par semaine. Parfois, je voyais le même film deux ou trois fois d'affilée, assise au premier rang du balcon, là où je pouvais m'accouder à la rampe dorée et poser mon menton sur mes mains croisées.

J'aimais tout ce qui allait avec : l'enseigne au néon rouge du Georgetown Theater, patienter dans la file d'attente avant que la personne dans sa cabine vitrée me tende mon ticket, l'odeur du pop-corn, le sol poisseux, les ouvreuses qui me conduisaient à ma place, guidées par leurs petites lampes torches. J'avais même l'habitude de chanter sous la douche « *Let's All Go to the Lobby* », la publicité diffusée avant le début du film principal ou avant l'entracte. Mais mon moment préféré était celui où les lumières s'éteignent l'une après l'autre juste avant que le film commence – ce court instant qui donnait l'impression que le monde entier était sur le point de basculer.

Et je voulais partager tout ça avec Irina. Je voulais savoir si elle aussi se sentait sur le point de basculer. Quand les lumières ont baissé et que, tout de suite après le rugissement du lion de la MGM, elle m'a regardée en écarquillant les yeux, j'ai su que c'était le cas.

Je ne me souviens guère du film. Mais je me souviens qu'au bout d'un quart d'heure Irina a ouvert son sac et fouillé au milieu des betteraves pour trouver ses Boston Baked Beans. Non seulement les bonbons ont fait du bruit quand elle a secoué la boîte, mais, quand les betteraves sont tombées par terre, je l'ai entendue jurer. Elle faisait tellement de raffut qu'un homme fumant le cigare s'est tourné vers nous pour nous dire : « Chut ! » Et j'ai trouvé ça charmant.

Quand Fred Astaire écrase du plat de la main son chapeau haut de forme à la fin de son numéro *Ritz Roll and Rock,* Irina a eu un sursaut de surprise et m'a attrapé la main. Et si elle s'est très vite ressaisie, la sensation a perduré jusqu'à ce que les lumières se rallument.

Quand nous sommes sorties du cinéma, il pleuvait. Nous sommes d'abord restées sous la marquise à regarder le rideau de pluie qui s'abattait sur les rues.

« On n'est peut-être pas obligées de rester dehors, ai-je suggéré. On pourrait courir jusqu'au café en face pour boire un grog.

— Je ferais mieux d'affronter la pluie, a-t-elle répondu en tapotant son sac. Ma mère attend ses betteraves. »

J'ai éclaté de rire, mais sa réponse m'a attristée. « Une autre fois, alors ?

— Marché conclu. »

Irina a couru jusqu'au coin de la rue où ralentissait le tramway dans lequel elle est montée. Je l'ai suivi des yeux jusqu'à ce qu'il tourne et disparaisse de ma vue. Un violent éclair a déchiré le ciel. J'ai reculé contre l'affiche du film *Le Rock du bagne* au moment même où la pluie reprenait de plus belle.

Dans les semaines qui ont suivi cette séance de cinéma, j'ai emmené Irina dans mes librairies préférées, lui expliquant ce que j'aimais ou pas dans chacune d'entre elles, et lui racontant ce que je changerais si j'en étais propriétaire. Nous avons vu la première de *West Side Story* au National et, sur le chemin du retour, nous avons chanté à pleins poumons « *I Feel Pretty* ». Nous sommes aussi allées au zoo mais en sommes reparties rapidement quand Irina a vu un lion qui avait fait tellement d'allées et venues le long des barreaux de sa cage qu'il y avait creusé un chemin étroit. « C'est criminel », s'est-elle exclamée.

Au cours de cette période, nous n'avons jamais fait durer une embrassade d'au revoir une seconde de trop, mais peu importait. Tout ça ne m'était pas arrivé depuis si longtemps que je n'ai pas compris tout de suite. Je n'avais jamais laissé quelqu'un devenir si proche de moi, aussi vite, depuis l'époque de Kandy. Je m'étais retranchée derrière un mur de protection depuis que Jane – une infirmière de la Marine coiffée comme Shirley Temple et aux dents aussi blanches que de la porcelaine – m'avait brisé le cœur.

Plus que le cœur, d'ailleurs. Quand Jane m'avait annoncé qu'il faudrait mettre fin à « notre amitié si spéciale » dès que nous poserions de nouveau le pied sur le sol américain et qu'il nous faudrait désormais considérer ça comme « ce genre de choses » qui arrivent en temps de guerre, j'avais eu le sentiment que ma cage thoracique s'effondrait sous le poids de la souffrance, et que mes jambes, mes bras, le dessus de mon crâne, et même mes dents me faisaient mal. J'avais alors juré de ne plus jamais me jeter dans les bras de quelqu'un comme je l'avais fait; et, depuis, j'avais plutôt réussi à tenir parole.

De plus, je savais qu'il n'y avait pas d'issue. J'avais eu des amies qui avaient été arrêtées lors de leurs promenades nocturnes dans Lafayette Square, avant d'être jetées en prison, leur nom imprimé dans le journal. J'avais eu des amies travaillant pour le gouvernement qui avaient été virées de leur boulot, reniées par leur famille, et dont la réputation avait été détruite. J'avais eu des amies qui avaient cru que le seul moyen de s'en sortir était de sauter d'une chaise, une corde autour du cou. « La Peur rouge » était passée mais avait cédé la place à une autre peur.

Pourtant, je continuais. Je continuais à lui proposer d'aller chercher de quoi déjeuner chez *Ferranti* ou d'aller découvrir la nouvelle expo d'art coréen à la National Gallery, ou encore d'aller essayer des chapeaux et des bibis chez *Rizik*.

Je continuais à essayer de voir jusqu'où je pouvais aller avant de devoir faire marche arrière.

Et donc, quand Frank m'a demandé de reprendre du service, je me suis convaincue que travailler m'offrirait une distraction – une distraction nécessaire.

Le soir avant de partir pour accomplir ma nouvelle mission, tout en préparant mes bagages, tandis que je remplissais ma valise Lady Baltimore vert menthe en écoutant un disque de Fats Domino, j'étais heureuse. Après des années de départs de dernière minute, j'étais experte dans l'art de voyager léger : une jupe crayon noire, un chemisier blanc, un soutien-gorge et des sous-vêtements assortis couleur chair, une étole en cachemire pour le vol, une paire de bas noirs en soie, mon étui à cigarettes Tiffany, une brosse à dents, du dentifrice, un savon Camay rose, de la crème Simon pour le visage, du déodorant, un rasoir, mon parfum *Tabac Blond*, de Caron, un carnet, un stylo, mon foulard Hermès préféré, mon rouge à lèvres Revlon – Rouge original. La robe du soir que je porterais au cocktail organisé à l'occasion du lancement du livre m'attendrait à mon arrivée. Après plusieurs années sur la touche, reprendre du service – être dans le secret, être utile – faisait du bien.

Je suis arrivée le lendemain soir au *Grand Hôtel Continental* de Milan, quelques heures seulement avant le début du cocktail. À peine étais-je entrée dans ma suite qu'on a frappé à la porte ; un garçon d'étage m'apportait ma robe du soir. Je lui ai fait signe de la déposer sur le lit, et il s'est exécuté avec autant de délicatesse que s'il s'agissait d'une femme qu'il aurait aimée. Je l'ai alors gratifié d'un gros pourboire, comme je le faisais toujours quand ce n'était pas moi qui payais la note, et l'ai renvoyé. J'avais commandé cette robe longue Pucci rouge et noir dès que j'avais entendu parler de « Milan » et de « cocktail ». J'en ai caressé la soie et me suis réjouie d'avoir négocié avec l'Agence l'obtention d'un budget pour mes frais de représentation. J'ai pris un bain puis ai appliqué une goutte de *Tabac Blond* derrière chaque oreille, à l'intérieur de chaque poignet et enfin sous mes seins, avant d'enfiler la robe parfaitement ajustée à mes mensurations.

C'était le meilleur moment : celui où vous devenez quelqu'un d'autre. Un autre nom, une nouvelle profession ; un passé, une éducation, une famille, des amants, une religion différents des vôtres – pour moi, c'était facile. Et je n'avais jamais commis d'impairs, même dans les plus petits détails : savoir si mon personnage mange des toasts ou des œufs au petit-déjeuner, si elle boit son café avec ou sans lait, si elle est le genre de femmes qui s'arrêtent pour admirer un pigeon traversant la rue ou si, au contraire, elle le chasse d'un air dégoûté, si elle dort nue ou avec une chemise de nuit. Ce qui requérait tout à la fois du talent et un instinct de survie. Après avoir endossé une identité qui me servait de couverture, je trouvais de plus en plus difficile de revenir à ma vraie vie. Je m'imaginais parfaitement ce que signifierait disparaître pour devenir entièrement quelqu'un d'autre. Mais pour devenir quelqu'un d'autre, il faut d'abord avoir envie de se perdre.

J'avais prévu d'arriver exactement vingt-cinq minutes après le début des festivités. Dès que je suis entrée dans la salle de réception, un serveur m'a tendu une flûte de champagne. J'ai immédiatement repéré l'invité d'honneur : ce n'était pas l'auteur, dans la mesure où il ne pouvait pas être présent, mais l'éditeur du roman dont on fêtait la publication. Giangiacomo Feltrinelli était debout au milieu d'une foule d'intellectuels, d'éditeurs, de journalistes, d'écrivains et de pique-assiettes vêtus avec élégance.

Il portait des lunettes à l'épaisse monture noire, arborait une calvitie naissante, et était légèrement trop mince pour sa taille. Mais toutes les femmes, et les hommes n'étaient d'ailleurs pas en reste, étaient tournées vers lui, et ne le quittaient pas des yeux, fascinées. On appelait Feltrinelli « le Jaguar » et, en effet, il se déplaçait avec l'assurance et la souplesse d'un chat sauvage. La majorité des invités portait une tenue de soirée, smokings et robes longues ; Feltrinelli, lui, portait un pull bleu marine, un pan de sa chemise à rayures dépassant de son pantalon blanc. Dans une soirée, le truc pour deviner qui était l'homme ayant le plus gros compte en banque n'était pas de repérer l'homme vêtu du smoking le plus élégant, mais celui qui ne cherchait justement pas à impressionner. Feltrinelli a porté une cigarette à ses lèvres et, immédiatement, quelqu'un s'est empressé de la lui allumer.

Il existe deux types d'hommes ambitieux : ceux élevés et éduqués pour l'être – et à qui l'on assène, depuis leur plus jeune âge, que le monde leur appartient et qu'ils n'ont qu'à se servir – et ceux qui créent leur propre héritage. Feltrinelli incarnait ces deux catégories. Alors que pèse sur la plupart des hommes nés avec une cuillère d'argent dans la bouche le fardeau d'un héritage à préserver, Feltrinelli ne s'était pas lancé dans l'édition seulement pour augmenter son capital mais parce qu'il croyait sincèrement que la littérature pouvait changer le monde.

Au fond de la salle, une pyramide de livres recouvrait une grande table. Les Italiens l'avaient fait : *Le Docteur Jivago* était publié dans leur langue. Dans moins d'une semaine, on verrait le livre dans les vitrines de toutes les librairies partout en Italie, le titre en une de tous les journaux. J'étais là pour me procurer un exemplaire du livre et le remettre en main propre à l'Agence afin qu'on puisse le traduire et déterminer s'il était effectivement une arme de propagande comme on le pensait. Frank Wisner m'avait aussi missionnée pour me rapprocher de Feltrinelli afin d'en savoir un peu plus, sur la publication et la distribution du livre, et sur ses relations avec Pasternak.

J'ai donc attrapé un exemplaire d'*Il dottor Živago* et fait courir mes doigts sur la couverture au vernis brillant, illustrée d'un gribouillis blanc, rose et bleu au-dessus du dessin d'un minuscule traîneau filant en direction d'une petite maison couverte de neige.

« Une Américaine lisant l'italien ? » m'a demandé un homme de l'autre côté de la pyramide de livres. « Comme c'est charmant ! » Il portait un smoking blanc cassé avec une pochette noire et des lunettes à la monture en écailles de tortue trop petite pour son visage très large.

« Non. » En fait, oui, je lisais l'italien et le parlais couramment. À l'époque où je n'avais pas encore changé mon nom et décidé de m'appeler Forrester au lieu de Forelli, ma grand-mère vivait avec ma famille. Issue de la première génération italo-américaine, Nonna ne parlait pas un mot d'anglais – à part « Oui », « Non », « Arrête » et « Laisse-moi tranquille » – et j'avais appris à converser avec elle en jouant avec des cartes Scopa et Briscola.

« Pourquoi prendre un livre que vous ne pouvez pas lire ? » Il avait un accent difficile à reconnaître. Soit il n'était pas italien, soit il s'efforçait de parler l'italien de Florence pour paraître plus chic qu'il ne l'était.

« J'aime les premières éditions, ai-je dit. Et les fêtes réussies.

— Eh bien, si vous avez besoin d'aide pour lire ce livre… » Il a remonté ses lunettes, et j'ai remarqué une petite marque rouge sur l'arête de son nez.

« Possible que je vous prenne au mot. »

Il a fait signe à un serveur et m'a tendu un verre de Prosecco sans même en profiter pour en prendre un.

« On ne trinque pas ?

— Je dois partir, j'en ai bien peur, a-t-il répondu en me touchant le bras. Si jamais vous tachez votre belle robe, venez me voir à Washington. Je possède une blanchisserie, et je vous assure que nous pouvons faire disparaître toutes sortes de taches. Encre, vin, sang. Tout. » Il a tourné les talons et est parti, un exemplaire d'*Il dottor Živago* sous le bras.

KGB ? MI6 ? L'un des nôtres ? Alors que je jetais un coup d'œil autour de moi pour voir si quelqu'un avait remarqué cet échange si bizarre, Feltrinelli a fait tinter son verre avec une petite cuillère. L'éditeur est monté sur une caisse en bois posée à l'envers comme s'il était sur le point de prononcer un discours de campagne électorale. Avait-il apporté lui-même la caisse en bois pour faire son effet ? L'hôtel la lui avait-il fournie ? Quoi qu'il en soit, c'était parfait.

« Je voudrais profiter de cet instant pour vous remercier d'être ici ce soir en cette mémorable occasion, a-t-il commencé, lisant un papier qu'il avait sorti de sa poche. Il y a un peu plus d'un an, les vents du destin m'ont apporté le chef-d'œuvre de Boris Pasternak. J'aurais aimé que ces vents du destin soient ici ce soir pour faire la fête avec nous, mais, hélas, ce n'était pas possible. » Il a arboré un grand sourire et quelques personnes dans l'assemblée ont éclaté de rire. « La première fois que j'ai tenu ce roman entre mes mains, j'étais bien incapable d'en lire un traître mot. Le seul mot russe que je connais est *Stolichnaya*[1]. » Des rires, de nouveau. « Mais mon cher ami traducteur Pietro Antonio Zveteremitch (il a désigné du doigt un homme qui tirait sur une pipe au fond de la salle) m'a dit que ne pas publier un tel roman constituerait un crime contre la culture. Même avant de l'avoir lu, j'ai su, rien qu'en le prenant en main, que ce roman était spécial. » Le morceau de papier qu'il venait de lire, quand il l'a laissé tomber, a flotté un instant dans les airs avant de toucher le sol. « Et j'ai alors pris un risque. Car il allait falloir attendre des mois avant que Pietro finisse sa traduction et que je puisse enfin lire ce livre. » Il a brandi un exemplaire de *Jivago*. « Mais dès que je l'ai lu, les mots du maître russe se sont inscrits en lettres de feu dans mon cœur pour toujours comme, j'en suis sûr, ce sera le cas pour vous. »

« Bien dit ! Bravo ! » a lancé quelqu'un.

« Je n'ai jamais eu l'intention d'être le premier à faire découvrir ce livre aux lecteurs, a continué Feltrinelli. Mon intention était d'en acquérir les droits étrangers après sa publication dans son pays

1. Stolichnaya est une marque de vodka russe.

d'origine. Mais, bien évidemment, la vie réserve parfois des surprises. »

Une femme, qui se tenait au pied de la caisse sur laquelle était monté Feltrinelli, a levé son verre : « Tchin tchin ! »

« On m'a soutenu que publier ce livre serait un crime. On m'a certifié qu'en publiant ce livre, j'étais fini. » Il a regardé autour de lui. « Mais j'étais convaincu, au plus profond de moi-même, que Pietro m'avait dit la vérité quand il l'avait lu et que *ne pas* publier ce livre serait un crime encore plus grand. Bien sûr, Boris Pasternak lui-même m'a demandé de retarder la publication. Mais je lui ai dit qu'il n'y avait pas de temps à perdre, qu'il me fallait faire connaître au monde ses mots le plus vite possible. Et je l'ai fait. » La foule a applaudi à tout rompre. « S'il vous plaît, levez vos verres pour porter un toast à Boris Pasternak, un homme que je n'ai pas encore rencontré mais auquel mon destin est lié. Un homme qui a créé une œuvre d'art à partir de son expérience soviétique, une œuvre inestimable, qui change la vie – non, une œuvre qui *célèbre* la vie et qui résistera à l'épreuve du temps et donnera à son auteur une place aux côtés de Tolstoï et Dostoïevski. À un homme beaucoup plus courageux que moi. *Salut !* »

On a levé nos verres et bu à la santé de l'auteur. Feltrinelli est descendu de sa caisse et a immédiatement été happé par une foule d'admiratrices. Peu de temps après, il s'est excusé et est parti aux toilettes. Je me suis alors débrouillée pour me trouver sur son chemin lorsqu'il en sortirait, en allant me planter devant un téléphone dans le hall de l'hôtel.

Quand il est passé devant moi, j'ai raccroché dès que j'ai vu qu'il m'avait remarquée. «J'espère que vous passez un bon moment? m'a-t-il demandé.

— Un moment merveilleux. C'est une très belle soirée.

— Exceptionnelle, en effet.» Il a reculé d'un pas comme pour admirer une œuvre d'art sous un angle différent. «Nous ne nous sommes jamais rencontrés, n'est-ce pas?

— Le destin en avait décidé ainsi, je suppose.

— Certainement. Eh bien, je suis heureux que le destin ait décidé de corriger cette faute grave.» Il a pris ma main pour la baiser.

«Vous êtes à l'origine de la publication du livre?»

Il a placé une main sur son cœur. «J'en assume l'entière responsabilité.

— L'auteur n'avait-il donc pas son mot à dire?

— Non, pas vraiment. Ce n'était pas possible pour lui.»

Avant que je puisse lui demander si Pasternak était en danger, l'épouse de Feltrinelli – une très belle femme aux cheveux noirs coupés court, vêtue d'une robe longue sans manches en velours noir rehaussée d'un ras-de-cou assorti – s'est approchée. Elle a attrapé son mari par le bras et, telle une escorte, est repartie avec lui dans la salle où avait lieu la soirée. Et, au cas où je n'aurais pas compris, elle s'est retournée pour me jeter un coup d'œil.

Tandis que la soirée touchait à sa fin, les serveurs ont commencé à débarrasser les tables de tonnes de restes de moules farcies, de carpaccio de bœuf et de *crostini* à la crevette, et des nombreuses bouteilles vides de Prosecco qui traînaient un peu partout. La signora Feltrinelli était partie un peu plus tôt en limousine, et Giangiacomo a lancé un appel au petit groupe des derniers invités pour que tous le retrouvent au *Bar Basso.* Alors qu'il partait, suivi par un groupe de parasites, il s'est tourné brusquement vers moi. « Vous venez avec nous, n'est-ce pas ? » Connaissant la réponse, il a filé sans l'attendre.

Un cabriolet gris métallisé et une petite flotte de Fiat noires nous attendaient devant l'hôtel. Feltrinelli et une jeune femme blonde qui était arrivée quelques minutes après le départ de sa femme sont montés dans l'Alfa Romeo, et nous nous sommes tous entassés dans les Fiat. Feltrinelli a fait vrombir son moteur et s'est éloigné en trombe, pendant que nous restions coincés derrière deux hommes en Vespa avec leurs fiancées assises à l'arrière – des touristes à en juger par la lenteur et la prudence avec laquelle ils conduisaient, au lieu de zigzaguer au milieu de la circulation comme le faisaient les Milanais.

Arrivé sur place, tout le monde s'est précipité à l'intérieur du *Bar Basso,* hurlant les commandes aux barmen en veste blanche. Je me suis installée près d'un mur recouvert de miroirs et ai balayé le bar des yeux, cherchant Feltrinelli. En vain. Un homme, plutôt petit, le nœud papillon défait, les lèvres noircies par le vin, est alors passé devant moi avec un verre à cocktail géant. Je l'ai reconnu ; c'était l'un des photographes présents lors de la fête. « Vous voulez boire quelque chose ? » Il m'a tendu son verre. « Tenez, prenez mon verre ! »

Je n'ai pas réagi. « Où est l'hôte d'honneur ?

— À l'heure qu'il est, au lit, j'imagine.

— Je croyais qu'il venait ici.

— Comment vous dites, les Américains ? On fait des projets en vue de les réorganiser.

— Changer ?

— C'est ça ! Je pense qu'il a décidé de fêter l'occasion plus intimement. » Le photographe m'a attrapée par la taille, le bout de ses doigts s'aventurant aux creux de mes reins. Frissonnant, je me suis libérée et suis partie.

J'avais certes réussi à me procurer un exemplaire du livre que j'ai rangé dans le petit coffre-fort de ma chambre d'hôtel avant de ressortir. Mais je n'avais pas réussi à obtenir plus d'informations de la part de Feltrinelli. Il semblerait qu'il ait voulu protéger Pasternak, mais pourquoi ? L'auteur était-il plus en danger que nous le pensions ? La blonde avec laquelle Feltrinelli s'était sauvé avait au moins quinze ans de moins que moi, et je n'ai pu m'empêcher de penser que si j'avais eu le même âge qu'elle, c'est moi qu'il aurait fait monter dans sa voiture de sport et à qui il aurait raconté ses secrets.

Des taxis passaient, mais j'ai décidé de marcher. Je voulais prendre l'air. Et j'avais faim. Pour commencer, je me suis arrêtée devant un marchand de glace ambulant au petit chariot attelé à une vieille mule. L'adolescent qui servait m'a appris que la mule s'appelait Vicente le Magnifique. J'ai éclaté de rire et le garçon m'a dit que mon rire était aussi beau que ma robe rouge et mes cheveux roux. Je l'ai remercié ;

il m'a alors tendu une glace au citron en précisant : « *Offerto dalla casa.* »

Cette glace offerte m'a aidé à apaiser mon ego mis à mal mais ne m'a pas empêchée de me demander si je n'étais pas trop vieille pour ce boulot. C'était autrefois si facile. Désormais, ma peau ne gardait son éclat que si j'y appliquais des crèmes que je payais très cher et qui ne tenaient pas leurs promesses, et je ne devais le brillant de mes cheveux que grâce à un flacon d'huiles exotiques hors de prix acheté à Paris. Par ailleurs, quand je dormais sans soutien-gorge, mes seins s'affaissaient mollement.

L'année de mes treize ans, la banalité de mes formes prépubères ayant disparu au cours de l'été, les garçons, mais aussi les hommes, avaient commencé à me remarquer. Ma mère avait été la première à s'en apercevoir. Un jour, alors qu'elle m'avait surprise à regarder le reflet de mon profil dans une vitrine, elle s'était arrêtée et m'avait expliqué qu'une belle femme avait besoin de pouvoir compter sur d'autres atouts sinon, quand sa beauté s'évanouissait, il ne lui restait rien. « Ça ne dure pas », avait-elle insisté. N'aurais-je donc bientôt plus rien sur quoi compter ? Et combien de temps me restait-il avant que je sois obligée de répondre à cette question ?

Au contraire de Feltrinelli, mon ambition ne venait pas de mon héritage. Elle était le résultat de l'illusion selon laquelle je croyais naïvement que j'étais quelqu'un de spécial, et que le monde me devait quelque chose – probablement parce que j'avais grandi avec rien. Certes, nous entretenons peut-être tous cette illusion à un certain moment de notre vie, mais la plupart d'entre nous l'abandonnaient après l'adolescence – moi pas. J'avais la conviction inébranlable que je pouvais faire tout ce que je voulais, tout au moins pendant un temps. Le problème avec ce genre d'ambition est qu'elle requiert d'être constamment rassurée et, quand ce n'est pas le cas, vous faiblissez. Et quand vous faiblissez, vous courez après le fruit le plus facile à cueillir – quelqu'un qui vous donne le sentiment d'être désirée et puissante. Cependant, ce genre de réassurance ressemble à l'exaltation éphémère que procure l'alcool : vous en avez besoin pour continuer à danser, mais vous êtes malade le lendemain.

La glace au citron évoquait l'été, et j'ai pensé qu'il fallait que j'arrête de me sous-estimer. Plutôt que de rentrer directement à l'hôtel, j'ai changé d'avis et me suis arrêtée à la Piazza della Scala pour y voir la statue de Léonard de Vinci.

La piazza était illuminée. Des hommes accrochaient des guirlandes de Noël blanches aux arbres qui entouraient le monument au milieu de la place. L'un d'entre eux, dans une salopette marron, tenait l'échelle d'une main et fumait de l'autre, tandis que celui qui était en haut essayait de démêler une guirlande. D'autres encore étaient là au pied de l'échelle, discutant sur le meilleur moyen de défaire le nœud.

Un couple, la cinquantaine, était assis sur les bancs en béton installés aux pieds de Léonard. Leurs visages étaient proches, ils paraissaient tendus, et je n'ai pas pu deviner s'ils étaient sur le point de rompre ou de s'embrasser.

J'ai alors pensé à Irina. Je me suis dit que nous ne pourrions jamais ressembler à ce couple – s'embrasser, ou même se disputer, à la vue de tous. Cette pensée m'a fait le même effet que si on m'avait annoncé la mort de quelqu'un, et j'ai compris qu'il fallait que je mette un terme à ce qui se passait entre nous, quoi que ce soit, et que je fasse le deuil de ce qui pourrait avoir lieu.

Je suis revenue sur mes pas pour héler un taxi.

« *Signora, si sente bene ?* » m'a demandé le chauffeur quand nous sommes arrivés à l'hôtel. Je m'étais endormie, et il me parlait si tendrement que, à ma grande surprise, j'ai éclaté en sanglots. Il a paru inquiet et m'a tendu la main pour m'aider à sortir de la voiture. « *Starai bene,* m'a-t-il dit. *Starai bene.* »

J'ai subitement eu l'idée de lui demander de monter avec moi dans ma chambre – ce jeune homme à la calvitie précoce, qui sentait la menthe fraîche. Je n'avais pourtant pas envie de coucher avec lui ; mais je l'aurais fait s'il avait pu me dire « ça va aller », *starai bene,* « ça va aller », encore une fois, et ce, jusqu'à ce que je m'endorme. Au lieu de quoi je suis montée seule et me suis allongée tout habillée, dans ma robe toute froissée, sur le dessus-de-lit.

Le lendemain matin, après deux Alka-Seltzer et un petit-déjeuner dans ma chambre, j'ai sorti du coffre mon exemplaire de *Jivago* en italien. Avant de le ranger dans ma valise, je l'ai ouvert. Tandis que je le feuilletais, une carte de visite en est tombée. Pas de nom, pas de numéro de téléphone, juste une adresse :

Sara's Dry Cleaners, 2010 P St. NW, Washington, D.C. Je connaissais l'endroit : un bâtiment bas, carré, en brique jaune avec une enseigne bleu roi peinte à la main, à deux pas de là où habitait Dulles. J'ai plié la carte en deux et l'ai glissée dans mon étui à cigarettes.

14

L'EMPLOYÉ DÉVOUÉ

Je suis parti à Londres pour parler d'un livre avec un ami. Après m'être installé dans l'avion, prêt pour onze heures de vol, j'ai demandé à l'hôtesse de l'air d'accrocher ma veste et de m'apporter un whisky – avec de la glace, vu qu'il n'était pas encore midi. L'uniforme bleu et blanc de la Pan Am, ainsi que le calot et les gants blancs étaient très seyants sur Kit – le genre de femme qui arriverait deuxième ou troisième dans un concours de beauté du Midwest. « Tenez, M. Fredericks », m'a-t-elle dit en m'adressant un clin d'œil.

J'avais eu bien des noms déjà : ceux qu'on m'avait donnés et ceux que je m'étais choisis. Mes parents avaient décidé de m'appeler Theodore Helms III. À l'école primaire, j'étais devenu Teddy. Au lycée, on m'avait appelé Ted puis, à la fac, j'étais redevenu Teddy.

Pour Kit ou n'importe qui d'autre qui me demanderait mon nom dans les prochaines quarante-huit heures, je m'appellerais Harrison Fredericks, Harry pour les amis. Âgé de vingt-sept ans et originaire de Valley Stream dans l'État de New York, Harrison Edwin Fredericks était analyste pour la Grumman Aerospace Corporation, entreprise produisant des avions civils et militaires, et – tenez-vous bien – détestait voyager en avion. Il s'assurait toujours de garder le hublot occulté et préférait que personne ne s'asseye à côté de lui. Si par hasard vous fouilliez dans ses poches, vous y trouveriez un reçu d'une station-service Texaco à huit kilomètres de chez lui, un paquet à moitié vide de chewing-gums Juicy Fruit, et un mouchoir avec les initiales HEF brodées.

J'ai posé mon porte-documents sur le siège vide à côté du mien. Mon père l'avait fait faire sur mesure à Florence ; en cuir fin de couleur fauve avec une seule serrure en laiton. Il me l'avait donné quand j'étais sorti diplômé de Georgetown, vingt-deux ans jour pour jour après qu'il était lui-même sorti diplômé de Georgetown. Il me l'avait fourré dans les bras, sans même l'avoir enveloppé d'un papier cadeau, après un dîner tranquille au club avec ma mère, et m'avait dit qu'il me voyait déjà arrivant un jour à la chambre du Sénat ou à la Cour suprême ou encore au cabinet d'avocats qui portait notre nom de famille avec le porte-documents sous le bras. Ce que mon père ne savait pas, à cette époque-là, c'était qu'au cours de la première année de fac j'arrêterais le droit pour suivre des cours de langues slaves.

Et c'est lors de ma deuxième année de fac que j'avais su, sans avoir le moindre doute, que je ne rejoindrais pas le cabinet familial. Pour autant, je ne savais pas encore ce que je ferais. Ce sentiment d'être perdu, aggravé par la mort de mon frère, avait été la cause d'une dépression qui avait assombri mon horizon tel un nuage au-dessus de quelqu'un prenant un bain de soleil. Je n'avais plus d'appétit et je ne sortais plus de la maison. J'avais définitivement perdu mon poids d'étudiant de première année et arborais une mine de papier mâché, aussi grise que le revêtement d'un trottoir. Mais ce ne sont ni mes parents ni le médecin, celui qu'ils m'avaient obligé à aller voir juste pour que «je lui parle», qui m'ont aidé à m'en sortir. Ce sont *Les Frères Karamazov*, puis *Crime et Châtiment*, puis *L'Idiot*, et enfin tout ce que l'auteur avait écrit. Dostoïevski m'avait lancé une corde au fond du trou dans lequel j'étais tombé et il avait commencé à me tirer de là. Quand j'avais lu «Le secret de l'existence humaine consiste non pas seulement à vivre mais à trouver un motif de vivre», j'avais pensé *Oui ! C'est exactement ça !* J'avais été convaincu, autant que peut l'être un jeune homme, qu'au plus profond de moi-même j'avais l'âme d'un Russe.

Je m'étais alors plongé dans l'étude des grands auteurs russes. Après Dostoïevski étaient venus Tolstoï, Gogol, Pouchkine, Tchekhov. Quand j'en ai eu fini avec ces classiques géniaux, je suis allé explorer les auteurs condamnés à la clandestinité, ceux bannis par le Grand Monstre rouge : Osip Mandelstam, Marina Tsvetaïeva, Mikhaïl Boulgakov. Quand j'avais repris les cours, à l'automne, j'avais commencé à voir jour de nouveau. Ce semestre-là, j'ai laissé tomber le droit pour m'inscrire en cours de langue et civilisation russes.

Six ans plus tard, le porte-documents ne transportait pas de rapports ni de dossiers juridiques mais la source principale de mon anxiété : mon propre roman inachevé.

J'ai avalé une goutte de whisky et ai attrapé mon porte-documents. Au moment où l'avion a décollé, au lieu d'en sortir mon roman, j'ai pris celui de quelqu'un d'autre : *Sur la route*, de Jack Kerouac. On disait qu'il l'avait écrit en trois semaines, en un seul jet, sous l'effet de la benzédrine, sur un rouleau de papier continu. Peut-être devrais-je faire la même chose : prendre de la drogue et écrire sur des rouleaux de papier. Je l'ai ouvert en en faisant craquer le dos, en ai lu les premières phrases et l'ai aussitôt refermé. J'ai descendu mon verre d'un trait et ai somnolé.

Quand je me suis réveillé, nous survolions l'Atlantique. Je me suis alors décidé à jeter un coup d'œil à mon manuscrit. La veille au soir, après avoir dîné tôt avec Irina, j'avais commencé à retravailler l'intrigue, accrochant des fiches sur les murs de ma chambre pour voir si l'histoire tenait la route. C'était presque le cas et j'ai pensé que j'étais sur la bonne voie pour devenir un vrai écrivain. Ou peut-être pas.

Je n'avais jamais parlé à personne de mon roman – je n'avais même jamais dit que j'aspirais à devenir écrivain. Ni à mes parents ni à Irina, pas même à Henry Rennet, qui était mon meilleur ami depuis Groton. Certains pensaient que Henry était un lèche-cul invétéré, et d'autres qu'il n'était qu'un sale con. Et ils avaient peut-être tous raison. Mais il avait été là pour moi quand mon frère était mort. Quand les mois qui avaient suivi le décès de Julian avaient paru se succéder sans fin, aussi longs et mornes qu'un paysage de steppe russe, Henry était resté à boire du whisky et à parler avec moi pendant des heures.

Mon projet initial avait été de publier mon premier roman dans l'année qui suivrait la fin de mes études à la fac et d'en faire la surprise à tout le monde. Si mes parents n'en avaient jamais dit grand-chose, je savais qu'ils étaient déçus que je n'intègre pas le cabinet d'avocats de la famille. Un roman leur permettrait alors de se vanter auprès de leurs amis au club, une réussite dont ils pourraient être fiers.

Mais ce projet ne s'est pas concrétisé. L'été après avoir obtenu mon diplôme, j'avais commencé des centaines d'histoires, sans jamais aller au-delà des vingt premières pages. Toutefois, j'avais réussi à faire carrière grâce à mon amour de la littérature – et aussi, voire surtout, parce que je parlais parfaitement russe. Sans compter mes relations. Le Pr Humphries m'avait recruté quand j'étais à Georgetown. Après la guerre, Humphries, l'un des vieux potes de Frank Wisner du temps de l'OSS, avait repris son poste de professeur de linguistique pour les langues slaves et était devenu l'un des meilleurs découvreurs de talents pour l'Agence. Je n'ai pas été le premier, ni le dernier, à avoir été recruté par Humphries. Les gros bonnets de l'Agence nous appelaient les Humphries' Boys, un surnom qui nous faisait plus penser aux membres d'une chorale qu'à une bande d'espions.

L'Agence voulait renforcer ses rangs avec des intellectuels – ceux qui étaient convaincus qu'il était possible, à long terme, de changer les gens et leurs idéologies, et qui étaient persuadés que la littérature était un moyen d'y parvenir. Ma mission était donc de trouver des livres dont on pouvait se servir en ce sens et d'aider à leur diffusion clandestine. J'étais commandité pour me procurer des ouvrages qui terniraient la réputation des Soviétiques : des livres qu'ils interdisaient, des livres qui critiquaient leur système de pensée, des livres qui faisaient ressembler les États-Unis à un phare envoyant des signaux dans la nuit. Je voulais que ces livres examinent d'un œil critique un système qui permettait à l'État d'assassiner un auteur, un intellectuel – et même un météorologue ! – avec lequel ils n'étaient pas d'accord. Certes, Staline était mort, son corps embaumé et enfermé dans un cercueil en verre, mais le souvenir des Grandes Purges était toujours vivace.

À l'instar d'une maison d'édition ou d'un éditeur, je cherchais toujours le prochain gros titre à venir et comment le mettre entre le plus de mains possible le plus rapidement possible. La seule différence était que je voulais y parvenir sans y laisser la moindre empreinte.

Je partais à Londres non pour *un* livre mais pour *le* livre. Nous essayions de nous procurer *Le Docteur Jivago* depuis des mois. Nous avions récupéré un exemplaire de l'édition italienne et nous nous étions mis d'accord pour décider que c'était un texte aussi formidable qu'on le disait. On considérait donc qu'obtenir un manuscrit dans sa version originale était un impératif opérationnel, « de peur qu'à la traduction le livre ait perdu de son potentiel ». Je ne savais pas si cette préoccupation avait plus à voir avec la volonté d'assurer un impact maximal sur les citoyens soviétiques ou avec la réelle volonté de préserver la pureté des mots choisis par l'auteur. J'aimais à penser que la seconde raison était la bonne – ou, au pire, que l'une n'excluait pas l'autre.

Ma mission, cette fois, consistait à convaincre nos amis les Anglais de nous donner leur exemplaire en langue originale – ou, tout au moins, de nous le prêter. On avait déjà tenté de trouver un accord, mais ils s'étaient rétractés, certainement pour gagner du temps afin de savoir s'ils pouvaient être les premiers à en faire quelque chose. J'ai donc été envoyé au pays du Big Smoke[1] pour trouver une solution.

Ce qui ne me dérangeait pas. J'avais besoin de sortir du marais et de m'éclaircir les idées. Ces derniers temps, Irina avait été distante alors même que je pensais que nous nous apprêtions à marcher vers l'autel. Ma mère m'avait même légué la bague de ma grand-mère, et j'avais prévu de faire ma demande en mariage au moment de Noël. Cependant, après plusieurs rendez-vous annulés, j'avais eu le sentiment que quelque chose clochait, et je n'étais donc plus certain que c'était de mise. Par ailleurs, en avoir parlé avec Irina n'avait fait qu'aggraver la situation. Je n'avais jamais rencontré quelqu'un comme elle. Jusqu'alors, les filles avec lesquelles j'étais sorti n'avaient pour ambition que d'hériter de la bague de

1. Le grand smog de Londres – *The Great Smog* ou *Big Smoke* : « la grande fumée » – de 1952 est le smog particulièrement dense qui recouvrit la ville durant la période allant du vendredi 5 au mardi 9 décembre 1952, considéré comme la pire pollution atmosphérique de toute l'histoire du Royaume-Uni.

ma grand-mère. Irina, elle, avait les mêmes ambitions que moi : faire carrière au sein de l'Agence, être respectée, bien faire son travail et en être félicitée. Elle était mon égale, et m'obligeait à me remettre en question. Je savais que si j'avais épousé l'une des filles avec lesquelles j'étais sorti à l'époque de la fac, je me serais ennuyé tout de suite après la naissance du premier enfant, et je ne voulais pas coller au cliché des hommes de l'Agence en ayant une ou deux maîtresses.

De plus, elle était russe ! J'adorais son caractère, tellement russe, même si elle prétendait être plus américaine que moi. Et j'adorais manger des *pelmeni*, les petits raviolis faits maison, dans leur appartement désuet en entresol ; sans parler de Maman – comme elle insistait que je l'appelle depuis la première fois –, qui se moquait de mon accent d'aristocrate russe chaque fois qu'elle en avait l'occasion. J'aimais tout ça.

Quand elle avait commencé à se montrer si distante, je dois bien avouer, honteux, que je l'avais suivie jusque chez elle une fois ou deux pour voir si elle fréquentait un autre homme. Ce qui n'était pas le cas.

Donc, oui, partir me ferait du bien, et j'étais heureux d'avoir Londres pour destination. J'aimais beaucoup cette ville ; Noël Coward au *Café de Paris*, les vestes de pluie, les chapeaux de pluie, les bottes de pluie, les Teddy Boys[1] et les Teddy Girls. Et, bien

---

1. Le mouvement des Teddy Boys, issu de la sous-culture britannique des années 1950, était constitué de jeunes Anglais portant des vêtements d'inspiration édouardienne et souvent considérés comme violents et durs. La ville de Londres en fut l'épicentre.

évidemment, j'adorais la littérature anglaise. J'aurais aimé rester une semaine et visiter la maison dans laquelle H.G. Wells était mort ou le pub dans lequel C.S. Lewis buvait des bières avec Tolkien. Mais si tout se passait comme prévu, une soirée suffirait pour accomplir ma mission et je serais donc dans l'avion de retour dès le lendemain matin.

L'ami que j'allais rencontrer, dont le nom de code était Chaucer, n'était pas vraiment un ami. Je le connaissais, oui, et nos vies s'étaient croisées plusieurs fois grâce aux livres. Il n'était pas très grand, d'un poids moyen, et insignifiant comme nous nous efforcions toujours de l'être, nous les espions des Services secrets. Seules ses dents faisaient exception : si blanches et si droites que vous pouviez penser qu'il avait grandi à Scarsdale dans l'État de New York et non à Liverpool. Il pouvait aussi passer d'un accent à l'autre en fonction de ses interlocuteurs : snob avec les snobs, cockney avec des ouvriers, irlandais avec un Irlandais. Les gens le trouvaient charmant; quant à moi, je ne le supportais pas plus d'une heure ou deux.

Chaucer est arrivé avec vingt minutes de retard à notre rendez-vous au *George Inn.* Me faire attendre, j'en étais convaincu, constituait une mise à l'épreuve merdique du MI6, un genre de test psy. Je n'aurais pas été surpris d'apprendre qu'il était arrivé en avance, qu'il m'avait vu entrer dans le pub, me guettant de loin, et qu'ayant vérifié l'heure à sa montre à gousset – j'étais certain qu'il s'agissait d'une montre à gousset – il avait attendu vingt minutes avant d'entrer.

Les gars du MI6 avaient toujours recours à des trucs mesquins de ce genre et sautaient sur la moindre occasion de nous rappeler, à nous, pauvres Américains primitifs, qu'eux les Britanniques avaient des centaines d'années d'avance sur nous en matière d'espionnage. Comme le disait Chaucer, il était déjà de la partie quand j'étais encore en couche-culotte.

Une rumeur courait selon laquelle le MI6 s'était procuré *Jivago* dans sa version originale quand l'avion de Feltrinelli s'était posé à Malte au cours d'un simulacre d'atterrissage forcé. On disait que des officiers du MI6 se faisant passer pour des employés de l'aéroport avaient escorté Feltrinelli à sa descente de l'avion pendant que l'un d'entre eux photographiait le manuscrit. Je ne savais pas si c'était vrai, mais il est certain que c'était une histoire du tonnerre !

Je me suis assis à une table pour deux sous une tête de cerf aux yeux vitreux et ai descendu deux verres de Bushmills, du whisky irlandais – mon moyen à moi de me mettre en condition, pensais-je. Le barman me servait mon *fish and chips* accompagné de sa purée de petits pois quand Chaucer est entré, fuyant la pluie, le col de son pardessus noir remonté jusqu'aux oreilles. Il a enlevé son chapeau et l'a secoué, éclaboussant deux touristes français assis près de la porte. Il s'est alors excusé avec force révérences, puis est venu vers moi d'un pas lourd. J'ai remarqué qu'il avait pris du poids depuis la dernière fois que je l'avais vu.

Il a remarqué que je le jaugeais du regard. « Tu as l'air en forme.

— Merci. »

Il a levé sa main gauche. « Je me suis marié.

— C'est donc ça.

— Ah ! Ce fameux sens ricain de la repartie. Ça m'a tellement manqué. » Il s'est assis. « On m'a dit que tu étais fiancé.

— Pas encore, mais je vais quand même boire pour fêter ça. » J'ai levé mon verre et ai avalé mon whisky d'un trait.

« Ça te dit de reprendre un verre de cette saloperie irlandaise ? » Avant que j'aie pu répondre, il s'est levé pour aller au bar. Il a rapporté deux pintes et m'en a tendu une en précisant : « Ils ne servent plus de Bushmills. Tu sais, Dickens avait l'habitude de fréquenter cet endroit. » Il a attrapé une frite ramollie dans mon assiette et l'a pointée vers le fond de la pièce. « C'était sa place. Il en a même fait un livre. *La Maison d'Âpre-Vent.*

— Je crois avoir lu ça quelque part.

— Évidemment. C'est quoi déjà votre devise à vous autres, Américains. *Toujours prêt ?*

— Ça, c'est la devise des scouts. Et le roman auquel tu fais allusion, c'est *La Petite Dorrit.*

— Oui !

— Exactement ! »

Il s'est laissé aller contre le dossier de sa chaise. « Bien joué. Ton sens de la repartie m'a manqué. » Il a soupiré. « Et regarde-moi ça maintenant. Rien que des touristes, des bières avec trop de mousse, des frites molles. » Il en a attrapé une seconde. « En parlant de chef-d'œuvre, où en es-tu du tien ? »

Qu'il soit au courant de mes aspirations ne m'a guère surpris. Après tout, moi aussi je savais pas mal de choses à son sujet, notamment qu'il s'était marié récemment, en effet, mais qu'il n'avait jamais cessé de coucher avec Violet, sa secrétaire depuis longtemps, sauf pendant les quinze jours de son voyage de noces dans les Bermudes. Pour autant, qu'il soit au courant de mon échec le plus cuisant m'a agacé. « Tout va très bien, je te remercie, ai-je répondu.

— Absolument fantastique ! s'est-il exclamé. Je suis impatient de le lire.

— Tu peux compter sur moi pour t'en dédicacer un exemplaire. »

Il a posé une main sur son cœur. « J'en prendrai soin, tu peux me croire.

— En parlant de livre, ai-je dit, voulant en finir, tu as lu des choses bien récemment ?

— *Les diamants sont éternels*[1]. Tu l'as lu ? C'est brillant.

— Non, ai-je répondu. Ça ne m'intéresse pas.

— Tu es plutôt du genre Fitzgerald[2], j'imagine.

— Si on compare à Fleming ? Oui, c'est sûr.

— Cette Daisy ! Sacrée nana ! Moi-même, je suis pratiquement tombé amoureux d'elle.

— Je pense que les hommes sont beaucoup plus amoureux de Gatsby qu'ils ne veulent bien l'admettre.

— Amoureux, non. Mais on a envie de lui ressembler. Tous les hommes, toutes les femmes, rêvent secrètement de vivre une grande tragédie. Ça aiguise

1. *Les diamants sont éternels* (*Diamonds Are Forever*) est le quatrième roman d'espionnage de l'écrivain britannique Ian Fleming, mettant en scène le personnage de James Bond, paru en Angleterre en 1956.

2. Probablement une allusion à la nouvelle de Fitzgerald *Un diamant gros comme le Ritz*, bien qu'il évoque ensuite *Gatsby le Magnifique*.

leur expérience de vie. Ça rend les gens plus intéressants. Tu n'es pas d'accord ?

— Seuls les hommes privilégiés idéalisent la tragédie. »

Il a donné une tape sur ses grosses cuisses. « Je savais qu'on avait des choses en commun ! »

Mon poisson refroidissait dans mon assiette, le gras ayant détrempé la panure ; j'en ai malgré tout coupé un morceau que j'ai avalé. « Je cherche quelque chose à lire pour le vol du retour. Tu connais une bonne librairie dans le quartier ? » Il s'est levé, a bu sa bière d'un trait et, d'un revers de manche, a essuyé la trace de mousse sur sa lèvre supérieure. « Tu fais une partie ? » Nous nous sommes dirigés dans l'arrière-salle du pub. J'étais très mauvais au jeu de fléchettes mais l'ai battu haut la main, ce que j'ai pris comme un signe prouvant qu'il était d'accord pour conclure notre affaire.

« Bon, a-t-il dit après que je l'ai battu une seconde fois. On dirait que je manque de pratique. » Il a sorti sa montre à gousset. Ayant deviné juste, je n'ai pu m'empêcher de sourire. « Il faut que j'y aille. J'emmène bobonne voir *Oncle Vania* au Garrick.

— J'aime beaucoup le théâtre russe, ai-je dit.

— N'est-ce pas le cas de tout le monde ?

— Les critiques sont bonnes ?

— C'est bientôt la dernière représentation à Londres. Mais on la jouera bientôt aux États-Unis. Tu sais comment ça se passe. Nous les Britanniques, on aime bien tâter le terrain avant de vous laisser vous y aventurer. »

Enfin, nous y étions. « Quand est-ce que ça commence ?

— Début janvier. » Il a enfilé son manteau et a mis son chapeau. « Mais on n'a pas de date exacte.

— Décembre serait l'idéal. J'adore me rendre à un bon spectacle au moment des vacances de fin d'année.

— Ce n'est pas moi qui décide.

— Bon, je vais garder les oreilles ouvertes.

— Je n'en doute pas. »

Il est sorti, fonçant sous la pluie pour rejoindre une voiture qui rôdait devant le pub. Je suis retourné au bar et ai commandé un Bushmills, avant de régler ce que nous devions. Comme de bien entendu, Chaucer m'avait laissé la note à payer.

Quand je suis parti, il pleuvait toujours des cordes. Je suis arrivé trempé à l'hôtel et ai laissé un message à la réception pour qu'on ne me passe aucun appel téléphonique. « Dites que je souffre d'un léger décalage horaire et que j'ai besoin de me reposer », ai-je précisé – le code pour faire savoir à l'Agence que l'affaire était conclue : la version originale de *Jivago* serait bientôt entre nos mains.

15

LE MOINEAU

Décembre est arrivé et le District a bientôt été recouvert d'une fraîche couche de neige. Le jour même de mon retour, j'ai laissé l'exemplaire d'*Il dottor Živago* dans un confessionnal de l'église St Patrick et, le lendemain, j'ai eu rendez-vous dans l'un des bureaux tempo pour un compte-rendu de fin de mission. J'ai tout rapporté à Frank, dans le moindre détail : qui était présent à la réception, ce que racontait la presse, les bribes de conversation que j'avais attrapées et, plus important, ce que Feltrinelli avait dit dans son discours. Tout, sauf ma rencontre avec l'homme qui s'était débrouillé pour glisser sa carte de visite dans mon exemplaire du livre. À peine arrivée chez moi, j'avais sorti la carte de mon étui à cigarettes et l'avais cachée derrière l'un des carreaux descellé dans ma salle de bains. À Washington, les secrets étaient une garantie, et une fille a toujours besoin d'en avoir quelques-uns en réserve.

Nous avions prévu, Irina et moi, de nous retrouver au Reflecting Pool pour faire du patin à glace, puis dîner chez moi. Après avoir loué des patins à un homme coiffé d'un passe-montagne, à l'arrière de son break, nous nous sommes frayé un chemin dans la neige en direction de la patinoire. Toutefois, nous n'avons finalement jamais chaussé ces patins. Alors que nous nous asseyions sur les marches du mémorial de Lincoln, nous apprêtant à retirer nos bottes, Irina a craché le morceau : Teddy lui avait demandé de l'épouser. Elle ne m'a pas dit avoir accepté, mais ce n'était pas nécessaire. Tout en parlant, elle a gardé les yeux fixés sur le Washington Monument, sans se tourner vers moi une seule seconde.

Je savais que ça pourrait arriver. J'en avais connu d'autres qui avaient été fiancées et s'étaient mariées, et avaient même eu des enfants, pour brouiller les pistes, pour éviter d'être arrêtées, pour mener une vie « normale ». Bon sang, même moi j'y avais pensé, au moins une fois ou deux. Après être rentrée d'Italie, j'avais essayé de rompre avec elle des dizaines de fois, mais, chaque fois, j'avais plongé encore plus. Bien évidemment, je savais que ça pourrait arriver. Et pourtant. Quand les mots sont sortis de sa bouche, j'ai été prise au dépourvu. Ce fut comme si l'on retirait l'un des piliers de mes fondations et que je ne sache pas vraiment quand j'allais m'effondrer. Toutefois, en cet instant, j'ai tenu bon. J'ai réussi à garder mon sang-froid, comme on m'avait appris à le faire en toutes circonstances. Je l'ai félicitée, lui déclarant que j'aimerais être celle qui organiserait la fête de fiançailles des heureux élus. Décontenancée, elle a répondu, d'une toute petite voix – à peine un souffle –, que ce ne serait pas nécessaire. Quand je lui ai dit que finalement je n'avais plus envie de faire du patin à glace, que j'avais mal à la tête et qu'il valait mieux que je rentre chez moi et me repose, elle s'est levée et m'a laissée seule, assise sur les marches froides. Je l'ai regardée s'éloigner et n'être plus qu'un tout petit point rouge au milieu de la blancheur du paysage.

Ce soir-là, Irina a débarqué chez moi, toujours habillée comme pour faire du patin. Elle avait l'air d'avoir marché longtemps, sans s'être arrêtée depuis qu'elle m'avait laissée sur les marches. Elle avait le nez rouge, et elle tremblait de froid. Elle est entrée avant même que je l'y invite, se débarrassant de ses bottes, son bonnet, son écharpe et son manteau. Quand je lui ai dit que j'étais en train de dormir, que je pensais couver un rhume et qu'elle ne devait pas s'approcher trop près, elle a pris mon visage dans ses mains. « Écoute », a-t-elle commencé, mais sans rien ajouter. Alors elle m'a embrassée, ses lèvres cherchant les miennes jusqu'au moment où elle les a rencontrées. Ce baiser m'a donné envie de pleurer ; et j'ai eu un sentiment de perte dès qu'elle a éloigné ses lèvres des miennes. « Écoute », a-t-elle répété. À cause de ce mot, j'aurais souhaité regarder ailleurs, mais elle m'en a empêché. Elle s'est approchée encore plus, les pointes de ses pieds chaussés de bas recouvrant les miennes. Même sans talons, elle me dépassait d'une tête, et elle tenait toujours mon visage entre ses mains comme pour l'inspecter.

Elle a de nouveau pris ma bouche, puis a fait glisser ses mains froides sous mon peignoir. Son assurance m'a prise au dépourvu. Je ne la reconnaissais pas. Faisait-elle semblant d'être quelqu'un d'autre ou bien était-elle vraiment devenue une autre personne sans que je m'en sois rendu compte ?

Mes jambes ont flageolé, et je suis tombée à genoux sur la moquette. Elle en a fait autant. Quand mon peignoir s'est ouvert, elle m'a embrassé le ventre, et j'ai laissé échapper un petit bruit embarrassant. Elle s'est alors mise à rire, ce qui m'a fait rire moi aussi. « Qui es-tu ? » ai-je demandé. Elle n'a pas répondu, occupée qu'elle était à suivre d'un doigt le contour de mes hanches.

Peut-être était-ce l'inverse. Peut-être était-ce moi que je ne reconnaissais pas. J'avais toujours été celle qui menait le jeu dans les échanges sexuels. Je jaugeais les réactions de mes partenaires et bougeais, posais, gémissais en fonction. Cette fois, c'était différent. Elle n'attendait rien de moi. Et j'étais impuissante.

Je continuais à croire que nous arrêterions – qu'elle retrouverait ses esprits, que je retrouverais les miens. Qu'elle ferait marche arrière. Mais quand je l'ai formulé à voix haute, elle a dit qu'il était trop tard. « Pas de retour possible. »

Elle avait raison. C'était comme regarder un film en Technicolor pour la première fois : le monde était ce qu'il était puis, soudain, tout changeait.

Nous nous sommes endormies sur la moquette, mon peignoir en guise de couverture, sa tête reposant sur ma poitrine. Et je me suis réveillée doucement avec l'odeur et le bruit de la boulangerie qui ouvrait en bas. Je suis alors allée dans la salle de bains m'asperger le visage d'eau froide et me brosser les cheveux. La lumière du matin qui filtrait par la petite lucarne au-dessus de la douche paraissait crue, mon reflet dans le miroir était blafard. Je pensais à Irina et Teddy – à quoi ressemblerait leur mariage, de quoi elle aurait l'air en remontant la nef de l'église. Et mon histoire en Technicolor est redevenue un film en noir et blanc.

Quand je suis sortie de la salle de bains, j'ai trouvé Irina dans la cuisine en train d'inspecter l'intérieur du réfrigérateur. Elle a attrapé une boîte d'œufs et m'a demandé comment je les aimais.

« Et Teddy, il les aime comment ? »

Elle n'a pas répondu. Quand je lui ai de nouveau posé la question, elle m'a pris la main et m'a dit qu'il nous fallait réfléchir. Quand elle m'a confié qu'elle m'aimait, au lieu de lui dire la vérité – que moi aussi je l'aimais – j'ai reculé et prétendu que je n'avais pas faim, qu'il était préférable qu'elle parte. Ce qu'elle a fait.

Le soir du réveillon, sous une pluie glacée.

Dans ma cuisine, je faisais réchauffer le reste de filet mignon que j'avais sorti d'un emballage plié en forme de cygne. J'ai ouvert la fenêtre qui donnait sur mon escalier de secours et attrapé une bouteille de dom-pérignon cuvée 1949 que Frank m'avait offerte pour me récompenser d'avoir mené à bien, à Milan, la mission qu'il m'avait confiée.

J'ai avalé mon dîner debout devant la porte ouverte du four pour me réchauffer le dos ; le champagne était aussi délicieux que Frank me l'avait promis.

Plus tôt dans la journée, j'étais allée au cinéma voir *Le Pont de la rivière Kwaï*. Mais j'avais eu du mal à me concentrer et étais partie avant la fin. Il faisait déjà presque nuit et il s'était mis à pleuvoir. Le temps d'arriver chez moi, notre Noël blanc avait viré, était devenu boueux. Le bonhomme de neige que des gosses avaient fait dans le parc de l'autre côté de la rue s'était solidifié avec le gel, la carotte qui lui servait de nez avait été remplacée par une cigarette, et son écharpe avait disparu. Je détestais le réveillon du Nouvel An.

Et ce qui n'arrangeait rien, il faisait un froid de canard dans mon appartement – de la buée sortait de ma bouche à chaque respiration, et sous mes doigts le radiateur était froid. Je maudissais le propriétaire, un homme qui possédait la moitié des immeubles du quartier mais qui était trop radin pour recruter un gardien qui s'occuperait de l'intendance.

J'ai fait couler un bain chaud et m'y suis plongée en prenant soin de ne pas me mouiller les cheveux. Quand l'eau est devenue tiède, j'ai tourné le robinet d'eau chaude du bout du pied, à deux reprises, avant de finalement sortir de la baignoire. Saisie par le froid, je me suis enveloppée d'un peignoir éponge trop grand pour moi. Je n'avais qu'une envie, me mettre au lit et m'endormir en écoutant le concert de Guy Lombardo diffusé à la radio à l'occasion du réveillon. Mais c'était impossible. Je devais m'habiller, me maquiller, et avoir mangé avant l'arrivée de la voiture noire qui me conduirait à une soirée d'ici une heure. Une autre mission m'attendait.

Après Milan, quand j'avais fait mon rapport à Frank, il avait eu l'air satisfait mais distrait, comme s'il connaissait déjà tous les détails de ce que je lui racontais, ce qui était probablement le cas. Que je n'aie pu m'approcher de Feltrinelli ne semblait pas le contrarier. J'avais d'abord cru qu'il pensait comme moi que je devais peut-être me retirer du jeu, que je n'avais plus les qualités requises. Or, plutôt que de me dire adieu, il m'avait expliqué que je pourrais lui être encore une fois utile.

« J'aurais besoin que tu m'accordes encore une faveur.

— Tout ce que tu voudras. »

La pluie s'est calmée juste au moment où la voiture noire arrivait. J'étais emmitouflée dans mon manteau en mohair blanc à la jupe évasée, ayant laissé ma fourrure dans le placard, comme je le faisais depuis qu'Irina m'avait dit que la fourrure lui faisait froid dans le dos. « Pauvres lapins », avait-elle dit en passant sa main sur ma manche.

Le chauffeur, sa casquette en cuir verni à la main, m'a tenu la portière arrière ouverte. « Que fait une fille comme vous toute seule le soir du Nouvel An ? »

Je me suis glissée sur la banquette arrière sans répondre.

Le District défilait sous mes yeux, un éclat de lune brièvement visible entre chaque immeuble. Je me demandais si, de là où elle était, Irina pouvait voir la lune. Elle passait la dernière soirée de l'année avec Teddy et la famille, fortunée, de Teddy, dans leur chalet des Green Mountains. Irina ne savait même pas skier. J'espérais que dans le Vermont le ciel était nuageux et que la pluie glacée était arrivée là-haut aussi.

Le réveillon avait lieu au *Colony*, un restaurant français dans le centre-ville, considéré comme l'un des meilleurs restaurants de D.C., ce qui ne voulait pas dire grand-chose. Organisée par un diplomate panaméen, cette soirée était en réalité une fête de bureau sans le bureau, entre soi, uniquement sur invitation. Toute la bande serait là : Frank, Maury, Meyer, les frères Dulles, les Graham, tout le gratin de Georgetown. Mais je ne m'y rendais pas pour leur parler. Une autre mission m'attendait.

Le long d'un mur de la salle à manger, les statues de figures mythologiques étaient affublées de chapeaux de fête pointus, et le bar était décoré de serpentins argentés et de guirlandes dorées. Un filet rempli de ballons blancs attendant les douze coups de minuit était suspendu au-dessus de la piste de danse. Une grande banderole était accrochée à travers le bar principal : VIVEMENT 58 ! Un orchestre accompagné d'une chanteuse dans une robe de satin jouait devant une horloge géante, ses aiguilles mobiles indiquant vingt-deux heures. Pendant que je laissais ma pelure au vestiaire, une serveuse habillée en Rockette[1], avec un tout petit chapeau haut de forme attaché par une

1. Les Rockettes : compagnie de danse synchronisée fondée en 1925.

épingle à cheveux sur le côté de sa tête, m'a présenté un plateau en argent avec divers accessoires de cotillon et des petits chapeaux. Je me suis contentée de choisir une langue-de-belle-mère.

« Où est passé ton esprit festif, jeune fille ? » a demandé Anderson derrière moi. Il était coiffé de deux chapeaux pointus perchés au sommet de sa tête, telles des cornes de diable, l'élastique coincé dans les plis de son double menton. Il avait déjà tombé la veste, et l'arrière de sa chemise était trempé de sueur.

« Le Bébé du Nouvel An sera-t-il de nouveau de la partie ce soir ? » lui ai-je demandé, en référence à la fois où il était apparu avec un drap blanc épinglé à l'entrejambe, une tétine géante dans la bouche et un biberon de rhum à la main lors d'un réveillon de Nouvel An à Kandy.

« La soirée ne fait que commencer !

— En parlant d'esprit festif, tu sais où je pourrais trouver un verre ? » Les trois verres de dom-pérignon que j'avais bus chez moi m'avaient déjà bien grisée et je n'avais pas envie que leur effet se dissipe ; je voulais ne plus penser à Irina – du moins temporairement.

Anderson m'a tendu son verre de punch à moitié vide. « Les dames d'abord. »

Je l'ai vidé d'un trait, ai soufflé dans ma langue-de-belle-mère à son intention, puis ai fait signe au serveur qui se promenait avec un plateau de verres pleins. Anderson m'a demandé si je voulais danser, et je lui ai répondu que ce serait peut-être pour plus tard. J'avais déjà repéré, à l'autre bout de la piste, l'homme avec lequel Frank voulait que je fasse plus ample connaissance.

J'ai regardé Anderson rejoindre une table pleine de gens qui ont acclamé son retour, puis ai porté mon attention vers cet homme. Henry Rennet était debout dans un coin près de la scène et regardait la pâle imitation de Eartha Kitt chanter « *Santa Baby* ». Je suis alors passée devant la table d'Anderson, ai fait le tour de la piste de danse, et me suis postée à un coin de la scène opposé à celui où se tenait Henry. Puis j'ai attendu. Le groupe a cessé de jouer ; la chanteuse s'est alors dirigée vers l'horloge en jouant des hanches et a fait avancer la grande aiguille sur la demie de vingt-deux heures. L'assemblée a applaudi ; Henry a ricané mais a levé son verre à la dernière heure et demie de 1957 avant de regarder dans ma direction.

Ce que je savais de Henry Rennet : avait étudié à Yale. Avait grandi à Long Island mais disait toujours « Manhattan » quand on lui posait la question. Était depuis exactement cinq ans et trois mois à l'Agence ; son ascension fulgurante dans la hiérarchie de la SR éveillait les soupçons. Vivait seul dans un deux-pièces payé par ses parents. Aimait les langues : il parlait couramment le russe, l'allemand et le français. Après Yale et avant l'Agence, avait passé plusieurs années à bourlinguer en Europe, ce qui, en réalité, signifiait qu'il était passé d'un hôtel de luxe à un autre, aux frais de ses parents. Roux avec des taches de rousseur, un cou épais, il réussissait pourtant mieux avec les femmes qu'on aurait pu le penser. Était sorti – au sens le plus large du terme – avec deux des filles de l'équipe des dactylos, aucune des deux ne sachant qu'il était sorti avec l'autre. Meilleur ami de Teddy Helms, pour des raisons qu'Irina ne comprenait pas. Mais moi, je comprenais. Ces gars de l'Ivy League restaient toujours collés.

Une autre chose à propos de Henry Rennet – et la raison pour laquelle j'avais été invitée à cette soirée : Frank pensait que Henry était peut-être une taupe. Frank m'avait déjà parlé de ses doutes plusieurs mois auparavant, peu de temps avant de m'avoir recrutée pour participer à la mission afférente au livre et j'avais donc déjà commencé à tâter le terrain. À mon retour d'Italie, il m'avait demandé d'essayer de mieux connaître Henry.

Vous savez, tous les hommes à l'Agence avaient un gros ego mais, généralement, n'en abusaient qu'entre eux. Henry, quant à lui, avait un ego qui pouvait lui valoir des ennuis. On le considérait comme un fanfaron. Ce trait de caractère et son problème avec l'alcool avaient suffi à donner l'alerte.

Je n'y avais jamais fait allusion et j'espérais que les rumeurs n'étaient pas fondées, mais j'avais entendu dire que, depuis peu, l'intégrité des facultés mentales de Frank avait été remise en question – certains disant qu'il n'était plus lui-même depuis l'échec de notre mission en Hongrie, d'autres mettant son obsession à vouloir dénicher une taupe soviétique sur le compte de ses éventuelles déficiences mentales.

Après avoir bavardé à côté de la scène, tournoyé sur la piste de danse, et bu quelques verres de punch, Henry a suggéré que nous allions parler dans un endroit plus tranquille. La chanteuse avait déjà fait avancer les aiguilles de l'horloge sur minuit moins le quart, et tout le monde se tenait prêt avec des langues-de-belle-mère et des crécelles, remplissant les verres pour trinquer à minuit. Nous nous sommes éclipsés et, en sortant, Henry a attrapé une bouteille de champagne dans un seau à glace en argent. « Rien que pour nous », a-t-il lancé en la brandissant telle un trophée.

« Où allons-nous ? »

Il n'a pas répondu, marchant devant moi avec deux longueurs d'avance. Normalement, c'est moi qui suis en tête de la marche ; j'ai donc hâté le pas, mais ai trébuché sur un renflement de la moquette et suis tombée. Henry s'est retourné pour m'aider et, en me relevant, le sang m'est monté à la tête.

« Ne me dis pas qu'une fille comme toi ne tient pas l'alcool ?

— Je tiens très bien l'alcool, merci. »

Il a de nouveau brandi la bouteille. « Tant mieux. » Puis il a regardé sa montre. « Minuit moins sept. » Il m'a prise par la taille, son pouce s'enfonçant au creux de mes reins, et nous a conduits vers la sortie.

« Je n'ai pas mon manteau, lui ai-je fait remarquer.

— Oh, ne t'en fais pas. On ne part pas encore. »

Nous sommes passés devant le portier, affalé sur un tabouret, comme s'il avait lui-même bu un petit coup de trop. Henry m'a alors attrapée par la main et m'a entraînée dans un coin. Son haleine puait autant que le plancher dans un bar, et j'ai su qu'il était suffisamment ivre pour devenir trop bavard et laisser échapper quelques informations. J'ai redressé son nœud de cravate – trop fin, de mauvais goût – et me suis tournée vers le portier, qui faisait semblant de ne pas nous regarder. « Je croyais que nous allions dans un endroit tranquille pour parler ? »

Il a alors passé une main derrière mon dos et j'ai compris qu'il ouvrait une porte. « Bon, qu'est-ce que tu sais ? » a-t-il dit, en me poussant dans un vestiaire. L'endroit était vide, à l'exception d'uniformes blancs sur des cintres, d'une chaise cassée et d'un vieil aspirateur.

« Ce n'est pas exactement le nid douillet auquel j'avais pensé.

— Je sais qu'une fille comme toi est habituée (la bouteille de champagne à la main, il a pointé la chaise cassée) à plus de confort, à un autre standing, mais c'est tranquille, non ? » Il a fait sauter le bouchon, qui a atterri dans un casier à chapeau vide, et a avalé une gorgée. « Et intime. »

Il m'a tendu la bouteille, mais j'ai décliné sa proposition, sentant qu'il suffirait d'un verre de plus pour que je perde l'avantage. « Peut-être une goutte quand il sera minuit. »

Il a de nouveau regardé sa montre et en a tapoté le verre. « Plus que trois minutes.

— Tu as pris des résolutions de Nouvel An ?

— Rien d'autre que ça. » Il a alors posé sa main moite sur ma joue et s'est penché pour m'embrasser. J'ai reculé, ma tête heurtant la tringle du placard derrière moi.

« Dis-moi d'abord quelque chose.

— Tu es très belle. » Il s'est approché encore plus.

Je l'ai repoussé d'un doigt. « Tu peux faire mieux. »

Il a ricané d'une manière qui m'a hérissée. «J'aime ça. J'aime relever des défis.

— Raconte-moi quelque chose… d'intéressant.» Je l'ai regardé droit dans les yeux, un vieux truc pour faire parler les gens.

«Moi? Je n'ai rien à cacher. On lit en moi comme dans un livre ouvert.» Il a regardé au plafond et soufflé. «Je pense que c'est toi qui as des choses à cacher.

— Toutes les femmes ont des secrets.

— C'est vrai. Mais il se trouve que je connais ton secret.»

J'avais la bouche sèche, ma langue aussi lourde qu'un sac de sable. «C'est-à-dire?

— Tu veux vraiment que je te le dise?

— Dis-le.

— Tu crois que je ne sais pas pourquoi tu es venue me draguer? Soudain, tu t'intéresses à un homme qui a dix ans de moins que toi? Tu crois que je ne sais pas ce que tu fais? Je sais que tu as posé des questions à mon sujet. À propos de ma loyauté à l'Agence.»

J'ai jeté un coup d'œil en direction de la porte.

«Ce que tu ne sais pas, c'est que j'ai plus d'amis ici que tu n'en as.»

Je m'étais jetée dans la gueule du loup, trop distraite et trop grise pour m'en apercevoir. Quand j'ai voulu me dégager pour partir, il m'a bloqué le passage. «Je vais crier.

— Très bien. Ils penseront que tout se passe bien.»

Je l'ai écarté, mais il m'a poussée en arrière et, cette fois, ma tête a heurté la tringle en métal violemment. Avant que je puisse réagir, il s'est plaqué contre moi et a pressé ses lèvres contre les miennes si fort que, quand il s'est écarté, j'ai eu le goût du sang dans la bouche. J'ai de nouveau essayé de me dégager, mais il a recommencé, glissant de force sa langue dans ma bouche. Quand j'ai tenté de lui donner un coup de genou à l'entrejambe, il a profité de mon déséquilibre, mes jambes se sont dérobées sous moi, et je suis tombée par terre, où il m'a rejointe. J'ai voulu me relever, mais il m'en a empêchée en plaquant mes mains au-dessus de ma tête. Mes cris ont été noyés par ceux de l'assemblée, qui, de l'autre côté de la porte, commençait le compte à rebours jusqu'à minuit. *Trente !* J'ai entendu ma robe se déchirer sur le côté. « C'est ce que tu fais, n'est-ce pas ? C'est à ça que tu sers ? » *Vingt-trois !* Je lui ai craché au visage et il s'est essuyé avec un sourire narquois que j'aurais aimé effacer à coups de brique. Il a pressé son front contre le mien. *Quatorze !* « Les rumeurs disent vrai, hein ? » Son haleine était chaude et aigre. « Tu serais plutôt de l'autre bord. Quelle honte si ça se savait. » *Trois ! Deux ! Un !*

L'assemblée a hurlé « Bonne année ! » et l'orchestre s'est mis à jouer « *Auld Lang Syne* ». J'ai fermé les yeux et ai pensé à la capsule de poison dans notre kit de survie au temps de Kandy – blanche et ovale, dans un petit flacon en verre fin enveloppé de caoutchouc brun. Si besoin était, nous devions casser le flacon, mordre dans la capsule et avaler le poison. Le cœur s'arrêtait quelques minutes plus tard ; une mort rapide et supposément indolore. Je n'aurais jamais imaginé que je serais un jour retenue prisonnière si loin d'un champ de bataille.

Quand il m'a laissée seule dans le vestiaire, je n'ai même pas pensé à me relever ni même à me traîner à l'extérieur. Je n'ai même pas pensé à demander de l'aide. Je ne voulais pas penser. Je voulais juste dormir.

Il est revenu avec mon manteau et m'a aidée à me relever. Anderson et son épouse partaient au moment où nous sortions du vestiaire – Henry en premier et moi chancelant à quelques pas derrière lui. Mais Anderson n'est pas venu vers moi, il ne nous a pas lancé un « Bonne année ! », il est parti sans nous adresser un seul mot. Il a juste jeté un coup d'œil à mon maquillage qui avait coulé, à ma robe déchirée, sans me dire un mot.

Henry avait raison. Je n'étais rien pour eux. Même Anderson ne pouvait pas me regarder. Pour eux, je ne comptais pas, je ne faisais pas partie des pairs de l'Agence. Et je n'étais certainement pas leur amie. Ils s'étaient tous servis de moi. Ils se servaient de moi depuis longtemps. Frank, Anderson, Henry, tous. Et j'étais certaine qu'ils continueraient jusqu'à ce que je ne puisse plus rien leur rapporter.

Henry m'a mise dans une voiture, m'a embrassée sur la joue, tel un gentleman, et a demandé au chauffeur de conduire prudemment.

Le chauffeur m'a reconduite devant ma porte, et j'ai monté les marches jusqu'à mon appartement, agrippée à la rampe d'escalier. Je sentais encore le poids de son corps sur moi. Je sentais encore son odeur.

Il faisait toujours aussi froid chez moi. La bouteille de dom-pérignon à moitié vide était toujours posée sur ma table basse en verre à côté du cygne en alu vide. La paire de chaussures à talons que j'avais essayée mais que je n'avais pas portée était toujours là où je l'avais laissée, au pied de mon miroir. La carte de Noël qu'Irina m'avait envoyée était toujours sur le manteau de la cheminée.

Je me suis déchaussée, me suis démaquillée, me suis déshabillée et je suis montée dans la baignoire, laissant couler l'eau brûlante. Puis je me suis couchée et ai dormi, toute la journée, et la nuit qui a suivi.

Au réveil, je me suis rendue dans la salle de bains et me suis agenouillée sur le carrelage froid. En comptant six carreaux à partir du mur de côté, j'ai soulevé celui qui était décollé à l'aide d'un ongle. Cet ongle peint en rouge s'est cassé. J'ai alors arraché ce qui en restait avec les dents et l'ai recraché. Retirant le carreau, j'ai attrapé la carte de visite : SARA'S DRY CLEANERS, 2010 P ST. NW, WASHINGTON, D.C.

En retournant la carte, j'ai pensé à Irina. Je voulais me souvenir de tout. Je voulais répertorier tous les souvenirs que j'avais d'elle, puis les classer afin de pouvoir y piocher dans le futur et les protéger de l'impact des autres souvenirs, les protéger de la cruelle distorsion du temps, les protéger de celle que j'allais devoir devenir.

Une fois que j'aurais appelé, il n'y aurait pas de retour possible. Un agent *double* est un terme légèrement inapproprié toutefois : une personne ne devient pas deux personnes. Pour cette personne, il s'agit plutôt de perdre une part de soi-même afin d'exister dans deux mondes parallèles, sans jamais exister entièrement dans aucun des deux.

Je me suis alors souvenue de la première fois où j'avais vu Irina chez *Ralph* : assise sur le bord de la banquette, ses jambes dépassant dans l'allée, tournant la tête dans ma direction pour la première fois. Je me suis souvenue du chewing-gum rose qu'elle avait acheté à la station-service de Leesburg alors que nous étions en route pour rejoindre un vignoble qui, finalement, était fermé. Je me suis souvenue de la fois où nous étions allées faire de la luge au parc de Fort Reno, le point le plus haut du District, le soir où il avait neigé pour la première fois de la saison. Je me suis souvenue d'avoir d'abord regimbé quand je l'avais retrouvée dans Tenleytown et qu'elle avait brandi deux plateaux couleur soupe aux pois provenant de la cafétéria de l'Agence. Je lui avais montré mes talons hauts et lui avais dit que c'était impossible. Je me suis souvenue de la manière dont j'avais cédé quand elle m'avait demandé d'essayer au moins une fois. Je me suis souvenue alors du froid qui soufflait sur mon visage tandis que nous dévalions la colline verglacée.

Je me suis souvenue de la fois où nous étions entrées en courant dans un *Safeway* dix minutes avant la fermeture, pour trouver un gâteau d'anniversaire. Ce n'était ni mon anniversaire ni le sien, mais Irina avait insisté pour que nous en achetions un, en demandant même au pâtissier, qui avait déjà enlevé son tablier, d'écrire mon nom dessus avec un point d'exclamation et un glaçage de couleur bleue.

Je me suis souvenue de la fois où, de Gravelly Point, nous avions regardé les avions atterrir à National. Et comment nous nous étions blotties l'une contre l'autre quand l'éclat d'une lampe avait brillé au loin. Comment le bruit du moteur des avions s'amplifiait à mesure qu'ils approchaient, jusqu'à ce qu'ils apparaissent au-dessus de nos têtes. Ils avaient l'air si près que nous avions le sentiment de pouvoir les atteindre et d'en toucher le dessous de la carlingue.

Je voulais me souvenir aussi de ce matin dans mon appartement après que nous avions fait l'amour, quand tout s'est détricoté comme après avoir tiré sur un fil s'échappant d'un pull. Une fois qu'elle avait été partie, j'avais ouvert le placard dans lequel j'avais caché le cadeau que je lui avais acheté : une gravure ancienne de la tour Eiffel. Après avoir vu *Drôle de frimousse*, elle avait dit que nous devrions, un jour, aller à Paris ensemble. La minuscule tour Eiffel était de la taille de ma paume de main, ces lignes imbriquées l'une dans l'autre dessinées par le bout d'une plume trempée dans l'encre. Je l'avais encadrée, et emballée dans du papier kraft fermé par une ficelle rouge. J'avais prévu de la lui donner à Noël, mais le paquet était resté au fond de mon placard.

La carte de visite toujours en main, j'en ai mémorisé l'adresse avant d'y mettre le feu à l'aide d'une allumette, et l'ai regardée partir en fumée.

16

~~La Postulante~~

L'AGENT SECRET

Le Bishop's Garden était vide, la grille de l'entrée latérale non verrouillée. Les arbres nus dessinaient des ombres noires sur les murs illuminés de la cathédrale. Nous étions en hiver et, à part un mince filet d'eau qui s'en échappait, le jet de la fontaine aux chérubins avait été coupé pour éviter que la tuyauterie gèle, et les célèbres rosiers s'étaient transformés en arbustes épineux.

Trois des projecteurs le long de l'allée qui bordait le mur de pierre avaient grillé – comme on me l'avait dit – mais avec la pleine lune et les illuminations de la cathédrale qui éclairaient le jardin, je n'ai eu aucun mal à trouver mon chemin pour passer sous l'arche de pierre avant de rejoindre le banc en bois sous le pin le plus grand.

J'ai balayé de la main la couche de neige et les aiguilles de pin mortes et me suis assise. Un mouvement soudain, derrière moi, m'a fait frissonner et me tenir aux aguets. J'ai regardé autour de moi : rien. Avais-je été suivie ? J'ai levé la tête et ai aperçu deux lumignons jaunes suspendus dans les plus hautes branches du pin. J'ai alors vu une chouette s'installer sur une branche paraissant trop frêle pour la supporter ; elle a tourné la tête, inspectant le jardin en quête d'une malheureuse souris ou autre petit rongeur. D'allure majestueuse, elle trônait sur sa branche, en équilibre, comme prête à énoncer un jugement et à exécuter elle-même la sentence. Guettant l'apparition de son dîner, elle ne m'a prêté aucune attention, moi simple roturière. Fonctionner à l'instinct était un don réservé aux animaux ; et pourtant la vie serait tellement plus simple s'il en allait de même avec les humains. Quand la chouette a déplacé le poids de son corps, la branche a craqué ; dans un battement d'ailes, elle a alors gagné le mur du jardin sur lequel elle s'est perchée. Et c'est quand elle a été partie que je me suis rendu compte que pendant tout ce temps j'avais retenu ma respiration.

J'ai soulevé le bord de mon gant pour jeter un coup d'œil à ma montre : dix-neuf heures cinquante-six. Encore quatre minutes avant l'arrivée de Chaucer. S'il était en retard, je devais partir immédiatement et prendre le bus 10 jusqu'à Dupont Circle. S'il était à l'heure, je devais récupérer un petit paquet avec deux rouleaux de microfilm contenant *Le Docteur Jivago* en langue originale, puis monter dans le bus 20 et déposer le film en lieu sûr, dans une maison d'Albemarle Street.

Il a commencé à neiger et je regardais les flocons danser dans les rais de lumière éclairant la cathédrale. Mes cuisses me démangeaient, comme chaque fois qu'il faisait froid, et j'ai resserré la ceinture du manteau en poil de chameau que Sally avait voulu m'offrir quand elle avait remarqué une brûlure de cigarette sur ma vieille veste d'hiver – résultat d'une bousculade dans le bus. J'ai retiré mes gants de cuir rouge et soufflé sur mes poings fermés. Quand j'ai déplié les doigts, ma bague de fiançailles a glissé de mon annulaire et rebondi sur les pavés en tintant. Elle était trop grande de deux tailles, et je ne m'étais toujours pas occupée de la faire ajuster. Mais mon Dieu, qu'elle était belle. La grand-mère de Teddy lui avait donné quand il n'était encore qu'un petit garçon, en lui disant qu'un jour la femme qu'il aimerait toute sa vie la porterait. Il se souvenait lui avoir répondu qu'il ne se marierait jamais, qu'il serait bien trop occupé à se battre contre les nazis, comme Captain America. Sa grand-mère lui avait alors tapoté la tête en disant : « Attends un peu, tu verras. »

Teddy avait raconté cette histoire le jour de mes vingt-cinq ans avant de tomber à genoux à mes pieds, dans la maison de ses parents, juste avant qu'ait été servi le sablé aux framboises. Au lieu de le regarder lui, j'avais regardé ma mère, qui rayonnait d'une fierté que je ne lui avais jamais connue. Puis j'avais jeté un coup d'œil à ses parents, de l'autre côté de la table, souriant comme si leur petit garçon venait de faire ses premiers pas. J'avais alors fini par regarder Teddy, en hochant la tête.

C'était une très belle bague, mais je détestais la porter. En effet, j'avais le sentiment de faire semblant, d'être quelqu'un d'autre que moi.

Je savais qu'il m'était impossible d'avoir ce que je voulais vraiment, mais je le voulais quand même. Je voulais l'excitation, un foyer et l'aventure, l'attendu et l'inattendu. Je voulais une chose et son contraire. Je voulais tout en même temps. J'étais impatiente ; je voulais que la réalité soit le reflet de mes désirs. Ce besoin ne cessait jamais de m'accompagner, m'incitant à analyser chacune de mes réactions, à remettre en question chaque décision, c'était la cause de conversations dans ma tête qui n'en finissaient jamais et m'empêchaient de dormir pendant que ma mère ronflait doucement de l'autre côté de la cloison qui séparait nos deux chambres.

Je savais comment les gens appelaient ça : une abomination, une perversion, une déviance, une corruption, une dépravation, un péché. Mais je ne savais comment le qualifier – comment nous qualifier.

Sally m'avait fait découvrir un monde qui existait derrière des portes fermées, mais ce n'était pas pour autant mon monde, ma réalité. Tout ce que je savais, c'est que je n'avais pas revu Sally depuis la nuit que j'avais passée chez elle, deux semaines et trois jours plus tôt et que, pendant ces deux semaines et trois jours, pas une heure ne s'était écoulée sans que je pense à elle.

J'ai ramassé la bague et l'ai remise à mon doigt au moment même où les cloches de la cathédrale sonnaient huit fois. Au dernier coup, Chaucer est apparu, comme prévu. Il était arrivé sans un bruit : ni celui qu'aurait fait la grille en s'ouvrant ni celui des pas crissant sur la neige. Il était arrivé aussi silencieux que la neige tombante, vêtu d'un long manteau noir et coiffé d'une casquette avec des rabats protégeant ses oreilles. Avec ce drôle de couvre-chef et son air bizarre, il m'a fait penser à un basset. « Salut Eliot, a-t-il lancé.

— Salut Chaucer.

— Belle soirée pour se promener. » Il articulait exagérément, avec un accent imitant celui d'un Londonien de grande classe.

— En effet. »

Il restait là sans rien dire, et un ange est passé. Il n'a esquissé aucun geste pour me passer le paquet avec les microfilms, mais s'est retourné et a levé les yeux vers la cathédrale. « Une architecture impressionnante. Vous, les Américains, vous adorez donner à des constructions récentes l'allure de vieux bâtiments.

— C'est possible.

— Vous adorez glaner ici et là des trucs du Vieux Continent, les rafistoler et les estampiller de ce bon vieux cachet américain, n'est-ce pas ? »

Je ne voulais pas le contredire, mais je ne comprenais pas pourquoi il semblait vouloir discuter avec moi. Peut-être était-ce l'usage quand les hommes se rencontraient dans de pareilles circonstances, mais je n'avais pas le temps d'échanger de brillantes répliques avec un petit malin. J'avais une mission à accomplir.

Que je ne rétorque rien a paru le blesser. Il a fouillé dans sa poche et m'a tendu un petit paquet enveloppé dans du papier journal.

J'ai rangé les microfilms dans mon sac Chanel.

« Un de ces jours, on devrait remettre ça. » Il a soulevé sa casquette pour me saluer et est resté planté là tandis que je m'éloignais.

L'excitation restait toujours la même – à l'instar du frisson quand les wagonnets des montagnes russes arrivent au sommet et s'arrêtent, juste avant de descendre sous l'impact de la force de gravité. J'ai marché jusqu'au coin de Wisconsin et Massachusetts. Cependant, au lieu de monter dans le bus 20 comme j'étais censée le faire, j'ai continué à marcher une vingtaine de minutes jusqu'à la grande maison de style Tudor au numéro 3812 d'Albemarle Street. Si je ne pouvais pas obtenir tout ce que mon cœur désirait, il me restait au moins ces moments-là, cette sensation – et je voulais la savourer aussi longtemps que possible.

Après avoir glissé le paquet par la fente dans la porte d'entrée de cette maison qui servait de planque, je suis descendue jusqu'à Connecticut Avenue, où j'ai attrapé un bus qui m'a emmenée à Chinatown.

En arrivant au *Joy Luck Noodle*, j'ai été accueillie par une bouffée d'air chaud et l'odeur du riz sauté. À l'entrée, on m'a indiqué une table au fond de la salle à laquelle Sally était assise et où elle se préparait elle-même une tasse de thé fumant – une petite bouilloire en fer gardait l'eau au chaud grâce à la flamme vacillante d'une bougie chauffe-plat. Elle ne m'avait pas vue entrer, mais, comme d'habitude, quand nos regards se sont croisés, j'ai eu le souffle coupé.

Je ne l'avais pas revue depuis deux semaines et trois jours – depuis le jour où je lui avais dit que Teddy et moi étions fiancés, depuis la nuit où nous avions fait l'amour. Cette nuit-là m'avait transformée du tout au tout, j'étais devenue quelqu'un qui agit avec assurance, quelqu'un qui ne réfléchit pas constamment avant de décider ou d'agir. Mais la voir assise là m'a donné envie d'aller me cacher dans les toilettes pour avoir le temps de me ressaisir. Toutefois, quand elle m'a adressé son fameux sourire au moment où j'enlevais mon manteau et l'accrochais au dossier de ma chaise, je me suis détendue.

Elle était très belle, si ce n'était la couche d'anticerne pour tenter de cacher les poches sous ses yeux. Elle était coiffée d'un turban en soie verte, mais les mèches de sa frange qui s'en échappaient paraissaient filasses et sales. Quand elle s'est saisie de sa tasse de thé, j'ai remarqué qu'elle tremblait.

« Tu es fatiguée ? Tu as faim ? a-t-elle demandé, s'exprimant dans ce langage codé qui était le nôtre.

— J'ai faim, ai-je répondu. Et j'ai besoin de boire un verre. »

Nous ne parlions jamais de la nature de nos missions, mais « fatigué » signifiait que les choses avaient mal tourné, « faim » que tout s'était bien passé, et « avoir besoin de boire un verre » rien d'autre qu'avoir besoin de boire un verre.

Sally a fait signe au serveur pour qu'il nous apporte deux cocktails Mai Tai à base de rhum. « J'ai anticipé et nous ai commandé le poulet à la noix de cajou et le riz sauté à l'ananas.

— Parfait. » J'ai ôté mes gants et les ai posés sur la table. Sally a alors jeté un coup d'œil à ma main gauche avant de regarder ailleurs. Elle a laissé planer le silence, elle devait avoir oublié qu'elle m'avait expliqué le fameux truc, expérimenté pendant la guerre, pour que les gens se mettent à parler en premier. « Les gens feraient n'importe quoi pour briser un silence qui les met mal à l'aise », avait-elle dit. En sirotant mon cocktail, je me suis souvenue que son invitation à dîner avait été précédée d'une déclaration précisant que nous devions nous parler. Sur le moment, je n'y avais pas prêté attention mais, en cet instant, je ne pensais plus qu'à ça. « Tu voulais me dire quelque chose ? » J'ai sorti le petit parasol en papier bleu de mon verre et ai gobé la cerise confite au bout d'une petite pique.

« Rien d'important. » Elle a siroté son cocktail à la paille, en faisant attention à son rouge à lèvres. «Je voulais juste savoir comment s'était passé ton réveillon du Nouvel An.

— J'ai descendu la piste verte deux fois, et ça m'a suffi. J'ai passé une partie de la soirée toute seule dans le chalet à boire du chocolat chaud.

— J'imagine que Teddy est un skieur hors pair. Il est du genre athlète-né. » Il était rare qu'elle mentionne Teddy, et certainement pas en bien.

«J'imagine.

— Eh bien, mon réveillon a été aussi agréable que d'habitude », a-t-elle poursuivi après une longue gorgée de Mai Tai. «Je suis allée à une fête. J'ai dansé toute la nuit. Et tu sais comment ça se passe, j'ai bu un peu trop. »

Elle me punissait. « Ça a l'air d'avoir été épatant. »

Le serveur est arrivé avec notre poulet et, une fois de plus, je me suis réjouie de ne pas avoir à en dire plus. Sally maniait ses baguettes avec dextérité. Quant à moi, j'ai attrapé une fourchette et ai piqué un morceau d'ananas.

Après que le serveur a débarrassé nos assiettes, Sally a pris une profonde inspiration et a parlé à toute vitesse pour m'annoncer que nous ne pouvions plus nous voir, qu'elle me remerciait du temps que nous avions passé ensemble et de l'amitié que nous avions partagée mais qu'il serait préférable pour nous deux que nos chemins se séparent, qu'elle allait être très occupée et que, de toute façon, elle n'aurait plus guère le temps de sortir.

Ses mots étaient pareils à des coups dans le ventre, une succession de coups et, quand elle a eu fini, je pouvais à peine respirer. C'est le mot « amitié » qui m'a fait le plus mal. « Évidemment, a-t-elle conclu, nous garderons de bons rapports professionnels. » On aurait dit qu'elle était sur le point d'ajouter quelque chose, mais elle s'en est finalement abstenue.

« Professionnels…, ai-je répété.

— Je suis contente que tu sois d'accord. » Son indifférence était cruelle. J'avais envie de lui dire que non, je n'étais pas d'accord. En fait, j'aurais voulu crier. Rien que l'idée de ne plus passer de temps avec elle, de devoir n'avoir avec elle que des rapports professionnels, de devoir faire comme si rien ne s'était jamais passé entre nous, me rendait malade. Je voulais lui crier que je préférerais marcher pieds nus sur des fils de fer barbelés que la saluer poliment dans l'ascenseur – on aurait dit que pour elle rompre était facile.

Mais je me suis tue. Et ce n'est qu'une fois debout, après que mes genoux ont heurté le dessous de la table, renversant mon cocktail sur la nappe, et après que je me suis retournée pour partir, après l'avoir entendue expliquer au serveur que je ne me sentais pas bien, après que je suis sortie en trombe du restaurant, après que je me suis mise à courir, que je me suis aperçue que mon silence était aussi une réponse.

17

LES DACTYLOS

Nous nous posions des questions sur Irina depuis son arrivée à l'Agence. Nos soupçons ont été confirmés peu de temps après que *Spoutnik* avait été lancé et que Gail a vu son nom sur un mémo afférent à la mission *Jivago*. Elle ne parlait jamais du travail qu'elle faisait après les heures de bureau, et nous ne lui avions jamais rien demandé. Comme tout bon agent, Irina ne révélait rien des secrets qu'elle transmettait. Pour autant, nous avions très vite compris ce qu'il en était.

Alors même qu'elle était à l'Agence depuis déjà un an, elle se débrouillait encore pour qu'on ne sache rien d'elle. Les raisons pour lesquelles elle se distinguait de l'équipe des dactylos étaient justement qu'elle ne se distinguait en rien. Malgré tous ses atouts – la panoplie gagnante –, y compris son physique, elle avait une certaine habileté à ne jamais se faire remarquer. Par exemple : nous étions en train de nous remettre du rouge à lèvres dans les toilettes des filles quand, sans même nous être aperçues qu'elle était là, nous sursautions en l'entendant soudain observer que cette nuance de rose convenait parfaitement au printemps. Ou encore, quand nous trinquions au moment de l'*happy hour* chez *Martin*, elle approchait son verre des nôtres avec un petit temps de retard alors que nous pensions avoir déjà trinqué toutes ensemble. Et parfois, alors que nous déjeunions à la cafétéria, elle se levait brusquement, en disant qu'elle devait retourner travailler, sans que personne l'ait d'abord vue s'asseoir avec nous.

Son talent pour passer inaperçue ne passait pas inaperçu ; et en sachant que son père était mort des mains du Monstre rouge, elle avait tout ce qu'il fallait pour être un atout parfait au sein de l'Agence. Après un certain temps de formation, un mémo avait dû circuler *via* la voie hiérarchique et Irina avait été envoyée sur le terrain. Et elle se débrouillait très bien. Les premières missions d'Irina ont d'abord consisté à faire passer des messages internes un peu partout en ville ; mais quand elle a eu fait ses preuves, ses attributions ont gagné en importance. Cette froide soirée dans le Bishop's Garden a été la première des missions afférentes à *Jivago*.

Ce soir-là, après avoir quitté le quartier général de l'Agence, elle avait donc pris le bus 15 au coin de Massachusetts et Wisconsin et, en faisant le tour de St Albans School, avait marché jusqu'au jardin de la cathédrale en passant par-derrière et s'y était glissée en ouvrant la grille latérale qui avait été laissée ouverte.

Elle portait probablement son nouveau long manteau en poil de chameau au col brun, et les gants de cuir rouge que Teddy lui avait offerts. Le lendemain du jour où il lui en avait fait cadeau, Irina nous les avait montrés. « Ils sont jolis, n'est-ce pas ? » avait-elle dit, agitant ses doigts tandis que nous attendions que nos manteaux, nos chapeaux et nos sacs soient inspectés avant de rejoindre le quartier général. « Un peu petits, mais ils vont s'assouplir. » Nous avions toutes été d'accord pour admettre qu'ils étaient très chics et que Teddy avait très bon goût. Toutes, sauf Sally Forrester, qui y avait jeté un coup d'œil avant de dire avec une légère pointe de mépris qu'ils faisaient toc.

Et sous les gants rouges, Irina portait probablement la nouvelle bague en diamant que Teddy lui avait offerte le lendemain de son vingt-cinquième anniversaire. C'était un bijou Arts déco du meilleur goût avec un diamant dont la taille nous avait surpris. Nous savions que Teddy venait d'une famille fortunée, mais nous ne pensions pas qu'ils étaient aussi riches. Cette splendeur était trop grande pour son annulaire et il aurait fallu la faire ajuster. C'est ainsi que pendant les heures de travail, elle la rangeait dans un tiroir de son bureau afin qu'elle ne glisse pas quand elle tapait à la machine, oubliant parfois de la remettre avant de partir. Si elle avait appartenu à l'une d'entre nous, nous l'aurions fait ajuster à notre doigt le jour même. Mais Irina n'était pas du genre à faire étalage d'un tel bijou.

Si le mariage de l'une d'entre nous garantissait habituellement de nombreuses discussions sur le sujet, Irina ne paraissait pas avoir envie de parler du sien.

« Tu reviendras travailler ? lui avait demandé Gail.

— Et pourquoi je ne reviendrais pas ?

— Que penses-tu du taffetas ? lui avait demandé Kathy.

— C'est bien, j'imagine. »

Nous avions appris que la mère d'Irina profitait de la préparation du grand jour pour effacer les derniers vestiges russes de son histoire en organisant un mariage tout ce qu'il y avait de plus américain. « Elle veut des fleurs rouges, bleues et blanches pour le chemin de table, bien décidée à utiliser une bombe de peinture pour en peindre certaines en bleu », nous avait expliqué Irina.

Pour fêter les fiançailles, nous avions dépensé un dollar chacune afin de lui offrir un déshabillé en dentelle noire de chez *Hecht.* Nous l'avions enveloppé d'un papier argenté et posé sur son bureau un matin avant qu'elle arrive. Quand elle s'était assise, elle avait attrapé le paquet et regardé autour d'elle pendant que nous faisions semblant de travailler. Quand elle avait déchiré un coin du papier, l'une des bretelles en soie s'en était échappée et elle avait alors essayé de la repousser à l'intérieur de l'emballage, le déchirant ainsi encore un peu plus. Elle s'était alors mise à pleurer. Nous nous étions figées, ne sachant pas quoi faire. L'une des règles d'or des dactylos était que personne au sein de l'équipe ne nous voie pleurer. Évidemment, chacune d'entre nous avait déjà fondu en larmes au travail mais dans l'intimité toute relative des toilettes des filles ou, au pire, dans l'escalier. Mais en étant assises à nos bureaux ? Jamais.

Nous nous étions demandé si Irina avait pensé au déshabillé noir en attendant Chaucer ce soir-là dans le Bishop's Garden. Était-ce la raison pour laquelle elle ne montrait plus aucun signe d'enthousiasme ? Ou alors avait-elle déjà réfléchi, bien avant l'histoire du déshabillé, bien avant que Teddy la demande en mariage, avant même qu'il lui dise qu'il l'aimait, lors de leur promenade autour du Tidal Basin à la fin du printemps, quand les cerisiers avaient commencé à perdre leurs pétales roses ?

C'était difficile à dire. Nous ne pouvions pas tout savoir.

Nous savons que Chaucer était arrivé pile à l'heure et qu'Irina avait récupéré les deux rouleaux de microfilm Minox contenant *Le Docteur Jivago.* Et nous savons qu'elle a pris le bus 20 jusqu'à Tenleytown, où elle a laissé le paquet en lieu sûr dans Albemarle Street.

La première phase de la mission avait donc été menée à bien en partie grâce à Irina. Les hommes se sont félicités d'avoir trouvé une si bonne recrue inattendue. Cependant, ce n'est pas l'un d'entre eux qui avait développé le talent d'Irina ; c'est Sally Forrester.

Sally était officiellement réceptionniste à temps partiel, mais pas besoin d'être un génie pour deviner qu'elle était beaucoup plus que ça. Peu de temps après qu'elle avait été recrutée par Anderson, nous avions découvert qu'il était de notoriété publique, pour ceux qui étaient bien informés, que Sally était un moineau qui voletait dans les parages depuis l'époque de l'OSS. Quand elle n'était pas assise à son poste de réceptionniste, et donc la plupart du temps, elle voyageait de par le monde, utilisant ses « talents » pour obtenir des informations. Au contraire d'Irina, Sally n'aurait jamais pu passer inaperçue. Chez elle tout criait « Regardez-moi ! Regardez-moi ! C'est moi qu'il faut regarder ! ». Elle coiffait ses cheveux à l'italienne – des boucles d'un roux doré encadraient son visage en forme de cœur – et sa silhouette semblait être une menace constante pour les coutures de ses étroites jupes en laine et de ses cardigans très ajustés. Elle était toujours habillée avec trop de recherche : des robes trapèzes haute couture de couleur fuchsia, des capes blanches évasées en satin, un manteau en lapin dont on disait qu'il lui avait été offert par Dulles en personne.

L'un de nos hommes avait certes appris à Irina comment récupérer un paquet auprès d'un passant sur la rue K aux heures de pointe sans s'arrêter et se retourner, ou comment laisser un livre évidé sous un banc de Meridian Hill Park et s'éloigner sans que quelqu'un surgisse pour dire « Hé, mademoiselle, vous avez oublié votre livre ! » ou encore comment glisser un morceau de papier dans la poche d'un homme assis à côté d'elle au restaurant *Chez Longchamps*. Mais c'est Sally qui avait parachevé sa formation. Et si nous ne savons pas en quoi consistait cette formation, nous avons vu Irina changer. Elle était devenue comme plus solide, elle ressemblait désormais à une femme qu'on ne pouvait plus ignorer. Pour faire court, à une femme comme Sally.

Mais quoi qu'elle soit devenue, elle faisait la fierté de son mentor et, très vite, elles n'ont plus seulement été collègues mais amies. Elles ont commencé à s'asseoir à une autre table que la nôtre à la cafétéria. Elles se sont mises à fréquenter l'*Off the Record* plutôt que chez *Martin* pour l'*happy hour.* Les lundis, elles arrivaient au bureau en citant des répliques de *La Belle de Moscou, Drôle de frimousse* ou encore *Elle et Lui.* Quand Sally rentrait de voyage, elle posait de petits colifichets sur le bureau d'Irina : un masque pour dormir de la Pan Am, un petit flacon de lotion à la lavande fourni par le *Ritz,* un penny écrasé provenant de l'une de ces machines à sous de la promenade à Atlantic City, ou encore une boule à neige d'Italie.

Pour le vingt-cinquième anniversaire d'Irina, elle avait organisé un dîner. Nous n'étions encore jamais allées chez Sally – un deux-pièces dans un immeuble sans ascenseur au-dessus d'une boulangerie dans Georgetown – et nous avions donc sauté sur l'occasion quand elle avait distribué les invitations sur nos bureaux. *Votre présence est requise pour fêter l'anniversaire de notre chère amie Irina,* écrit à la main à l'encre argentée.

Quand nous avions demandé si nous pouvions venir accompagnées, Sally nous avait dit que ce serait une soirée juste entre filles. « Ce sera plus civilisé », avait-elle ajouté en riant.

Nous avions donc revêtu nos tenues de soirée les plus à la mode et, pour l'occasion, plusieurs d'entre nous avaient même fait des folies chez *Garfinckel's.* « C'est une soirée chez *Sally Forrester.* Tu ne t'y pointes pas avec une robe imitation Dior de la saison dernière, avait déclaré Judy. D'autant plus que nous pourrons reporter cette nouvelle tenue pour le réveillon du Nouvel An. »

Nous avions chacune pris un taxi plutôt que des tramways ou des bus afin d'arriver fraîche comme une rose, notre mascara et notre rouge à lèvres intacts malgré la neige. Une fois en haut de l'escalier, nous avions entendu de la musique filtrant à travers la porte. « Sam Cooke ? » avait demandé Gail.

Avant même que nous ayons frappé, Sally ouvrait la porte, superbe dans une robe portefeuille en satin doré agrémentée d'une ceinture à glands. « Eh bien, ne restez pas là ! » Nous l'avions suivie à l'intérieur de son appartement, tandis qu'elle vacillait sur ses talons aiguilles noirs s'enfonçant dans l'épaisse moquette rose.

Irina était charmante dans une jupe vert émeraude à la veste boléro assortie. Nous lui avons souhaité un bon anniversaire tout en lui fourrant nos petits cadeaux dans les mains.

Sally a disparu alors dans la cuisine et Irina nous a invitées à nous asseoir sur le canapé en cuir blanc. Afin de rompre le silence, nous avons posé des questions sur la déco de l'appartement. Sally étant occupée en cuisine, Irina répondait à sa place.

« Comment a-t-elle trouvé cet appartement? a demandé Norma. Il est à tomber.

— Une annonce dans le *Post.*

— Et ces bougeoirs, ils viennent d'où? a voulu savoir Linda.

— C'est un vrai Picasso ? s'est interrogée Judy.

— Non. Une reproduction de la National Gallery.

— Que t'a offert Teddy pour ton anniversaire ? a demandé Gail.

— Il m'a dit de choisir quelque chose qui me plairait chez *Rizik.* » Elle a rajusté sa veste. « J'y suis allée aujourd'hui avec Sally. »

Sally est sortie de la cuisine avec un saladier à punch en cristal rempli d'un liquide rose pétillant assorti à la moquette. « Et elle est superbe, non ? »

Nous avons toutes hoché la tête.

Après deux verres de punch, nous nous sommes dirigées vers le coin repas, où une longue table avait été dressée, avec une petite carte nominative écrite à la main devant chaque couvert, et ornée de lys blancs et de serviettes de table pliées en éventail.

« C'est magnifique ! » a murmuré Norma.

Après dîner, après le gâteau au chocolat, l'ouverture des cadeaux, et plusieurs autres verres de punch, nous sommes parties, en pensant que Sally en avait fait un peu trop pour une soirée d'anniversaire, mais nous avons toutes été d'accord pour dire que c'était réussi.

Peut-être qu'aujourd'hui certaines affirmeront le contraire, mais nous n'avons jamais rien remarqué de bizarre chez Sally. Bien sûr, l'attention que lui portait le sexe opposé suscitait parfois des remarques un peu vaches, mais nous la respections. Elle ne disait jamais « Désolée », « Je vous en prie », ni « Juste une idée comme ça ». Elle parlait comme parlent les hommes et ils l'écoutaient. Pas seulement ça : elle foutait même la trouille à certains d'entre eux. Son pouvoir supposé émanait peut-être de l'étroitesse de sa jupe, mais son pouvoir réel venait de ce qu'elle n'avait jamais accepté les rôles que les hommes lui avaient assignés. Ils voulaient qu'elle soit belle et se taise, mais elle avait d'autres projets.

Plus tard, quand le nom de Sally a été rayé de tous les mémos, de tous les répertoires téléphoniques de l'Agence, de tous les comptes rendus, nous avons essayé de nous souvenir de signes qui auraient pu laisser deviner qui elle était réellement, mais ce ne serait que bien longtemps après que nous reconstituerions le puzzle.

18

~~La Postulante~~

L'AGENT SECRET

Une semaine est passée. Un mois, puis deux. Les préparatifs du mariage avaient commencé. Teddy et moi devions nous marier en octobre à l'église St Stephen ; il était prévu que la cérémonie soit suivie par une petite réception organisée au Chevy Chase Country Club. Ce mariage me servirait donc de couverture.

S'il était entendu que les parents de Teddy se chargeraient de tous les frais, ma mère avait insisté pour s'occuper des fleurs, du gâteau et de ma robe. Même avant les fiançailles, elle avait déjà acheté le tissu – dentelle et satin ivoire.

Le lendemain du jour où Teddy avait fait sa demande, elle avait pris mes mesures pendant que je préparais le petit-déjeuner, debout devant la gazinière. La robe – qui, disait-elle, serait son plus bel ouvrage – était déjà à moitié terminée en février. Mais en mars, elle a arrêté de la confectionner, se plaignant qu'il lui faudrait la retailler à moins que je reprenne les sept kilos que j'avais perdus depuis janvier. Je lui ai dit qu'elle était folle, que je n'avais pas perdu sept kilos, tout au plus trois, et tout simplement à cause de cette grippe intestinale qui n'avait été qu'une excuse pour rester au lit pendant une semaine après mon dîner avec Sally.

Je ne pouvais rien lui cacher. Malgré les couches superposées de pulls et d'épais bas en laine, ma mère avait remarqué que mon corps s'amenuisait. Mes jupes tenaient à l'aide d'épingles à nourrice et je portais des pulls à col roulé pour cacher mes clavicules trop saillantes.

Elle a alors réagi en ajoutant du gras de bacon partout : dans la soupe au chou, dans le bortsch, dans les pirojki, le bœuf stroganoff, les blinis, les omelettes. Je l'ai même surprise à récupérer la graisse au fond d'une poêle pour l'ajouter aux flocons d'avoine que je mangeais au petit-déjeuner. Elle insistait pour que je me resserve à chaque repas et finisse mon assiette, exactement comme quand j'étais enfant et qu'elle me surveillait.

Elle passait les week-ends à préparer des gâteaux, en prétextant faire des essais pour le mariage – miel, cerises à l'eau-de-vie, gâteau napolitain, un soufflé au lait, et même un gâteau avec deux couches de crème. Elle me forçait à manger deux parts de chaque, y ajoutant souvent une cuillerée de glace à la vanille.

Cependant, ma mère n'a pas été la seule à se rendre compte que j'avais maigri. Teddy me demandait si souvent si tout allait bien que j'avais fini par répondre que s'il continuait rien n'irait plus. Il a donc rétorqué qu'il ne me poserait plus la question mais qu'il espérait que je ne m'astreignais pas à l'un de ces nouveaux régimes complètement ridicules. Il m'a alors dit que j'étais parfaite comme j'étais – mais avec une telle sincérité que sa remarque a provoqué chez moi une colère inexplicable.

Les dactylos aussi l'ont remarqué. Judy m'a demandé quel était mon secret et m'a dit que j'avais la taille aussi fine que Vera Ellen dans la comédie musicale *Noël blanc*. Le reste de l'équipe a réagi comme ma mère et me laissait des doughnuts de chez *Ralph* sur mon bureau.

Ce n'est pas que je refusais de manger, mais j'avais perdu l'appétit – je n'avais faim de rien. Il m'était difficile de voir un film en entier ; être en société était une torture. Je me suis mise à aller au travail à pied plutôt que prendre le bus. Dans les soirées, je n'essayais même pas d'être polie et de participer aux conversations. Et même lors de ces soirées privées du dimanche organisées par l'Agence – au cours desquelles j'avais eu l'habitude d'apprécier les échanges intellectuels et le sentiment de partager des informations confidentielles –, je choisissais désormais de me retrancher dans le camp des épouses, où je n'avais pas grand-chose à dire sauf que j'aimais la macédoine de légumes, plutôt que rester avec Teddy.

Il s'efforçait de me sortir du trou, quel que soit ce trou dans lequel j'étais tombé. Il n'a eu de cesse d'essayer, et j'ai même failli l'aimer pour cet effort. J'essayais d'ailleurs de l'aimer. Vraiment. Lui m'aimait plus que personne ne m'avait jamais aimée. Alors pourquoi n'était-ce pas suffisant ?

Au cours de cette période, je n'ai vu Sally que deux fois. Se faisait-elle rare pour mon bien ? Avait-elle seulement pensé à moi ne serait-ce qu'une minute ? La première fois, je partais du bureau et je l'ai vue dans le hall au moment où se sont ouvertes les portes de l'ascenseur. Quand j'en suis sortie, nous avons manqué nous rentrer dedans. J'ai fait un pas de côté, à droite, puis à gauche. Elle a fait de même, et nous nous sommes retrouvées face à face. Elle m'a saluée et m'a souri, mais je me suis rendu compte qu'elle me toisait, et j'ai su, en voyant son expression, que je devais être affreuse.

La seconde fois, elle ne m'a pas vue. Elle était assise chez *Ralph* dans un box près d'une fenêtre, en face de Henry Rennet – un mardi, en plein milieu de journée, visibles aux yeux de tous. Et tout le monde les a vus. Quand je suis rentrée au bureau, toute l'équipe des dactylos ne parlait déjà plus que de ça.

« Vous pensez qu'ils sortent ensemble ? a demandé Kathy.

— Lonnie pense qu'ils sortent ensemble depuis le réveillon du Nouvel An. Elle les a vus à une fête. Quelqu'un devrait la prévenir que c'est un salaud.

— Je veux bien m'en charger, a proposé Norma.

— C'est vrai, Irina ? a demandé Linda.

— Je ne sais pas.

— Eh bien, quand nous étions chez *Record*, Florence a dit qu'elle les avait vus chuchoter dans l'escalier, a lâché Gail.

— Quand ?

— Je ne sais pas ? Il y a quelques semaines déjà, peut-être ? »

C'était donc ça. Pendant tout ce temps, elle s'intéressait à Henry. Je n'étais rien d'autre qu'une passade. Cette pensée m'a révulsée. Je pouvais accepter de ne pas être avec elle, mais je savais que je ne supporterais pas de les voir ensemble.

Ce jour-là, sans rien en dire ni à Teddy ni à ma mère, je me suis renseignée auprès d'Anderson sur les possibilités d'être mutée à l'étranger. « Mais tu n'es pas censée te marier ? » Il a jeté un coup d'œil à ma bague de fiançailles.

« Ma question est hypothétique.

— Tes hypothèses ne me regardent pas, mais je suis sûr qu'on pourrait te trouver quelque chose.

— Tout ça reste entre nous, n'est-ce pas ? »

Il a fait le geste de la boucler.

Ce soir-là, tandis que le soleil baignait la rue E d'une lueur orangée de fin de journée, j'ai pensé que l'année prochaine à la même époque je marcherais peut-être dans les rues de Buenos Aires, Amsterdam ou Le Caire. Je savourais l'idée de me débarrasser de qui j'étais, me débarrasser de tout, et devenir quelqu'un d'autre. C'était un sentiment délicieux et, pour la première fois depuis longtemps, j'ai souri.

Le même soir, quand je suis rentrée à la maison, je n'ai pas été accueillie par l'odeur de la graisse de bacon. Ma mère était assise à sa machine à coudre, sans coudre. Elle avait devant elle une tasse de thé pleine, dans laquelle elle avait laissé le sachet tremper dans l'eau, maintenant devenue noire. « Qu'est-ce qui ne va pas, maman ?

— Je ne parviens pas à rembobiner mon fil à coudre.

— C'est tout ?

— Ça fait des heures que j'essaie.

— La bobine est de nouveau cassée ?

— Non. Mais mes yeux le sont.

— C'est-à-dire ?

— Je ne vois plus rien de l'œil gauche. »

Je me suis approchée d'elle. Examinant ses yeux, je n'ai rien vu qui clochait. « Comment ça ? Depuis quand ?

— Je me suis réveillée comme ça.

— Pourquoi tu n'as rien dit ?

— Je pensais pouvoir me soigner.

— Avec quoi ?

— De l'ail.

— Bon, nous irons chez le médecin demain matin dès la première heure. » En lui prenant la main, je m'aperçus qu'elle tremblait. « Je suis sûre que ce n'est rien », ai-je dit, en essayant d'y croire.

Le lendemain, j'ai donc emmené ma mère chez un ophtalmo qui, elle s'en est plainte, n'était pas russe et donc, a-t-elle déclaré, aurait un préjugé contre elle. « Comment ça ? Le Dr Murphy est irlandais.

— Tu verras ! »

Quand une infirmière l'a appelée, je me suis levée pour l'accompagner comme je le faisais toujours, au cas où elle aurait besoin que je lui traduise ce qu'on lui dirait. Mais elle m'a demandé de l'attendre, en précisant qu'elle voulait voir le médecin seule. J'ai obtempéré, me suis rassise, et ai feuilleté des *Times Magazine* pendant une heure.

Elle est ressortie de la salle de consultation en se frottant le bras ; le médecin lui avait fait une prise de sang. Quand je lui ai demandé ce qu'il avait dit, elle m'a répondu qu'il n'y connaissait rien. «Je t'avais prévenue. Il a des préjugés contre les Russes.

— Il n'a rien dit?

— Ils m'ont fait une prise de sang et j'ai passé une radio. Il a dit qu'il appellerait quand ils auraient les résultats.

— Quels résultats?

— Je n'en sais rien.»

Deux jours plus tard, il n'y a pas eu de crise, pas de départ précipité à l'hôpital, pas d'ambulance, pas d'admission aux urgences; rien qu'un appel du Dr Murphy informant ma mère de ce qu'il avait déjà suspecté quand il avait éclairé son œil gauche à l'aide d'une petite lampe torche. Il y avait une *masse*, comme il l'a formulé, et quand j'ai pris le combiné pour avoir des explications, il a ajouté qu'il fallait que ma mère retourne le voir pour faire des examens plus poussés dès que possible et pour discuter du «protocole thérapeutique».

«Protocole? s'est exclamée ma mère quand j'ai raccroché. Quel protocole?

— Thérapeutique, maman.

— Je n'ai pas besoin de thérapie. Je dois me remettre au travail.»

Elle a passé le reste de la journée comme si de rien n'était. Quand je lui ai répété que nous devions reprendre rendez-vous, elle m'a répondu que tout irait bien, qu'il ne fallait pas que je m'inquiète, même si je ne pouvais pas m'en empêcher.

Dans les semaines qui ont suivi, Teddy s'est démené comme un diable, envisageant la guérison de maman de la même manière qu'il aurait envisagé un projet professionnel : avec méthode, sans relâche, et calmement. Il a pris des rendez-vous avec les meilleurs spécialistes de Washington, Baltimore et enfin New York.

Mais après être passée d'un médecin à un autre, d'un spécialiste à un autre – y compris un herboriste chinois qui en examinant la langue de maman a prononcé le même diagnostic que les autres –, ma mère m'a annoncé qu'elle voulait interrompre la thérapie. « Advienne que pourra », a-t-elle dit un soir au moment où je lui servais le thon en cocotte que l'une de nos voisines avait apporté.

Je l'ai resservie, même si je savais qu'elle avait à peine assez d'appétit pour avaler plus de quelques bouchées. « Qu'entends-tu par "Advienne que pourra" ?

— Ça veut bien dire ce que ça veut dire. C'est fini.

— C'est fini ?

— C'est fini. »

J'ai reposé la cocotte en Pyrex avec une telle force que le verre s'est fêlé.

Ma mère a alors essayé d'attraper ma main, mais je ne l'ai pas laissée faire et je me suis enfuie, furieuse.

Quand je suis revenue tard ce soir-là, Teddy était déjà parti et ma mère était toujours assise à la table de la cuisine. Je suis allée directement dans ma chambre sans m'arrêter pour lui parler. J'étais terriblement fâchée contre elle, contre le monde, contre tout.

Rétrospectivement, je ne souhaiterais rien tant que lui avoir pris la main ce soir-là dans la cuisine, en lui disant que je regrettais. J'avais pensé que nous aurions encore du temps devant nous. Le temps de faire amende honorable, le temps de lui dire que je la soutiendrais quelle que soit la décision qu'elle prendrait, du temps pour lui dire combien je l'aimais, du temps pour l'étreindre comme je ne l'avais plus fait depuis que j'étais enfant. Mais je n'ai pas eu le temps. On n'a jamais assez de temps.

L'église orthodoxe russe Saint-Jean-Baptiste était remplie d'amis et de connaissances de ma mère dont j'ignorais les noms. Les unes après les autres, ces personnes m'ont présenté leurs condoléances et m'ont raconté des choses sur ma mère que j'aurais aimé savoir quand elle était encore en vie.

Nous ne livrons de nous que ce que nous voulons que les autres sachent, même les proches. Nous avons tous nos secrets. Ainsi, j'ai appris que ma mère était généreuse à l'excès. J'ai découvert qu'elle avait habillé presque tout le voisinage gracieusement : elle avait retaillé un costume de seconde main pour un vétéran sans emploi qui devait se rendre à un entretien pour un poste de caissier chez *Peoples Drig*; elle avait arrangé une robe de mariée provenant de l'Armée du salut, avec une bretelle déchirée et une tache de vin sur le corsage, pour une femme qui n'avait pas eu les moyens de s'en offrir une neuve; elle avait raccommodé les bleus de travail d'un ouvrier d'une usine d'embouteillage, et reprisé nombre de chaussettes pour une vieille veuve qui voulait juste avoir un peu de compagnie.

Et cette robe jaune destinée à être portée à l'occasion d'un bal de promo pour laquelle j'avais aidé maman à recoudre des perles, un an auparavant? C'était un cadeau, et non une commande. La fille, alors adolescente, de Mme Halpern, la portait pour les funérailles et, en la voyant virevolter pour frimer, la tête m'a tourné en comprenant qui ma mère avait été.

Je l'avais habillée d'une robe noire aux longues manches droites, toute simple, brodée de perles dessinant une fleur. Cette robe était l'un de ses secrets. Combien de temps avait-elle passé à la coudre? Je n'en savais rien, mais j'ai su qu'elle l'avait confectionnée pour la porter à l'occasion de ses propres funérailles, car c'est la première chose que j'ai vue le matin du jour où elle ne s'est pas réveillée – repassée et posée en travers du fauteuil à bascule dans sa chambre.

À l'intérieur de l'église, le prêtre orthodoxe tournait autour du cercueil en balançant son encensoir, et les nuages de fumée odorante qui s'en échappaient enveloppaient sa chasuble dorée avant de se dissiper au-dessus de sa tête.

C'est en regardant derrière moi un instant que je l'ai vue : Sally était venue. Elle était debout tout au fond de l'église; son visage caché derrière une courte voilette noire. J'ai reporté mon attention sur le prêtre qui balançait toujours son encensoir, pensant à Sally plutôt qu'à ma mère. J'aurais voulu qu'elle remonte la nef et vienne me rejoindre, qu'elle prenne la place de Teddy, qu'elle me tienne la main, mais elle est restée au fond de l'église et Teddy est resté à mes côtés.

La cérémonie s'est terminée et j'ai suivi le cercueil hors de l'église. Quand je suis passée devant Sally, elle m'a touché le bras. Sa voilette était de guingois, et elle avait les larmes aux yeux. J'ai continué à avancer. La procession s'est dirigée vers le cimetière d'Oak Hill, là où Teddy s'était débrouillé pour que maman soit enterrée à un emplacement qui dominait Rock Creek Park. Debout près de la tombe, j'ai cherché Sally des yeux, mais elle n'était plus là.

Au cours des semaines qui ont suivi, Teddy a essayé vainement de me consoler. Les jours ont passé, puis les semaines. Une nuit, incapable de dormir, j'ai décidé d'appeler Sally. J'ai alors composé son numéro d'une main tremblante, mais le téléphone a sonné dans le vide.

EST

Mai 1958

19

~~La Muse~~
~~L'Émissaire~~
LA MÈRE

Je me suis réveillée d'un sommeil sans rêve avec Mitya debout à mon chevet, penché sur moi. « Il y a quelqu'un dehors, a-t-il chuchoté.

— C'est Borya ? Il a de nouveau perdu ses clés ?

— Non. »

J'ai basculé mes jambes par-dessus le bord du lit et cherché du bout des pieds mes chaussons. « Retourne te coucher. »

Mitya est resté planté là le temps que je trouve ma robe de chambre.

« Mitya, je t'ai dit de retourner te coucher. Et fais attention à ne pas réveiller ta sœur.

— C'est elle qui a entendu du bruit. »

Avant que je puisse lui demander ce que c'était, il y a eu un bruit fracassant. « Ce n'est qu'une branche », ai-je murmuré avec autant d'assurance que possible. « Le peuplier est mort depuis l'hiver dernier. J'ai dit à Borya qu'il fallait l'abattre... » Mais un autre bruit venu de dehors m'a interrompue. Un bruit assourdi. Rien à voir avec la chute d'une branche.

En entendant la porte de la maison s'ouvrir, Mitya et moi nous sommes précipités dans l'entrée. Ira, pieds nus, se tenait sur le seuil, le clair de lune teintant de bleu sa chemise de nuit blanche. Sa vue m'a clouée sur place. Elle ressemblait à un ange fantomatique – c'était une femme, désormais. « Ira, ai-je dit doucement. Ferme la porte. »

M'ignorant, Ira a franchi le seuil. « Sortez de là ! » a-t-elle crié. Mitya m'a bousculée pour aller rejoindre sa sœur. Je l'ai rattrapé par un pan de sa veste de pyjama, mais il s'est libéré. « Montrez-vous ! » a-t-il crié à son tour d'une voix fêlée. En entendant des bruits provenant de derrière le tas de bois sur le côté de la maison, mes enfants, trébuchant, sont rentrés en courant. J'ai fermé la porte derrière eux et me suis assurée qu'elle était bien verrouillée.

« C'est eux, a dit Ira. Je le sais. » Debout le long du mur, les bras croisés autour de la taille, elle n'avait plus rien d'une magnifique apparition ; de nouveau, elle n'était plus qu'une petite fille.

« Qui ? ai-je demandé.

— Hier, un homme m'a suivie de la gare jusqu'à la maison.

— Tu en es sûre ? Il ressemblait à quoi ?

— À tous les autres. Ceux qui sont venus te chercher.

— Moi aussi, je les ai vus, a ajouté Mitya. Ils me surveillent derrière la grille de l'école. Ils sont deux, parfois trois, mais ils ne me font pas peur.

— Ne dis pas de bêtise », ai-je dit, d'une voix mal assurée. Mitya avait tendance à exagérer, et son « imagination débordante », comme disait Borya, le poussait à affabuler. C'est ainsi qu'il racontait avoir trouvé un morceau de *Spoutnik* dans les bois. Et aussi avoir sauvé une petite camarade de classe de la gueule d'un loup qui s'était aventuré dans la cour de récréation. Il avait même mangé une plante magique qui lui permettait de sauter plus haut que le trolleybus.

Pourtant, cette fois, je le croyais.

Jivago était sorti en Italie depuis six mois, et chaque fois qu'il était publié dans un pays étranger – France, Suède, Norvège, Espagne, Allemagne de l'Ouest – la surveillance dont nous étions l'objet se faisait de plus en plus pressante. À chaque nouvelle publication étrangère se posait la question de savoir pourquoi le livre n'avait pas encore été publié chez nous. L'État n'avait officiellement encore rien laissé entendre à ce sujet. Ils agissaient comme si de rien n'était, mais la rumeur s'amplifiait. Et je savais que ce n'était plus qu'une question de temps avant qu'ils réagissent et prennent des mesures.

Je n'avais encore rien dit aux enfants des hommes assis dans leurs voitures noires au bout de la route ni de ceux qui me suivaient chaque fois que j'allais à Moscou. Plutôt que d'en parler, j'attendais ce qui me paraissait joué d'avance – j'attendais qu'ils viennent m'arrêter.

Je faisais de mon mieux pour ne pas alarmer les enfants. Je gardais les doubles rideaux tirés, en prétextant des maux de tête. Je fermais toutes les portes à clé, racontant qu'une maison voisine avait été cambriolée par des adolescents. Et j'ai même visité un chenil, à la recherche d'un berger du Caucase, en expliquant que s'occuper d'un chien permettrait à mon fils d'acquérir le sens des responsabilités.

Cependant, mes enfants étaient trop grands pour être dupes. Ni mon sourire affecté ni mes propos ne les trompaient ; ils devinaient la vérité en voyant mes mains trembler et les poches sous mes yeux.

J'avais parlé à Borya de ma crainte grandissante, mais il était distrait par le flot de lettres de soutien de la part de correspondants qui lui transmettaient en douce des coupures de presse étrangères dithyrambiques, et de propositions d'interviews. Il était très demandé – et je devais désormais le partager non seulement avec son épouse mais avec le monde entier. La dernière fois que je lui ai parlé de mes peurs, nous marchions le long du lac Izmalkovo. Borya était préoccupé par l'idée de trouver la bonne personne pour traduire *Jivago* en anglais. Quand je lui ai demandé s'il pensait qu'avoir un chien de garde était une bonne idée, il m'a répondu en me demandant si je pensais que l'édition anglaise devait inclure les poèmes de la fin du roman. « Ils disent que les rimes en amoindrissent le sens. »

Tout tournait autour du livre, rien d'autre n'avait d'importance – ni la notoriété que lui apportait la publication de son roman partout à l'étranger, ni la menace imminente de la part de l'État, pas plus que sa famille ou la mienne. Son livre était plus important que sa propre vie. Son livre passait et passerait toujours en premier, et j'ai compris à quel point j'avais été stupide de ne pas m'en être rendu compte plus tôt.

Tandis qu'Ira se retenait de pleurer et que Mitya faisait semblant d'être fort, j'ai pris conscience que nous étions seuls, que nous ne pouvions compter que sur nous-mêmes. Je me suis alors ressaisie et ai jeté un coup d'œil par la fenêtre, mais n'ai vu que les branches de peupliers qui se balançaient doucement, leurs ombres noires dansant sur le gravier de l'allée.

Soudain, quelque chose a bougé.

Les enfants ont reculé en sursautant, mais j'ai gardé mon sang-froid. J'ai ouvert grand les doubles rideaux.

« Maman ! a crié Mitya.

— Venez voir », ai-je dit.

Les enfants ont jeté un coup d'œil par-dessus mon épaule. Dehors, deux renards étaient perchés sur le dessus d'une bûche qu'ils avaient fait tomber du tas de bois, et leurs yeux d'or ont croisé les miens juste avant qu'ils s'enfuient et repartent dans la forêt.

Nous avons ri aux larmes, jusqu'à en avoir mal au ventre. Nous avons ri jusqu'à ce que nous ne trouvions plus ça drôle.

« Tu es sûre qu'il n'y a personne d'autre dehors ? a demandé Mitya.

— Oui. » J'ai de nouveau tiré les doubles rideaux, et j'ai embrassé les enfants sur les joues comme je le faisais quand ils étaient petits. « Au lit, maintenant. »

Les enfants ont fermé la porte de leur chambre, mais je savais que je ne trouverais pas le sommeil et je me suis rendue dans la cuisine, plongée dans le noir, pour faire chauffer la bouilloire. Pour ne pas réveiller les enfants, j'ai allumé une bougie et j'ai pris un journal.

Aucune photo n'illustrait l'article, mais je n'ai eu aucun mal à visualiser le pelage brun-gris roussi, les sabots enchevêtrés, les bois brisés, leur duvet, rugueux, brûlé. DEUX CENTS RENNES FRAPPÉS PAR LA FOUDRE SUR LE PLATEAU DE POUTORANA. J'ai approché la page plus près de la bougie pour vérifier que j'avais bien lu. C'était le cas. Deux cents rennes disparus en quelques secondes. Un éclair déchire le ciel et…

Le chuchotement de la bouilloire s'est transformé en sifflement et je l'ai retirée du feu, avant de revenir à l'article. Les rennes s'étaient regroupés pour se protéger, blottis les uns contre les autres, d'où le grand nombre de morts. Un berger originaire de Norilsk avait été le premier à découvrir les victimes. Il racontait que les rennes avaient l'air d'avoir été secoués comme des dés de backgammon et dispersés, après avoir roulé, sur le sommet enneigé du plateau. Un berger peut aussi être poète.

Combien de temps les corps mettraient-ils à se décomposer, les os à blanchir ? Les villageois ramasseraient-ils leurs bois pour les accrocher aux murs, tels des trophées immérités ? Pourquoi les rennes étaient-ils restés en troupeau pour descendre du plateau ? Peut-être avaient-ils seulement réagi comme ils avaient l'habitude de le faire depuis des milliers d'années. On ne sait jamais quand un éclair déchirera le ciel.

Si j'avais vu des hommes, dehors, nous aurais-je barricadés à l'intérieur ? Ou bien aurais-je ouvert la porte en m'offrant à eux ? Aurais-je crié le nom de Borya, sachant qu'il ne pourrait pas m'entendre ?

« Il y a quelque chose à manger ? a demandé Mitya dans mon dos.

— Je t'ai réveillé ?

— Je n'arrive pas à dormir de toute façon. » Il a ouvert le placard. Depuis un an, on aurait dit que Mitya passait son temps à manger. Il avait grandi de presque cinq centimètres en six mois ; le tabouret qu'il utilisait pour atteindre la dernière étagère servait désormais de support pour une plante en pot. Il a attrapé un sachet de *souchkas*, des petits biscuits secs, rassis, et je lui ai servi une tasse de thé. Il a alors trempé le petit gâteau et n'en a fait qu'une bouchée.

« Tu as vraiment vu des hommes derrière la grille de l'école ? lui ai-je demandé doucement.

— Je pense qu'on devrait se procurer un pistolet.

— Un pistolet ne nous servirait pas à grand-chose.

— Deux, alors », a dit Ira en entrant dans la cuisine. Elle s'est assise à table avec nous et a avalé une gorgée du thé de Mitya.

« Deux pistolets. Dix pistolets. Ça ne changera rien.

— J'apprendrai à m'en servir », a déclaré Mitya, le bras tendu, l'index et le majeur pointés sur sa sœur.

J'ai posé ma main sur la sienne et lui ai replié les doigts. « Non.

— Et pourquoi non ? Qui va nous protéger ? Il faut que je fasse quelque chose. Je suis l'homme de la famille. »

Ira a éclaté de rire, mais mon cœur s'est serré.

« Tu es content d'aller en camp de vacances, Mitya ? » lui ai-je demandé, cherchant désespérément à changer de sujet. Le semestre d'été des Jeunes Pionniers commençait une semaine plus tard. Ces quatre dernières années, Mitya avait adoré passer ses étés dans la forêt. Toutefois, l'été de mon retour de Potma, il n'avait pas voulu y aller, craignant qu'on vienne de nouveau m'arrêter s'il ne restait pas à mes côtés. Il n'avait cessé de sangloter tout le temps où je l'avais habillé de sa chemise blanche et de son foulard rouge, jusqu'à ce qu'il monte dans le bus. Alors que j'étais restée avec les autres parents à regarder le bus partir, il ne m'avait même pas adressé un geste d'au revoir. Cependant, il était rentré avec plein d'histoires à raconter, évoquant les amis qu'il s'était faits et avec lesquels il avait joué aux gendarmes et aux voleurs, comment il avait hissé le drapeau rouge, les cours de gymnastique rythmique tous les matins et après-midi, et les défilés, car il avait même aimé marcher au pas. Pendant des semaines, il avait repris les chants des Pionniers et récité les chiffres qu'il avait appris sur la production de céréales de notre pays.

Mitya a relevé la tête. «J'imagine.

— Tu n'as pas envie d'y aller cette année ?

— J'en ai marre de tous ces chants, a-t-il répondu. Et j'aurais préféré que tu m'inscrives au camp de vacances des Jeunes Techniciens. Je préférerais construire des choses plutôt que défiler.

— Je ne savais pas que tu…

— C'est plus cher, m'a-t-il coupé.

— Je suis sûre que nous aurions pu trouver une solution. »

Mitya a attrapé un autre biscuit. « Tu lui aurais demandé ?

— J'aurais trouvé une solution.

— Pourquoi ne veut-il pas t'épouser ?

— Mitya ! » Ira lui a donné une tape sur le bras.

— Toi aussi, tu t'es déjà posé cette question, a dit Mitya, mais sans la poser à maman, c'est tout. Les gens à l'école racontent des trucs, tu sais.

— Qu'est-ce qu'ils racontent ? » ai-je demandé.

Mitya n'a pas répondu.

« J'ai été mariée deux fois, et je ne veux pas me remarier », ai-je expliqué, en sachant qu'ils me comprendraient à demi-mot. Désormais, ils comprenaient tout.

« Mais tu l'aimes, a dit Ira. N'est-ce pas ?

— Parfois l'amour ne suffit pas.

— Alors quoi d'autre ?

— Je ne sais pas. »

Mitya et Ira ont échangé un regard complice, et leur entente silencieuse m'a brisé le cœur.

Quand le calme est revenu, j'ai jeté un coup d'œil aux enfants, tous deux de nouveau endormis. J'ai enfilé mon imperméable et suis sortie. Je ne pouvais pas aller le rejoindre ; il dormait probablement. Alors j'ai longé la clôture verte qui suivait la grand-route. En marchant, j'ai repensé à Mitya quand il était petit, refusant de lâcher ma main pour monter dans le bus qui l'emmenait au camp de vacances. Je repensais à lui disant que nous avions besoin d'un pistolet et qu'il était le chef de famille. Je pensais à Ira ; elle avait tellement grandi depuis ce jour où les hommes m'avaient arrêtée. Je pensais à mes enfants, qui, si jeunes, savaient déjà que parfois l'amour ne suffit pas. Quand les phares d'un camion sont apparus au loin, je me suis demandé ce qu'il se passerait si le véhicule faisait une embardée, et si je ne déviais pas de ma trajectoire. Un éclair déchire le ciel et…

OUEST

Août-Septembre 1958

20

LES DACTYLOS

L'Agence est vite passée à l'action. Dès lors que nous avions récupéré le manuscrit russe, après qu'Irina avait accompli avec succès sa mission dans Bishop's Garden, il n'y a plus eu de temps à perdre. Entre la fin de l'hiver, quand ont cessé les gelées, et celle du printemps, quand ont défleuri les cerisiers et que l'humidité s'est abattue sur Washington, les épreuves du *Docteur Jivago* en russe ont été préparées à New York, imprimées aux Pays-Bas, et envoyées en lieu sûr à La Hague en voyageant à l'arrière d'un break. Il avait été décidé que le roman serait tiré à trois cent soixante-cinq exemplaires reliés sous une couverture en toile bleue, juste à temps avant la fin de l'Exposition universelle de Bruxelles, où nous distribuerions aux visiteurs soviétiques le livre interdit.

Toutefois, il a fallu compter avec quelques désagréments.

Le projet initial de l'Agence était de signer un contrat avec M. Felix Morrow – un éditeur américain en liens étroits avec l'Agence – pour la mise en pages, la présentation du manuscrit et la préparation d'épreuves, sans qu'on puisse deviner le rôle que nous avions joué. Puis les épreuves devaient être expédiées à un éditeur européen qu'il restait à déterminer et qui se chargerait de l'impression afin que Moscou ne puisse remonter jusqu'à nous. Un mémo stipulait même qu'il ne fallait utiliser ni papier ni encre d'origine américaine.

Teddy Helms et Henry Rennet ont alors voyagé avec une compagnie aérienne américaine jusqu'à New York, avant de monter dans un train pour Great Neck et de remettre le manuscrit russe en main propre à M. Morrow, avec une bouteille d'un excellent whisky et une boîte de ses chocolats préférés visant à conclure l'affaire.

Cependant, Felix Morrow s'est avéré être un véritable handicap plus qu'un atout et les problèmes ont commencé dès le début du projet. Ancien communiste devenu trotskiste, et désormais on ne peut plus américain, comme il le disait lui-même – à savoir militant antisoviétique –, l'intellectuel aimait parler, et il a parlé. Avant même que l'encre de la signature sur contrat soit sèche, il avait éventé le projet.

Norma a même appris, par d'anciennes connaissances du monde littéraire new-yorkais, que Morrow avait contacté plusieurs universitaires russes pour vérifier à la fois le manuscrit original et les épreuves ; et que tout ce petit monde s'était donc mis à raconter qu'une édition russe du manuscrit était en préparation ici même en Amérique. Elle en a informé Anderson, qui lui a signifié que l'Agence s'en occupait. « Je n'ai eu droit à aucune félicitation, nous a-t-elle dit. Pas même un merci. »

Pire encore, Morrow avait aussi contacté l'un de ses amis de la University of Michigan Press pour réfléchir à la possibilité d'imprimer le roman aux États-Unis – bien que l'éditeur italien Giangiacomo Feltrinelli possède l'exclusivité des droits étrangers –, et ce probablement en échange d'une belle somme d'argent. « Je peux publier où je veux », avait répondu Morrow quand Teddy l'avait confronté, exigeant des explications.

Teddy et Henry ont alors de nouveau été envoyés à Great Neck pour amadouer Morrow avec une bouteille d'un whisky encore meilleur et une boîte de chocolats encore plus grande que la première fois afin qu'il cesse de négocier avec le Michigan. Morrow a commencé par protester, mais a fini, au cours d'une transaction confidentielle, par accepter d'être exclu de l'opération ; pour autant, ce n'est ni le whisky ni le chocolat qui l'ont persuadé, mais plutôt la promesse d'une somme d'argent encore plus conséquente que celle qu'on lui avait initialement proposée.

Quand l'affaire Morrow a été réglée, Teddy et Henry se sont envolés pour le Michigan afin de pouvoir se rendre à Ann Harbor et rencontrer le président de l'université. Il s'agissait de le convaincre de renoncer à la publication. Ils lui ont expliqué que la première édition en langue russe aurait plus d'impact sur les lecteurs soviétiques si le livre était publié en Europe, ce qui éviterait ainsi qu'il soit considéré comme rien d'autre qu'une arme de propagande américaine. Ils ont aussi insisté sur le fait que l'auteur,

Boris Pasternak, courrait un grand danger si le rôle joué par les États-Unis était révélé. Après de nombreuses négociations, les presses universitaires ont finalement accepté d'attendre la sortie en Europe de la version de l'Agence pour annoncer leur projet de publication.

L'Agence a alors travaillé avec le service de Sécurité intérieure des Pays-Bas pour finaliser l'opération. Un arrangement a été trouvé avec les éditions Mouton, qui étaient déjà sous contrat avec Feltrinelli pour la publication du livre en néerlandais : Mouton acceptait d'imprimer un petit tirage en russe pour l'Agence.

Après toutes ces péripéties, *Le Docteur Jivago* a alors été acheminé jusqu'à Bruxelles, sur les lieux de l'Exposition universelle; si tout se passait comme prévu, le livre serait entre les mains des citoyens soviétiques d'ici à Halloween.

Pour fêter ce succès, Teddy et Henry sont revenus à Washington juste à temps pour le second set de Shirley Horn au Jungle Inn. Ils se sont assis à une table pour deux sur une banquette en velours rouge le plus loin possible de la scène.

Teddy a bu du whisky avec de la glace et Henry un mauvais gin martini en regardant Shirley. Ils étaient tellement fascinés qu'ils n'ont pas vu Kathy et Norma, installées dans le box d'à côté. À moins qu'ils aient remarqué les deux femmes mais, habitués à les voir derrière leurs machines à écrire ou avec leurs blocs de sténo, peut-être ne les avaient-ils pas reconnues.

« Elle est vraiment super, non ? » a crié Henry par-dessus le vacarme du club. Qu'est-ce que je t'avais dit. C'est du sérieux.

— En effet », a admis Teddy en levant la main pour héler la serveuse.

« Vraiment extra. Tu es content d'être de sortie, non ?

— Alors, qu'est-ce qu'elle fout la serveuse ? » a demandé Teddy. Il a desserré sa cravate. « On aurait dû passer chez nous pour se changer. On a l'air de deux Fed.

— Parle pour toi », a rétorqué Henry, chassant d'une pichenette une poussière invisible sur sa veste bleu marine. « Et tu sais parfaitement que si nous étions rentrés, tu ne serais pas ressorti. Qu'est-ce qui se passe en ce moment, Teddy Boy ? »

Au lieu de répondre, Teddy s'est levé pour commander une seconde tournée, et est revenu avec deux martinis, le sien agrémenté d'une olive supplémentaire.

« On trinque ? a proposé Henry.

— À quoi ?

— Au livre, évidemment. Que notre arme littéraire de destruction massive fasse hurler le Monstre. »

Teddy a levé son verre à moitié. « *Za zdorovié.* »

Kathy et Norma, qui ne s'étaient toujours pas fait remarquer, ont elles aussi levé leurs verres pour trinquer à la réussite de l'opération.

Les deux hommes ont vu Shirley baisser la tête sur les touches de son piano, lever les yeux au plafond, puis jeter un coup d'œil à un homme coiffé d'un Stetson noir orné d'une plume de paon assis à une petite table ronde au premier rang.

« C'est quoi leur histoire ? » a alors demandé Henry, désignant d'un geste du menton l'homme assis à cette table.

« Je ne suis pas d'humeur.

— Allez ! En souvenir du bon vieux temps.

— C'est son mari, a répondu Teddy. Il s'assied là et la regarde jouer tous les soirs. À moins que ce soit son amant.

— Non, a rétorqué Henry. Ex-mari. Elle ne l'autorise à rien de plus que la regarder jouer.

— Bien, très bien.

— Aucune chance de réconciliation ?

— Aucune. »

Les deux amis se sont tus pendant quelques minutes.

« Ted ? Tu es sûr que tout va bien ? »

Teddy a fini son verre en deux gorgées.

« Comment va Irina ?

— Elle va bien.

— C'est normal d'être nerveux avant le mariage. Merde ! Même moi, je suis nerveux alors que je ne fréquente personne en ce moment.

— C'est autre chose. Elle est juste… elle parle si peu.

— On a tous des moments où on a besoin de calme.

— Nan… c'est différent. Quand je lui demande pourquoi elle ne dit rien, elle se met en colère. » Teddy a jeté un coup d'œil dans la salle. « Où est passée cette fichue serveuse ?

— Bon… pour changer de sujet…

— Je te remercie.

— Tu veux entendre un ragot ? » a demandé Henry.

Kathy et Norma ont tendu l'oreille.

« Évidemment. Sinon pourquoi je ferais partie de l'Agence ?

— Tu as entendu parler de la rousse ?

— Sally Forrester ? »

Norma et Kathy se sont regardées.

« Tout juste, a fait Henry.

— Eh bien ?

— Elle est sur le point d'être virée. Une honte, certes, mais si j'étais content de la voir arriver, je le suis encore plus de la voir partir.

— Pourquoi ?

— J'ai toujours préféré les jolis culs. »

Norma a levé les yeux au ciel.

« Non, je te demandais pourquoi elle a été virée ?

— C'est là que ça devient intéressant. Tu ne devineras jamais.

— Dis-moi. »

Henry a reculé sur sa chaise. « Ho-mo-sexuelle. »

« Quoi ? » s'est exclamée Norma, incapable de se retenir. Les hommes ne se sont rendu compte de rien, mais Norma et Kathy se sont recroquevillées dans leur box.

« Quoi ? a demandé Teddy.

— Eh bien, Ted, ça veut dire qu'elle préfère la compagnie des femmes.

— Je sais, mais… enfin… c'est arrivé quand ? Je croyais que tous les deux vous sortiez plus ou moins ensemble ? »

Henry sirotait son verre. « Peut-être qu'un jour un type l'a laissée tomber et qu'elle n'a plus jamais rien voulu avoir affaire avec les hommes.

— Mon Dieu. » Teddy a baissé la voix. « Comment tu l'as su ?

— Tu sais très bien qu'il est préférable de ne pas me demander de citer mes sources.

— C'est la meilleure amie d'Irina, a dit Teddy. Ce n'est pas qu'elles aient passé tellement de temps ensemble, mais…

— C'est peut-être ça. Peut-être qu'Irina a découvert le secret de Sally, elle aussi.

— Elle ne m'en a jamais rien dit.

— Toutes les relations sont faites de petites omissions. »

Shirley a fini de chanter « *If I Shall Lose You* » et s'est adressée aux spectateurs. « Restez où vous êtes. Commandez un autre verre pour réchauffer votre âme. Je reviens dans une toute petite minute. » Elle a alors quitté son piano et est allée s'asseoir à côté de l'homme coiffé du Stetson noir. Quand il l'a embrassée, elle l'a repoussé mais a attrapé son poignet pour y poser ses lèvres au revers.

« Un amant. Ça ne fait plus aucun doute. »

Fin août, un énorme orage a éclaté et la moitié du District s'est retrouvée plongée dans le noir. Ce fut le chaos dans les transports en commun ; les bus et les tramways avaient du retard ou, pire encore, ne circulaient plus du tout. Habituellement, Irina prenait le bus pour se rendre au travail, mais, ce jour-là, Teddy avait dû l'accompagner en voiture, car, quand nous nous sommes rendues dans la salle de pause pour boire notre café et que nous avons regardé par la fenêtre, nous les avons vus assis tous les deux dans la Dodge Lancer bleu et blanc. Nous nous sommes alors efforcées de ne pas les observer, ce qui n'était pas facile, car cette fenêtre donnait directement sur le côté est du parking.

Il était déjà neuf heures et demie, mais le couple n'avait pas l'air pressé d'entrer dans les bureaux. Ils restaient assis là, et nous avons pressé nos visages contre la vitre jusqu'à ce qu'elle soit trop embuée pour y voir quoi que ce soit. Arrivé neuf heures quarante-cinq, nous avons entrouvert la fenêtre, espérant attraper des bribes de leur conversation mais avons dû la refermer très vite parce qu'une rafale de pluie nous a fouetté le visage.

Nous avons alors vu Teddy s'écrouler sur le volant comme si quelqu'un venait de l'abattre, et Irina tourner la tête vers la vitre du côté passager. Aux alentours de dix heures, elle est descendue de voiture et a foncé à l'intérieur du quartier général, ses talons dérapant sur la chaussée glissante.

Quelques minutes plus tard, Teddy repartait en voiture pour rejoindre la rue E, et nous avons regagné nos places.

Irina est entrée, a enlevé son manteau, et s'est assise à son bureau. Elle s'est frotté les yeux et s'est plainte de la tempête.

« Ça va ? a demandé Kathy.

— Oui, bien sûr, a répondu Irina.

— Tu as l'air contrariée », a dit Gail.

Irina s'est hâtivement léché le bout d'un doigt afin de feuilleter ses notes de la veille. «Je suis juste un peu sur les nerfs ce matin. À cause du temps, sans doute.

— Ne t'en fais pas, a ajouté Gail. Nous avons dit à Anderson que tu étais aux toilettes.

— Anderson m'a demandée ? Il a dit ce qu'il me voulait ?

— Non.

— Bien.» Elle a ouvert son sac à main et en a sorti le petit étui à cigarettes en métal avec ses initiales gravées que Sally lui avait offert pour son anniversaire. Et, d'une main tremblante, rougie par le froid, elle a porté une cigarette à ses lèvres. Nous n'avions jamais vu Irina fumer, mais ce n'est pas ce qui nous a d'abord sauté aux yeux ; ce qui nous a d'abord sauté aux yeux, c'est qu'elle ne portait plus sa bague de fiançailles. «Euh, je déteste être en retard, a ajouté Irina. Merci de m'avoir couverte.»

Nous voulions lui poser des questions sur ce qui venait de se passer dans la voiture avec Teddy. Nous voulions savoir ce qu'était devenue la bague de fiançailles. Nous voulions savoir si elle était au courant de la rumeur qui courait sur Sally, mais nous ne lui avons posé aucune question. Nous avons décidé de lui laisser le temps de se ressaisir et d'attendre le lendemain pour connaître le fin mot de l'histoire.

Mais le lendemain matin, Irina a été convoquée dans le bureau d'Anderson.

Nous savions qu'Irina serait convoquée dans le bureau d'Anderson. Nous savions qu'en sortant elle se précipiterait dans les toilettes et qu'elle y resterait un bon moment. Et nous savions que, peu de temps après, elle rentrerait chez elle plus tôt que prévu, se plaignant d'un mal au ventre.

Helen O'Brien, la secrétaire d'Anderson, nous a raconté le reste.

« Il lui a déclaré que l'Agence se devait de garder une excellente réputation, et elle a répondu "Oui, bien sûr". Il a parlé des convenances à respecter que ce soit ici au bureau ou chez soi. Et elle a acquiescé, du genre "Oui, je suis d'accord". Il a poursuivi en expliquant que des rumeurs allaient bon train, qu'on parlait de faute personnelle. Puis il y a eu un long silence. Elle a demandé si ça la concernait et a dit que, pour autant qu'elle le sache, elle se comportait conformément aux exigences de l'Agence. Il a répondu un truc du genre "Écoute… Les gens disent que tu es un peu bizarre, par rapport à ça, tu comprends ? Et si c'est le cas, c'est embarrassant pour nous". Elle a nié jusqu'au bout. Et je pense qu'elle s'est alors mise à pleurer, mais je n'en suis pas sûre, car la porte était fermée. Il lui a dit qu'il était heureux d'entendre ça, et qu'il espérait que certaines rumeurs ne lui reviendraient pas aux oreilles comme ç'avait été le cas pour cette autre femme qu'il avait dû virer quelques jours plus tôt. Elle lui a demandé de qui il s'agissait, et il a pris quelques secondes avant de répondre : "Sally." »

Irina n'est pas revenue au bureau de toute la semaine, et nous n'avons jamais eu l'occasion de lui demander ce qui s'était passé. Le samedi, elle montait à bord de l'avion à destination de Bruxelles et de l'Exposition universelle.

Le lundi, Teddy n'était pas au bureau. Il n'est pas venu de la semaine.

Nous nous sommes alors toutes retrouvées chez *Martin* pour l'*happy hour* afin d'en discuter.

« Peut-être est-il parti à Bruxelles pour tenter de la reconquérir ? » a suggéré Kathy.

Norma s'est emparée d'une huître deux fois plus grosse que toutes les autres, l'a inspectée avant de la reposer et a dit : « C'est fou ce que tu peux être romantique. Il paraîtrait qu'il est enfermé chez lui, qu'il ne veut plus s'habiller et qu'il refuse de répondre quand on frappe à la porte.

— D'où tu tiens ça ?

— D'une source sûre.

— Je suis persuadée qu'il est juste parti en mission », a dit Linda, en piochant une olive dans son verre de martini à l'aide d'une fourchette à huître.

« Tu n'es pas drôle », a rétorqué Norma. Elle a appelé la serveuse et a commandé un second martini. « Et pour elle aussi, elle en a besoin », a-t-elle fait en pointant Linda du doigt.

Linda n'a pas protesté. « À moins qu'il soit passé à l'ennemi. Irina n'a peut-être pas seulement brisé son cœur.

— Voilà qui est mieux ! a lancé Norma.

— Ou alors, il est avec Sally, a continué Linda.

— Mais si elle est… Kathy baissa la voix, *vous savez ?*

— Le timing est parfait. Tout d'abord, Sally part, puis c'est au tour d'Irina. » La serveuse est revenue et a posé les martinis sur la table. « Peut-être que ce n'était pas Sally et Henry qui avaient une aventure, mais plutôt Sally et Teddy, et quand Irina s'en est aperçue… »

Norma a éloigné le second verre de martini de Linda. « Bon, maintenant je crois que tu as assez bu. »

Nous n'avons jamais su ce que Teddy avait fait tout au long de la semaine où il n'est pas venu travailler. En revanche, nous savons que le jour de son retour, à l'heure du déjeuner, il s'est approché de Henry Rennet, qui faisait la queue à la cafétéria en attendant que sa croquette de poulet frit et son assiette de purée lui soient servies. Il lui a alors tapé sur l'épaule et Henry s'est retourné. Sans un mot, Teddy a frappé son ami d'un coup de poing dans la figure et Henry a vacillé avant de s'écrouler ; son plateau vert en plastique est tombé, et des grains de maïs jaunes se sont éparpillés sur le carrelage noir et blanc.

Alors Teddy a enjambé Henry, donné un coup de pied dans le plateau qui a valsé à travers la cafétéria, s'est dirigé vers le distributeur de glaçons, en a pris une poignée et est parti.

Judy s'éloignait de la file d'attente avec sa tasse de bouillon de poule quand elle a entendu le visage de Henry heurter le sol avec un bruit identique à celui d'un gros morceau de viande crue jeté sur un comptoir en marbre. Elle n'a d'abord pas compris que les deux chewing-gums blancs qui ont rebondi par terre pour atterrir à quelques centimètres de ses chaussures en cuir verni à petits talons n'étaient autres que les deux dents de devant de Henry. La femme debout à côté d'elle a poussé un cri, mais Judy, avec sang-froid, s'est penchée pour les ramasser et les fourrer dans la poche de son cardigan. « Juste au cas où on pourrait lui remettre », nous a-t-elle expliqué en nous racontant toute l'histoire.

Ceux qui n'avaient ni vu ni entendu Teddy frapper Henry ont cru que Henry s'était évanoui. « Appelez un médecin ! » a hurlé quelqu'un. Mais Henry s'est redressé, groggy, au moment où Doc Turner – qui n'était pas médecin, mais le chef vieillissant de la cafétéria, la cigarette au bec comme toujours et à moitié consumée – sortait de la cuisine avec un steak congelé. « Tiens, mon pote », a-t-il dit en le tendant à Henry.

Le sang gouttait des lèvres tuméfiées de Henry directement sur le devant de sa chemise blanche. Il a posé le steak sur ses yeux, l'un après l'autre, puis sur son nez. C'est le goût métallique dans sa bouche qui lui a fait se rendre compte qu'il avait perdu ses deux dents de devant. Il a exploré le trou du bout de la langue.

Doc Turner a aidé Henry à se relever. « Tu as dû faire une connerie, non ?

— C'était qui ? » a demandé Henry. Il a jeté un coup d'œil aux gens rassemblés en demi-cercle autour de lui.

« Je suis arrivé après la bataille », a répondu Doc.

« Teddy Helms, a dit Judy. C'était Teddy. »

Henry a ôté un grain de maïs plein de sang au coin de sa bouche, s'est frayé un chemin à travers la foule et est sorti de la cafétéria sans un mot.

Norma a précisé qu'elle l'avait vu quitter le quartier général alors qu'elle rentrait d'un rendez-vous chez son médecin. « La marque de la chevalière de

Teddy était visible juste sous l'œil droit de Henry, nous a-t-elle raconté en pouffant. Je n'aurais pas pu faire mieux. »

Le lendemain, nous sommes toutes arrivées au travail plus tôt que d'habitude pour voir quelles seraient les conséquences de cette bagarre. « Vous croyez qu'il va être viré ? a demandé Kathy.

— Non. C'est comme ça que les garçons règlent leurs comptes, ici. Je ne serais d'ailleurs pas surprise d'apprendre que Dulles les y a encouragés. Tout sera revenu à la normale en un rien de temps », a dit Linda.

Nous nous sommes donc mises au travail, essayant de deviner ce qui avait pu inciter Teddy à envoyer son meilleur ami chez le dentiste. « Essayons de revenir en arrière », a proposé Norma, un matin où nous étions chez *Ralph.* « Teddy a frappé Henry, Irina a quitté Teddy, Sally a été virée.

— Quel est le lien entre tout ça ? a demandé Linda.

— Ça me dépasse », a conclu Norma.

Alors que Teddy a réapparu le lendemain, ses phalanges enveloppées de deux pansements, Henry n'est jamais revenu. Toutefois, Norma a réussi à avoir quelques infos sur ce qu'il était devenu. Comment avait-elle été mise au courant ? Nous préférions ne pas le lui demander. Mais elle a raconté à certaines d'entre nous où il était, en pensant que, le moment venu, ce pourrait être utile.

Deux semaines plus tard, en fouillant dans la poche de son cardigan, Judy aurait la surprise d'y retrouver les dents de Henry et non le mouchoir qu'elle cherchait.

Trois semaines plus tard, nous rapporterions les cadeaux de mariage que nous avions achetés pour Teddy et Irina, contentes d'avoir gardé les reçus.

Un mois plus tard, Anderson engagerait une nouvelle dactylo, et nous avons compris qu'Irina ne reviendrait pas.

21

~~La Postulante~~

~~L'Agent secret~~

LA NONNE

Sous un rideau de cheveux mouillés, je regardais l'eau noire aspirée par la bonde du lavabo. Les produits chimiques me donnaient la nausée et, quand j'ai relevé la tête, la femme qui était venue pour me transformer en une autre femme a ouvert la fenêtre.

Après avoir enveloppé ma tête dans une serviette blanche, elle m'a demandé de m'asseoir sur le vieux coffre qui faisait aussi office de table basse. Elle a alors soulevé le couvercle de sa mallette de maquillage rose orangé, laissant apparaître une paire de ciseaux dans un étui de velours pourpre, des flacons de teinture, deux mètres rubans, des coussinets en mousse, des pinceaux à maquillage, des échantillons de tissu noirs et blancs, des gants jaunes en caoutchouc.

Elle a peigné mes cheveux jusqu'à ce qu'ils soient parfaitement démêlés, puis les a ramenés en arrière. Après avoir taillé dans la masse avec les ciseaux, elle m'a tendu une queue-de-cheval postiche. Je l'ai gardée en main pendant qu'elle secouait une petite bouteille de teinture du même noir que celui qu'elle avait utilisé pour mes cheveux et dont elle a peint délicatement mes sourcils à l'aide d'un pinceau fin. La brûlure a été plus vive que le simple picotement dont elle m'avait parlé.

Après avoir essuyé mon front, elle m'a dit de me mettre debout et de me déshabiller. J'ai hésité. « Ne t'en fais pas, chérie, j'en ai vu d'autres. » J'avais réussi à reprendre un peu du poids que j'avais perdu après que Sally avait mis fin à notre relation, mais pas beaucoup. Elle a posé des coussinets en mousse sous mes seins et mes fesses. « On va te remplumer un peu. »

Tout en prenant mes mesures, elle n'a cessé de parler. Elle m'a raconté qu'elle avait longtemps travaillé au département des costumes pour la Warner ; c'est ainsi qu'elle avait posé de faux cils à une Joan Crawford caractérielle, installé des talonnettes dans les chaussures de Humphrey Bogart pour le grandir un peu, et écumé tous les salons de beauté de Hollywood pour trouver une teinture de la bonne nuance de blond pour Doris Day. Elle a continué à ressasser le passé et a évoqué la fois où elle était entrée dans une loge et avait vu la tête de Frank Sinatra – *coiffée d'un chapeau !* – entre les jambes d'une actrice dont elle préférait taire le nom. « Il n'a même pas levé les yeux, a-t-elle précisé. Il s'est contenté de me dire, en marmonnant par-dessus les "mmmmh-aaaaah" de plaisir de cette femme, de revenir vingt minutes plus tard. Je n'ai jamais considéré Ol' Blue Eyes comme un chic type. »

Je l'écoutais sans rien dire. Normalement, je l'aurais trouvée amusante, mais je n'étais pas d'humeur, et elle était le genre de femme qui pouvait parler pendant trois quarts d'heure sans même se rendre compte que son public s'était endormi.

J'étais arrivée huit heures auparavant seulement, et j'étais épuisée. C'était la première fois que je prenais l'avion, et dès que j'avais mis le pied sur le tarmac, avant même ma transformation, j'étais devenue autre chose qu'un simple agent secret – j'étais déjà devenue quelqu'un d'autre.

C'est ce que j'avais voulu – et c'est ce qui se passait. Je n'avais pas seulement une mission à accomplir ni rien qu'un aller simple : j'avais l'occasion de devenir quelqu'un d'autre, sans passé. Je l'ai saisie. Une rupture amoureuse pouvait être libératrice, un poids en moins, l'absence de risque de faire souffrir quelqu'un ou que quelqu'un puisse vous faire souffrir. C'est tout au moins ce que je me disais.

La femme a rangé ses ciseaux, ses teintures et ses gants. Elle a balayé les mèches de cheveux tombées par terre et en a rempli un sac plastique qu'elle a fourré dans sa mallette. Avant de partir, elle m'a expliqué qu'un fleuriste viendrait me livrer mon habit de religieuse dans une boîte supposée contenir des roses à longue tige. En ouvrant la porte, elle s'est retournée vers moi : «J'étais ravie de te rencontrer, ma chère.

— Moi aussi», ai-je dit, bien que nous n'ayons même pas échangé nos noms respectifs.

J'ai fermé la porte à clé derrière elle et me suis avancée vers le miroir fêlé accroché au-dessus du lavabo de la salle de bains pour voir le reflet de l'étrangère que j'étais devenue. J'ai passé la main dans les quelques centimètres de cheveux qui me restaient et, d'un doigt mouillé, j'ai essuyé une trace de teinture noire sur ma tempe en me disant que, désormais, je pouvais être n'importe qui.

Tandis que je me rhabillais, l'excitation est retombée. Que penserait Sally de ma transformation ? Qu'en aurait pensé ma mère ? J'ai glissé une main dans ma nuque. Il ne faisait aucun doute qu'elle aurait détesté ce changement. Sally aurait dit que c'était une « prise de position ». Teddy, quant à lui, aurait déclaré qu'il adorait – même si ce n'était pas le cas.

Après les funérailles de ma mère, je n'avais pas eu envie d'être seule et Teddy était resté chez moi, dormant le plus souvent sur le canapé. Les nuits où je ne trouvais pas le sommeil, il me faisait la lecture – des essais d'E.B. White et de Joseph Mitchell publiés dans le *New Yorker*, ou encore des nouvelles d'auteurs dont j'ai oublié le nom. Un soir, quand je lui avais annoncé que je ne pouvais pas l'épouser, il m'avait lu un tas de feuilles qu'il avait sorties de sa sacoche. Il ne m'avait pas dit qu'il en était l'auteur avant d'en avoir terminé la lecture, m'avouant alors que c'était le premier chapitre d'un roman auquel il travaillait depuis des années. Je lui avais alors déclaré que j'aimais beaucoup ce qu'il venait de lire et qu'il devrait continuer. « Tu le penses vraiment ? » avait-il voulu savoir. Quand je lui avais répondu que je serais incapable de lui mentir, il m'avait demandé si c'était vrai.

J'avais alors eu du mal à le regarder dans les yeux, mais m'y étais efforcée. « Je ne peux pas t'épouser.

— Nous pouvons attendre. Aussi longtemps que tu en auras besoin. Tu es encore en deuil.

— Non. Ça n'a rien à voir.

— De quoi s'agit-il alors ?

— Je ne sais pas. »

J'avais senti qu'il s'empêchait de parler, refusant d'exprimer à voix haute les mots qui planaient entre nous. « Je pense que tu le sais parfaitement.

— Non.

— Est-ce à cause de Sally ?

— Quoi ? Non... J'ai toujours eu du mal à me faire des amies. De vraies amies, j'entends. Elle a été une vraie amie pour moi.

— Eh bien, pourquoi ce ne serait plus le cas ? Je sais...

— Je ne pense pas que tu me connaisses aussi bien que tu le crois.

— Eh bien si justement. Je sais.

— Que veux-tu dire ? avais-je demandé.

— Je veux juste être avec toi – quoi que ça signifie pour toi. »

Mais je ne pouvais pas comprendre. Je ne voulais pas comprendre. « Qu'est-ce que ça signifie pour *toi* ? Qu'est-ce que tu veux, *toi* ?

— Une épouse, avait-il répondu. Une amie. » Il avait reniflé pour retenir ses larmes. « Toi.

— Que crois-tu que je suis ? »

Il avait baissé la tête. « Dis-moi la vérité, sois honnête avec moi. »

Quand je lui avais dit que je l'étais, il avait proposé que nous y réfléchissions, il avait dit qu'il fallait se laisser du temps avant de prendre une décision.

En partie pour ne plus le voir souffrir, j'avais accepté. Cette nuit-là, nous avions dormi chacun de notre côté, lui sur le canapé et moi dans mon lit, où je l'avais entendu se tourner et se retourner dans la pièce d'à côté.

Le lendemain, la moitié du District avait été privée d'électricité à cause d'un violent orage. Pendant tout le trajet en voiture pour se rendre au bureau, Teddy et moi n'avions pas dit un mot, et nous n'avions pas non plus allumé la radio. Seuls les essuie-glaces luttant contre la pluie brisaient le silence. Quand nous nous étions garés sur le parking de l'Agence, j'avais fait glisser de mon doigt la bague de sa grand-mère et l'avais posée sur le tableau de bord. Il s'était alors effondré sur le volant et j'étais descendue de voiture en le laissant dans cette position. Je n'avais rien de plus à ajouter, et je craignais qu'en dire davantage soit le ferait souffrir encore plus, soit m'empêcherait de partir. C'était moi qui avais rompu et, ce faisant, je m'étais brisé le cœur – pas comme Sally me l'avait brisé, non ; c'était plutôt comme si je partais encore plus à la dérive, comme si j'avais rompu les amarres qui me retenaient encore à quai.

Ce jour-là, Teddy n'était pas venu travailler, et je n'avais donc pas pu le revoir avant mon départ. Il était passé prendre sa valise et était parti avant que je rentre ce soir-là à l'appartement. Le lendemain, j'avais été convoquée dans le bureau d'Anderson et interrogée sur la nature de mes relations avec Sally. J'avais donc appris qu'elle avait été virée et que nos relations étaient considérées comme suspectes.

J'avais nié d'une manière suffisamment convaincante pour qu'Anderson puisse dire qu'il me croyait. Après tout, c'étaient eux, à l'Agence, qui m'avaient appris à devenir quelqu'un d'autre, à mentir sur qui j'étais ; alors, utiliser ce pouvoir contre eux me faisait du bien.

J'avais trop de choses auxquelles penser. Et même là-bas, à Bruxelles, de l'autre côté du globe, en me regardant dans le miroir, il m'était impossible de ne pas y penser. Pourtant, je ne devais pas. Il n'y avait pas de retour possible. La mission avait commencé.

J'ai couvert mes cheveux d'un foulard et suis sortie pour rejoindre le lieu de rendez-vous. Bruxelles était en pleine effervescence ; une demi-lune était suspendue au-dessus de la ville. Les rues grouillaient de visiteurs venus du monde entier. En passant devant un café, j'ai entendu parler français, anglais, espagnol, italien, néerlandais. Alors que je traversais la Grand-Place, j'y ai croisé un groupe de Chinois et de Chinoises rassemblés en plein milieu, les yeux levés vers le haut de l'hôtel de ville tout en partageant une boîte de chocolats. Deux Russes sont passés si près de moi que l'un des deux m'a effleuré l'épaule. J'ai eu l'impression que celui avec la toque de fourrure m'avait regardée avec un peu trop d'insistance. Pour autant, je ne me suis pas retournée ni n'ai accéléré le pas. J'ai gardé les yeux fixés droit devant moi et ai continué à avancer.

Je suis alors arrivée à l'adresse rue Lanfray, juste de l'autre côté des étangs d'Ixelles, que mon officier traitant m'avait donnée. Plantée devant l'immeuble Art nouveau, j'étais éblouie par ses cinq étages de bois marqueté et le fer forgé vert menthe torsadé qui montait à l'assaut de la façade tel du lierre. Le bâtiment en entier aurait eu sa place dans un musée. En grimpant les marches menant à la porte d'entrée à double battant, j'ai pensé que c'était là qu'était ma place; ou plutôt c'était là qu'était la place de celle que j'étais devenue. J'ai appuyé une fois sur la sonnette en laiton, ai compté jusqu'à seize, et ai sonné de nouveau. J'ai alors senti ma nuque se couvrir d'une fine pellicule de sueur. Un homme habillé comme un prêtre a ouvert la porte. « Père Pierre ? ai-je demandé en russe.

— Sœur Alyona. Soyez la bienvenue. » Entendre mon nouveau nom m'a détendue.

Je l'ai salué d'une poignée de main ferme comme Sally me l'avait appris. « Enchantée.

— Nous avons commencé sans vous. » Je ne connaissais pas son nom véritable pas plus que je ne savais si le père Pierre était ou non catholique. Il portait certes le col blanc, appelé « col romain », des prêtres, mais avait un pull en cachemire ivoire drapé sur ses épaules comme s'il revenait tout juste d'une partie de golf. La petite trentaine, le père Pierre était discrètement séduisant, avec des cheveux blonds clairsemés, des yeux d'un bleu céruléen, et une barbe rousse. Il m'a fait entrer, et j'ai monté un escalier à sa suite.

L'appartement affichait le décor luxueux mais éclectique d'un nouveau riche qui aurait eu recours à quelqu'un pour le conseiller en matière de bon goût. Le mélange de meubles modernes danois, de tapisseries du XVIIe siècle et de poteries artisanales donnait l'impression de se promener dans un musée à l'intérieur d'une boule à neige qui aurait été secouée.

J'étais parfaitement à l'heure au rendez-vous mais la dernière de l'équipe à être arrivée. Un homme et une femme avaient déjà pris place sur un canapé réniforme, sirotant du cognac devant un maigre feu de cheminée. L'homme connu sous le nom de père David était l'agent en charge de notre mission. La femme, Ivanna – son vrai nom –, était la fille d'un théologien russe orthodoxe en exil et elle dirigeait une maison d'édition belge de documents religieux. Elle était aussi la fondatrice de Life with God, Vivre avec Dieu, une organisation qui envoyait clandestinement du matériel religieux derrière le Rideau de fer. Cette association travaillait en collaboration avec le Vatican depuis le début de la foire, et nous allions suivre ses instructions pour diffuser le plus efficacement possible *Jivago.*

Si Ivanna et le père David avaient levé la tête à mon arrivée dans la pièce, pour autant ils l'avaient fait sans sourire et sans se lever. Il était inutile de faire les présentations : ils savaient déjà qui j'étais, tout comme moi je savais qui ils étaient. Je me suis assise au bord d'une méridienne en lin blanc, et ils ont poursuivi la réunion sans s'interrompre.

Sur la table basse vernissée noire devant eux était posée une réplique exacte, un modèle réduit, de l'Expo 58, avec de petits miroirs bleus représentant les fontaines et les divers points d'eau, des arbres, des sculptures et les drapeaux miniatures de tous les pays, ainsi que le pavillon de la Cité de Dieu, le Saint-Siège au toit blanc – le lieu où accomplir notre mission.

C'était Ivanna qui avait eu l'idée d'utiliser la foire comme moyen de faire du prosélytisme, mais c'est le père David qui avait repris l'idée afin que l'Agence se l'approprie. Ils pensaient que l'Expo 58 serait le lieu idéal pour que le livre reparte dans son pays d'origine et, ce faisant, que la décision de l'y avoir interdit soulève un tollé international.

Le père David parlait d'une voix douce mais avec une fermeté et une assurance – digne de Chet Huntley présentant le journal télévisé de la nuit – qui retenaient l'attention. Par ailleurs, avec sa coupe de cheveux de boy-scout, ses fines lèvres roses, et ses longs doigts qu'on imaginait parfaitement tenir l'hostie, il ressemblait plus à un prêtre que le père Pierre.

Le père David a désigné du doigt le modèle réduit du site de l'Expo, nous montrant les chemins différents que nous prendrions tous chaque jour pour aller et revenir de la foire. Si nous pensions être suivis, nous devions filer nous cacher dans l'Atomium, le monument au centre de l'Expo, d'une hauteur de plus de cent mètres et représentant la maille élémentaire du cristal de fer agrandie cent soixante-cinq milliards de fois. Il fallait alors prendre l'ascenseur jusqu'au sommet de la structure centrale en aluminium, dans laquelle se trouvait un restaurant doté d'une vue panoramique sur Bruxelles et où nous trouverions un serveur prêt à nous aider.

Après nous avoir présenté la vue aérienne de l'ensemble, le père David a posé le modèle réduit sur le sol et a déroulé les plans intérieurs de la Cité de Dieu. Il a désigné l'endroit où se trouvait *Le Penseur*, de Rodin. « Le père Pierre sera posté là, se mêlant à la foule pour repérer les Soviétiques pouvant servir de cibles potentielles, a-t-il expliqué. Une fois qu'ils seront identifiés, il le fera savoir à Ivanna en se grattant le menton de la main gauche. » Il a tracé un chemin partant de la statue pour arriver à la chapelle du silence, son ongle griffant le papier. « Ivanna les fera alors entrer dans la chapelle, où elle essaiera d'évaluer leur degré de sensibilité à la propagande. Si une cible est réceptive – son doigt fit le tour de l'autel dans la chapelle pour s'arrêter dans une petite pièce carrée sans nom –, elle les escortera jusqu'ici, dans la bibliothèque, où je l'attendrai en compagnie de sœur Alyona. » Il m'a regardée puis a continué. « Après une dernière estimation, le transfert se fera. » Il a retiré la main du plan. « Oh, encore une chose : à partir de maintenant nous évoquerons *Jivago* sous le nom du *Bon Livre.* » Il s'est redressé sur sa chaise et a croisé les jambes. « Des questions ? » Personne n'ayant de question à poser, il nous a montré le plan des lieux et le trajet à suivre une deuxième puis, enfin, une troisième fois.

Avec le plan bien en tête, nous sommes restés assis là tous ensemble, à parler, à boire du vin rouge dans des tasses à thé et à fumer. Ce n'est qu'après que j'ai demandé : « *Le Bon Livre* est-il ici ? » qu'Ivanna a échangé un regard avec le père David, qui a hoché la tête. « Ils ont été livrés directement sur la foire plus tôt dans la journée, mais nous en avons gardé un exemplaire ici. » Elle s'est rendue dans l'entrée et a sorti du placard une petite caisse en bois recouverte de toile ancienne. Elle a enlevé la toile et a pris le livre. « Tiens », a-t-elle dit en me le tendant.

Je m'attendais à ce qu'il ait l'air illégal. Je m'attendais au frisson de la dissidence, mais je n'ai rien ressenti. Le livre interdit ressemblait à n'importe quel autre livre. Je l'ai ouvert et ai lu à voix haute en russe : « S'ils s'aimaient, ce n'était pas par nécessité, en succombant à la “flamme de la passion”, selon une image mensongère. S'ils s'aimaient, c'est parce que tout autour d'eux le voulait, la terre sous leurs pieds, le ciel au-dessus de leurs têtes, les nuages, les arbres[1]. » J'ai refermé le livre. Je ne voulais pas penser à elle. Je ne le pouvais pas.

« Vous l'avez lu ? ai-je demandé.

— Pas encore », a répondu Ivanna. Le père David et le père Pierre ont secoué la tête.

Ouvrant de nouveau le roman, j'ai lu la page de titre et ai alors remarqué une erreur. « Son nom.

— Qu'y a-t-il ?

— Il n'aurait pas fallu écrire “Boris Leonidovitch Pasternak”. Les Russes n'auraient pas mentionné le nom du père. Ils auraient écrit “Boris Pasternak”. »

Le père Pierre a tiré sur son cigare cubain. « Trop tard », a-t-il dit, joignant ses mains comme pour prier.

1. *Le Docteur Jivago, op. cit.*, p. 638-639.

Le lendemain matin, j'ai consciencieusement revêtu mon soutien-gorge et ma culotte rembourrés, puis ai enfilé l'habit noir informe et le voile noir avec le ruban blanc rigide qui encadrait mon front. Il ne fallait surtout pas que je sois maquillée ; la femme venant de Hollywood m'avait dit que je devrais me contenter d'une touche de vaseline sur les lèvres et sur le haut de mes pommettes pour donner de l'éclat à mon visage, mais je m'en suis passée. En me regardant dans le miroir, j'ai apprécié mon reflet : un visage pâle, nu, peut-être un peu vieilli. Reculant d'un pas pour avoir une perspective d'ensemble, je me suis vue comme asexuée – et puissante.

À six heures trente précises, j'ai alors quitté l'appartement pour me rendre à la foire – mon premier jour. Si nous faisions correctement notre travail, nous écoulerions les trois cent soixante-cinq exemplaires du *Docteur Jivago* en trois jours.

Du tramway construit spécialement pour que les visiteurs puissent se rendre du centre-ville au plateau du Heysel, j'ai repéré l'Atomium. Il était plus imposant que le modèle réduit l'avait laissé imaginer. Le symbole officiel de la foire, l'Atomium avec ses neuf sphères – imprimé sur toutes les affiches, les brochures, et sur presque toutes les cartes postales et tous les souvenirs –, était censé représenter le nouvel âge atomique. D'après moi, on aurait plutôt dit un reste du décor du film *Le jour où la Terre s'arrêta.*

Une heure avant l'ouverture de la foire, de très nombreux visiteurs patientaient déjà à l'extérieur des grandes grilles. Des enfants excités tiraient sur le sac à main pendu au bras de leurs mères ; des lycéens américains passaient leur tête et leurs mains à travers les barreaux des grilles, manquant rester coincés ; un couple de jeunes Français se bécotaient en public sans se préoccuper des regards des autres ; et une vieille Allemande prenait une photo de son époux aux côtés d'une femme habillée de la jupe et de la veste noires, de la cravate et du chapeau noirs des guides de la foire. Être entourée de tant de gens tout en se sentant invisible était excitant. Personne ne prêtait attention à une nonne.

J'ai rejoint la file d'attente des gens travaillant sur la foire à l'entrée de la *Porte du Parc*[1] * qui menait directement à la section internationale. En approchant du gardien, j'ai pris une grande inspiration et lui ai tendu mon badge « Expo 58 ». Il m'a fait signe d'avancer en me jetant à peine un coup d'œil.

C'était extraordinaire. La maquette était loin de rendre compte de l'immensité de la foire. C'était la première Foire internationale depuis la guerre, et environ quarante millions de touristes venus des quatre coins du monde étaient attendus.

À l'exception des exposants regagnant leur poste et d'une équipe de femmes balayant pour chasser les détritus venus de la rue, j'avais l'artère principale pour moi toute seule. Je suis passée devant le pavillon de la Thaïlande, qui, avec son toit à plusieurs niveaux, ressemblait à un temple perché en haut d'un escalier de marbre blanc étincelant. Le pavillon anglais évoquait de manière stupéfiante trois mitres blanches

1. Les mots en italique suivis d'un astérisque sont en français dans le texte.

de pape. Le pavillon français, quant à lui, avait l'allure d'un énorme panier moderne en acier et verre tressés. Celui de l'Allemagne de l'Ouest était moderne, lui aussi, et d'une grande simplicité, un bâtiment dont Frank Lloyd Wright aurait pu rêver. Et celui de l'Italie ressemblait à une très belle villa toscane.

J'ai très vite repéré le pavillon américain, mais j'ai hésité à savoir si le bâtiment, avec les drapeaux de tous ses États, ressemblait à une roue de chariot renversée ou à un ovni. Immédiatement sur sa gauche surgissait le monstre de l'Union soviétique, de loin le pavillon le plus imposant de toute la section internationale de la foire. On aurait dit qu'il allait manger le pavillon américain. À l'intérieur, on devinait des répliques de *Spoutnik I* et *Spoutnik II*, que j'avais hâte de découvrir. Je ne l'avais jamais avoué, mais quand *Spoutnik* avait été lancé je n'avais pu m'empêcher de ressentir une certaine fierté. Je n'étais jamais allée dans la Mère Patrie, mais quand j'avais regardé le ciel la nuit où le satellite avait été envoyé dans l'espace, j'avais eu le sentiment, comme jamais auparavant, d'être en quelque sorte reliée au pays natal de mes parents. Cette nuit-là, à D.C., le ciel était nuageux, et même si je savais que je ne pourrais pas le voir à l'œil nu, j'avais regardé les cieux en espérant apercevoir un éclair argenté les traverser. Et donc, alors que j'étais là si proche de la chose – ou tout au moins de sa réplique – je mourais d'envie d'entrer dans le pavillon russe, pour la voir et la toucher.

Mais je devais suivre les instructions du père David.

Je suis finalement arrivée en vue de ma destination : la Cité de Dieu, de l'autre côté du pavillon américain. Le pavillon blanc du Saint-Siège, simple et à la structure incurvée, était suffisamment petit pour tenir à l'intérieur du hall du pavillon soviétique. Je suis entrée dans le bâtiment silencieux, le bruit des talons plats de mes modestes chaussures de cuir noir résonnant sur le sol en marbre. S'apprêtant à ouvrir, les employés du Vatican s'affairaient dans tous les sens. Ils lavaient les sols, installaient les brochures, et remplissaient les bénitiers d'eau bénite. Ils m'ont saluée d'un « Bonjour, ma sœur » et j'ai répondu du sourire que j'imaginais être celui d'une religieuse : du coin des lèvres.

Le père Pierre était déjà en poste, debout près du *Penseur*, les mains croisées derrière le dos, se balançant sur ses talons. Quand je suis passée devant lui, il n'a pas détaché son regard de la célèbre statue.

Au bout du couloir voûté et à l'intérieur de la chapelle du silence, deux religieuses préparaient le petit autel qui faisait face aux bancs. Elles m'ont jeté un bref coup d'œil avant de commencer à allumer les cierges. Avais-je réussi l'examen de passage ? Si ce n'était pas le cas, les religieuses n'en ont rien laissé paraître. Pas plus qu'elles n'ont réagi quand j'ai fait le tour de l'autel et me suis glissée entre les lourdes tentures bleues suspendues à l'arrière.

« Te voilà », a dit le père David quand je suis arrivée dans la bibliothèque secrète. Il a regardé sa montre. « On a ouvert les portes au public. Tu es prête ? »

Je me suis installée à la place qui m'était désignée, sur un tabouret en bois devant une étagère remplie d'exemplaires du *Bon Livre*, chacun sous sa couverture de toile bleue impeccable. Si j'étais plus calme que je l'aurais cru, la tension du père David, qui ne cessait d'arpenter la petite pièce, était perceptible. Quatre pas sur la droite, aller et retour, puis quatre sur la gauche. Je découvrirais plus tard que le père David était des nôtres depuis deux ans, sa dernière mission ayant eu lieu en Hongrie, où il avait aidé le peuple à s'insurger contre l'occupant soviétique.

Les premiers pas assourdis et les chuchotements de visiteurs qui entraient dans la Cité de Dieu se sont fait entendre. J'ai ralenti ma respiration pour deviner la langue qu'ils parlaient. Était-ce du russe ? Le père David écoutait lui aussi, la tête penchée vers l'interstice entre les tentures.

Nous étions sur des charbons ardents, attendant que nos premières cibles entrent, et j'ai senti des nœuds de tension se former entre mes omoplates.

Ivanna a ouvert les tentures. Elle était suivie d'un couple russe, ayant l'air aussi surpris que si le rideau du Magicien d'Oz venait de s'ouvrir pour seulement laisser apparaître un prêtre, une religieuse, et des livres, à la place d'un homme actionnant des leviers. Alors que j'hésitais, le père David est passé à l'action sans attendre. Il les a accueillis chaleureusement, en s'adressant à eux dans un russe moscovite impeccable. Toute trace de sa précédente nervosité avait disparu, il était devenu un prêtre parfait – charmant, incarnant une légère autorité – que des paroissiens aisés auraient eu envie d'inviter à dîner le dimanche.

Il leur a d'abord posé quelques questions sur le déroulé de leur visite. *Est-ce que ça vous plaît ? Qu'avez-vous vu ? Êtes-vous ici pour voir la statue de Rodin ? Avez-vous vu le modèle réduit d'un brise-glace atomique ?*

Une stupéfiante prouesse scientifique. Il faut faire la queue pour y accéder, mais ça vaut grandement la peine. Avez-vous goûté les gaufres ?

Et en moins de temps qu'il en faut pour le dire, il s'était fait une idée sur l'histoire de ce couple. La femme, Yekaterina, était une ballerine appartenant à la troupe du Bolchoï qui donnait une représentation tous les soirs au pavillon soviétique ; l'homme, Eduard, plus âgé, s'est simplement présenté comme « mécène ». Eduard a vanté les performances de la ballerine lors de la représentation de la veille. « Elle a laissé le public sans voix. Même les autres danseurs n'en revenaient pas. »

Le père David a sauté sur l'occasion pour leur raconter qu'il avait vu récemment Galina Sergueïevna Oulanova danser à Londres. « C'était porteur d'un inimaginable message de vie, a-t-il expliqué. Comme si la Madone en personne avait baisé les plantes des pieds de Galina. Elle était l'incarnation même de la poésie. » Le couple a acquiescé pleinement et, profitant des circonstances, le père David a discrètement orienté la conversation sur le sujet plus général de l'art et de la beauté, et l'importance de les partager.

« Je ne peux qu'être d'accord », a dit Yekaterina. À en juger par ses joues roses, elle paraissait subjuguée par le jeune prêtre et son discours enflammé.

« Vous aimez la poésie ? leur a-t-il demandé.

— Nous sommes russes, non ? » a répondu Eduard.

Le couple n'était entré dans la bibliothèque que depuis quelques minutes et le père David se tournait déjà vers moi pour que je lui donne un exemplaire du *Bon Livre* qu'il a tendu à l'homme.

« La beauté doit être célébrée », a-t-il dit avec un sourire béat. L'homme a pris le livre et en a examiné le dos. Il a immédiatement su de quoi il s'agissait. Au lieu de rendre *Jivago* au père David, il l'a tendu à Yekaterina en passant la langue sur ses lèvres. Elle a froncé les sourcils mais a hoché la tête et mis le livre dans son sac. « Je pense que vous avez raison, mon père », a affirmé Eduard.

Pour finir, le couple avait récupéré un exemplaire du livre et Eduard avait invité le père David dans sa loge le soir même pour voir Yekaterina danser. Le père David a promis qu'il ferait de son mieux pour y aller.

« Ça a marché, ai-je dit quand ils ont été partis.

— Évidemment », a répliqué le père David d'un ton plein d'assurance.

Après ça, les cibles se sont succédé sans relâche. Un joueur d'accordéon membre des Chœurs de l'Armée rouge a caché le roman dans l'étui vide de son instrument. Un clown du Cirque national de Moscou l'a embarqué dans sa mallette de maquillage. Une femme, ingénieure en mécanique qui avait grandi en entendant sa mère réciter les premiers poèmes de Pasternak, a dit qu'elle voulait le lire mais préférerait le faire pendant qu'elle était encore sur la foire. Un traducteur, qui avait traduit la brochure du pavillon soviétique en plusieurs langues, nous a confié qu'il avait toujours admiré les traductions de Pasternak, en particulier les pièces de Shakespeare, et qu'il avait toujours eu envie de le rencontrer. Il nous a raconté qu'il avait un jour vu l'auteur dîner au restaurant de la Tsentralny Dom Literatorov, la Maison centrale des écrivains, mais qu'il avait été trop timide pour l'approcher. «J'ai raté l'occasion, mais je compense aujourd'hui mon manque de courage en prenant ça ! » a-t-il lancé en brandissant le livre. Avant de partir, il m'a donné un exemplaire de la brochure soviétique qu'il avait traduite. À l'intérieur s'y trouvait un plan – qui couvrait les deux pages – de tout le champ de foire. J'ai éclaté de rire en remarquant que le pavillon américain et celui du Vatican étaient ostensiblement absents de la carte.

Parler russe à nouveau a ravivé mes souvenirs et j'ai pensé à ma mère ; j'aurais aimé voir quelqu'un qui lui aurait ressemblé ne serait-ce qu'un tout petit peu. Cependant, la plupart des Soviétiques qui entraient étaient des membres de l'intelligentsia – des gens qui avaient fait des études, qui parlaient bien, et qui étaient bien vus par l'État. Les autres étaient trop jeunes, et venaient à l'étranger pour la première fois – des musiciens, des danseurs et d'autres artistes se produisant à la foire. C'étaient tous des citadins, avec des mains douces, sans cal. Ils pouvaient se permettre de voyager et, plus important encore, ils avaient la permission de voyager. Ils s'habillaient comme des Européens, vêtus de costumes taillés sur mesure, de robes de grands couturiers français, et portaient des chaussures italiennes. Bien que je ne sois jamais allée dans la Mère Patrie, c'étaient des Russes que je ne reconnaissais pas ; ils ressemblaient si peu à ma mère. Cette pensée m'a peinée.

Dans l'après-midi, Ivanna est entrée dans la bibliothèque pour nous prévenir que les Russes affluaient pour voir la statue de Rodin ; elle pensait donc que le bouche-à-oreille avait fonctionné. « Doit-on calmer le jeu ?

— Bien au contraire, profitons-en, ai-je dit. Nous n'avons plus beaucoup de temps maintenant que ça se sait.

— Elle a raison, a fait remarquer le père David. Continue à nous les amener. »

Après que nous avions donné déjà une centaine d'exemplaires, Ivanna a passé la tête par l'interstice entre les rideaux, en ayant à la main l'une des couvertures de toile bleue qui avait été arrachée. « Les marches en sont jonchées, a-t-elle expliqué.

— Mais pourquoi ?

— Pour que le livre soit moins épais, a répondu le père David. Et donc plus facile à cacher. »

Nous avions prévu de rester trois jours à l'Expo 58, mais nous avons donné notre dernier exemplaire du *Bon Livre* dès la fin de la matinée du deuxième jour.

Le champ de foire était jonché de couvertures en toile bleue. Un économiste connu a déchiré les pages d'un livre souvenir sur l'Expo 58 et les a remplacées par celles du *Docteur Jivago*. La femme d'un ingénieur en aérospatial les a cachées dans une boîte de tampons vide. Un célèbre joueur de cor français a fourré les pages dans le pavillon de son instrument. L'une des danseuses étoiles du Bolchoï les a glissées dans ses bas.

Nous avions accompli notre mission. Nous avions laissé *Jivago* s'envoler, espérant que le roman de Boris

Pasternak retrouverait le chemin de son pays, en escomptant que ceux qui le liraient se demanderaient pourquoi il avait été interdit. Nous avions planté les graines de la dissidence grâce à un livre clandestin.

Le père David, Ivanna, le père Pierre et moi nous sommes séparés comme il était prévu. Ivanna reviendrait le lendemain ; elle resterait à l'Expo 58 pour distribuer son matériel religieux. Nous autres devions quitter la foire et ne pas y revenir. Il n'y a pas eu d'au revoir grandiose, pas de tape dans le dos, pas d'autocongratulation du genre « Bravo ! Mission accomplie ! ». Nous ne devions reprendre contact entre nous sous aucun prétexte. Juste un signe de tête au moment de quitter la Cité de Dieu les uns après les autres. Où les pères seraient-ils envoyés pour leur prochaine mission ? Je n'en savais rien. Quant à moi, je devais monter à bord d'un train à destination de La Hague dès le lendemain, afin d'y retrouver mon officier traitant pour lui faire un compte-rendu et qu'il me confie ma prochaine mission.

EST

Septembre-Octobre 1958

22

~~L'Hôte des nuages~~
LE LAURÉAT

Boris travaille derrière une palissade ; il sarcle un carré du potager où il a planté des pommes de terre, de l'ail et des poireaux. Arrive un visiteur, et il pose sa binette contre le tronc d'un bouleau.

« Bonjour mon ami », dit le visiteur, tendant sa main par-dessus la palissade.

« Il est arrivé ? » demande Boris.

Le visiteur acquiesce d'un hochement de tête et suit Boris à l'intérieur de la datcha.

Ils s'assoient l'un en face de l'autre à la table de la salle à manger. Le visiteur ouvre son sac à dos et pose le livre, avec encore sa couverture de toile bleue, devant son auteur. Boris s'en empare. Il est beaucoup plus léger que le manuscrit relié par ses soins – et qu'il avait confié à des mains étrangères deux ans auparavant –, et très différent du volume luxueux qui est devenu un best-seller en Europe – et qu'il n'a vu qu'en photo. Il passe ses doigts sales sur la couverture, et ses yeux se remplissent de larmes. « Il est arrivé », répète-t-il.

Le visiteur sort un autre présent de son sac, une bouteille de vodka. « On trinque ? demande-t-il.

— Qui a fait ça ? »

Le visiteur se sert un verre de vodka. « Ils disent que ce sont les Américains. »

Boris revient de sa promenade matinale. Il pleut et, plutôt que de passer par le chemin qui traverse le cimetière puis enjambe la petite rivière avant de grimper la colline, il coupe par la forêt de bouleaux qui conduit à sa datcha. Les quelques feuilles qui restent accrochées aux branches des arbres suffisent à le protéger de la pluie. Ses vêtements sont certes appropriés au temps qu'il fait : un imperméable et des bottes en caoutchouc ; pourtant, à l'arrivée, il sent le froid lui transpercer les os.

Boris les entend avant même de les voir. En sortant de la forêt, il voit les voitures garées le long de la rue étroite et la petite foule rassemblée dans son jardin sous de grands parapluies noirs. Un jeune homme est assis sur la palissade là où les planches sont pourries. Boris a envie de l'interpeller pour qu'il en descende, au lieu de quoi il reste là sans bouger comme un chevreuil face à un chasseur ne l'ayant pas encore vu.

Il pense alors repartir sous le couvert de la forêt, mais quelqu'un l'appelle et la foule se tourne vers lui d'un bloc, pareille à un gros mammifère. Le jeune homme assis sur la palissade bondit sur ses pieds pour être le premier à l'approcher. Il sort un carnet et un stylo de sa poche et se tient prêt à écrire. « Vous avez gagné, déclare-t-il. Vous êtes prix Nobel de littérature. Qu'avez-vous à dire pour la *Pravda* ? »

Boris enlève sa casquette, lève la tête vers les nuages et laisse la pluie couler sur son visage. *Nous y voilà*, se dit-il. Les dés sont jetés. Son legs gravé dans de l'or ; mais aucune larme de joie ne se mêle à la pluie qui ruisselle sur son visage. Au lieu de quoi, la peur le submerge comme l'eau glacée de son bain du matin.

Il jette un coup d'œil à l'autre bout du jardin, là où la grille a été arrachée vingt ans auparavant. Il revoit en pensée son voisin, Boris Pilniak, arriver par là, tout excité par sa récolte d'oignons ou par l'envie de lui lire le chapitre qu'il vient de terminer. Il se souvient de ce qui s'est passé plus tard : le roman de Pilniak avait été interdit et il avait été accusé d'en avoir orchestré la publication à l'étranger. Alors, quand Boris, au cours de ses promenades matinales, passait devant la datcha de son ami, il le voyait regarder par la fenêtre, dans l'attente. « Un jour, ils vont venir me chercher », disait Pilniak. Et ils étaient venus.

Un flash crépite et Boris cligne des yeux. Il fouille la foule du regard, espérant y voir quelqu'un qu'il connaîtrait – quelqu'un à qui se raccrocher – mais ne reconnaît personne.

« Allez-vous accepter ce prix ? » demande un autre journaliste.

Boris trempe le bout de sa botte dans une flaque. « Je ne voulais pas de tout ça, tout ce raffut. Je ressens certes une grande joie. Pourtant, aujourd'hui, cette joie, je ne la partage avec personne. »

Avant que les journalistes puissent lui poser d'autres questions, Boris remet sa casquette. « C'est en marchant que je réfléchis le mieux. J'ai besoin de continuer à marcher. » Il se fraie un chemin à travers la foule et repart dans la forêt.

Elle doit être au courant, pense-t-il. Elle doit probablement m'attendre.

Il aperçoit au loin l'écharpe rouge d'Olga et il se sent soulagé. Elle arrive en haut de la butte herbeuse dans le cimetière, là où la terre n'a pas encore été retournée, et fait les cent pas le long d'une tombe invisible, les bras croisés sur sa poitrine. Encore maintenant, quand il la voit, Boris en a le souffle coupé. Elle a vieilli, certes. Des pattes-d'oie sont apparues au coin de ses yeux, et ses cheveux blonds sont devenus cassants. Elle a repris le poids qu'elle avait perdu dans les camps, mais, au lieu que les kilos aient harmonieusement arrondi sa silhouette – hanches et cuisses –, elle a désormais des bourrelets et son visage s'est empâté. Depuis que *Jivago* a été publié à l'étranger, elle ne boucle plus ses cheveux et ne porte plus de bijoux. Peut-être n'a-t-elle plus envie de se faire remarquer. À moins qu'elle soit trop fatiguée pour s'en préoccuper. Néanmoins, Boris la trouve encore plus belle.

Elle court le rejoindre. Il la prend dans ses bras, et alors que son corps à elle s'y niche parfaitement, c'est lui qui se sent comme enveloppé par cette étreinte – une étreinte pareille à un cataplasme.

Boris sent qu'Olga retient sa respiration et il lui frotte le dos comme pour l'encourager à souffler. Elle recule et exprime clairement ce que son corps avait laissé entendre à Boris de ses préoccupations : « Et maintenant, que vont-ils nous faire ? demande-t-elle.

— Ne t'inquiète pas. Avoir gagné ce prix est une bonne chose, répond-il. Nous devrions d'ailleurs être en train de faire la fête. Ils n'oseront pas s'attaquer à nous. Le monde entier nous regarde.

— Oui. » Elle jette un coup d'œil autour d'elle. « Ce sont *eux* qui nous regardent, ils nous surveillent. »

Il l'embrasse sur le front. « C'est une bonne chose », répète-t-il en essayant de s'en persuader. Il lance un regard en direction de sa datcha. « Les vautours attendent. Je dois les affronter.

— Tu vas donc accepter le prix ?

— Je ne sais pas », répond-il. Il n'imagine pourtant pas pouvoir refuser. Sa vie l'a conduit au bord de ce précipice ; comment pourrait-il ne pas faire le dernier pas, même si c'est celui qui l'entraînera dans l'abîme ? S'il fait maintenant machine arrière, chaque fois que sa bien-aimée sourira il verra le morceau de dent en moins sur le devant, résultat de son séjour dans les camps, et il aura l'impression que tout aura été vain.

Olga caresse le revers de la veste de Boris, et sa main s'arrête à la place du cœur. « Tu viendras me voir quand tu pourras ? »

Il pose sa main sur la sienne en la pressant tout contre sa poitrine.

La pluie a cessé et la foule a grossi. Des voisins se sont joints aux journalistes, piétinant ses pommes de terre, son ail, ses poireaux. Des hommes en pardessus de cuir noir traînent dans le coin. Zinaida se tient à côté du porche avec Nina Tabidze, qui est arrivée de Géorgie pour leur rendre visite. Elles ont installé deux chaises en bois au pied des marches pour bloquer l'entrée de la datcha et Tobik, le chien de Boris, monte la garde couché sous l'une d'elles.

Zinaida déplace l'autre afin que Boris puisse entrer, mais il s'arrête en chemin pour parler aux journalistes. Avoir vu Olga lui a considérablement remonté le moral, et bien qu'il ne croie pas ce qu'il lui a dit, les mots prononcés l'ont apaisé. Les félicitations que certains dans la foule lui lancent sont aussi un baume. Un photographe lui demande de poser, et Boris s'exécute, le visage éclairé par un sourire sincère.

Zinaida, elle, ne sourit pas. Ses sourcils grossièrement soulignés au crayon lui donnent un air étonné, mais son front plissé exprime tout autre chose. « Rien de bon ne va sortir de tout ça », dit-elle à son mari qui monte les marches.

« Les gens dans les rues de Moscou en parlent déjà », affirme Nina en remettant la chaise en bois à sa place. « Un ami a entendu la nouvelle sur Radio Liberation.

— Entrons », dit Boris.

À l'intérieur, ils sont accueillis par le fumet d'une tarte aux prunes et Boris se souvient qu'on fête ce jour-là les Zinaida. « Ma chère, je suis désolé. Avec toute cette agitation, j'avais presque oublié.

— Ça n'a pas d'importance », réplique-t-elle.

Nina frôle d'une main l'épaule de Zinaida et part dans la cuisine sortir la tarte du four.

Le couple reste seul dans l'entrée. « Tu n'es pas heureuse pour moi, Zina ? Pour nous ?

— Que va-t-il nous arriver ?

— C'est absurde. Nous devrions être en train de fêter ça. Nina ! Apporte une bouteille de vin.

— Ce n'est pas le moment de faire la fête, dit Zinaida. Ils demanderont ta tête. D'abord, tu donnes ton manuscrit à des étrangers sans que le livre soit publié ici. Et maintenant ça ? Toute cette attention, le tollé que ça soulève ? Rien de bon ne peut en sortir.

— Si tu ne peux pas te résoudre à me féliciter, bois au moins un verre pour ta fête.

— Quelle importance ? L'année dernière déjà, tu avais oublié. »

Nina revient avec une bouteille de vin et trois verres, mais Zinaida la renvoie et se retire dans sa chambre. Nina part l'y rejoindre pour la réconforter, et Boris ouvre seul la bouteille.

Le lendemain, un voisin de Boris, l'auteur Konstantin Aleksandrovitch Fedine, frappe à la porte. Zinaida lui ouvre. « Où est-il ? » demande Fedine. Sans attendre la réponse, il passe devant Zinaida et monte quatre à quatre les marches qui mènent au bureau de Boris.

Boris lève les yeux d'un gros tas de télégrammes. Il accueille chaleureusement son ami. « Kostya. Que me vaut l'honneur de ta visite ?

— Je ne suis pas venu pour te féliciter. Je ne suis pas ici à titre de voisin ou d'ami. Je suis ici en mission officielle. Polikarpov est chez moi, en ce moment même, et attend une réponse.

— Une réponse à quoi ? »

Fedine se gratte les sourcils, qu'il a épais et très blancs. « Il veut savoir si tu vas renoncer au prix. »

Boris laisse tomber le télégramme qu'il tenait à la main. « Sous aucun prétexte.

— Si tu ne le fais pas de ton plein gré, ils t'y obligeront. Tu le sais.

— Ils peuvent faire de moi ce qu'ils veulent. »

Fedine va jusqu'à la fenêtre dont la vue surplombe le jardin. Quelques journalistes sont de nouveau là. Il se passe la main sur le front. « Tu sais qu'ils peuvent… J'ai vécu ça moi aussi. En tant qu'ami…

— Mais souviens-toi, tu n'es pas là en tant qu'ami, l'interrompt Boris. Alors tu es là à quel titre, exactement ?

— En tant que collègue écrivain. Et aussi en tant que citoyen. »

Boris se laisse tomber sur son lit, un simple sommier en métal qui grince sous son poids. « Qui exactement ? Un écrivain ou un citoyen ?

— Les deux. Comme toi. »

Il est de notoriété publique que Fedine est le prochain sur la liste pour présider l'Union des écrivains soviétiques, et donc Boris réfléchit soigneusement avant de répondre. « *Inventas vitam juvat excoluisse per artes.*

— Virgile, dit Fedine. Il est beau que la vie s'embellisse par l'esprit de ceux qui œuvrent.

— Ce sont les mots gravés sur la médaille du Nobel.

— De qui ton roman a-t-il embelli la vie ? Ta famille ? » Fedine baisse la voix. « Ta maîtresse ? Ou tout simplement toi ? »

Boris ferme les yeux. « Donne-moi du temps.

— Tu n'as pas le temps. Polikarpov attend que je lui donne ta réponse dès que j'irai le retrouver.

— Alors, fais un long détour avant de rentrer. J'ai besoin de réfléchir.

— Deux heures, dit Fedine sur le pas de la porte. Tu as deux heures pour réfléchir. »

Mais dès que Fedine part, Boris se lève, s'installe à son bureau et rédige un télégramme à l'intention de l'Académie suédoise.

INFINIMENT RECONNAISSANT, TOUCHÉ, FIER, STUPÉFAIT ET CONFUS.

— pasternak

OUEST

Octobre-Décembre 1958

23

~~Le Moineau~~
L'INDIC

Il était là : debout devant un arbre dénudé, coiffé d'une casquette, sanglé dans une veste croisée, le bras droit en travers de son torse, la main posée juste en dessous du cœur. L'article accompagnant la photo était écrit en français, mais j'ai reconnu le mot « Nobel ». « Qu'est-ce que ça raconte ? ai-je demandé au serveur qui parlait anglais, quand il est revenu avec mon *petit pain au chocolat**.

« Boris Pasternak a gagné le prix Nobel.

— Eh bien, ça va augmenter les ventes du livre, ai-je dit. Vous l'avez lu ?

— Évidemment. »

Tout le monde l'avait lu. Grâce à mon précédent employeur, *Le Docteur Jivago* avait traversé la frontière incognito, et avait trouvé le chemin du retour dans le pays où il avait été écrit. Gagner le Nobel n'avait pas été prévu ni organisé par l'Agence – tout au moins pour ce que j'en savais –, mais j'étais sûre qu'ils s'en attribueraient le mérite. Je les imaginais debout en cercle, un grand sourire aux lèvres, célébrant la victoire en buvant de petits verres de vodka. Le seul visage absent était celui de Henry Rennet. Je savais qu'il n'était plus à Washington. En fait, je savais exactement où il était.

Le jour de mon arrivée à Paris, je m'étais installée à l'*Hôtel Lutetia*, non pas sous le nom de Sally Forrester ni celui de Sally Forelli ni aucun de ceux que j'avais déjà utilisés mais sous mon tout nouveau nom, Leonore Miller. J'avais glissé un courrier à l'adresse de *Sara's Dry Cleaners* dans la fente d'une boîte aux lettres jaune vif. Ce courrier contenait les coordonnées de Henry à Beyrouth et tous les détails de sa nouvelle mission pour aider au lancement d'une nouvelle station de radio destinée à diffuser des messages pro-occidentaux, et favorables à la dynastie des Chehab.

Initialement, je n'avais pas eu l'intention de faire tomber Henry. Si Frank avait raison et que Henry était une taupe, je savais que j'aurais pu obtenir suffisamment de renseignements pour mettre fin à sa carrière en passant par les canaux habituels. J'avais repensé à toutes ces années au cours desquelles les Gars de la Vieille Clique pensaient que je ne faisais rien d'autre que minauder en enroulant une mèche de cheveux autour de mon doigt et pouffer de rire bêtement en entendant leurs blagues stupides, alors que je les écoutais attentivement. Toutefois, quand Henry avait eu vent des questions que je posais à son sujet, il n'avait pas hésité à mettre rapidement fin à ma carrière à l'Agence. Eh bien, tant pis. J'étais passée au plan B.

Bev a été la seule à savoir que je partais à l'étranger. Pour autant, elle ne m'avait pas demandé où j'allais. Quand je lui avais confié que je n'avais pas de billet retour, ma vieille amie du temps de l'OSS s'était levée, était sortie de la cuisine et était revenue quelques minutes plus tard avec une grosse enveloppe pleine de billets de banque. « L'argent du rami, avait-elle dit en fourrant l'enveloppe dans ma main. Il ne s'en apercevra même pas. » J'avais protesté – je ne pouvais décemment pas accepter –, mais elle m'avait priée de cesser d'être stupide. Puis elle avait retiré le large bracelet en diamant que lui avait offert son mari – sans aucun doute après l'une de ses fameuses parties de jambes en l'air, pour se faire pardonner son infidélité. « Mets-le au clou. »

Lors de ma dernière soirée à Washington, j'avais mis de la musique et préparé ma valise, sans savoir encore où j'irais. Je savais juste qu'il fallait que je parte, que j'aille quelque part où je ne connaîtrais personne, et qu'il n'y aurait pas de retour possible une fois que j'aurais fait ce que je m'apprêtais à faire. Ce n'est qu'après avoir sorti mon pull beige en cachemire d'un tiroir et avoir retrouvé la gravure de la tour Eiffel que j'avais pensé offrir à Irina – elle était encore dans son papier d'emballage fermé par une ficelle rouge – que j'avais pris ma décision.

Ils ont fait passer le message en m'envoyant des roses. Deux douzaines, blanches, tel un gage de paix, posées sur ma valise pendant que j'étais sortie. J'ai alors attrapé la petite carte accompagnant le bouquet, sur laquelle était écrit : *Quel plaisir d'avoir de vos nouvelles*, en italien, sans rien d'imprimé au dos.

C'était agaçant de penser qu'ils étaient entrés dans ma chambre et avaient fouillé dans mes affaires. La pièce était probablement sur écoute. C'était comme avoir vu une araignée dans la journée et, au milieu de la nuit, avoir la sensation qu'elle rampe sur vous. Après leur avoir donné des infos sur Henry, je ne pouvais que m'attendre à être surveillée. Je n'avais personne à qui parler, et penser qu'ils m'écoutaient écouter un disque de Chet Baker que j'avais acheté aux puces me faisait rire. Peut-être se lasseraient-ils d'entendre « *My Funny Valentine* » et préféreraient-ils mettre quelqu'un d'autre sur écoute.

Les semaines passaient. Les roses blanches ont fané, leurs pétales s'entassant sur ma valise. La Ville lumière n'était déjà plus une nouveauté pour moi et l'argent que m'avait donné Bev est venu à manquer. Par ailleurs, ne pas savoir ce qui était arrivé à Henry – s'il lui était arrivé quelque chose – me pesait. Quand je pensais à lui – et je ne cessais jamais de penser à lui –, j'avais l'impression de suffoquer, d'avaler une froide fumée noire. Quand je ne pouvais pas dormir, je restais allongée, et imaginais des volutes de cette fumée noire sortir de ma bouche et monter jusqu'au plafond.

Pour donner un sens à mes journées, j'ai commencé à me rendre dans toutes les librairies, à aller voir tous les kiosques à journaux, à entrer dans toutes les bibliothèques, à faire tous les bouquinistes installés sur les quais de la Seine, à la recherche d'exemplaires du *Docteur Jivago*. Bien que je meure d'envie de le lire, je ne parvenais pas à m'y résoudre. Le livre me ramenait à eux, à elle ; et je savais qu'en le lisant me reviendraient en mémoire des choses auxquelles je ne voulais pas penser, des choses qui accéléreraient mes battements de cœur au réveil alors que j'étais presque à l'autre bout du monde, seule. Malgré tout, je courais dans tout Paris pour en trouver des exemplaires, dépensant mes dernières économies pour en faire une pile de plus en plus haute.

Quand je n'ai plus eu les moyens de m'acheter des livres, j'ai organisé différemment mes journées, qui se sont alors toutes ressemblées : je ne sortais pas de ma chambre, et passais le temps en écoutant mon disque, en prenant des bains et en faisant des siestes. Je me nourrissais essentiellement de baguettes rassies, d'abricots en sirop, et de Perrier tiède. Je gardais les rideaux tirés, et les jours défilaient sans même que j'aie jeté un coup d'œil par la fenêtre.

J'ai fini par ne plus avoir d'argent du tout et j'ai revendu mes exemplaires du *Docteur Jivago*, un par un. Cependant, est venu un jour où, alors que je faisais la queue au *Mistral* pour revendre l'un de mes derniers exemplaires de *Jivago*, quelqu'un m'a tapé sur l'épaule. « *Bonsoir** », m'a dit une femme menue, aux cheveux ondulés, vêtue d'une robe fourreau rose nacré et coiffée d'une toque de velours noire. Elle a attrapé un exemplaire de *Lolita* et m'a souri comme si elle me connaissait.

« Vous savez où se trouvent les guides de voyage ? m'a-t-elle demandé, en passant à l'anglais.

— Non, désolée.

— Je cherche un livre sur Beyrouth. Vous savez où je pourrais le trouver ? »

Elle a tourné les talons sans attendre ma réponse. Je l'ai suivie, en rangeant mon exemplaire du *Docteur Jivago* dans mon sac. En passant devant le square René Viviani, j'aurais aimé pouvoir m'y arrêter et toucher le remarquable robinier pour me porter chance, mais j'ai continué en traversant à la suite de cette femme la rue du Petit-Pont, contournant l'église Saint-Séverin et ses gargouilles de style gothique qui me regardaient de haut. Quand nous sommes arrivées devant l'église Saint-Sulpice, j'ai pensé à Irina – en me demandant de quoi elle avait eu l'air dans sa robe de religieuse.

J'ai ensuite suivi la femme à l'intérieur du jardin du Luxembourg et, alors que nous faisions le tour du grand bassin, elle s'est mise à parler à voix basse, à moitié couverte par le bruit de la fontaine.

« Il s'est installé dans un hôtel de Beyrouth sous le nom de Winston, comme vous l'aviez supposé. Une heure plus tard, il en ressortait, aidé par deux de nos grooms. » Elle a marqué une pause. « Je me suis dit que vous auriez envie de le savoir. »

Qu'avait pensé Henry en entendant frapper à la porte de sa chambre ? Se doutait-il de ce qui allait lui arriver ? Avait-il été paralysé par la peur ? Avait-il crié ? Auquel cas, quelqu'un l'avait-il entendu ? Et, même si je savais qu'il n'en était rien, j'aurais aimé, oh oui, j'aurais tellement aimé, qu'il pense à moi quand ils étaient venus l'arrêter.

« C'est tout », a-t-elle dit. Elle s'est arrêtée pour me regarder et m'embrasser sur les deux joues.

« C'est tout », ai-je répété quand elle s'est éloignée.

De retour à mon hôtel, j'ai trouvé un bouquet de fleurs fraîches à la place du bouquet fané. Je me suis alors aspergé le visage d'eau froide et me suis mis du rouge à lèvres. J'ai enfilé un pantalon et une veste noirs et des chaussures en cuir noir à petits talons. J'ai ouvert les rideaux, ai tamponné mes lèvres et me suis regardée dans le miroir.

J'avais été entraînée à repérer un agent double : quelqu'un capable de garder son calme en toutes circonstances, doté d'une intelligence au-dessus de la moyenne, mais qui s'ennuyait facilement. Quelqu'un d'ambitieux, mais n'ayant que des projets à court terme ; incapable de construire une relation de longue durée ; qui échouait souvent en privilégiant ses propres intérêts – l'argent, le pouvoir, l'idéologie, la revanche. Je connaissais ces traits de caractère ; j'avais été formée pour les repérer. Alors pourquoi m'avait-il fallu si longtemps pour les reconnaître chez moi ?

EST

Octobre-Décembre 1958

24

~~La Muse~~
~~La Femme réhabilitée~~
~~L'Émissaire~~
~~La Mère~~

L'ÉMISSAIRE

Il a gagné, il a gagné, il a gagné. Mes pensées défilaient dans mon esprit au même rythme que j'arpentais la Petite Maison en attendant Borya. Il était le lauréat du Nobel. Pas Tolstoï, ni Gorki ou encore Dostoïevski : Boris Leonidovitch Pasternak était le second auteur russe à avoir gagné ce prix. Son nom entrerait dans la légende, on ne pourrait l'oublier.

Et pourtant, s'il acceptait ce prix, j'avais peur de ce qui pouvait arriver. Qu'on lui ait attribué le Nobel était déjà suffisamment embarrassant pour l'État ; qu'il l'accepte serait considéré comme un affront encore plus grand. Et l'État n'aimait pas être humilié, surtout par l'Ouest. Une fois que le monde regarderait ailleurs, que l'événement ne ferait plus les gros titres des journaux, que se passerait-il ? Qui nous protégerait ? Qui *me* protégerait ?

Pour me calmer, je suis sortie dans le jardin que Borya m'avait aidé à planter. La pluie du matin avait cessé et les nuages se dissipaient, cédant la place à une lumière qui baignait de couleurs neuves tout ce qui m'entourait. Tout – la manière dont les pies s'interpellaient les unes les autres, dont le soleil réchauffait une rangée de choux, dont l'air caressait mes poignets et mes chevilles –, la moindre chose autour de moi paraissait différente, comme quand le monde que vous connaissez est sur le point de changer, de basculer.

Borya est arrivé, sa casquette à la main. Je suis allée à sa rencontre et il m'a embrassée. «J'ai envoyé le télégramme à Stockholm, m'a-t-il annoncé.

— Pour dire quoi ? ai-je demandé.

— Que j'acceptais le prix, et tout ce qui allait avec.

— Tu vas donc y aller ? À Stockholm ? » Un instant, je me suis autorisée à faire ce rêve absurde : moi, dans la robe du soir noire – parfaitement ajustée, telle une seconde peau – d'un grand couturier parisien ; Boris dans son costume gris préféré qu'il avait hérité de son père. Je le regarderais se lever pour aller chercher son prix. Et, pendant qu'il serait sur le podium, je laisserais les applaudissements du public me submerger telle une grosse vague. Au cours du banquet, nous mangerions des filets de sole à la bourguignonne dans le Hall Bleu et il me présenterait comme la femme qui lui avait inspiré Lara, la femme dont le monde entier était tombé amoureux, comme lui.

« C'est impossible », a-t-il répondu en secouant la tête. Il m'a pris la main et, sans rien ajouter, nous sommes entrés dans la Petite Maison pour rejoindre ma chambre et faire l'amour lentement, doucement comme nous en avions pris l'habitude.

Il a passé une grande partie de la nuit avec moi et ne m'a quittée qu'au moment où la lumière bleue du matin filtrait déjà à travers les rideaux. J'ai vu les nouveaux grains de beauté et poils noirs, ainsi que les taches jaunes dans son dos et, en jetant un coup d'œil à ma propre peau, j'ai pris brutalement conscience de notre âge comme si j'avais sauté dans l'eau gelée de la petite rivière. Je me suis alors demandé si nous avions encore suffisamment de force en nous pour affronter tout ce qui allait arriver.

Tandis que je le regardais sortir de mon lit, j'ai été saisie d'un profond désir pour quelque chose que je n'avais pas encore perdu, mais que je savais devoir perdre bientôt.

Après que Boris a envoyé son télégramme à Stockholm, le Kremlin a donné sa réponse à l'Académie. « Ce ne sont pas les qualités littéraires ou artistiques du roman qui ont guidé votre décision, puisqu'il est évident qu'il n'en a aucune, mais le message politique qu'on y trouve. Le roman de Pasternak dénature la réalité soviétique et diffame la révolution socialiste, le socialisme et les Soviétiques. »

Le message était clair : l'arrogance de Boris ne serait pas tolérée et ne resterait pas impunie.

On a appris que des coursiers ne cessaient de faire la navette entre Peredelkino et Moscou, convoquant tous les poètes, dramaturges, romanciers et traducteurs à une réunion d'urgence de l'Union des écrivains soviétiques pour y discuter de la question du Nobel. S'y rendre était obligatoire.

Pour certains écrivains, le narcissique et surestimé Poète sur la colline devait payer pour son arrogance ; il ne récoltait que ce qu'il méritait. Il ne faisait aucun doute qu'ils en étaient enchantés. Certains, avions-nous su, ont dit qu'il était plus que temps que justice soit rendue ; en effet, que Boris n'ait pas péri des mains de Staline au cours de la Grande Terreur restait un mystère non résolu. D'autres étaient apparemment plus inquiets, sachant qu'ils devraient rentrer dans le rang en dénonçant leur pair, leur ami, leur mentor, en espérant que leurs attaques paraîtraient sincères quand ils seraient appelés pour témoigner.

Boris ne lisait pas les journaux ; moi, si.

Ils le traitaient de Judas, un pion qui s'était vendu pour trente pièces d'argent, un complice, un allié de ceux qui haïssaient notre pays, un snob malveillant dont les qualités artistiques étaient, au mieux, rien de plus que modestes. Ils considéraient *Le Docteur Jivago* comme une arme forgée par des ennemis de l'État, et le prix Nobel comme une récompense venue de l'Ouest.

Ses pairs n'ont pas été unanimes à se prononcer ; la plupart sont restés silencieux. Les amis qui autrefois venaient s'asseoir dans la Petite Maison, captivés par Borya lisant des passages de *Jivago*, se sont faits rares. Ils n'ont envoyé aucune lettre de soutien pas plus qu'ils ne sont venus lui rendre visite ; et quand on leur posait la question, ils ont été peu nombreux à avouer être amis avec Borya. Alors ce sont ces silences – les bouches cousues des amis – qui ont fait le plus mal.

Un jour, Ira est rentrée de l'école en racontant qu'une manifestation d'étudiants avait eu lieu à Moscou. Pendant qu'elle parlait, et alors qu'elle passait et repassait devant lui et avait gardé son manteau et sa toque en écureuil, Borya est resté assis dans son fauteuil rouge. « Les professeurs ont dit aux étudiants qu'il était obligatoire de manifester. »

Borya a fini par se lever pour remettre du bois dans le poêle. Il nous tournait le dos, profitant des flammes pour se réchauffer les mains avant d'en refermer la porte en métal.

« La direction a distribué des pancartes que nous devions brandir, mais je me suis cachée dans les toilettes avec une amie jusqu'à ce que ce soit fini », a-t-elle dit, en cherchant des yeux l'approbation de Borya, qui évitait de croiser son regard.

« Qu'y avait-il d'écrit sur les pancartes ? » a demandé Borya.

Ira a enlevé sa toque mais l'a gardée à la main. « Je n'ai pas vu. J'étais trop loin. »

Le lendemain, une photo de la « manifestation spontanée » paraissait dans la *Literaturnaya Gazeta*. Un étudiant brandissait une pancarte avec une caricature de Borya tendant des doigts crochus et avides vers un sac rempli de dollars. On y voyait une autre pancarte sur laquelle était écrit en lettres d'imprimerie noires : **JETEZ CE JUDAS HORS DE L'URSS** ! L'article mentionnait aussi une liste de noms d'étudiants qui avaient signé une lettre prohibant *Le Docteur Jivago*.

Ira a brandi le journal : « La moitié de ces étudiants n'ont jamais signé cette pétition. Tout au moins, c'est ce qu'ils m'ont dit. »

Ce soir-là, pendant le dîner, Mitya a demandé s'il était vrai que Borya était désormais aussi riche que le plus rapace des Américains. « C'est ce que le prof a dit à l'école. Alors nous aussi, nous sommes riches maintenant ?

— Non, mon chéri », ai-je répondu.

Il a fait rouler d'un doigt un haricot rouge dans son assiette. « Pourquoi ?

— Pourquoi le serions-nous ?

— Il paie pour notre maison. Il nous donne de l'argent. Alors si maintenant il en a plus, il devrait nous en donner plus.

— D'où te viennent de pareilles idées ? » ai-je demandé.

Ira a lancé un regard entendu à son frère et il a haussé les épaules.

« Il a raison, mama, a renchéri Ira. J'imagine que tu devrais lui poser la question, non ?

— Je ne veux plus en entendre parler », lui ai-je répondu, même si je ne pouvais prétendre ne pas penser la même chose. « Maintenant, finissez de manger. »

Il pleuvait depuis cinq jours quand a eu lieu la réunion de l'Union des écrivains. Tous les sièges étaient occupés, et les auteurs étaient debout le long des murs. Borya y avait été convoqué, mais je l'avais supplié de rester chez lui. « Ce sera une exécution publique », lui avais-je assuré. Il avait convenu que sa présence ne servirait à rien et avait choisi d'envoyer un courrier devant servir de communiqué : *Je continue à croire, après tout ce remue-ménage et tous ces articles parus dans la presse, qu'il était possible d'écrire* Le Docteur Jivago *tout en étant un citoyen soviétique. C'est juste que j'ai une vision plus large des droits et des possibilités qui s'offrent à un écrivain soviétique, et je ne pense pas faire preuve de manquement envers la dignité d'un écrivain soviétique en aucune manière. Je ne me considère pas comme un parasite littéraire. Je suis profondément convaincu d'avoir servi la littérature. En ce qui concerne le prix, c'est pour moi un honneur et rien ne pourra me faire croire qu'il est honteux de le recevoir, rien ne pourra me contraindre à le refuser. Je vous pardonne par avance.*

La lecture de ce texte a été accueillie par des huées de la part des personnalités présentes dans la salle. Alors, les uns après les autres, les auteurs se sont présentés sur le podium pour condamner *Jivago.* La réunion a duré des heures, et tous, jusqu'au dernier, ont dénoncé Borya.

Le vote a été unanime et le châtiment immédiatement appliqué : Boris Leonidovitch Pasternak était exclu de l'Union des écrivains soviétiques.

Le lendemain, j'ai rassemblé tous les livres, toutes les notes, toutes les lettres, tous les brouillons du manuscrit qui se trouvaient dans mon appartement à Moscou. Mitya et moi les avons transportés jusqu'à la Petite Maison pour les brûler. « Ils ne prendront pas ce qui m'appartient une fois de plus, ai-je dit à mon fils. Je préfère tout détruire.

— Comment peux-tu en être sûre? a demandé Mitya.

— Nous allons avoir besoin de bois», ai-je remarqué en attrapant une petite bûche.

Borya est arrivé tandis que nous arrangions en cercle les pierres que nous avions ramassées au bord de la rivière. «Ai-je fait tout ça pour rien?» a-t-il demandé en guise de salutations.

«Bien sûr que non», ai-je répondu, en déversant un seau de feuilles mortes au sommet du petit tas de bois. «Nous avons touché des milliers de cœurs et d'esprits», ai-je ajouté en arrosant les feuilles d'essence.

Il tournait en rond autour du feu. «Et d'abord, pourquoi ai-je écrit ça?

— Parce que tu n'avais pas le choix, rappelle-toi, a repris Mitya. C'est ce que tu nous racontais. Tu disais que tu avais été choisi pour l'écrire. Tu ne t'en souviens pas?

— C'était n'importe quoi. Vraiment n'importe quoi.

— Mais tu disais…

— Peu importe ce que je disais alors.

— Quand tu as confié ton manuscrit aux Italiens, tu as déclaré que tu voulais qu'il soit lu. Eh bien, c'est réussi.

— Je n'ai réussi qu'à nous mettre en danger.

— Tu disais que le prix nous protégerait. Tu n'y crois plus? Le monde entier nous regarde, c'est ce que tu m'as dit, rappelle-toi.

— J'avais tort. C'est ma mise à mort que le monde entier regardera.» Il a passé sa main dans ses cheveux. «Suis-je vraiment celui qu'ils prétendent que je suis? Un narcissique, quelqu'un qui pense – non, qui *croit* – qui croit vraiment, qui est convaincu qu'il a été choisi pour écrire ça ? Qui croit que je suis destiné à passer ma vie à tenter d'exprimer ce que recèle le cœur des hommes ? » Borya faisait désespérément les cent pas autour du feu. « Le ciel nous tombe sur la tête, et je ne pense qu'à *écrire* au lieu de construire un toit pour me protéger et protéger ceux que j'aime. Mon égoïsme n'a-t-il aucune limite ? Je suis resté à mon bureau pendant si longtemps. Est-ce vrai que j'ai perdu le sens de la réalité ? Comment puis-je même connaître ce qui se passe dans le cœur et l'esprit de mes compatriotes ? Comment puis-je m'être trompé à ce point ? Pourquoi continuer ?

— Nous continuons parce que nous n'avons pas le choix », lui ai-je dit. Avant que je puisse ajouter quoi que ce soit pour le calmer, il a annoncé ce qu'il comptait faire.

« Ça suffit. Je ne vais pas attendre qu'ils viennent me chercher. Je ne vais pas attendre que leur voiture noire arrive jusqu'ici. Je ne vais pas attendre qu'ils me traînent dans la rue pour m'emmener. Pour m'infliger ce qu'ils ont fait à Osip, à Titsian…

— Et à moi, l'ai-je interrompu.

— Oui, mon amour. Je ne les laisserai pas faire. Je crois qu'il est temps d'en finir. »

J'ai reculé.

« Je les ai gardées, tu sais. Les pilules. J'ai gardé le Nembutal qu'on m'a donné la dernière fois que j'ai été hospitalisé. Vingt-deux. Onze chacun. »

Je ne savais pas si je devais le croire. Boris avait déjà menacé de se suicider. Une fois, des dizaines d'années auparavant, il avait avalé le contenu d'un flacon d'iode quand sa femme, avant d'être sienne, avait refusé de l'épouser. Il m'avait avoué plus tard qu'il avait juste voulu voir quelle serait sa réaction, et qu'il n'avait pas eu l'intention de se tuer. Cette fois, quelque chose dans sa voix, et le calme avec lequel il avait parlé, m'a laissé penser qu'il était sérieux.

Il m'a pris la main. « Cette nuit. Ça va leur coûter cher. Ce sera comme un camouflet. »

Mitya s'est redressé. Il était désormais plus grand que moi, et presque aussi grand que Borya. Mitya, le gentil Mitya, l'a regardé droit dans les yeux. « De quoi tu parles ? » Il s'est tourné vers moi. « Maman, qu'est-ce qu'il raconte ?

— Laisse-nous, Mitya, ai-je dit.

— Pas question ! » Il s'est cabré comme s'il s'apprêtait à frapper Boris.

Pour la première fois, j'ai remarqué que ses mains n'étaient plus celles d'un petit garçon, mais celles d'un jeune homme. Un sentiment de culpabilité m'a serré le cœur. Pendant toutes ces années, je n'avais d'abord pensé qu'à Borya.

« Il ne se passera rien. » J'ai lâché la main de Borya et pris celle de mon fils. « Je te le promets. » J'ai sorti une poignée de kopecks de ma poche et lui ai demandé d'aller acheter de l'essence pour alimenter le feu.

Il a refusé de prendre l'argent. « Qu'est-ce qui ne tourne pas rond chez toi ? Chez vous deux ?

— Prends l'argent, Mitya. Et va chercher de l'essence. Il ne m'arrivera rien. »

Il a pris l'argent et est parti, se retournant pour jeter un regard noir à Borya.

« On ne sentira rien, a repris Borya une fois que Mitya a été parti. Nous serons ensemble. » Au cours des derniers mois, il avait prétendu que les rumeurs concernant sa condamnation l'indifféraient, qu'il fallait rire des micros dont nous pensions que sa maison et la mienne étaient truffées, que les mauvaises critiques qu'avait reçues son livre n'avaient aucune valeur. Il avait attendu, concentré, d'apercevoir un trait de lumière blanche au bout du tunnel, une lumière qui, avec son exclusion de l'Union des écrivains, s'était éteinte.

Il croyait que je le suivrais – que j'avalerais les pilules, que je n'aurais pas la force de continuer seule. Car fut un temps, en effet, où je n'en aurais pas eu la force. D'ailleurs, c'était probablement moi qui la première avais eu l'idée. Mais plus maintenant. Maintenant je pouvais continuer seule. Et je continuerais. Ils pouvaient l'enterrer lui, mais pas moi.

Je lui ai dit que c'était ce qu'ils voulaient, qu'il meure ; et que se suicider serait un signe de lâcheté. Je lui ai dit qu'ils se réjouiraient d'avoir vaincu le poète mort, l'Hôte des nuages que Staline n'avait jamais réussi à achever. Borya a répliqué qu'il s'en moquait pourvu que toute cette souffrance cesse. « Je ne peux pas attendre que leur noirceur s'abatte sur moi. Je préfère me jeter moi-même dans les ténèbres plutôt qu'y être poussé.

— Les choses ont changé depuis que Staline est mort. Ils ne te tireront pas dessus en pleine rue.

— Tu n'as pas vécu la Grande Terreur comme moi je l'ai vécue. Tu ne les as pas vus emmener tes amis les uns après les autres. Tu sais ce que c'est d'avoir été sauvé alors que tous tes amis ont été tués ? D'être le seul qui a survécu ? Ils vont venir me chercher. J'en suis sûr. Ils vont venir nous chercher. »

Je lui ai demandé d'attendre un jour de plus, en prétendant que je voulais dire au revoir à Ira et à ma mère, que je voulais voir le jour se lever encore une fois. En réalité, j'avais un tout autre projet et, au cas où ce projet n'aboutirait pas, j'étais convaincue que je pourrais le dissuader de mettre fin à ses jours. Si toutefois je ne pouvais l'en dissuader, je savais que je verrais quand même le jour se lever encore une fois, et que je continuerais à vivre. C'est d'ailleurs ce que font toujours les femmes russes. C'est dans nos gènes, nous avons ça dans le sang.

J'ai trouvé Mitya à la taverne près de la gare, avec un petit bidon d'essence posé à côté de lui. Je lui ai dit que je ne le laisserais jamais. La lueur dans ses yeux m'a fait comprendre qu'il ne me croyait pas. J'ai pleuré, me suis excusée, tant et plus, et il m'a enfin dit qu'il me pardonnait. Je savais qu'il voulait juste ne plus me voir pleurer.

Je lui ai demandé s'il voulait bien m'accompagner à la datcha de Fedine, première étape de mon plan. Il a accepté, à contrecœur. Nous avons alors quitté la taverne et avons grimpé la colline boueuse.

J'ai frappé à la porte de l'imposante maison de celui qui venait tout récemment d'être nommé président de l'Union des écrivains, une maison dont les murs étaient faits de larges rondins de bois. Personne n'est venu ouvrir et j'ai frappé de nouveau. La plus jeune fille de Fedine a répondu. Sans qu'elle m'y invite, j'ai foncé à l'intérieur. Mitya a attendu dehors. Au moment même où Katya me disait que son père était sorti, il est apparu.

« Fais-nous du thé, s'il te plaît Katya, lui a demandé Fedine.

— Je ne veux pas de thé », ai-je dit.

Fedine a poussé un long soupir. « Viens. » Je l'ai suivi dans son bureau, où il s'est assis en se laissant tomber dans un fauteuil en cuir. Ayant l'air d'un harfang perché sur sa branche – avec ses cheveux blancs, son grand front dégagé, ses sourcils en accents circonflexes –, il m'a invitée à m'asseoir en face de lui.

« Je préfère rester debout. » J'en avais assez d'être toujours assise en face des hommes. Je suis allée droit au but. « Il mettra fin à ses jours ce soir même si rien n'est fait pour l'aider.

— Tu ne dois pas dire une chose pareille.

— Il a les pilules. Je lui ai demandé de retarder sa décision, mais je ne sais pas quoi faire de plus.

— Tu dois l'en empêcher.

— Comment ? C'est toi et le reste du Comité central qui êtes responsables. »

Fedine s'est frotté les yeux et s'est redressé sur son siège. « Je l'avais prévenu.

— Tu l'avais prévenu ? ai-je crié. Quand l'as-tu prévenu ?

— Le jour où il a gagné ce prix. Je suis allé le voir chez lui et je lui ai dit qu'accepter le prix forcerait la main de l'État. Je lui ai dit, en toute amitié, qu'il devait le refuser ou en assumer les conséquences. Il t'en a probablement parlé. »

Non. Encore une chose qu'il m'avait cachée.

« Boris a lui-même creusé la tombe au bord de laquelle il se tient maintenant, a continué Fedine. Et s'il se tue, ce sera un événement terrible pour le pays, une blessure encore plus profonde que celle qu'il lui a déjà infligée.

— On ne peut donc rien faire ? »

Il m'a dit qu'il pouvait arranger un rendez-vous pour Boris et moi avec Polikarpov, ce même représentant officiel du département de la Culture devant lequel j'avais plaidé la cause de Boris après qu'il avait donné son manuscrit aux Italiens. Nous pourrions défendre notre cas en personne, à condition que Borya s'excuse pour ce qu'il avait fait.

J'ai accepté, et je me suis préparée à faire tout ce qui serait en mon pouvoir pour convaincre Borya d'accepter lui aussi. Je lui dirais qu'il était égoïste. Je lui rappellerais mon séjour à Potma. Je lui dirais qu'il ne m'avait jamais rien donné de ce qui m'importait le plus : être son épouse, être la mère de l'un de ses enfants.

Mais je n'ai pas eu besoin de tout ça.

Avant même de parler à Borya, il m'a informée qu'il avait déjà tout arrangé. Il avait envoyé deux télégrammes : l'un à Stockholm, pour refuser le prix, et l'autre au Kremlin, pour les prévenir. Le Nobel ne lui reviendrait pas.

« Ils viennent me chercher, Olga. Je le sens. Même quand je suis en train d'écrire dans mon bureau, je sens qu'ils me regardent. Il n'y en a plus pour longtemps. Un jour, tu m'attendras et jamais je ne viendrai. »

OUEST

Décembre 1958

25

~~Le Moineau~~

~~L'Indic~~

LE TRANSFUGE

D'après mon précédent employeur, on pouvait résumer la totalité du spectre des motivations humaines sous l'acronyme VICE : vanité, idéologie, conciliation, ego. Je me demandais comment les autres me jugeraient. Avaient-ils eux aussi une formule toute faite ? À moins qu'ils soient plus nuancés dans leurs appréciations.

La femme qui m'avait parlé de Henry ne s'était plus manifestée, mais je savais que, le moment venu, elle réapparaîtrait. Entre-temps, j'avais vendu mes deux foulards Hermès préférés et mes derniers exemplaires du *Docteur Jivago*. Toutefois, j'avais encore l'exemplaire en anglais dont je ne m'étais finalement pas séparé au *Mistral*; il était rangé dans le tiroir de ma table de nuit, là où, dans un hôtel américain, on trouvait un exemplaire de la Bible.

Je ne passais plus mes journées enfermée dans ma chambre; je ne pleurais plus la personne que j'avais été. Le matin, j'allais au jardin des Tuileries, arpentant les allées de gravier bordées d'arbres parfaitement taillés, nourrissant les canards et les cygnes, ou encore traînant l'une des chaises vertes jusqu'à un coin baigné de soleil. L'après-midi, quand les jours ont commencé à raccourcir, je m'asseyais aux terrasses de la rue de la Huchette, goûtant le vin chaud que proposaient tous les cafés du coin. Je suis devenue amie avec le barman du *Caveau de la Huchette*, et je pouvais donc rester assise sur l'une des banquettes pelucheuses en velours rouge et écouter, tous les soirs, Sacha Distel.

Mais où que je sois, elle n'était jamais loin. Je ne cessais d'attendre le jour où je me réveillerais sans que ma première pensée soit pour elle. Le pire, c'était quand je rêvais d'elle, comme si nous étions ensemble, pour ouvrir les yeux et être de nouveau submergée par le manque. Parfois, un frisson me traversait, et j'étais persuadée qu'au même moment Irina pensait à moi. C'était idiot.

Le jour de son anniversaire, j'ai eu envie de l'appeler – juste pour entendre sa voix – mais me suis abstenue. À la place, j'ai ouvert le tiroir de ma table de nuit, j'en ai sorti le livre et j'ai commencé à lire :

Ils allaient, ils allaient toujours, et lorsque cessait le chant funèbre, on croyait entendre, continuant sur leur lancée, chanter les jambes, les chevaux et le souffle du vent[1].

Les mots m'ont saisie comme si on m'agrippait par le poignet. Je savais à quel point une sensation pouvait perdurer à la fin d'une chanson. J'ai refermé le livre et suis allée m'asseoir sur mon petit balcon, pas

1. *Le Docteur Jivago*, *op. cit.*, p. 11.

plus grand qu'un mouchoir de poche. J'ai repris ma lecture.

Quand j'en suis arrivée au passage où Iouri retrouve Lara, dans l'hôpital de campagne, j'ai compris que ce livre – ce roman qu'ils considéraient comme une arme – était en fait une histoire d'amour. J'ai voulu là encore le refermer, mais j'en ai été incapable. J'ai lu jusqu'au coucher du soleil, qui enflammait le ciel au-dessus des toits. J'ai lu jusqu'à ce que les réverbères s'allument et que je doive plisser les yeux pour déchiffrer les phrases. Quand il a fait vraiment nuit, je suis rentrée dans ma chambre. Après m'être enveloppée dans mon peignoir, je me suis allongée et ai continué à lire, jusqu'à ce que je m'endorme, une main coincée à l'intérieur du livre, à la manière d'un marque-page.

Quand je me suis réveillée, il était près de minuit et j'avais faim. Je me suis donc habillée pour sortir, sans oublier de mettre le livre dans mon sac.

En passant devant la réception de l'hôtel, j'ai alors aperçu la femme de la librairie assise sur une méridienne, sous un portrait de Flaubert. Elle était élégamment vêtue d'un tailleur Chanel en tweed impeccable, et ses cheveux parfaitement permanentés étaient teints deux tons plus clairs que la fois où elle m'avait donné des nouvelles de Henry. Quand elle m'a vue, elle s'est levée sans me regarder et je l'ai suivie.

Nous avons marché pendant une quinzaine de minutes, sans qu'elle se retourne une seule fois, avant de nous arrêter au *Café de Flore*, boulevard Saint-Germain. L'auvent en toile dégoulinait de guirlandes de Noël. La terrasse était vide, et les chaises en osier couvertes de neige avaient l'air d'avoir revêtu leur manteau de fourrure blanche. Une banderole bleu, blanc et rouge « Vive de Gaulle », déchirée, pendait du balcon en fer forgé à l'étage.

À l'intérieur du café, la femme m'a embrassée sur les deux joues et m'a laissée, non sans avoir pointé du doigt une table au fond de la salle où m'attendait un homme que j'ai immédiatement reconnu.

Je savais qu'ils viendraient me trouver, mais j'étais étonnée qu'ils l'aient envoyé, lui.

Il s'est levé pour me saluer, dépouillé de ses trop petites lunettes à la monture en écailles qu'il portait à la soirée de Feltrinelli. « *Ciao, bella* », son accent italien avait cédé la place à un accent russe. Il m'a pris la main pour la baiser. « Je suis ravi de vous revoir. J'imagine que vous êtes venue pour donner vos robes au teinturier ?

— Éventuellement. »

Nous nous sommes assis et il m'a tendu le menu. « Commandez ce qui vous fait plaisir. » Avant d'ajouter, un doigt levé : « On ne peut pas se nourrir uniquement de petits pains au chocolat. » Une bouteille de vin blanc entamée et une assiette à escargots en argent, à laquelle il n'avait pas encore touché, étaient posées sur la table devant lui. J'ai appelé le serveur, guindé, pour commander un croque-monsieur, et j'ai attendu qu'il parle.

Il a fini la bouteille de vin et a fait signe au serveur d'en apporter une seconde. « Je préfère les femmes aux hommes, et le vin aux humains », a-t-il plaisanté. *Communiste ou capitaliste, un homme reste un homme,* ai-je pensé. « Nous voulions vous remercier en personne, a-t-il continué. Pour votre générosité.

— Ai-je été utile ?

— Oh, oui. Il est bavard. Très… comment dites-vous…

— Sociable ?

— Oui ! Exactement. Sociable. »

Je n'ai pas posé de questions sur ce qui était arrivé au juste à Henry Rennet, je ne voulais pas le savoir. Pendant un an, plus que tout au monde, j'avais eu envie de me venger. Et après qu'il avait fait en sorte que je sois virée, non seulement j'avais voulu l'abattre, mais j'avais aussi voulu réduire l'Agence en cendres. Pour autant, en ayant appris le sort réservé à Henry, je n'avais ressenti qu'une mince satisfaction. La colère est un pauvre ersatz de la tristesse ; comme de la barbe à papa, la douceur de la revanche se dissout immédiatement. Maintenant que je ne ressentais plus rien, qu'est-ce qui m'incitait à continuer ?

Le serveur est revenu avec ma commande. Tout en mangeant ses escargots, mon nouvel ami m'a tout déballé avec le moins de mots possible.

« Vous restez combien de temps à Paris ? a-t-il demandé.

— Je n'ai pas de billet retour. »

Il a trempé un escargot dans le beurre fondu. « Parfait ! Vous devriez voyager un peu. Voir du pays. Une femme comme vous peut faire tellement de choses. Le monde vous appartient.

— Ce n'est pas si facile quand on a des moyens limités.

— Ah. » Il a avalé un escargot et a pointé sa fourchette à deux dents sur moi. « Mais je devine que vous êtes une femme pleine de ressources. Une femme qui mérite d'obtenir tout ce qu'elle demande.

— Je ne suis pas sûre que ce soit encore le cas.

— Et moi, je peux vous assurer que ça l'est encore. Vous vous sous-estimez. Peut-être que des hommes moins perspicaces ne le voient pas, mais moi si. Comme disait Emerson, "quelqu'un doit *ouvrir les portes*". »

Depuis que j'étais arrivée à Paris, j'étais passée plusieurs fois devant le haut mur et la lourde porte noire à deux battants derrière lesquels se cachait l'hôtel d'Estrées. Chaque fois, j'avais levé les yeux et vu le drapeau rouge avec son marteau et sa faucille jaunes et m'étais demandé : quel effet ça ferait d'entrer là sous l'identité d'une personne et de ressortir en étant quelqu'un d'autre ? Désormais, j'étais donc invitée à pouvoir répondre à cette question.

J'ai repensé à Henry Rennet m'entraînant dans l'entrée du restaurant avant d'ouvrir la porte du vestiaire contre laquelle je m'étais adossée. J'ai repensé à Anderson passant près de moi sans me dire un mot. J'ai repensé à lui assis à son grand bureau en acajou m'expliquant que je n'étais plus un *atout précieux* pour eux et que, même s'il détestait devoir l'avouer, il était devenu trop risqué pour l'Agence de me garder. J'ai repensé à Frank me croisant dans le hall au moment où je quittais le quartier général pour toujours et qui n'avait même pas pris la peine de me serrer la main.

J'ai repensé à Irina – à la première et aussi à la dernière fois où je l'avais vue. J'avais prévu de lui parler après les funérailles de sa mère, de la consoler, de la tenir dans mes bras, de tout lui raconter. Mais au lieu de l'accompagner au cimetière, j'étais allée au cinéma dans Georgetown et avais vu la seconde moitié d'*Un Américain bien tranquille*, seule.

Le petit mot que j'avais voulu lui donner après l'enterrement était encore dans ma poche. Les lettres en étaient presque effacées à force d'avoir trituré le papier au cours de mes déambulations dans les rues de Paris.

Soudain, la vérité que *je refusais de voir* m'a sauté aux yeux. J'avais pris l'avion pour Paris persuadée que je n'avais pas le choix, mais la première nuit, les *et si* n'avaient cessé de tournoyer dans mon esprit comme une nuée de moucherons. J'imaginais la maison aux murs blanchis à la chaux, en Nouvelle-Angleterre, dans laquelle Irina et moi aurions pu nous installer – la porte jaune, la balancelle, et une baie vitrée avec vue sur l'océan. Je nous imaginais aller en ville tous les matins pour boire un café et manger des doughnuts, les gens du coin nous prenant pour des colocataires. Quand je pensais aux choix que j'avais faits, les chemins que je n'avais pas suivis, un sentiment de perte m'accablait telle une chape de plomb.

J'ai pensé au livre dans mon sac posé à côté de moi. Comment se finissait-il ? Iouri et Lara se retrouvaient-ils ? Ou bien mouraient-ils seuls, misérables ?

Le serveur a débarrassé et nous a demandé si nous voulions autre chose.

« Du champagne, peut-être ? » a suggéré mon nouvel ami, en s'adressant à moi, sans regarder le serveur.

J'ai levé mon verre. « Comment faire autrement en étant à Paris ? »

EST

Janvier 1959

26

~~La Muse~~
~~La Femme réhabilitée~~
~~L'Émissaire~~
~~La Mère~~
~~L'Émissaire~~

LA RECEVEUSE DES POSTES

Les premiers exemplaires ont circulé sous le manteau d'abord dans les salons de l'intelligentsia moscovite. Quand Borya avait été lauréat du Nobel puis après qu'il l'avait refusé, des copies de copies avaient été distribuées. Puis des copies de copies de copies. On parlait du *Docteur Jivago* à voix basse dans les entrailles du métro de Leningrad ; il passait de main en main parmi les ouvriers dans les camps de travail, et était aussi vendu au marché noir. « Vous l'avez lu ? » était la question que les gens posaient à travers tout le pays, en chuchotant. « Pourquoi n'avions-nous pas pu le lire jusqu'à maintenant ? » Il était inutile de préciser de quel livre il s'agissait. Très vite le marché noir a été inondé par des copies clandestines du livre, et tout le monde a enfin pu lire le roman que l'État avait désavoué.

Quand Ira en a rapporté un exemplaire à la maison, je lui ai interdit de le garder. « Tu es donc inconsciente ? » ai-je crié, arrachant les pages pour les fourrer à la poubelle. « C'est aussi dangereux qu'un pistolet chargé.

— Et c'est toi qui en as acheté les balles. Tu l'as toujours fait passer avant ta famille.

— Il fait partie de notre famille.

— Et je sais ce que tu caches ici. Ne crois pas que je ne suis pas au courant ! » Elle est sortie en trombe avant que j'aie pu répondre.

L'argent était rangé dans une valise de cuir brun et à la serrure en laiton cachée au fond de ma penderie derrière des robes longues. Les liasses de billets étaient enveloppées dans de petits sacs en plastique, parfaitement empilées, sous des pantalons.

D'Angelo avait organisé le transfert : l'argent qu'avait gagné Feltrinelli avait été transféré sur un compte au Liechtenstein avant d'être confié à un couple italien vivant à Moscou. Ce couple italien avait alors téléphoné à mon appartement pour m'informer qu'un paquet pour Pasternak attendait à la poste. J'avais alors pris le train pour Peredelkino avec ma valise pour la cacher dans la Petite Maison, en lieu sûr.

Borya n'avait d'abord pas voulu de cet argent. Quand l'État avait interdit qu'il soit publié ou qu'il continue à vivre de ses traductions, il avait dit que nous trouverions d'autres moyens de subsistance. Mais j'étais parvenue à le convaincre en lui démontrant qu'il ne s'agissait que d'une toute petite partie de ce qui lui était dû. Feltrinelli avait réimprimé douze fois déjà ; c'était aussi un best-seller en Amérique. Les droits cinématographiques avaient été vendus à Hollywood. À l'Ouest, Borya aurait été très riche. Quand il m'avait répondu que nous nous débrouillerions avec ce que nous avions et que nous devions nous estimer heureux d'être ensemble, je lui avais demandé s'il pensait une seule seconde à ce qu'il adviendrait de moi et de ma famille une fois qu'il ne serait plus là.

Il avait donc fini par céder.

Dire que je l'avais poussé à accepter ses droits d'auteur venus de l'étranger serait un euphémisme ; dire que j'avais seulement eu en tête de mettre ma famille à l'abri serait un mensonge. Car pourquoi n'y aurait-il rien eu pour moi ? Pourquoi ? Après tout ce que j'avais fait. Après tout ce que j'avais vécu.

Cependant, avec l'argent, la surveillance s'est renforcée. Nous étions surveillés en permanence. Je ne les voyais jamais, mais je sentais leurs regards. Je fermais les fenêtres et tirais les rideaux ; vérifier si les portes de la Petite Maison étaient bien verrouillées est devenu obsessionnel. La nuit, le moindre craquement de branche, le moindre souffle de vent secouant la porte, le moindre crissement de pneu d'une voiture au loin me faisait sursauter. Dormir était impossible.

Cherchant un peu de tranquillité, j'avais alors quitté la Petite Maison et m'étais installée dans mon appartement à Moscou. Ce n'était pas facile d'être loin de Borya, mais, pour la première fois de ma vie, je me réjouissais d'avoir cinq étages à monter, des murs aussi minces que du papier à cigarettes, et de nombreux voisins vivant les uns sur les autres.

S'il devait m'arriver quelque chose, quelqu'un entendrait probablement et viendrait à mon secours. Non ?

Et j'étais heureuse d'être avec les miens. Je n'avais pas ressenti aussi vivement le besoin d'être près de mes enfants depuis l'époque où ils étaient petits. Cependant, Mitya et Ira sortaient beaucoup, les amis et l'école leur servant de prétexte pour s'absenter. Quand ils étaient à la maison, ils faisaient preuve avec ma mère d'un respect qu'ils ne m'accordaient plus. Mitya, qui avait toujours été obéissant, commençait à s'émanciper, à regimber – ne rentrant jamais à l'heure dite, et sentant parfois l'alcool. Quant à Ira, elle préférait passer son temps avec son amoureux.

Des amis de Borya lui avaient conseillé de quitter Peredelkino et de se réfugier en ville pour être en sécurité, mais il avait refusé. « S'ils veulent ma mise à mort, je préfère mourir à la campagne. »

Le premier soir que j'ai passé à Moscou, une voisine est venue frapper à ma porte pour nous dire que Vladimir Iefimovitch Semichastny faisait un discours à la télévision pour parler de Boris. Ira et moi l'avons suivie dans son appartement et avons pris place avec sa famille autour du minuscule poste de télévision posé sur un radiateur qui ne chauffait pas. L'image noir et blanc vacillait sur l'écran, mais nous pouvions entendre clairement ce que disait le secrétaire du Comité central de la jeunesse communiste. « Cet homme a craché au visage du peuple, délirait Semichastny. Si l'on compare Pasternak à un porc, un porc n'aurait pas agi comme il l'a fait, car un porc ne chie jamais là où il mange. » La caméra s'est tournée vers l'assistance. « Je suis sûr que ni l'opinion ni notre gouvernement ne feraient obstacle à ce qu'il émigre et, au contraire, son départ purifierait l'air. » Il a été interrompu par une salve d'applaudissements. Khrouchtchev lui-même s'est levé et, debout sur l'estrade, a applaudi. Ira m'a jeté un regard apeuré. Je lui ai pris la main et nous sommes rentrés chez nous.

Tard dans la nuit, Mitya m'a réveillé. Une bande d'ivrognes s'était rassemblée devant notre immeuble. J'ai jeté un châle sur mes épaules et suis sortie sur le balcon pour voir ce qui se passait en bas. Trois hommes affublés de robes, et sans aucun doute envoyés par le KGB, dansaient et chantaient « Le corbeau noir[1] », une chanson bachique russe traditionnelle que j'avais toujours détestée.

Toi, corbeau noir,
Pourquoi tournoies-tu au-dessus de moi ?
Toujours ta proie te fuira.
Corbeau noir, je ne suis pas à toi !

Le bruit avait aussi réveillé les voisins, qui tous sont sortis sur leurs balcons en leur criant de se taire. Les hommes habillés en femmes ont levé les yeux et éclaté de rire. L'un d'entre eux a pointé son doigt dans ma direction. Puis, bras dessus, bras dessous, ils ont de nouveau chanté, encore plus fort.

Pourquoi sors-tu les griffes
En tournoyant au-dessus de ma tête ?
As-tu deviné la proie qui fond sur toi ?
Corbeau noir, je ne suis pas à toi !

---

1. « Le corbeau noir » fait partie du répertoire populaire russe et ses paroles sont souvent détournées à des fins parodiques.

« D'ici, c'est difficile à dire, a murmuré Mitya, mais ils portent des perruques. Grotesques. Et l'un d'entre eux a un trait de rouge au travers de la bouche ; comme un clown. »

Prends mon foulard taché de sang
Pour ma chère bien-aimée,
Dis-lui qu'elle est libre maintenant,
Car à une autre je me suis marié.

« Ils sont complètement saouls », a constaté Ira en posant une main sur mon épaule. « Rentrons. »

« Ils n'arrêteront jamais, m'a dit Borya après que je lui avais raconté ce qu'il s'était passé. Je ne trouverai la paix qu'une fois dans la tombe. J'ai rédigé une lettre manuscrite pour le Kremlin leur demandant de t'accorder le droit d'émigrer avec moi.

— Tu leur as fait cette requête avant même de m'avoir posé la question ? Et si je ne veux pas partir avec toi ?

— Tu ne veux pas ?

— Ce n'est pas ce que j'ai dit.

— Je ne l'ai pas encore envoyée.

— Ce n'est pas ce que je veux savoir.

— Je ne peux pas partir sans toi. Je préférerais encore être envoyé dans un camp.

— Et ceux de ma famille ? Que deviendraient-ils ? »

Il m'a répondu qu'il trouverait un moyen de s'en occuper. Ce que je ne savais pas, c'était qu'il avait déjà abordé le sujet avec son épouse. Il ne m'avait pas posé la question avant qu'elle lui dise qu'elle ne l'accompagnerait jamais, qu'il était certes libre de partir mais qu'elle et son fils se verraient dans l'obligation de le désavouer. « Tu comprends, n'est-ce pas », avait-elle dit à son époux.

Le lendemain, il m'a confié qu'il avait déchiré la lettre pour le Kremlin. « Comment, dans un pays étranger, pourrais-je regarder par la fenêtre et ne pas voir mes bouleaux ? »

Il ne céderait pas : il ne les laisserait pas le faire partir de chez lui. En dépit de tout, il serait perdu sans la Mère Russie. Il ne pourrait jamais renoncer à ses arbres, à ses promenades dans la neige. Il ne pourrait jamais renoncer à ses écureuils roux, à ses pies. Il ne pourrait jamais renoncer à sa datcha, à son jardin, à sa routine quotidienne. Il préférerait mourir sur le sol russe, accusé de trahison, plutôt que vivre libre à l'étranger.

Borya n'avait plus le droit de recevoir du courrier ; ils avaient ainsi décidé de le priver de l'un des seuls liens qu'il entretenait avec le monde extérieur. Alors, très vite, des lettres sont apparues sous la porte de mon appartement. Certaines étaient affranchies, d'autres non ; certaines mentionnaient l'adresse d'expédition, d'autres non. Tous les matins, Ira et moi rassemblions les lettres en les enveloppant, comme des morceaux de viande, dans du papier d'emballage de boucher, puis nous prenions le train jusqu'à la Petite Maison, où Borya nous attendait pour les lire. J'étais devenue sa receveuse des postes.

Il a reçu des lettres d'Albert Camus, de John Steinbeck, et du Premier ministre de l'Inde, Nehru. Il a reçu des lettres d'étudiants parisiens, d'un peintre installé au Maroc, d'un soldat en poste à Cuba, d'une femme au foyer vivant à Toronto. Son humeur s'égayait à mesure qu'il ouvrait son courrier.

L'une des lettres qu'il chérissait le plus lui avait été envoyée par un jeune homme de l'Oklahoma qui lui parlait de son récent chagrin d'amour et lui disait à quel point *Le Docteur Jivago* l'avait touché. Le courrier était adressé *à Boris Pasternak, Russie, dans un petit village à la périphérie de Moscou.*

Borya prenait le temps de répondre à chacune de ces lettres ; de son écriture pointue, il couvrait d'encre violette des pages et des pages. Il écrivait jusqu'à ce que sa main ou son dos le fassent souffrir, mais il refusait de dicter ses réponses comme je le lui avais proposé. « Je veux que ma main touche les leurs. »

Il a aussi reçu des lettres d'une teneur différente, des lettres auxquelles il ne répondait pas. Des lettres de détracteurs, des lettres du gouvernement, des lettres d'intimidation. Bien qu'il ait renoncé au Nobel, ils voulaient voir l'Hôte des nuages redescendre sur terre. Ils voulaient le mettre à genoux. Ils voulaient qu'il rampe. Borya refusait de se soumettre mais, pour autant, ne voulait pas les affronter. Son inertie était vue comme un signe de faiblesse, à la fois par ceux qui suivaient l'affaire de loin et par moi.

S'il ne se décidait pas à agir, j'allais le faire. Je ne pouvais pas attendre qu'ils viennent me chercher.

J'ai donc pris rendez-vous avec le chef du département des droits étrangers de l'Union des écrivains,

Grigori Khesin, une ancienne connaissance du temps de *Novy Mir*.

Quand je lui ai exposé le cas de Borya, c'est à peine s'il m'a écoutée et, quand j'ai eu fini, il a dit qu'il n'y avait rien à faire. « Boris Leonidovitch n'est plus membre de l'Union des écrivains et, par conséquent, ne peut prétendre avoir le "droit" d'être soutenu. » Je suis sortie furieuse du bureau de Grigori, mais j'ai immédiatement été approchée par un homme qui m'a proposé une solution.

Cet homme, Isidor Gringolts, était une lointaine connaissance. Je me souvenais l'avoir vu à des lectures, mais je ne savais pas grand-chose de lui. Jeune et séduisant, Isidor avait des cheveux blonds bouclés et s'habillait comme un Européen. Sans que je comprenne exactement pourquoi, j'en suis venue à hocher la tête pendant qu'il m'affirmait qu'il ferait tout ce qui était en son pouvoir pour aider Boris.

Nous sommes donc allés chez moi pour concevoir un plan d'action. Après des heures de discussion avec Ira, Mitya et un cercle restreint d'amis, Isidor a essayé de nous convaincre que la seule chose à faire était d'écrire une lettre de la part de Boris qui serait adressée à Khrouchtchev, pour demander pardon et le droit de rester dans son pays, la Mère Patrie. J'ai d'abord rechigné à accepter cette solution, sachant que Borya ne signerait jamais de sa main une chose pareille ni ne permettrait à un inconnu de lui dicter ses mots. Cependant, Isidor a réussi à être convaincant et, pour finir, nous avons décidé qu'il n'y avait pas d'autre choix.

Il a écrit le premier paragraphe, auquel j'ai apporté quelques modifications pour que le ton soit plus proche de celui de Borya. Ira est allée porter la lettre à Peredelkino. Borya était tellement miné que lorsque Ira lui a demandé s'il voulait bien signer, il n'a pas eu la force de s'indigner ; tout ce qu'il a pu faire a été de prendre un stylo. « Finissons-en », lui a-t-il dit.

Il a proposé quelques corrections mineures. « Écris juste que je suis né en Russie et non en Union soviétique, Olya. Et envoie-la telle quelle », m'avait-il mis dans un mot. Ira m'a raconté que sa main tremblait quand il a ajouté à la fin de la lettre : *La main sur le cœur, je puis dire que j'ai quand même fait quelque chose pour la littérature soviétique et que je puis encore lui être utile.*

Le lendemain, accompagnée d'un ami, Ira a apporté la lettre au 4, place Staraya. En les voyant approcher, un garde posté devant le Comité central, une cigarette au bec, les a toisés de la tête aux pieds et leur a demandé ce qu'ils voulaient.

« Nous venons déposer un pli pour Khrouchtchev », a répondu Ira.

Il a ri, manquant cracher sa cigarette. « De la part de qui ?

— Pasternak. »

Le garde a cessé de rire.

Deux jours plus tard, Polikarpov téléphonait pour m'informer que Khrouchtchev avait bien reçu la lettre de Borya et qu'il voulait le voir immédiatement. « Mets ton manteau et attends-nous dans la rue.

Tu viendras avec nous pour aller chercher l'Hôte des nuages. »

Dix minutes plus tard, une ZiL noire tournait au ralenti devant mon immeuble. Polikarpov m'attendait à l'intérieur. J'avais déjà enfilé mon manteau, mais j'ai jeté un coup d'œil par la fenêtre puis à la pendule et j'ai décidé de le faire patienter un quart d'heure de plus avant de descendre.

Polikarpov est sorti de la voiture pour m'accueillir. Il portait un élégant et épais pardessus noir en laine, de coupe européenne, qui lui descendait jusqu'aux chevilles. « Tu m'as fait attendre. »

Je ne me suis pas excusée. Ma colère se transformait en une arrogance que je ne maîtrisais pas. Il m'a poussée sur la banquette arrière et s'est assis devant avec le chauffeur, qui, pas un seul instant, n'a quitté la route des yeux. La voiture s'est faufilée sur la voie du milieu réservée aux véhicules officiels. Tandis que nous prenions de la vitesse, les autres voitures se garaient sur le côté.

« Qu'attendez-vous encore de lui ? » ai-je demandé.

Polikarpov s'est tourné vers moi. « Cette affaire, dont il est la cause, n'est pas encore terminée.

— Il a refusé le Nobel. Il a renié *Jivago.* Il a demandé pardon. Que voulez-vous encore ? Cette épreuve lui a coûté des années de sa vie. Il est vieux maintenant. Parfois je reconnais à peine le... » Je me suis tue. Polikarpov n'avait pas à en savoir plus.

Il s'est retourné. « Nous te remercions de nous avoir aidés à convaincre Pasternak de signer la lettre. Nous ne l'oublierons pas.

— C'était la lettre de Boris, pas la mienne.

— Mon ami Isidor Gringolts… tu le connais, non ? Isidor m'a explicitement dit que c'était toi qui avais écrit l'essentiel de la lettre. Et ce que Pasternak a ajouté a été aisément repéré. »

Évidemment, Gringolts avait été envoyé par le Comité central. Comment avais-je pu être aussi stupide ?

« Désormais, nous comptons entièrement sur toi pour mettre fin à toute cette affaire. »

La Grande Maison était plongée dans le noir à l'exception du bureau de Borya. Quand la ZiL s'est garée, sa silhouette est apparue à la fenêtre. Après avoir éteint dans le bureau, il a allumé le rez-de-chaussée. Je voulais aller le rejoindre mais n'ai pas osé sortir de la voiture. Je devinais une autre silhouette, courbée, aller et venir. Zina ne m'aurait pas permis ne serait-ce que d'attendre sous le porche.

Borya est sorti de la datcha, coiffé de sa casquette et vêtu de sa veste habituelle, un étrange sourire aux lèvres, comme s'il s'apprêtait à partir en vacances. Le chauffeur est alors descendu pour lui ouvrir la portière. Borya n'a pas eu l'air surpris de me voir assise à l'arrière. Pas plus qu'il n'a paru surpris quand Polikarpov a confirmé que nous allions rencontrer Khrouchtchev. Ce qui semblait le préoccuper était de ne pas porter un pantalon suffisamment convenable pour l'occasion. « Ne devrais-je pas rentrer me changer ? » a-t-il demandé, quand la voiture a démarré. Polikarpov a pouffé. Bizarrement, Borya a été pris d'un fou rire hystérique. Ce rire m'a exaspérée et je lui ai lancé un regard noir qu'il a fait semblant de ne pas voir, ce qui m'a encore plus excédée. À un feu rouge, j'ai eu envie d'ouvrir la portière et de descendre de voiture, laissant les hommes se débrouiller entre eux d'une situation qu'ils avaient provoquée.

Nous sommes arrivés par l'entrée n° 5 du Comité central et avons franchi les grilles derrière Polikarpov. Borya a dû s'arrêter devant le garde. « Papiers d'identité », lui a-t-on demandé.

« Les seuls papiers d'identité que j'avais étaient ma carte de membre de l'Union des écrivains, dont je viens d'être exclu, a répondu Boris. Je n'en ai donc plus aucun. Pire encore, je ne porte pas de pantalon convenable. » Le gardien, un jeune homme aux lèvres pleines et aux joues couvertes de taches de rousseur, a choisi de ne pas réagir et nous a fait signe d'avancer.

Polikarpov nous a laissés seuls dans une petite salle d'attente où nous sommes restés assis pendant une heure. Borya a alors touché le bracelet en or qu'il m'avait offert au Nouvel An trois ans auparavant. « Tu penses que c'est une bonne idée de porter ça ? » a-t-il fait remarquer. Puis il a replacé une mèche de cheveux derrière mes oreilles. « Et les boucles d'oreilles ? Le rouge à lèvres ? Ça pourrait faire mauvais effet, tu ne crois pas ? »

J'ai alors ouvert mon sac. Au lieu de retirer mes bijoux et de me démaquiller, j'en ai sorti un petit flacon de teinture de valériane dont j'ai bu le contenu pour me calmer.

On a fini par appeler le nom de Borya et nous nous sommes levés. « Vous, restez là », m'a dit le garde. Refusant d'obéir, j'ai attrapé le bras de Borya et nous avons pris le long couloir qui menait au bureau de Polikarpov. Nous avons été accueillis par de violents effluves d'après-rasage. Polikarpov avait pris le temps de se doucher, se raser et d'enfiler un costume propre. Il se comportait comme s'il avait passé la journée à nous attendre. Une autre de leur tactique d'intimidation. Nous avons compris qu'aucune rencontre n'était prévue avec Khrouchtchev. Il s'est levé et s'est éclairci la gorge pour annoncer : « Boris Leonidovitch, tu es autorisé à rester dans la Mère Patrie.

— Pourquoi nous avoir fait venir ici alors que vous auriez pu m'en avertir plus tôt ? »

Polikarpov a ignoré la question et a levé un doigt. « Ce n'est pas fini. » Il a montré deux chaises. « Asseyez-vous. »

J'ai entendu Borya grincer des dents. « Ça suffit ! » a-t-il explosé. Il donnait enfin libre cours à la colère que j'avais tant souhaité entendre. Il était enfin prêt à se défendre.

« Tu as provoqué la colère du peuple, Boris Leonidovitch. Nous ne pouvons rien faire pour le calmer. Le peuple a le droit de s'exprimer. Et demain, la *Literaturnaya Gazeta* publiera un échantillon de cette colère. Nous ne pouvons rien faire contre ça. Le peuple a des droits qu'il faut respecter. Avant qu'on t'autorise à rester dans ton pays, tu dois d'abord te réconcilier avec le peuple. Officiellement, bien sûr. Tu dois lui adresser une autre lettre ouverte au plus vite.

— N'avez-vous pas honte ? a demandé Borya tout en continuant à élever la voix.

— Écoute. » Polikarpov nous a de nouveau invités à nous asseoir. « Asseyons-nous et parlons-nous calmement, comme deux gentlemen. »

« Il n'y a qu'un gentleman ici », ai-je dit.

Polikarpov a ricané. « Ça m'étonnerait que l'épouse du grand poète soit d'accord avec ça.

— Je ne veux pas m'asseoir. Je refuse de continuer à parler avec toi. Tu parles du *peuple*? Que sais-tu du *peuple*?

— Écoute, Boris Leonidovitch, on en a presque terminé avec cette affaire. Tu as l'occasion de tout arranger avec moi et *le peuple.* Je t'ai fait venir ici pour te dire que tout ira bientôt pour le mieux tant que tu seras d'accord pour coopérer. » Il a contourné son bureau, et s'est planté entre Borya et moi pour venir tapoter l'épaule de Borya, comme il l'aurait fait avec un gentil chien. « Mon Dieu, quelle pagaille ! Tu nous as mis dans de beaux draps, mon vieux. »

Borya a reculé. Le geste et l'expression « mon vieux » lui avaient déplu. « Je ne suis pas votre sous-fifre, un mouton qu'on mène paître.

— Ce n'est pas moi qui ai planté un couteau dans le dos de mon pays.

— Chaque mot que j'ai écrit est vrai. Tout est vrai. Je n'ai pas honte.

— Ce qui est vrai pour toi ne l'est pas pour nous. Je veux juste t'aider à réparer les dégâts. »

Borya s'est dirigé vers la porte du bureau.

« Olga Vsevolodovna, arrête-le ! » Polikarpov était atterré. Il avait l'air pathétique, désespéré. Il était évident qu'on lui avait simplement demandé de clore calmement l'affaire, mais, en jouant au plus malin, il avait échoué à accomplir sa mission d'apaisement.

« Vous devez d'abord vous excuser de lui avoir parlé comme ça, ai-je dit.

— Je m'excuse. Vraiment. Je vous en prie.

— Ça suffit, a dit Borya, resté sur le seuil du bureau. Je vous en supplie. »

Le lendemain, vingt-deux lettres supposément écrites par de *vrais* Russes ont été publiées dans la *Literaturnaya Gazeta* sous le titre LE PEUPLE SOVIÉTIQUE CONDAMNE LE COMPORTEMENT DE B. PASTERNAK. Chacune de ces lettres reprenait les mots du Parti : *Judas ! Traître ! Imposteur !* Une ouvrière du bâtiment de Leningrad écrivait qu'elle n'avait jamais entendu parler de Pasternak et se demandait pourquoi il faudrait désormais s'y intéresser. Une ouvrière du textile de Tomsk écrivait que Pasternak était à la solde de l'Ouest, financé par des espions capitalistes qui avaient fait de lui un homme riche.

Polikarpov avait donc décrété que Borya devait écrire une dernière lettre ouverte au peuple pour s'excuser. J'en ai alors rédigé une première ébauche, y ai apporté les corrections demandées par Polikarpov, et ai convaincu Borya de la signer.

Le soir où la lettre a paru dans la *Pravda,* il est venu me trouver à la Petite Maison avec l'envie de faire l'amour, mais l'éblouissant et courageux poète avait cédé sa place à un vieil homme. Quand il m'a prise par la taille pendant que j'épluchais les pommes de terre, pour la première fois je me suis écartée.

OUEST

Été 1959

27

~~La Postulante~~
~~L'Agent secret~~
~~La Nonne~~
L'ÉTUDIANTE

Il s'agissait surtout d'attendre : attendre les infos, attendre son ordre de mission, attendre que commence la mission. J'attendais dans des chambres d'hôtel, des appartements, des cages d'escalier, des gares ferroviaires, des gares routières, des bars, des restaurants, des bibliothèques, des musées, des laveries automatiques. J'attendais dans des parcs, assise sur un banc, ou encore dans des salles de cinéma. Une fois, à Amsterdam, j'ai dû rester toute une journée à la piscine en attendant qu'on me transmette un message, et j'ai attrapé un coup de soleil si violent que j'ai dû envelopper mes épaules et le haut de mes cuisses dans de la gaze imprégnée d'aloe vera.

Neuf mois après l'Expo universelle, j'attendais – cette fois dans un hôtel à Vienne – que commence le Festival mondial de la jeunesse et des étudiants.

Programmé pour la fin juillet, le festival durerait dix jours au cours desquels seraient organisés des rassemblements, des marches, des rencontres, des expositions, des conférences, des séminaires et des événements sportifs. Étaient prévus un Défilé des nations, un lâcher d'un millier de colombes, et un grand bal de clôture, le tout destiné à promouvoir « la paix et l'amitié » auprès des dirigeants de demain. Tout au long de ces festivités, les quelque vingt mille étudiants qui étaient attendus, en provenance du monde entier – de l'Arabie saoudite et de Ceylan, en passant par Cambridge et San Francisco –, pourraient prendre part aux visites, organisées par des syndicalistes, d'une centrale électrique, assister à la présentation, par leurs chefs, de camps de travail volontaire, ou encore se rendre à des conférences sur l'utilisation de l'énergie nucléaire à des fins pacifiques.

Le Kremlin avait investi une somme estimée à cent millions de dollars pour s'assurer de l'influence durable du festival sur les participants.

Mais l'Agence avait d'autres projets.

Après que *Le Docteur Jivago* avait fait son apparition partout à travers l'URSS et que la notoriété dont jouissait Pasternak avait atteint des sommets, les Soviétiques avaient commencé à fouiller les bagages de tous les citoyens de retour de l'étranger. C'était un coup de propagande pour l'Agence et, par conséquent, elle avait décidé de redoubler d'efforts – et donc d'imprimer et de distribuer encore plus d'exemplaires du roman. Cette fois, au lieu d'une édition à la couverture en toile bleue et imprimée aux Pays-Bas, nous avions nous-mêmes imprimé une édition au format miniature – sur du papier bible, et donc suffisamment mince pour tenir dans une poche.

J'étais arrivée à Vienne avant le début du festival pour attendre la livraison de deux mille exemplaires du petit livre. *Les Animaux de la ferme, The God That Failed*[1] et *1984* avaient aussi été choisis pour être distribués à cette occasion. Des douzaines d'entre nous étions donc là à attendre l'arrivée des livres qui rempliraient les étagères de nos « stands d'information » dans Vienne, pour atterrir entre les mains de délégués étudiants venus admirer la ville. C'était le moyen qu'avait choisi l'Agence pour promouvoir « la paix et l'amitié ».

Depuis Bruxelles, mes cheveux avaient légèrement repoussé et, de nouveau, je les avais teints, mais cette fois d'un blond plus doré que leur couleur initiale. À l'occasion de ce festival, j'étais habillée comme pour me rendre à une lecture de poésie : col roulé noir, pantalon fuseau noir, ballerines noires. J'étais redevenue une étudiante.

Je devais d'abord me rendre au Wurstelprater afin d'explorer le parc d'attractions avant le début du festival et trouver l'endroit le plus fréquenté, là où je pourrais distribuer le plus de livres avant qu'on me demande inévitablement de déguerpir.

Après être passée par le train fantôme, le carrousel, les autos tamponneuses, les stands de tir, et les *biergartens,* j'ai décidé que la Wiener Riesenrad, la grande roue, serait le meilleur endroit, car je pourrais y repérer tous les étudiants, venus en touristes, souhaitant

1. *The God That Failed* est un recueil de six essais de Louis Fischer, André Gide, Arthur Koestler, Ignazio Silone, Stephen Spender et Richard Wright. Le thème commun des essais est la désillusion et l'abandon du communisme par les auteurs.

monter dans la plus haute grande roue du monde. Par ailleurs, c'était excitant d'être si proche de l'attraction foraine qui apparaît dans l'une des scènes cruciales de l'un de mes films préférés, *Le Troisième Homme.*

Une fois l'emplacement choisi, la prochaine étape pour moi était de me rendre chez un teinturier sur Tuchlauben, dans le centre-ville, où je devrais dire à l'employé que je venais chercher le costume d'un certain M. Werner Voigt et demander si je pouvais payer en francs suisses. On était alors censé me donner le costume dans une housse avec un ticket qui mentionnerait l'adresse à laquelle le premier lot des *Jivago* miniatures serait livré. La distribution commencerait dès le lendemain.

Mais d'abord, j'ai eu faim. J'ai donc décidé, avant de quitter le parc, de m'arrêter pour m'acheter deux galettes de pomme de terre chacune de la taille d'une assiette – l'une pour mon dîner le soir même et l'autre pour le petit-déjeuner du lendemain. Le stand de nourriture était stratégiquement placé près de la grande roue, qui attirait alors tous ceux qui faisaient la queue pour être servis. C'est là, en attendant mon tour derrière un touriste américain mal fagoté, dans une culotte courte traditionnelle en peau qui le boudinait, que je l'ai vue.

Elle était là, dans la file d'attente de la grande roue, je la voyais de dos.

Elle portait un long manteau vert et des gants blancs, ses cheveux roux coupés un peu plus court que la dernière fois où je l'avais aperçue. Même de dos, elle était belle. J'ai alors repensé à la première fois où je l'avais vue, chez *Ralph*; quand je m'étais tournée dans sa direction, c'étaient ses cheveux que j'avais vus en premier.

C'était étrange de la revoir dans ces conditions, dans un endroit où je n'étais plus moi, où elle n'était plus celle qu'elle avait été. La réalité avait été modifiée, la réalité avait vrillé. Et de l'eau avait coulé sous les ponts. À la fin de l'année passée, j'avais cru avoir tourné la page et l'avoir oubliée. Peut-être, comme je me l'étais dit et répété, n'y avait-il rien qui ne puisse pas être oublié.

Mais elle était là. Elle était finalement venue me chercher.

Sally a penché la tête comme si elle avait deviné que je l'avais repérée. Pour autant, elle ne s'est pas retournée pour vérifier si je l'avais vue, elle n'en avait pas besoin. Elle savait. Devais-je aller la rejoindre ? Arriver en courant par-derrière et l'enlacer ? Ou bien attendre qu'elle vienne vers moi ?

Je suis sortie de la file d'attente du stand de nourriture et me suis rapprochée de quelques pas pour me faufiler dans celle de la grande roue, doublant une bande d'étudiants parlant français qui ne m'ont aucunement prêté attention.

J'ai avancé de quelques mètres, et me suis retrouvée non loin derrière Sally. Elle est arrivée au guichet pour prendre un ticket, et a sorti son portefeuille de son sac. Mais, au moment même où elle tendait l'argent à la femme derrière la caisse, un homme, grand, aux cheveux poivre et sel l'a rejointe, lui a pris l'argent des mains, et a payé. Elle l'a alors embrassé sur la joue.

Elle n'avait donc plus à se retourner complètement pour que je comprenne.

J'ai regardé l'homme aux cheveux poivre et sel ouvrir, pour cette personne qui n'était pas Sally, la porte de la petite cabine rouge. Malgré tout, j'ai acheté un billet, suis montée à bord de la grande roue et ai levé la tête pour tenter de revoir celle qui ressemblait tant à Sally. En vain. La roue s'est ébranlée, et quand je me suis penchée par la petite ouverture, le monde est devenu silencieux et de plus en plus petit.

Je ne cessais de la voir, partout où j'allais.

Ainsi, je l'ai revue longtemps après avoir distribué mon dernier exemplaire de *Jivago* à Vienne et être partie pour une autre mission. Même chose au cours de la mission qui a suivi.

Nous n'avions passé que peu de temps ensemble. Et pourtant…

Dans les années à venir, je la verrais encore souvent : héler un rickshaw au Caire – ses ongles peints en rouge, un trait de couleur dans une rue poussiéreuse ; monter à bord du dernier train à Delhi, avec à ses côtés un homme deux fois plus vieux qu'elle pour porter ses bagages ; caresser un chat installé en haut d'un tas de boîtes de céréales dans une bodega de New York ; commander un Tom Collins avec beaucoup de glace au bar d'un hôtel à Lisbonne.

À mesure que les années passaient, elle aurait toujours le même âge, sa beauté comme figée dans l'ambre. Même après avoir rencontré une infirmière à Detroit qui ouvrirait en moi des vannes que je ne savais même pas être verrouillées. Et d'autres fois encore. Je verrais Sally siroter un café au comptoir d'un *diner*, ou installée au balcon d'une salle de cinéma, seule. Et, chaque fois, j'aurais le souffle coupé, comme plongée dans une délicieuse attente, ce moment où les lumières baissent et le film commence, ce moment où, pendant quelques secondes, le monde semble sur le point de se réveiller.

EST

1960-1961

28

~~La Muse~~
~~La Femme réhabilitée~~
~~L'Émissaire~~
~~La Mère~~
~~L'Émissaire~~
~~La Receveuse des postes~~

LA PRESQUE VEUVE

En arrivant en retard à la Petite Maison, il s'est répandu en excuses. « Le jour de ton anniversaire, on peut tout te pardonner », ai-je dit en l'aidant à retirer son manteau.

Il s'est mêlé à nos amis assis dans le salon et j'ai apporté une autre bouteille de château-margaux que j'avais achetée au marché noir, en pensant que les soixante-dix ans de Borya étaient une excellente excuse pour piocher dans le contenu de la valise de cuir brun. J'avais aussi acheté une robe en soie rouge à col ras, la plus élégante que j'aie jamais portée.

Nous avons mangé et bu, et Borya a tenu audience comme au bon vieux temps. Il était d'excellente humeur. Il avait recommencé à écrire et parlait à tout le monde de son nouveau projet : une pièce de théâtre qui avait pour titre de travail *La Belle Aveugle.* Il riait, souriait en ouvrant ses cadeaux et les télégrammes venus du monde entier. Je le regardais, de l'autre bout de la pièce, réconfortée par ce rayonnement qui émanait de tout son être, une lumière enfin ravivée après toutes ces années passées dans l'obscurité qui nous entourait. La même lueur que celle qui me l'avait rendu si attirant pour la première fois, il y avait déjà si longtemps.

Nos invités sont restés tard. Et quand finalement ils se sont décidés à partir, Borya a fait son numéro, les suppliant de rester. « Allez, un dernier verre », a-t-il dit, faisant barrage devant le portemanteau.

Une fois que nous avons été seuls, il s'est rassis dans son gros fauteuil rouge avec un réveille-matin offert par le Premier ministre Nehru, qui avait officiellement exprimé son soutien pour *Jivago.* « Tout ce que j'ai est arrivé si tard pour moi », a-t-il dit. Il a reposé le réveil et m'a attirée à lui. « Si seulement nous pouvions toujours vivre comme en cet instant. »

Ainsi, le jour de son anniversaire, il avait tenu bon. Il avait eu l'air en si bonne santé, il avait paru si heureux ce soir-là. Mais très vite, aussi vite qu'elle était revenue, la lumière avait commencé à s'éteindre.

Il a d'abord perdu l'appétit. Quand il venait à la Petite Maison, il ne voulait rien d'autre que du thé ou un bouillon. Il se plaignait de crampes aux jambes qui le tenaient éveillé toute la nuit et d'un engourdissement au bas du dos qui lui rendait difficile la position assise.

Épuisé, il avait du mal à se concentrer sur l'écriture de sa pièce et ne parvenait plus à répondre aux centaines de lettres qu'il continuait à recevoir. Son teint hâlé est devenu gris-bleu, et ses douleurs à la poitrine se sont faites de plus en plus fréquentes.

Un soir, alors que je préparais une soupe aux champignons, il est venu à la Petite Maison avec le manuscrit inachevé de sa pièce et m'a suppliée de le garder précieusement. Il avait l'air si malade que je lui ai dit d'aller au plus vite chez le médecin. « Demain à la première heure, Borya. Comment ta femme ne voit-elle pas…

— Il y a des choses plus importantes dont il faut s'occuper. » Il a brandi le manuscrit de sa pièce. « Si quelque chose m'arrivait… Ça te servira de garantie. Pour faire vivre ta famille quand je ne serai plus là. »

Quand je lui ai rétorqué qu'il dramatisait, il me l'a mis de force entre les mains. Et quand j'ai refusé de le garder, il a éclaté en sanglots. En lui frottant le dos pour le calmer, j'ai senti sa colonne vertébrale sous mes doigts et sa maigreur m'a bouleversée. J'éprouvais à la fois un certain dégoût et une profonde tendresse, de celle qu'on réserve aux parents malades. Je lui ai promis de garder le manuscrit. Il s'est alors redressé et m'a prise dans ses bras, m'embrassant les joues, la nuque. Nous nous sommes donc réfugiés dans ma chambre, impatients d'être nus, de sentir nos peaux se toucher, ou plus exactement son squelette contre ma chair. Au début de notre relation, quand il me courtisait encore, je laissais toujours les lumières allumées, heureuse de voir à quel point regarder mon corps ne paraissait jamais le rassasier. Mais cette fois-là, des années plus tard, j'ai éteint.

Je n'ai malheureusement pas compris que ce serait notre dernière fois. Si j'avais su, j'aurais fait durer les choses. De la chambre, j'ai entendu la soupe bouillir et déborder sur la gazinière, aussi j'ai bougé mes hanches de telle manière qu'il a été amené à jouir rapidement.

Il est parti tout de suite après s'être rhabillé et j'ai dîné seule. Je ne savais pas que ce serait l'avant-dernière fois où je le verrais.

La dernière fois, c'est à peine si je l'ai reconnu. Il est arrivé en retard d'une heure à notre rendez-vous au cimetière et, quand je suis allée à sa rencontre, j'ai d'abord cru avoir affaire à un étranger. Il marchait très lentement, d'un pas hésitant, le dos courbé, les cheveux décoiffés, le teint plus pâle que jamais. Qui était donc ce vieil homme qui franchissait les grilles du cimetière ? Quand il est arrivé à ma hauteur, j'ai hésité à le prendre dans mes bras, en partie parce que j'avais peur de lui faire mal mais aussi, et j'en ai eu honte, parce que je me suis rendu compte que mon amant, celui que j'aimais, avait disparu pour de bon. Ce n'était pas lui ; comment était-ce possible que ce soit lui ?

Me voyant hésiter, il a reculé. « Je sais que tu m'aimes. Je n'ai aucun doute, a-t-il dit.

— Bien sûr », ai-je répondu pour le rassurer. Et, comme pour le lui prouver, j'ai embrassé ses lèvres gercées.

« Je t'en supplie. Ne change rien à nos habitudes. Je n'y survivrais pas. Je t'en prie, ne repars pas à Moscou.

— Je te le promets, ai-je dit en pressant sa main. Je serai là. »

Nous nous sommes quittés après avoir prévu de nous revoir à la Petite Maison plus tard ce jour-là. Mais il n'est plus jamais venu jusque-là.

C'était le cœur. Comme Iouri Jivago, c'est son cœur qui, pour finir, a lâché. Tout au long de sa vie, chaque fois qu'il avait été malade, Borya avait toujours dramatisé, convaincu d'être près de mourir. Mais cette fois, il a douté jusqu'au bout de la fatalité de sa dernière affection. Cloué au lit, il m'a écrit que cette rechute ne durerait pas, qu'il serait bientôt sur pied et terminerait sa pièce sans tarder.

Il m'a de nouveau écrit le lendemain, me racontant qu'on avait descendu son lit au rez-de-chaussée pour qu'il puisse être soigné plus aisément mais qu'il était malheureux d'être loin du bureau où il écrivait habituellement. Il me disait de ne pas m'inquiéter, qu'il avait maintenant une infirmière à domicile, que sa très chère amie Nina lui rendait visite tous les jours. Il me demandait aussi de ne pas venir le voir, sa femme l'ayant prévenu qu'elle s'y opposait. *Z est si bête qu'elle n'a même pas la présence d'esprit de m'épargner, mais si mon état empirait, je demanderais qu'on aille te chercher.*

Les jours passaient et, quand je n'ai plus rien reçu de la part de Borya, j'ai envoyé Mitya et Ira à la Grande Maison pour avoir des nouvelles. Ils ont aperçu une jeune infirmière aller et venir, mais les rideaux étaient tirés et ils n'ont pas pu m'en dire plus.

J'ai attendu encore une journée. N'ayant toujours rien reçu, je suis allée moi-même jusqu'à la Grande

Maison, persuadée que Zinaida gardait les lettres que j'envoyais à son époux. La nuit commençait à tomber et une lampe était allumée dans son bureau. Qui était là-haut ? Sa femme ? L'un de ses fils ? Mettaient-ils déjà le nez dans ses livres et ses papiers ? Découvriraient-ils mes lettres, cachées dans ses livres, ou encore les fleurs que j'avais cueillies pour lui, pressées entre les pages ? Quand il mourrait, que resterait-il de tout ce temps que nous avions passé ensemble ? Quand le bureau a de nouveau été plongé dans le noir, je me suis mise à pleurer.

Au même moment, la jeune infirmière est sortie. Elle était jolie, et j'ai ressenti un soupçon de jalousie, sachant que c'était elle qui se penchait à son chevet, qui le nourrissait à la petite cuillère, lui tenait la main, le rassurait. Elle a eu l'air stupéfaite de me voir postée de l'autre côté du portail. « Olga Vsevolodovna. Il disait bien que vous viendriez.

— Ne pourrait-elle pas avoir la politesse de me laisser le voir ? À moins que lui non plus ne veuille pas que je vienne ?

— Non. » Elle a jeté un coup d'œil en direction de la datcha. « Il ne veut pas que vous le voyiez dans l'état dans lequel il est. »

J'ai croisé le regard de l'infirmière.

« Il est malade, très malade. Il n'a plus que la peau sur les os, et ne peut plus mettre son dentier. Il a peur que vous ne l'aimiez plus si vous le voyiez dans cet état.

— Il raconte des bêtises. Il pense donc que je suis si superficielle ? » J'ai détourné le regard de la Grande Maison et de l'infirmière.

« Il m'a raconté à quel point il vous aime. C'est même embarrassant, car il ne cesse de le répéter. » Elle baissa la voix. « Alors que sa femme est dans la pièce d'à côté. »

L'infirmière a ajouté qu'il fallait qu'elle attrape un train pour Moscou, mais elle a promis de me prévenir si son état empirait. Je suis restée où j'étais. Aux environs de minuit, comme je n'étais toujours pas rentrée, Ira et Mitya m'ont apporté du thé et une couverture.

Ma présence devant la Grande Maison n'est pas passée inaperçue. Zinaida, de temps à autre, écartait les rideaux pour jeter un coup d'œil dehors avant de les refermer d'un geste brusque.

J'ai veillé derrière le portail pendant des jours entiers, l'infirmière me donnant des nouvelles. Il avait eu une attaque, et la seule chose à faire était de lui assurer un maximum de confort. Je l'ai suppliée d'avertir Borya que j'étais dehors à attendre, qu'il fallait que je lui dise au revoir. Elle m'a promis qu'elle transmettrait le message.

Quand des voitures remplies de journalistes et de photographes sont venues se joindre à moi, j'ai tout de suite compris qu'il s'agissait d'une veillée funèbre. Je suis donc repartie chez moi et suis revenue vêtue d'une robe noire, la tête couverte d'un voile, noir aussi. À force de faire les cent pas devant le portail, j'avais tracé un chemin au milieu des jeunes pousses de printemps.

Il ne me permettait toujours pas de venir le voir.

Il m'a fallu attendre qu'il soit mort pour que je puisse entrer dans la Grande Maison. Zinaida m'a ouvert la porte sans un mot et je suis passée en hâte devant elle pour aller retrouver son corps encore chaud. On venait de le laver et de changer les draps, mais la pièce sentait encore l'antiseptique et la merde.

Nous étions seuls pour la dernière fois. Je lui ai pris la main. Son visage était sculptural, presque vivant encore, et j'ai imaginé le masque de mort qui bientôt le recouvrirait. Les semaines précédentes, j'avais essayé de me préparer; mais rien n'était comme je me l'étais imaginé. L'air n'avait pas changé, mon cœur continuait à battre, la Terre à tourner; me rendre compte que tout continuerait comme avant, que le monde ne cessait jamais de tourner, m'a fait l'effet d'avoir reçu un coup de sabot de cheval dans la poitrine.

Pendant que je lui tenais la main, j'entendais parler de l'organisation des funérailles dans la pièce d'à côté. Je me suis alors dit que c'était la toute dernière fois que nous serions seuls tous les deux. Je lui ai embrassé la joue, ai réarrangé le drap blanc et j'ai quitté la Grande Maison.

Je n'avais pas à m'occuper du corps, à organiser les funérailles, à tenir à l'écart les journalistes. Tout ce qu'il me restait à faire était de me souvenir.

Alors j'ai repensé à la première fois où il m'avait pris la main, et combien j'avais été surprise de sentir mon corps émettre autant de vibrations. J'ai repensé à lui me lisant les toutes premières pages du *Docteur Jivago,* à la manière dont il marquait une pause à la fin de chaque paragraphe, inquiet de savoir comment j'allais réagir. J'ai repensé aux après-midi passés à marcher le long des grands boulevards dans Moscou, quand j'avais l'impression que le monde s'ouvrait chaque fois qu'il posait ses yeux sur moi. J'ai repensé aux si nombreux après-midi passés à faire l'amour, et à toutes les nuits où il avait dit ne pas vouloir quitter mon lit.

Mais j'ai aussi repensé à toutes les fois où il partait alors que je le suppliais de rester. J'ai repensé à la fois où j'étais arrivée à la gare après avoir passé trois ans à Potma, et, comprenant qu'il n'était pas venu, à l'envie que j'avais eue de repartir là-bas. J'ai repensé à toutes les fois où il m'avait dit que c'était fini entre nous et à toutes les choses affreuses que je lui avais alors répondues. J'ai repensé à l'ego surdimensionné qui était le sien dans sa jeunesse, et à l'homme diminué que *Jivago* avait laissé derrière lui.

Ils lui ont mis son costume gris préféré avant de l'allonger dans un cercueil en pin. Pendant le service mémoriel, le Panikhida qui était célébré à l'intérieur, j'ai attendu dehors. Le célèbre pianiste Sviatoslav Teofilovitch Richter jouait dans le salon de musique de Borya, et ses notes s'échappaient par la fenêtre ouverte.

La musique a cessé et ils sont sortis en portant le cercueil, s'arrêtant près du jardin qu'il aimait tant. Je me tenais d'un côté et Zinaida de l'autre : sa veuve et sa presque veuve. Je me suis alors effondrée en pleurs, gémissant. Ira et Mitya ont dû me soutenir. Zinaida, quant à elle, restait silencieuse, pleine de dignité.

La procession a descendu la colline avant de monter la pente qui menait au cimetière, jusqu'à l'endroit choisi par Borya, sous trois grands pins. Même si l'annonce de sa mort n'avait fait l'objet que d'un entrefilet dans la presse soviétique, ils étaient là. Des centaines, peut-être même des milliers de gens, pour suivre le cercueil. Des jeunes, des vieux, des voisins, des inconnus, des ouvriers, des étudiants, ses pairs, ses adversaires, des ouvriers d'usine, des membres de la police secrète habillés en ouvriers d'usine, des correspondants de la presse étrangère et des journalistes moscovites. Tous étaient venus pour se rassembler autour de la dernière demeure de Borya ; tous avaient été changés par ses mots, et c'est ce qui les réunissait.

Ils ont fait des discours et récité des prières. Je gardais les yeux fixés sur l'intérieur du cercueil ouvert, rempli de couronnes de fleurs, de branches de lilas et de pommier. À l'autre bout du cimetière, la voix d'un jeune homme s'est élevée pour réciter la dernière strophe du poème de Borya « Hamlet » :

Mais on a pesé l'ordre des actes,
Et le terme, irrévocablement.
Seul. Partout les pharisiens sont maîtres ;
Vivre est plus que traverser un champ[1].

Plusieurs personnes ont joint leurs voix à la sienne. Puis un homme a déclaré, d'une voix autoritaire, que les funérailles étaient terminées. « Ce rassemblement n'est pas souhaitable », a-t-il dit en faisant signe à deux hommes de fermer le cercueil. Je me suis alors frayé un chemin à travers la foule pour embrasser Borya une dernière fois. On m'a repoussée. Des voix se sont

1. Extrait du poème « Hamlet », in *Le Docteur Jivago*, *op. cit.*, p. 662.

élevées pour protester contre une fin aussi brutale de la cérémonie, mais ont vite été réduites au silence par le bruit des marteaux clouant le couvercle du cercueil. Chaque coup de marteau me faisait frissonner, et j'ai resserré les pans de mon manteau.

Tandis qu'on descendait le cercueil, des voix se sont de nouveau élevées parmi la foule, cette fois pour chanter « Gloire à Pasternak ». Je me suis alors souvenue de la première fois où je l'avais vu lire, de nombreuses années auparavant, quand ses fans ne pouvaient s'empêcher de finir ses poèmes avant qu'il en ait lui-même le temps. Cette fois où, assise au balcon, j'avais espéré qu'il puisse me voir à travers les lumières éblouissantes. Et quand il m'avait vue, le monde qui était le mien s'en était trouvé changé à jamais.

Après l'enterrement, je n'ai jamais revu Zinaida. Elle a fait tout ce qui était en son pouvoir pour me rayer de l'histoire de Borya ; une entreprise d'effacement que sa famille, après sa mort, a poursuivie. J'ai lutté pendant des années. Mais comment aurais-je pu leur en vouloir ? Je savais ce qu'ils pensaient de moi et quelles étaient les rumeurs qui couraient. Et même si j'étais à jamais considérée comme une femme adultère, une séductrice, une femme intéressée uniquement par l'argent et le pouvoir, une briseuse de ménage, une espionne, j'étais heureuse car je savais que Lara, au moins, me survivrait.

Le matin du jour où ils sont venus me chercher pour la seconde fois, deux mois et demi après la mort de Borya, j'étais assise dans ma cuisine, en train de boire un thé que depuis quelques jours je laissais chaque fois infuser trop longtemps.

J'ai entendu le lent crissement des pneus sur le gravier, et je n'ai pas eu besoin de me lever pour savoir qu'une voiture noire s'engageait dans l'allée qui menait à la Petite Maison.

J'ai fini mon thé et ai rangé la tasse et la sous-tasse dans l'évier. J'ai pensé à Ira qui dormait encore, j'ai pensé au moment où elle verrait la tasse tachée de thé, la tasse qu'il lui faudrait laver, sachant que c'était la mienne et que je ne serais plus là.

Le bruit de portières qui s'ouvraient et se refermaient m'a fait réagir. Je suis d'abord allée dans la chambre de Mitya, mais ai vu que son lit était vide. « Il n'est pas rentré de la nuit », a dit Ira, qui avait surgi derrière moi, me faisant sursauter. Elle est allée regarder par la fenêtre. « Il y a deux voitures, cette fois. »

J'ai observé les quatre hommes adossés aux portières des voitures, fumant et bavardant entre eux comme s'ils attendaient leurs petites amies. L'un d'eux a écrasé sa cigarette dans l'un de mes pots de fleurs et un autre s'est lavé les mains dans le bassin de ma petite fontaine. J'ai fermé les rideaux et suis allée téléphoner. « Habille-toi », ai-je dit à Ira.

En composant le numéro de ma mère, mes mains tremblaient affreusement. « Maman ?

— Ils sont là ?

— Oui. Chez toi aussi ?

— Oui.

— Ils essaient juste de nous intimider à nouveau. Ne t'inquiète pas. »

Ira a réapparu, habillée de vêtements discrets : une longue jupe beige et une veste assortie. « Est-ce que Mitya est chez Babouchka ? a-t-elle voulu savoir.

— Mitya est chez toi ? ai-je demandé à ma mère.

— Oui, il est arrivé cette nuit. Ivre, une fois de plus. Il est trop jeune pour boire autant...

— Maman.

— Il vient de se lever. Je lui ai dit de ne pas bouger.

— Bien. Qu'il reste avec toi. »

On a frappé trois coups à la porte, si fort que le plancher a vibré. Ira m'a attrapé le bras. « J'y vais, maman. »

Je me suis rendue dans l'entrée, Ira accrochée à mon bras comme un petit enfant. Un homme vêtu d'un trench-coat d'apparence luxueuse, se distinguant des quatre autres hommes dans leur costume noir mal coupé, s'est avancé vers moi, laissant des traces de boue sur le tapis de mon grand-père qui venait d'Akstafa, en Azerbaïdjan. « Nous faisons enfin connaissance.

— Bienvenue, ai-je dit, aussi accueillante qu'une maîtresse de maison.

— Tu nous attendais, bien sûr, a continué l'homme tout en souriant. Non ? Tu ne pensais quand même pas que tes activités allaient passer inaperçues ? »

Je me suis forcée à sourire, pour être au diapason. « Je vous sers un thé ?

— On est capables de se servir tout seuls. »

Je savais ce qu'ils cherchaient – et ils ne le trouveraient pas à la Petite Maison ni dans mon appartement à Moscou.

Le lendemain de l'enterrement de Borya, l'argent – les royalties qui seraient la preuve que j'étais coupable de crimes commis contre l'État – avait été confié à une voisine qui ne m'avait jamais demandé ce que contenait la valise de cuir brun.

Les heures passaient. Finalement, l'un des quatre hommes, celui avec une cicatrice qui barrait sa lèvre inférieure, a pris une chaise du salon pour l'installer dans l'allée où Ira et moi attendions. Il a demandé si nous voulions nous asseoir. Ira a répondu non, et l'homme, haussant les épaules, s'est assis et a allumé une cigarette. Il ne nous prêtait guère attention mais regardait ses comparses mettre la maison sens dessus dessous.

Nous avons alors entendu approcher une bicyclette. Arrivé au milieu de l'allée, Mitya est descendu de son vélo, le laissant tomber sur le gravier. « Vous n'avez pas le droit », a-t-il crié d'une voix éraillée.

L'homme à la cigarette a continué de fumer. J'ai rejoint Mitya, et lui ai pris la main, lui intimant de se taire. Il dégageait une odeur aigre et, en lui jetant un coup d'œil, j'ai vu que sa chemise était tachée de vomi. « Où est Babouchka ? Je lui avais demandé de te garder près d'elle. »

Ira, Mitya et moi faisions bloc en regardant les hommes sortir de la Petite Maison avec des caisses contenant ce qui nous appartenait. Quand ils sont arrivés dans la cour avec des piles de cahiers dans lesquels Ira écrivait son journal – probablement rempli de rêveries, de réflexions sur l'école, les garçons, les amitiés brisées –, elle s'est raidie mais n'a pas dit un mot. Quand, en ressortant de la maison, l'homme au trench-coat a trébuché sur une latte de parquet disjointe, Ira a pressé ma main au lieu de rire. Quand ce même homme serait devenu mon interrogateur, cette image de lui trébuchant me resterait longtemps en tête.

Je les ai laissés m'emmener – sans lutter, sans protester. L'homme au trench-coat n'a même pas eu besoin de me demander de les suivre. Il a juste eu à désigner du doigt l'autre voiture noire. J'ai embrassé mes enfants et nous sommes partis.

Ni Ira ni Mitya n'ont suivi des yeux le véhicule qui m'emportait. Ira, sur le seuil de la maison, évaluait les dommages causés par les hommes en noir, et Mitya était assis sur la plus haute marche du porche, la tête posée sur ses genoux. J'ai fermé les yeux et ne les ai rouverts qu'à notre arrivée devant l'immense bâtiment de brique jaune.

« Quel est le bâtiment le plus haut de Moscou ? » a demandé le chauffeur.

« Elle a déjà répondu à cette question, est intervenu l'homme au trench-coat en ouvrant ma portière. N'est-ce pas ? »

Sans répondre, je suis descendue de voiture, ai lissé ma jupe, et les ai laissés me conduire à l'intérieur.

Cher Anatoli,

La respiration sifflante de ma fille m'a réveillée. Ma très chère Ira. Ils ont dit qu'elle m'avait aidée à cacher l'argent venu de l'étranger et, maintenant, elle dort sur la couchette face à la mienne. Elle est malade. Elle a de la fièvre. Ils m'ont alors autorisée à rester près d'elle le temps qu'elle montre des signes de guérison. Mais je ne veux pas que tu t'inquiètes, Anatoli. Elle va bien. Je vais bien. Je remercie Dieu d'avoir laissé Mitya tranquille. C'est au moins ça.

Depuis la première fois où je t'ai écrit, il y a de ça si longtemps, je n'ai jamais cessé d'écrire. Des lettres que j'écrivais dans ma tête pendant que je prenais mon bain. Des lettres que j'écrivais dans ma tête quand je ne pouvais pas dormir. Des mots inscrits au plus profond de mon être et que, désormais, je ne peux plus empêcher de remonter à la surface.

J'ai échangé des chaussettes en laine tricotée contre un stylo et du papier. Où en étais-je ?

Je me demande où tu es. Pourquoi n'étais-tu pas là pour m'accueillir le jour de mon arrivée à la Loubianka, pour reprendre nos petites conversations nocturnes ? As-tu été remplacé ? Et moi ? Est-ce qu'il t'arrive de penser à moi ? Prononces-tu mon nom, parfois ? Peut-être que tu ne t'occupes plus de moi parce que j'ai vieilli. Peut-être que ma compagnie n'est plus aussi agréable qu'avant ?

La première fois, j'étais enceinte. J'ai perdu mon bébé. Aujourd'hui, je suis plus vieille, je deviens infertile, et l'homme qui était le père du fœtus est mort et enterré. Le temps qui passe est une horreur.

Je suis déjà venue ici. Et, d'une certaine manière, je n'en suis jamais partie.

L'encre de ma condamnation a séché. Je vais passer les huit prochaines années ici, les trois premières avec ma fille, qui est innocente. J'imagine que j'ai toujours su qu'ils trouveraient l'argent, tout au moins c'est ce qu'ils disent, qu'ils l'ont trouvé.

Nous sommes en mars 1961, trois mois après notre condamnation et, comme la première fois, nous sommes entourées d'un océan de blancheur surmonté d'un ciel gris. C'est la nuit, et j'écris à la lueur d'une lampe à gaz au rayonnement si faible que je ne peux qu'apercevoir la feuille de papier devant moi, et la silhouette, si mince, de ma fille, de dos, qui dort enveloppée de deux couvertures de laine – l'une des deux étant la mienne.

Aujourd'hui, Ira et moi avons travaillé dans la fosse pour creuser de nouvelles latrines. Ses mains sont gercées, les paumes couvertes d'ampoules, et elle peut à peine soulever la pioche ; j'ai donc creusé plus, et plus vite. Je n'en parle à personne, jamais, mais une partie de moi avait regretté ce travail : enfoncer une pelle dans la terre et appuyer des deux pieds sur le haut de la lame pour creuser plus profondément, remuant la terre, la terre noire sur le blanc de la neige.

Je suis épuisée, mais je ne veux pas dormir avant d'avoir terminé de raconter cette histoire. J'appuie plus fort sur la pointe du stylo. L'encre est de plus en plus pâle. Je pense que la femme avec laquelle j'ai échangé mes chaussettes en laine m'a menti ; le stylo est presque vide. J'ai encore tellement de choses à raconter. Peut-être que le reste de cette lettre sera écrit avec simplement les marques incolores que laissera le stylo sur le papier. Peut-être devras-tu la lire en braille.

Dans l'état actuel des choses, mon histoire ne m'appartient plus. Dans l'imaginaire collectif, je suis devenue quelqu'un d'autre – une héroïne, un personnage de roman. Je suis devenue Lara. Et pourtant, si je cherche, je ne la trouve pas.

Est-ce ainsi qu'ils se souviendront de moi quand je serai morte ? Est-ce de l'histoire d'amour qu'ils se souviendront ?

Je pense à la fin que Borya a choisie pour son héroïne :

Un jour, Larissa Fiodorovna sortit et ne revint plus. Sans doute fut-elle arrêtée dans la rue. Elle dut mourir ou disparaître on ne sait où, oubliée sous le numéro anonyme d'une liste perdue, dans un des innombrables camps de concentration du Nord[1].

Mais moi, Anatoli, je ne suis pas un numéro anonyme. Je ne disparaîtrai jamais.

1. *Le Docteur Jivago, op. cit.*, p. 641.

Épilogue

LES DACTYLOS

La première de l'adaptation du *Docteur Jivago* a été projetée sur grand écran au cours de l'hiver 1965. Nous y sommes allées toutes ensemble. Certaines d'entre nous travaillaient encore pour l'Agence, mais la plupart avaient quitté leur poste. La durée de conservation d'une dactylo n'est pas très longue. Depuis, de nouvelles dactylos étaient arrivées et reparties. Quant aux hommes qui travaillaient à l'Agence à notre époque, la plupart avaient grimpé dans la hiérarchie – comme certaines d'entre nous, d'ailleurs. Ainsi, Gail avait finalement obtenu le poste d'Anderson, mort d'une crise cardiaque alors qu'il accompagnait sa fille adolescente au concert des Beatles au Coliseum de Washington.

Nous étions, ou nous n'étions pas, mariées. Nous étions, ou nous n'étions pas, mères de famille. Nous avions toutes vieilli, un peu – de fines rides apparaissaient au coin de nos lèvres et de nos yeux quand nous sourions ou froncions les sourcils, nos corps avaient perdu de leur souplesse, comparés à ceux que, du temps de notre jeunesse, nous cachions derrière nos bureaux –, nos silhouettes étaient moins sveltes.

Nous nous sommes toutes retrouvées avec plaisir. La dernière fois, c'était en 1963 pour un mariage. Après la mission *Jivago*, Norma était partie dans l'Iowa pour participer à des ateliers d'écriture et obtenir un master ; c'est à cette époque que Teddy avait commencé à la courtiser à distance. Ils s'étaient mariés dès qu'elle avait obtenu son diplôme, et Teddy avait quitté l'Agence pour travailler dans une autre société opaque, près de Langley, la Mars, Inc. Le mariage avait été célébré dans la plus grande simplicité, et les festivités s'étaient déroulées dans la salle de bal découverte de Great Falls Park, autour d'un barbecue et de fontaines de chocolat fondu fournies par le nouvel employeur de Teddy. Ses parents avaient paru consternés mais, quant à nous, nous nous étions beaucoup amusées. Henry Rennet n'était pas là et il n'avait manqué à personne. Quand Norma avait lancé son bouquet – habilement rattrapé par Judy –, Frank Wisner avait porté un toast aux heureux jeunes mariés. Ce serait la dernière fois que nous verrions le grand patron ; il se suiciderait deux ans plus tard, à l'automne 1965, peu de temps avant la première de *Jivago*.

Quand nous nous sommes toutes retrouvées devant le cinéma *Le Georgetown*, nous nous sommes toutes embrassées dans de chaleureuses étreintes, baignant dans la lueur rouge de l'enseigne au néon.

Après avoir pris nos tickets, et pendant que nous attendions pour acheter des rafraîchissements, Linda nous a montré des photos de ses jumeaux assis sur les genoux du Père Noël chez *Woodies*; alors Kathy, à son tour, a sorti des photos de sa lune de miel à Hawaï. Nous avons toutes été d'accord pour dire que nous aurions aimé que Judy ait pu venir. Elle avait déménagé en Californie pour devenir actrice, et si elle n'avait pas encore connu le succès escompté, elle avait quand même obtenu un petit rôle dans la série télévisée *The Dick Van Dyke Show.*

Nous avons occupé les troisième et quatrième rangs de la salle. Les lumières ont baissé et, pendant les actualités filmées qui montraient des images de l'escalade des opérations militaires au Vietnam, celles d'entre nous qui étaient encore à l'Agence sont restées de marbre, tandis que la caméra filmait en panoramique des avions écrasés, des champs brûlés et des toits effondrés. Elles savaient, mieux que celles qui avaient quitté l'Agence, ce qui se passait véritablement, et les autres savaient qu'il était préférable de ne pas poser de questions.

Quand la salle a enfin été plongée dans le noir et que la musique du film a commencé, certaines d'entre nous ont échangé des regards et ont attrapé la main de leurs voisines. Quand Lara est apparue à l'écran, en chemisier blanc agrémenté d'une cravate noire, assise derrière un bureau, nous avons toutes pensé la même chose : *Irina.* C'était en fait Julia Christie, mais quand même, les cheveux, les yeux… C'était notre Irina que nous voyions.

Nous avons toutes frissonné quand Iouri voit Lara pour la première fois. Nous avons toutes retenu nos larmes en reniflant quand il lui dit au revoir la première fois. Nous nous sommes toutes raccrochées à l'espoir que le film commencerait comme le livre mais qu'il se terminerait avec Iouri et Lara vivant ensemble dans la petite maison à la campagne jusqu'à la fin de leurs jours. Même si certaines connaissaient déjà la fin, nous avons toutes laissé couler nos larmes quand ils se disent au revoir pour la dernière fois.

Alors, tandis que le générique défilait sur l'écran, nous avons toutes sorti nos petits mouchoirs pour nous tamponner les yeux. Si *Le Docteur Jivago* est à la fois un récit de guerre et une histoire d'amour, des années plus tard, nous ne nous souviendrions plus que de l'histoire d'amour.

Trois ans après que le drapeau au Kremlin avec son marteau et sa faucille a été remplacé par le drapeau russe tricolore, *Le Docteur Jivago* a été publié légalement pour la première fois dans son pays. Gail nous a envoyé une carte postale de son voyage à Moscou. C'était une carte postale publicitaire promouvant les enchères organisées par Sotheby pour soutenir la glasnost de 1988; elle écrivait que *notre* roman était partout. L'année d'après, on a réattribué le Nobel à Pasternak, et son fils l'a accepté en son nom.

Nous avions honte de l'admettre, mais certaines d'entre nous n'avaient pas encore lu le roman. Seules celles qui, parmi nous, connaissaient l'italien l'avaient lu à l'époque de la première publication. Les autres l'avaient lu au cours des années qui avaient suivi notre mission, d'autres encore avaient attendu la sortie du film pour prendre le temps de se plonger dans l'épais volume. Et certaines n'en avaient jamais rien fait. Quand, finalement, toutes ont fini par avoir lu *Le Docteur Jivago* – ces mots que l'Agence avait considérés comme aussi puissants que des armes –, nous avons toutes été surprises de constater à quel point le monde avait changé, mais aussi à quel point rien n'avait véritablement changé.

À peu près à la même époque, Norma a écrit un roman d'espionnage, le dédiant à Teddy. C'était son premier livre publié et alors qu'il n'a reçu que des critiques mitigées, nous avions toutes fait la queue à la librairie *Politics and Prose* pour avoir notre exemplaire dédicacé. L'Agence avait fait une déclaration pour se désolidariser du contenu du roman – l'histoire d'une femme agent provocateur qui devient un agent double –, mais nous avons trouvé qu'il sonnait juste.

Celles qui sont toujours là aujourd'hui utilisent maintenant des ordinateurs : des ordinateurs de bureau, des ordinateurs portables et des Smartphones offerts par nos enfants pour nos anniversaires et à Noël, et dont nos petits-enfants nous ont appris à nous servir.

« Tu dois bouger ton doigt comme ça, mamie. »

« Appuie juste sur la touche *Shift*. »

« C'est parce que tu es en mode "Verrouillage majuscule". »

« Ne t'occupe pas de cette touche. »

« Un selfie, c'est quand tu te prends en photo avec ton téléphone. »

Les touches cliquent, elles ne cliquettent plus. Il n'y a pas de petit *ding*, en fin de ligne. Nous ne tapons plus aussi vite, mais nous pouvons faire des choses extraordinaires avec ces machines. Et surtout, nous pouvons rester en contact. Maintenant, à la place des mémos et des rapports, nous nous échangeons des blagues, des prières, des photos de nos enfants et, aussi, de nos petits-enfants.

Nous ne sommes pas sûres de savoir qui, parmi nous, l'a vu en premier, on dirait que nous l'avons toutes vu en même temps. C'était un reportage du *Post* sur une femme américaine retenue à Londres, dans l'attente d'être extradée aux États-Unis, après avoir été accusée d'espionnage. Cette histoire agitait les médias, car la femme avait quatre-vingt-neuf ans, et était accusée d'un crime – avoir donné des informations aux Soviétiques – qui datait de plusieurs dizaines d'années. Dans la presse, le débat portait sur ce qu'il convenait de faire en pareil cas.

Mais ce qui nous intéressait le plus était la photo qui accompagnait l'article.

Bien que la femme cache son visage derrière ses mains menottées, il nous avait suffi d'y jeter un coup d'œil pour savoir qui c'était.

« J'en mettrais ma main au feu. »

« C'est elle. »

« Je n'ai aucun doute. »

« Elle n'a pas changé. »

« C'est le manteau de fourrure que lui avait offert Dulles, non ? »

L'article précisait que la femme vivait en Angleterre depuis ces cinquante dernières années au-dessus d'une librairie de livres rares dont elle était propriétaire depuis trente ans avec une autre femme dont le nom n'était pas mentionné et qui était morte au début des années 2000.

Nous avons cherché le nom de cette femme dans d'autres articles, sans rien trouver.

Bien que la mission *Jivago* fût devenue légendaire dans les années qui avaient suivi son succès, nous avions eu du mal, après l'Exposition universelle de 1958, à suivre la carrière d'Irina ; son dossier signalait qu'elle avait pris sa retraite dans les années 1980, rien de plus.

Nos doigts volettent au-dessus des touches.

« C'était elle, vous croyez ? »

« C'étaient elles deux, vous croyez ? »

« Serait-ce possible ? »

Secrètement, nous l'espérons.

Note de l'auteur et remerciements

Nombreux sont les livres qui ont rendu possible l'écriture de *Nos secrets trop bien gardés.* Avant tout *Le Docteur Jivago,* de Boris Pasternak, un roman aussi pertinent et essentiel aujourd'hui qu'il l'a été lors de sa première publication par Giangiacomo Feltrinelli. Je lui serai toujours redevable d'avoir eu le courage de l'offrir au monde.

Le livre de Peter Finn et Petra Couvée *L'Affaire Jivago*[1] a été indispensable à mon travail de recherche. En 2014, remercions-en la pétition de Finn et Couvée, la CIA a déclassifié quatre-vingt-dix-neuf mémos et rapports afférents à la mission *Jivago.* Et c'est en voyant ces documents déclassifiés – avec les noms et les détails raturés, ou expurgés, et donc manquants – que j'ai eu, pour la première fois,

1. *L'Affaire Jivago. Le Kremlin, la CIA et le combat autour d'un livre interdit,* de Peter Finn et Petra Couvée, a été publié en France aux éditions Michel Lafon en 2015, traduit par Laure Joanin.

l'idée de faire appel à la fiction pour remplir ces blancs.

Le roman, de la première à la dernière page, est émaillé de nombreuses descriptions et citations, y compris des extraits de conversations, dont la teneur a été vérifiée auprès de sources sûres – selon des témoignages de première main. Les mémoires d'Olga Ivinskaïa, *Otage de l'éternité. Mes années avec Pasternak*[1], et l'autobiographie de Sergio D'Angelo, *Il caso Pasternak*, aident considérablement à faire la lumière sur les événements dont il est question en détail dans mon livre.

Je dois aussi beaucoup au livre d'Elizabeth « Betty » Peet McIntosh *Sisterhood of Spies*, qui m'a fait découvrir un monde où les héroïnes sont des femmes ayant réellement existé, notamment l'auteur elle-même. On devrait construire des monuments en hommage à ces femmes-là.

Il me faut aussi mentionner l'ouvrage de David K. Johnson *The Lavender Scare*, qui raconte l'histoire moins connue de la persécution aux États-Unis, au cours de la guerre froide, des populations appelées aujourd'hui « populations LGBTQ ». Parmi elles, beaucoup ont dû démissionner, ont vu leur réputation publiquement ruinée et se sont suicidées. Leur histoire ne doit pas être oubliée.

J'ai consulté de nombreux autres livres : *Inside the Zhivago Storm* et *Zhivago's Secret Journey*, de Paolo Mancosu ; *Legacy of Ashes*, de Tim Weiner ; *The Agency*,

1. Cet ouvrage été publié aux éditions Fayard, en 1978, traduit du russe par Anne et Stéphane Tatischeff.

de John Ranelagh ; *Qui mène la danse ? La CIA et la guerre froide culturelle*[1], de Frances Stonor Saunders ; *The Georgetown Set*, de Gregg Herken ; *The Very Best Men*, d'Evan Thomas ; *Hot Books in the Cold War*, d'Alfred A. Reisch ; *The Spy and the CIA Brat*, de Carol Cini ; *Finks*, de Joel Whitney ; *Washington Confidential*, de Jack Lait et Lee Mortimer ; *Expo 58*[2], de Jonathan Coe ; *Senior Service*[3], de Carlo Feltrinelli ; *Sauf-conduit*[4], de Boris Pasternak ; *Poems of Boris Pasternak*, traduit en anglais par Lydia Pasternak Slater ; *Boris Pasternak. The Tragic Years, 1930-1960*, d'Evgeny Pasternak ; *Boris Pasternak. The Poet and His Politics*, de Lazar Fleishman ; *Boris Pasternak. A Literary Biography*, de Christopher Barnes ; *Boris Pasternak : Family Correspondence*, traduit du russe en anglais par Nicolas Pasternak Slater et Maya Slater ; *Fear and the Muse Kept Watch*, d'Andy Smith ; *The Nobel Prize*, de Yuri Krotkov ; et *Inside the Soviet Writers' Union*, de Carol et John Garrard.

Par ailleurs, malgré toutes ces lectures, je n'aurais pas pu écrire ce roman sans l'aide de nombreuses personnes et institutions. Je remercie le Keene Prize for Literature, le Fania Kruger Fellowship et le Crazyhorse Prize pour le soutien qu'ils m'ont accordé. Je remercie aussi le Michener Center for Writers, qui m'a donné le temps et les moyens de commencer mon roman et le mentorat nécessaire pour que je

1. Publié en France aux éditions Denoël en 2003 ; traduction de Delphine Chevalier.
2. Publié en France aux éditions Gallimard en 2014 ; traduction de Josée Kamoun.
3. Publié en France aux éditions Bourgois en 2001.
4. Traduit du russe, préfacé et annoté par Michel Aucouturier, première édition, Gallimard, coll. « L'Imaginaire », 1989.

puisse le terminer. Et plus particulièrement, je remercie Jim Magnuson et Bret Anthony Johnston, les directeurs du Michener Center, de mettre à notre disposition, à nous les bizarres, un lieu que nous pouvons considérer à jamais comme notre foyer. Et merci à Marla Akin, Debbie Dewees, Billy Fatzinger et Holly Doyel pour avoir gardé le tout à flot. Je suis infiniment reconnaissante à mes professeurs et lecteurs attentionnés, à mes mentors, notamment Deb Olin Unferth, Ben Fountain, H.W. Brands, Edward Carey, Oscar Casares, et Lisa Olstein. Je remercie plus particulièrement Elizabeth McCracken, dont les conseils et la plume ont pour moi une valeur inestimable. Et, bien évidemment, mes amies et condisciples : Veronica Martin, Maria Reva, Olga Vilkotskaya, Jessica Topacio Long et Nouri Zarrugh, qui ont lu mon travail et m'ont incitée à l'améliorer, et qui ont su me faire rire.

Je ne remercierai jamais assez les équipes de Knopf et de Vintage Books qui ont cru en ce livre et ont permis qu'il voie le jour : Sonny Metha, Gabrielle Brooks, Abby Endler, Kim Thornton Ingenito, Emily Murphy, Andrew Dorko, Daniel Novack, Anna Kaufman, LuAnn Walther, Emily De Huff, Nicolas Thomson, Kelly Blair, Nicholas Latimer, Sara Eagle, Paul Bogaards, Katherine Burns et, plus particulièrement, mon exceptionnelle éditrice, Jordan Pavlin, qui a donné du poids à chaque page grâce à sa plume attentive et à ses encouragements.

Merci aussi à toutes et tous chez Hutchinson et chez Windmill pour votre dévouement, votre œil aiguisé et votre créativité. Merci à Jocasta Hamilton,

Najma Finlay, Charlotte Bush, Emma Finnigan, Lucy Middleton, Charlotte Cray, Laurie Ip Fung Chun, Susan Sandon, Rebecca Ikin, Sarah Ridley, Amber Bennett-Ford, Mat Watterson, Claire Simmonds, Glenn O'Neil, et à ma brillante éditrice en Angleterre, Selina Walker.

Je remercie mes incroyables agents littéraires, Jeff Kleinman et Jamie Chambliss, qui ont cru en ce livre après en avoir lu seulement vingt-cinq pages – des années avant qu'il soit fini. Vous avez changé ma vie. Et je remercie Melissa Sarver White, Katherine Odom-Tomchin et Lorella Belli, qui m'ont aidée à présenter mon roman au monde.

Merci à tous mes amis, de Greensburg (le Motley Crew, La Drôle de Bande !) à D.C., de Norfolk à Austin et au-delà : je ne sais pas ce que je ferais sans vous.

Merci à ma famille – Sara, Nathan, Ben, Sam, Owen, Grandma, Oncle Ron, toutes mes tantes, tous mes oncles, mes cousins-cousines, Janet, Hillary, Bruce, Parker, Noah, Scout et Clementine –, merci d'être toujours à mes côtés.

Je remercie mes parents, Bob et Patty, qui m'ont prénommée Lara et m'ont montré à quoi l'amour pouvait ressembler.

Et surtout, je remercie Matt, mon premier et dernier lecteur. Non seulement tu m'as encouragée à prendre mon stylo, mais tu as rendu meilleure chacune des pages de ce livre. Je te dois tout.

Table

OUEST

Février-Automne 1957

EST

1955-1956

OUEST

Automne 1957-Août 1958

EST

Mai 1958

OUEST

Août-Septembre 1958

EST

Septembre-Octobre 1958

La photocomposition de cet ouvrage
a été réalisée par
GRAPHIC HAINAUT
30, rue Pierre Mathieu
59410 Anzin

MIXTE
Papier
FSC FSC® C003309

L'éditeur de cet ouvrage s'engage dans une démarche
de certification FSC® qui contribue à la préservation
des forêts pour les générations futures.

Pour en savoir plus :
www.editis.com/engagement-rse/

Cet ouvrage a été achevé d'imprimer en décembre 2020
sur les presses de Normandie Roto Impression s.a.s.
61250 Lonrai (Orne)
N° d'édition : 60768/01 - N° d'impression : 2004708

Imprimé en France